穩紮穩打！
新日本語能力試驗

Japanese-Language
Proficiency Test

修訂版

N4文法

· 循序漸進、深入淺出
· 各種動詞變化一目瞭然
· 基礎文法完整寶典
· 詳細剖析相似文法其中異同
· 重視句型結構，提升閱讀能力

ぶんぽう

目白JFL教育研究会 ———————— 編著

はじめに

　日文教育，將 N5 ～ N4 歸類為「初級」、N2 為「中級」、N1 為「高級」、N3 則是銜接初級與中級的「中級前期」。日本語能力試驗 N4 的範圍，正好涵蓋了初級文法所需學習的項目。也就是說，只要掌握了 N4 範圍的文法，基本上就擁有初步日文能力了。

　「初級」，是一切的基礎。華語圈的學習者在學習日語上有許多優勢。無論是懂漢字的優勢，或是文化層面上可以經常接觸到日語的優勢，這些優勢都讓華語圈的學習者很容易地就可以通過 N4 考試，甚至許多學習者根本不把 N4 放在眼裡，直接挑戰 N3 或 N2。也因此，許多學習者都輕忽了基礎的重要性，導致基礎不穩。這樣的學習態度，在進入 N2 後，就很容易因為基礎語法知識以及句法構造似懂非懂，而永遠卡在那裡，再也上不去。

　綜觀市面上的 N4 檢定教材，多以考前複習的形式編寫。這些屬於「考前衝刺」使用的教材，對於各個文法的細部說明以及相似文法的異同比較，並未多加琢磨。本書作者群長年從事日語教育，深感華語圈學習者在初級文法上學習得不夠踏實，因此在編寫此教材時，將這本書定義為「初級文法總整理」。針對每個文法詳細解說、類似文法辨析比較。這樣的編寫方式，導致本書的厚度甚至比 N1 還要厚實。若讀者的目的只是為了要通過 N4 考試，說實話，這本書的內容是「過度工程化（效能過剩）」。但站在穩紮穩打，打好基礎的立場上，這麼詳細的內容，是絕對必要的。

　本書除了適合要考 N4 的考生研讀外，也很適合基礎沒打穩，且學到 N3、N2 後，就一直上不去的學習者複習使用。除了可以輔助 N4 的考生打好基礎、通過考試外，相信也能讓許多「中、高級」的學習者學習到許多「你以為你懂，但其實你不懂」的日語初級文法！

　　最後，本書的編排，是依照難易度，由淺入深。各文法項目的例句，盡可能使用前面章節已學習過的文法。若不得已需要使用到後面才會出現的文法，會於例句後方加上參照註明。至於「進階實戰例句」部分，是模擬實際 N4 考題的例句，因此經常會使用到尚未學習到的文法表現。建議這一部分，在第一次研讀時先跳過不讀，等讀完整本書後，第二次複習時再來看，才不會造成太大的挫折感。

　相信只要熟讀本書，一定能幫你打好日文基礎，輕鬆考過 N4，無痛晉級中、高級！

作者

< 第一篇 > 助詞與指示

助詞的用法，是日文裡極為重要的項目，說它是日文的骨架也不為過。

本篇前兩單元整理了 N5 以及 N4 範圍必須學習的「格助詞」，並於辨析部分整理出類似的助詞比較。

第 03 單元則是介紹「副助詞」。了解「格助詞」與「副助詞」的區別，是打好日文基礎的重要關鍵之一。

第 04 單元與第 05 單元分別介紹日文中的比較・程度句以及指示詞的用法。

01 單元

助詞 I

02 單元

助詞 II

03 單元

助詞 III

04 單元

比較・程度

05 單元

指示

< 第二篇 > 動詞變化與句型（前篇）

動詞變化（活用）與動詞後接的各種表現，是 N4 考試的一大重點。

本單元學習動詞的「ます形」、「ない形」和「て形」等動詞變化，以及其後接的文末表現。

目前在台灣的日語教學，老師教導動詞變化時，有兩種方式：分別是「從動詞原形改成其他各種型態」和「從動詞ます形改成其他各種型態」。本書兩種方式並列，請讀者挑選自己習慣的方式閱讀即可。

06 單元

動詞ます形 I

07 單元

動詞ます形 II

08 單元

動詞ない形

09 單元

動詞て形 I

10 單元

動詞て形 II

＜第三篇＞ 動詞變化與句型（後篇）

本單元延續上一單元，介紹動詞其他的活用型態及其後接的句型。

　　第 12 單元與第 13 單元的普通形以及名詞修飾形，除了動詞以外，亦有名詞及形容詞。學習時，請留意普通形與名詞修飾形之間的不同，並留意各句型的前方是屬於哪一種。

　　句型 53「～たまま」、54「～たら」、60「～と」以及 65、66 的「～ので」、「～のに」，屬於串連前後兩個句子的接續表現。這五項文法屬於「複句」的範疇，本應併入第六篇。但為顧及教材編寫的連貫性以及例句的流暢度，先行於此篇提出。

11 單元

動詞た形

12 單元

普通形＆名詞修飾形 I

13 單元

普通形＆名詞修飾形 II

14 單元

動詞可能／命令／禁止形

15 單元

動詞意向形

< 第四篇 > 人際關係與視點

第 16 單元介紹自動詞與他動詞的意思、用法，以及有對應、無對應之自他動詞。

第 17 單元則是統整了物品、行為的授受，以及與敬語相關的授受表現。

第 18 單元跟第 19 單元介紹 N4 範圍中的被動句以及使役句。

第 20 單元則介紹 N4 範圍中，必須要了解的敬語表現。

第 18 單元～第 20 單元，僅提出 N4 範圍所需學習的部分。更完整的被動、使役以及敬語介紹，可參考本系列的 N3 文法。

16 單元

自他動詞

17 單元

授受

18 單元

被動

19 單元

使役

20 單元

敬語

＜第五篇＞ 名詞與子句

本篇正式進入「複句」。第 21 單元介紹複句中的「形容詞子句」。

第 22 單元〜第 24 單元這些與「形式名詞」相關的句型，則是形容詞子句的延伸。

第 25 單元則是介紹另一種複句：「名詞子句」。

了解子句之間的關係，是打好日文閱讀基礎的第一步。請讀者一定要確實學習。

21 單元

形容詞子句

22 單元

形式名詞「こと」

23 單元

形式名詞「よう」

24 單元

其他形式名詞

25 單元

名詞子句

< 第六篇 >　複句與多層次結構

本篇主要介紹第三種複句：「副詞子句」。

第 26 單元以及第 27 單元，其前句亦可歸類為「副詞子句」。但因考量到讀者學習的流暢度，故將這兩單元安排在第 28 單元「副詞子句」之前。

第 29 單元所介紹的五個助動詞，僅提出 N4 範圍內的用法。各個助動詞更完整的介紹，可參考本系列的 N3 文法。

26 單元

「～て」與它的否定

27 單元

原因・目的・並列・条件

28 單元

副詞子句

29 單元

助動詞

30 單元

其他重要文法

用語説明

動詞	[原形] 行く　　　　[ない形] 行か（ない）　　　[ます形] 行き（ます） [て形] 行って　　　[た形] 行った　　　　　　[意向形] 行こう [可能形] 行ける　　[条件形] 行けば		
イ形容詞	[原形] 赤い　　　　[ない形] 赤くない　　　[副詞形] 赤く [て形] 赤くて　　　[た形] 赤かった　　　　[意向形] 赤かろう [語幹] 赤　　　　　[条件形] 赤ければ		
ナ形容詞	[原形] 静か　　　　[ない形] 静かではない　　[副詞形] 静かに [て形] 静かで　　　[た形] 静かだった　　　　[意向形] 静かだろう [語幹] 静か　　　　[条件形] 静かなら（ば）		
名詞	「原形」学生　　　　[ない形] 学生ではない [て形] 学生で　　　　[た形] 学生だった [語幹] 学生　　　　　[条件形] 学生なら（ば）		

普通形	動詞	行く	行かない	行った	行かなかった
	イ形容詞	赤い	赤くない	赤かった	赤くなかった
	ナ形容詞	静かだ	静かではない	静かだった	静かではなかった
	名詞	学生だ	学生ではない	学生だった	学生ではなかった

名詞修飾形	動詞	行く	行かない	行った	行かなかった
	イ形容詞	赤い	赤くない	赤かった	赤くなかった
	ナ形容詞	静かな	静かではない	静かだった	静かではなかった
	名詞	学生の	学生ではない	学生だった	学生ではなかった

意志動詞：說話者可控制要不要做的動作，如「本を読む、ここに立つ」等。意志可以改成命令、禁止、可能、邀約…等。

無意志動詞：說話者無法控制會不會發生的動作，如「雨が降る、人が転ぶ、財布を落とす」等。有些動詞會因主語不同，有可能是意志動詞，也有可能是無意志動詞。如「私は教室に入る」為意志動詞，「冷蔵庫にミルクが入っている」則為無意志動詞。

自動詞：絕對不會有目的語(受詞)的句子。1. 現象句「雨が降る」「バスが来る」，或 2. 人為動作「私は9時に起きた」「私はここに残る」。注意：「家を出る」「橋を渡る」中的「～を」並非目的語(受詞)。「出る、渡る」為移動動詞，故這兩者的を，解釋為脫離場所、經過場所。

他動詞：一定要有主語「は（が）」，跟目的語「を」的動詞。如「私はご飯を食べた」「（私は）昨日映画を見た」。(僅管日文中，主語常省略，但不代表沒有主語。)

名詞修飾：以名詞修飾形，後接並修飾名詞之意。

中止形：句子只到一半，尚未結束之意，有「て形」及「連用中止形」2種。

丁寧形：即禮貌，ます形之意。

（「～ている」⇒ #41-①）：表「～ている」這個文法在此處的用法，請參照第41項文法的第①項用法。

01

第 01 單元：助詞 I

01. ～が
02. ～を
03. ～に
04. ～で
05. ～へ

　　日文的助詞，又可細分為「格助詞」、「副助詞」…等不同的種類。本單元所介紹的「が」、「を」、「に」、「で」、「へ」五個「格助詞」，是用來表達其前接的名詞與後面動詞（述語）之間的關係。這五個格助詞，每個皆有數種以上的用法。在 N5 範圍中，已經學習過當中的幾種用法。本單元則是統整這些格助詞在 N4 考試中，其他必須了解的用法。

01. ～が

接続：名詞＋が

翻訳：中文以語序位置決定「主體」，無翻譯。

説明：① 表「動作的主體」。用於單純描述說話者看到「第三人稱的某人做某動作（描述人）」。後句會使用動詞。② 表「事物、自然現象的主體」。用於單純描述說話者看到或感覺到「某一個自然現象、或某事物的狀況（描述事物）」。後句可使用動詞以及形容詞。

① ・赤ちゃんが　泣いて　いる。（「～ている」⇒ #41- ①）

（小孩在哭泣。）

・友達が　来ました。

（朋友來了。）

・あっ、見て！パンダが　餌を　食べて　いるよ。可愛い！

（啊，你看！熊貓正在吃飼料耶。很可愛！）

・あっ、山田さんが　花瓶を　割りました。

（啊，山田先生把花瓶打破了。）

・子供たちが　公園で　楽しく　遊んで　います。

（小孩們快樂地在公園玩耍。）

・生徒たちが　グラウンドに　立って　います。

（學生們站在操場上。）

📎 **辨析：**

動詞句第一、二人稱時，動作的主體一般會使用「は」。若使用「が」，則語感上帶有弦外之音，用來強調「正是我⋯／由我來⋯」的含義。（「～は」⇒ #11）

- 私は 昨日の 午後、公園で 遊んで いました。

  （我昨天下午，在公園裡玩耍。）

- （あなたは） 昨日、 どこへ 行きましたか。

  （你昨天去了哪裡？）

- この花瓶は 山田さんではなく、私が 割りました。ごめんなさい。

  （這花瓶不是山田打破的，是我打破的。抱歉。）

- 部長、今度の 出張は、私が 行きます。

  （部長，這次的出差，就由我去吧。）

② ・雨が 降って います。

  （正在下雨。）

- 月が 出ました。

  （月亮出來了。）

- あっ、バスが 来ました。

  （啊，公車來了。）

- 大雨で 橋が 壊れました。

  （因為大雨，橋壞掉了。）

- あっ、見て！飛行機が 空を 飛んで いる。

  （啊，你看！飛機在天空上飛。）

- あっ、水が 冷たいです。

  （啊，水好冰。）

- わあ、星が きれいですね。

  （哇，星星好漂亮啊。）

🔗 辨析：

「～が」除了在上述兩項用法中，用於表「主體」外，亦可用來表達感情、能力的「對象」以及主語的「屬性」。 (⇒ #15)

📄 **隨堂測驗：**

01. あっ、見て！鳥（　）　空を　飛んで　いるよ。
　　　1. は　2. が　3. に　4. で

02. あれ？雨（　）　降って　きましたね。
　　　1. は　2. が　3. に　4. で

解 01.（2）　02.（2）

02. ～を

接続：名詞＋を

翻訳：① 中文以語序位置決定「受詞」，無翻譯。② 脱離…。③ 行經…。④ 度過…。

説明：① 使用他動詞／及物動詞 (⇒ #78) 時，表此動作的「對象」（他動詞／及物動詞的受詞）。② 前方名詞為「場所」，後方動詞為「出る、離れる…」等含有離開語意的自動詞／不及物動詞時，表「離開的起點」。③ 前方名詞為「空間、場所」，後方動詞為「歩く、走る、通る、渡る、行く、来る、帰る…」等含有移動語意的自動詞／不及物動詞時，表「此移動動作的經過場所」。④ 前方名詞為「一段期間」，後方動詞為「過ごす、暮らす、生きる、送る…」等含有度過語意的動詞時，表「度過的時間」。

① ・ご飯を　食べた。

（吃了飯。）

・切符を　買った。

（買了票。）

・音楽を　聴く。（感官活動的對象）

（聽音樂。）

・約束を　忘れた。（思考活動的對象）

（忘了約定。）

・そのことを　課長に　話した。（語言活動的對象）

（把那件事情告訴課長。）

・バットで　スイカを　割る。（形狀變化的對象）

（拿球棒打西瓜。）

・荷物を　ホテルの　ロビーから　部屋に　運んだ。（位置變化的對象）

（把行李從飯店的大廳搬到房間。）

・姉と　一緒に　雪だるまを　作った。（產出的對象）

（和姉姉一起做了雪人。）

② ・昨日は　夜の　10時に　会社を　出た。
（昨天晚上十點離開了公司。）

・東京を　離れて、大阪へ　行った。
（離開了東京，去了大阪。）

・大学を　卒業して、サラリーマンに　なった。（「～て」⇒ #128- ②）
（大學畢業後，成為了上班族。）

🔗 辨析：

表起點的「を」與「から」之異同
「を」表離開的起點，「から」表出發的起點，兩者比較如下：

1. 「を」前接的場所，一定是動作主體曾經存在過的地方，因此像是「窓（窗戶）」等，並不
   是主體曾經待著的地方，則不可使用「を」。

   ・地震で　ドアが　壊れて　しまったので、彼は　窓（×を／〇から）　外に　出た。
   （因為地震而導致門壞掉了，所以他從窗戶爬了出來。）

2. 若前接的名詞與「～の中」併用時，只可使用「から」。

   ・彼は　ご飯の　時だけ、部屋の　中（×を／〇から）　出る。

   ・彼は　ご飯の　時だけ、部屋（〇を／〇から）　出る。
   （他只有在吃飯的時候，才會從房間出來。）

3. 若用於表達「畢業」、「離家出走／離家獨立」等抽象含意時，只可使用「を」。

   ・彼は　5年　かけて、やっと　大学（〇を／×から）　出た。
   （他花了五年，總算從大學畢業了。）

   ・家（〇を／×から）　出て、一人暮らしを　始めた。
   （他離開家裡，開始了獨居生活。）

③・海を　渡って、日本へ　来ました。

（遠渡重洋，來到了日本。）

・廊下を　走ると　怒られます。（「〜（ら）れる（被動）」⇒ #91）

（在走廊奔跑，會被罵喔。）

・誰も　いない　公園を　一人で　通った。

（我獨自一人經過了沒有人的公園。）

・この道を　まっすぐ　行って　ください。

（請往這條路直直走下去。）

④・ここで　一生を　過ごします。

（我要在此度過一輩子。）

・不幸な　人生を　送った。

（我度過了一個不幸的人生。）

・今を　生きる。

（活在當下。）

📄 隨堂測驗：

01. 休みの　日は　いつも　家で　家族と　ご飯（　）　食べます。
　　1. が　2. に　3. を　4. と

02. 兄は　父と　喧嘩して　家（　）　出て　しまった。（「〜てしまう」⇒ #47-②）
　　1. に　2. が　3. を　4. から

解答 01.（3） 02.（3）

03. 〜に

接続：名詞＋に

翻訳：① 中文以語序位置決定「對象」，無翻譯。② 有…。在…。
　　　③ 在…（長了／出現了…）。

説明：① 前方名詞為「人」，後方動詞為有方向性的動作，如「会う、触る、ぶつ
　　　かる」（等接觸語意動詞）；或「話す、聞く、知らせる、教える、電話する」
　　　（等發話語意動詞）；或「頼る、憧れる、従う」（等心態語意動詞）時，
　　　表此動作的「對象」。② 前方名詞為「空間、場所」，後方動詞為「ある、
　　　いる、存在する、ない」等表存在的少數幾個「靜態動作」的動詞時，則表
　　　某物的「存在場所」。此時多會使用「〜に〜が　ある／いる」、「〜は〜
　　　に　ある／いる」的句型。③ 前方名詞為「空間、場所、人的身體內部或一
　　　部分」，後方動詞為「咲く、生える、（子供が）できる、生まれる」等動詞時，
　　　則表「某物於某內部空間無中生有、發生、出現」語意的動詞，則表達此物
　　　的「出現場所」。

① ・昨日　先生に　会いました。

（昨天見了老師。）

・やめて　ください。私の　お尻に　触らないで　ください。

（請住手！請不要摸我的屁股！）

・友達に　私の　秘密を　教えました。

（我告訴了朋友我的秘密。）

・ホテルに　着いたら、　私に　電話して　ください。（「〜たら」⇒ #54-②）

（到了飯店之後，打電話給我。）

・私は　あの　人に　憧れて　います。

（我很仰慕那個人。）

・皆さん、学校では　先生に　従いましょう。

（各位，在學校要聽老師的話喔。）

②・<u>机の 上に</u> 本が ある。

（桌上有書。）

・<u>テーブルの 下に</u> 可愛い 犬が いる。

（桌下有隻可愛的小狗。）

・あなたの 本は <u>机の 上に</u> ある。

（你的書在桌子上。）

・鈴木さんの 犬は <u>テーブルの 下に</u> いる。

（鈴木先生的狗在桌子下。）

・<u>駅前に</u> スーパーが ある。

（車站前有間超市。）

・<u>この部屋に</u> テレビは ない。（否定：（×）テレビが→（○）テレビは）

（這房間裡沒有電視。）

🖇 辨析：

使用「〜に 〜が ある／いる」時，為說話者單純敘述當下所看到事物（此處的「が」的用法，為第 01 項文法的第②項用法）。而使用「〜は 〜に ある／いる」時，則是針對尋找特定人、事物時所給予的回答。

・**あっ、机の 上に 新しい 本が ある。読んでも いい？**（「〜てもいい」⇒ #39）

（啊，桌上有一本新書。我可以讀嗎？）

・**A：私の 本は どこに あるの？**（「〜の」⇒ #64- ①）

（A：我的書在哪裡呢？）

B：あなたの 本は 机の 上に あるよ。

（B：你的書在桌上喔。）

「机の 上に 本が ある」，相當於英文的「There is a book on the desk.」；而「本は 机の 上に ある」則相當於英文的「The Book is on the desk.」。兩者的差別在於「a book」（不特定）與「the book」（特定）。

③・庭に きれいな 花が 咲いた。
　（庭院裡開了漂亮的花。）

・あごに ひげが 生えた。
　（下巴長了鬍鬚。）

・足に たこが できた。
　（腳長繭了。）

・妻に 赤ちゃんが できました。
　（我老婆懷孕了。）

・鈴木さんに 赤ちゃんが 生まれました。
　（鈴木小姐的小孩出生了／生了個小孩。）

📄 **隨堂測驗：**

01. ほら、あそこ（　） 男の子（　） いますね。
　　1.は／に　2.に／が　3.は／が　4.で／が

02. 顔（　） ニキビが できました。
　　1.に　2.は　3.が　4.を

04. ～で

接続：名詞＋で

翻訳：① 在…做…。② 滿…。

説明：① 前方名詞為「空間、場所」，後方動詞為「動態動作」時，則表動作者在此空間實行的「動態動作」。② 若後方使用「いっぱいだ」，或「満たす／満たされる、溢れる」等表示「充滿、溢出」的詞彙，則表某空間（主語部分）「充滿」了此物品。

① ・子供たちが　公園で　遊んで　いる。
（小孩們在公園玩耍。）

・春日さんは　いつも　教室で　寝て　います。
（春日先生總是在教室睡覺。）

・私は　日本の　大学で　経済の　勉強を　しています。
（我在日本的大學學習經濟。）

・今日、会議室で　昼ご飯を　食べました。
（今天在會議室吃了中餐。）

・室内で　たばこを　吸わないで　ください。（「～ないでください」⇒ #34）
（請不要在室內吸菸。）

・今夜、お寺で　法事が　あります。
（今天晚上在寺廟舉行法會。）

🔗 辨析：

表場所的「を」與「で」之異同

・川で　泳いだ。

・川を　泳いだ。

本項用法「～で」，用於表達「動作場所」。而第 2 項文法「～を」的第③項用法則是用於表

達「經過場所」。上述兩句的不同，在於「川で泳いだ」的語感偏向「在河川做游泳這個動作」；而「川を泳いだ」的語感則是偏向「在河川廣範圍移動遨遊，或從左岸游渡到右岸」。

・公園（こうえん）で　歩（ある）いた。

・歩道（ほどう）を　歩（ある）いた。

・公園（こうえん）で　歩道（ほどう）を　歩（ある）いた。

同理，「公園で歩いた」表示「在公園這個範圍內，做步行這個動作」之意；「歩道を歩いた」則是表示「沿著步道一直移動，走下去。行經步道」之意。亦可將兩者合併為一句話「公園で歩道を歩いた」，意指「在公園這個範圍內，沿著步道一直移動，做行經步道這個動作」。

🔗 辨析：

表場所的「に」與「で」之異同

本項用法「で」，用於表達「動作場所」。而第 3 項文法「～に」的第②項用法則是用於表達「存在場所」。「で」後方使用的動詞為「動態動作」；「に」後方使用的動詞則為「ある、いる」等「靜態存在」的動詞。

・教室（きょうしつ）で　ご飯（はん）を　食（た）べます。（動態動作）
（在教室吃飯。）

・教室（きょうしつ）に　学生（がくせい）が　います。（靜態存在）
（教室裡有學生。）

此外，「ある」這個動詞有兩種意思。一為靜態的「存在」之意，一為動態的「舉行」之意。因此就有如第六句例句，若要表達動態舉行的語意時，必須使用表動態動作的助詞「で」。

・お寺（てら）に　仏像（ぶつぞう）が　あります。（佛像「存在」之意）
（寺廟裡有佛像。）

・お寺（てら）で　法事（ほうじ）が　あります。（「舉行」法會之意）
（在寺廟舉行法會。）

②・スーパーは　買い物客で　いっぱいです。

（超市滿是買東西的客人。）

・本日は　予約で　いっぱいです。

（今天預約都滿了。）

・観光地の　駐車場は　車で　溢れて　いる。

（觀光地的停車場停滿了車子。）

・私の　心は　あなたの　愛で　満たされて　いる。

（我的心，被你的愛塞滿滿的。）

📄 隨堂測驗：

01. 昼ご飯は　食堂（　）　食べて　ください。
　　1.が　2.で　3.に　4.は

02. 今日　鈴木さんの　家（　）　パーティーが　あります。
　　一緒に　行きましょう。
　　1.に　2.が　3.で　4.を

解答 01.（2）02.（3）

05. 〜へ

接続：名詞＋へ

翻訳：往…。朝…。向…。

説明：前方名詞為「空間、場所」，後方動詞為移動語意的動詞，用於表「主語朝某方向移動」。

・（私は）　明日　友達と　デパートへ　行きます。
（我明天要和朋友去百貨公司。）

・（私は）　お正月に　実家へ　帰ります。
（過年的時候我要回老家／娘家。）

・昨日、友達が　うちへ　来ました。
（昨天朋友來了我家。）

・あの　飛行機は　ニューヨークへ　向かった。
（那飛機朝向紐約出發了。）

・姉は　テレビ局へ　ファンレターを　送った。
（我姊姊寄了粉絲信給電視台。）

📎 辨析：

表移動方向的「へ」與「に」之異同

・お正月に　実家へ　帰ります。

・お正月に　実家に　帰ります。

本項文法「へ」用於強調「移動的過程」，而 N5 學習到的表目的地的「に」，則是強調「移動的結果」。大多的情況下兩者可以互換（上述五個例句皆可替換為「に」）。但若動詞本身的語意，就是強調「結果」，如「着く」（到達）等詞彙，則不適合使用強調移動過程的「へ」。

○ 姉は　駅に　着きました。

×姉は　駅へ　着きました。（必須改為「に」）

📑 随堂測驗：

01. 昨日　電車で　新宿（　）　行きました。
　　1.へ　2.を　3.と　4.が

02. 駅（　）　着いたら、私に　連絡して　ください。
　　1.へ　2.に　3.を　4.は

解 01.（1）02.（2）

1. あっ、見て！お猿さん（　　）　木を　登って　いるよ。
　　　1　の　　　　　　2　を　　　　　　3　が　　　　　　4　で

2. 彼は　今、部屋で　音楽（　　）　聴いて　います。
　　　1　で　　　　　　2　を　　　　　　3　が　　　　　　4　に

3. 会議の　時間は　彼（　　）　聞いて　ください。
　　　1　で　　　　　　2　を　　　　　　3　が　　　　　　4　に

4. 兄は　16歳の時　家（　　）　出て、東京に　行きました。
　　　1　を　　　　　　2　に　　　　　　3　が　　　　　　4　から

5. 家の　前（　　）　大きい　川が　あります。
　　　1　を　　　　　　2　で　　　　　　3　に　　　　　　4　が

6. 今夜、　文化センター（　　）　コンサートが　あります。
　　　1　に　　　　　　2　で　　　　　　3　が　　　　　　4　へ

7. 日曜日ですから、公園は　人（　　）　いっぱいです。
　　　1　で　　　　　　2　の　　　　　　3　を　　　　　　4　と

8. 昨日の　午後、羽田空港（　　）　着きました。
　　　1　へ　　　　　　2　で　　　　　　3　が　　　　　　4　に

9. 明日、　大阪（　　）　行きます。
　　　1　に　　　　　　2　で　　　　　　3　が　　　　　　4　を

10. 先生の　かばん（　　）　あの　机の　上（　　）　あります。
　　　1　に／が　　　　2　が／に　　　　3　は／に　　　　4　に／は

02

第 02 單元：助詞 II

　本單元介紹「から」、「まで」兩個格助詞，以及少數能夠兩個格助詞並用的「までに」。第 9 項文法「とか」為並立助詞，前方可接續名詞與動詞。第 10 項文法「の」，則是介紹其「修飾」以及「同位語」的兩種用法。

06. ～から

接続：名詞＋から
翻訳：① 從…。② 由…。③ 用…所（製造）。
説明：① 表移動、方向、範圍等的「起點」，以及「變化前的狀態」。② 若後方使
用「なる、できる、組み立てる」等表示「構成、形成」的詞彙，則表「構
成要素」。③ 若後方使用「作る、製造する、できる」等表示「製造」的詞彙，
則表「原料」。

① ・日本から　友達が　遊びに　来ました。（移動的起點）
（朋友從日本來玩。）

・私の　部屋から　東京タワーが　見えます。（方向的起點）　（「～見える」⇒ #69）
（從我的房間可以看到東京鐵塔。）

・午前　9時から　午後　5時まで　働きます。（範圍的起點）
（從早上九點工作到下午五點。）

・信号が　赤から　青に　変わった。（變化前的狀態）
（紅綠燈從紅燈變成綠燈。）

② ・この　教科書は、　上下2冊から　成って　いる。
（這本教科書分成上下兩冊。）

・人間の　体は　7割が　水から　できて　いる。
（人類的身體有七成是由水分構成的。）

・委員会は　10人の　メンバーから　構成されて　いる。
（委員會是由十位委員所組成的。）

③・米から　お酒を　作りました。
　（我用米做了酒。）

・この石鹸は　高級オイルから　できて　いる。
　（這個香皂是用高級的油所製成的。）

辨析：

「原料」使用「から」；「材料」則使用「で」。「原料」指的是產生「化學變化」，原本的狀態已不復見；而「材料」指的則是自身狀態與性質並無改變的組成物。

・米（○から／×で）　お酒を　作る。（原料）
（用米做酒。）

・紙（×から／○で）　鶴を　折る。（材料）
（用紙摺紙鶴。）

隨堂測驗：

01. 紙（　）　人形を　作りました。
　　1.から　2.まで　3.が　4.で

02. 家（　）　お弁当を　持って　きました。
　　1.から　2.を　3.が　4.は

解答 01.（4）02.（1）

07. ～まで

接続：① 名詞＋まで ② 動詞原形＋まで
翻訳：① 到…。② 直到…。之前…。
説明：① 表時間上、空間上、度量衡上，以及範圍的「終點」。② 表動作持續的
「終點」。以「A まで、B」的形態，來表示 B 這個動作，一直持續到 A 這
個動作發生為止。

① ・毎朝 10 時まで 寝ます。（時間上的終點）

（每天早上睡到十點。）

・毎日 学校まで 自転車で 行きます。（空間上的終點）

（每天騎腳踏車到學校。）

・今日の 気温は 40℃まで 上がりました。（度量衡上的終點）

（今天的天氣上升到了攝氏 40 度。）

・首都圏から 東北地方まで 緊急地震速報が

発表されて います。（範圍的終點）

（從首都圏至東北地方都發出了地震警報。）（「～（ら）れる（被動）」⇒ #92）

② ・雨が 止むまで、待ちましょう。

（我們等到雨停吧。）

・病気が 治るまで、家で ゆっくり 休んで ください。

（請好好地在家休息，直到你的病痊癒。）

・大学に 受かるまで、彼女と 会いません。

（考上大學之前，我都不和女朋友見面。）

・私が 行くまで、帰らないで ください。

（在我去之前，請不要回家。）

📄 随堂測驗：

01. 私は　毎晩　夜の　11時（　）　勉強します。
　　1.が　2.を　3.は　4.まで

02. 試験に　合格する（　）、　毎日　2時間　勉強します。
　　1.から　2.まで　3.は　4.で

解 01.（4）02.（2）

08. ～までに

接続：名詞／動詞原形＋までに
翻訳：之前…。
説明：表達「最終期限」，意思是「…之前，必須完成某事」。後句多半隨著「～
　　　てください」、「～なければなりません」 (⇒ #35)、「～ておく」 (⇒ #46)
　　　等表「提前準備」或「處置」的文末表現。

・金曜日までに　レポートを　出します。
（星期五之前，交報告。）

・明日は　７時までに　学校に　来て　ください。
（明天請七點之前來學校。）

・夏休みが　終わるまでに、この　本の　単語を　全部　覚えなければ　なりません。
（暑假結束之前，我必須將這本書的單字都背起來。）

・父が　帰って　くるまでに、部屋を　片付けます。
（爸爸回來之前，我要把房間整理好。）

🔗 辨析：

「まで」與「までに」之異同

「まで」用於表達動作持續的終點，「までに」表達動作實行的最終期限。因此「まで」後方
使用的動詞多為「持續性動作」，用於表達此動作持續到某個時刻。而「までに」後方則多使
用「瞬間性、一次性」的動作，用於表達此動作在某個時刻到達前，必須施行。

・３時まで　勉強します。（讀書這個動作，持續到三點為止。）

・３時までに　レポートを　出します。（三點之前，做交出報告這個動作。）

但有些動作，依照語境不同，可解釋為持續性動作，亦可解釋為一次性動作。如「寝ます」。
這時「まで」或「までに」皆有可能使用，但語意不同。

- **3時まで　　寝ます。**（睡覺這個動作一直持續到三點，三點才起床。）

- **3時までに　寝ます。**（三點之前，做睡覺這個動作，三點才去睡。）

隨堂測驗：

01. 先生が　来る（　）、教室に　いてください。
　　1. まで　2. までに　3. に　4. にまで

02. 先生が　来る（　）、教室を　片付けてください。
　　1. まで　2. までに　3. に　4. にまで

09. 〜とか

接続：① 名詞＋とか　② 動詞原形＋とか
翻訳：之類的…。
説明：「〜とか」用於表達「部分列舉」。以「Aとか、Bとか」的型態，來表示舉出幾個例子，「A、或者是B之類的」。口氣中帶有「除了A、B兩項以外，還有其他的也是…」，只不過沒講出來而已。① 前接名詞時，意思以及用法與N5學習到的「〜や　〜など」類似，絕大多數的情況也都可以互相替換。此外，「〜とか、〜とか」亦可直接置於「が、を、に、で」等格助詞的前方。② 前接動詞原形時，意思以及用法與N5學習到的「〜たり　〜たり　する」類似。第二個「とか」的後方經常會配合動詞「する」使用。

① ・私は、　チョコレートとか　ケーキとか　甘い　ものが　好きです。
　（我喜歡巧克力，以及蛋糕之類的甜食。）

・朝ご飯は、　いつも　シリアルとか　パンとか　簡単な　ものを
　食べて　います。
　（我早餐總是吃一些像是麥片啦，麵包之類的簡單的東西。）

・ボーナスは、　娘の　教育費とか　家族旅行とかに　使いました。
　（我的獎金用在女兒的教育費以及家族旅行之類的。）

・誕生日の　プレゼントは、　スマホとか　タブレットとかが　欲しいです。
　（生日禮物，我想要智慧型手機或者是平板電腦之類的東西。）

② ・休みの　日は、　いつも　買い物を　するとか　本を　読むとか　して　います。
　（假日我總是買買東西，或者讀讀書之類的。）

・先輩に　聞くとか　インターネットで　調べるとか、
　方法は　いろいろ　あります。
　（方法有很多，像是問前輩，或者是在網路上查之類的。）

📄 **隨堂測驗：**

01. お土産は、　クッキーとか　チョコレート（　）　いいです。
　　 1. や　　2. など　　3. とかが　　4. がとか

02. 机の　上に、　本（　）　ノート（　）が　いっぱい　あります。
　　 1. や／や　　2. や／とか　　3. とか／や　　4. とか／とか

解 01.（3）　02.（4）

10. ～の

接続：名詞＋の
翻訳：① 的…。② 中文不翻譯。
説明：① 表修飾關係。以「ＡのＢ」的形式，來表達Ａ與Ｂ兩名詞之間的各種修飾
關係。② 表同位語。以「ＡのＢ」的形式，來表達「Ｂ即為Ａ」。因此意思
等同於「ＢはＡです」。

① ・私の 本。（所有）
（我所擁有的書。）

・あの 会社の 社員。（所屬）
（那間公司所屬的員工。）

・山田さんの 彼女。（關係）
（山田先生的女朋友。）

・日本語の 本。（內容）
（關於日文的書。）

・銀行の 隣。（位置基準）
（銀行隔壁。）

・京都の お寺。（位置所在）
（位於京都的寺廟。）

・ゴッホの 絵。（生產者）
（梵谷所繪製的畫。）

・桜の 木。（種類）
（櫻花樹。）

② ・この学校に　アメリカ人の　先生が　3人　います。（先生＝アメリカ人）

（這學校裡有三位美國人老師。）

・私が　校長の　山田です。よろしく　お願いします。（山田＝校長）

（我就是校長山田，請多指教。）

・首都の　東京で　新型コロナウイルスの　感染者が　増えて　います。（東京＝首都）

（在首都東京，武漢肺炎的感染者增加了。）

・こちらは　首相の　菅さんです。（菅さん＝首相）

（這位是首相菅氏。）

※註：「新型コロナウイルス（Corona Virus）」日文原意為「新型冠狀病毒」之意。由於此病會引發肺部疾病，因此俗稱「武漢肺炎」（學稱「COVID-19」）。2020 年爆發全世界大流行後，日本就以「コロナ」一詞來簡稱此病毒以及此病毒所引發的相關疾病。本書將「新型コロナウイルス」、「コロナ」等詞彙，統一翻譯為「武漢肺炎」。

📄 隨堂測驗：

01. あの　女性は　（　）です。
　　1. 大統領の娘さん　2. 娘さんの大統領

02. あの　女性は　（　）です。
　　1. 大統領の蔡さん　2. 蔡さんの大統領

解答 01.（1）02.（1）

1. ブドウ（　　）　ワインを　作ります。
    1　から　　　　　2　まで　　　　　3　が　　　　　4　を

2. 先生が　来る（　　）　帰らないで　ください。
    1　まで　　　　　2　に　　　　　3　までに　　　　4　で

3. 先生が　来る（　　）　黒板を　消して　ください。
    1　まで　　　　　2　に　　　　　3　までに　　　　4　で

4. 晩ご飯は　ラーメンとか　うどん（　　）　食べたい。
    1　をとか　　　　2　とかを　　　　3　でとか　　　　4　とかで

5. こちらの　女性は　台湾の　（　　）です。
    1　大統領の蔡さん　　　　　　　　2　蔡さんの大統領
    3　大統領が蔡さん　　　　　　　　4　蔡さんが大統領

6. 彼の　部屋（　　）　富士山が　見えます。
    1　へ　　　　　　2　を　　　　　3　まで　　　　4　から

7. 午後の　3時までに、（　　）。
    1　仕事を　して　います　　　　2　レポートを　出します
    3　彼女と　会いませんでした　　　4　5時からです

8. 金曜日の　夜は、　いつも　映画を（　　）とか　本を（　　）とか　しています。
    1　観／読　　　　　　　　　　2　観る／読む
    3　観ます／読みます　　　　　4　観／読み

9. この　雑誌は　自動車（　　）　雑誌です。
    1　が　　　　　　2　で　　　　　3　の　　　　　4　と

10. 毎日　歩いて　会社（　　）　行きます。
    1　まで　　　　　2　から　　　　3　までに　　　　4　までへ

第 03 單元：助詞 III

11. ～は
12. ～も
13. ～でも
14. ～ばかり
15. ～は～が

　　本單元介紹四個副助詞，以及句型「～は～が」。一般而言，副助詞擺在格助詞的後方，或者直接取代「が」、「を」。唯獨第 14 項文法介紹的「ばかり」，位置較靈活，亦可擺在某些格助詞的前方，這點需要特別留意。此外，第 11 項文法的辨析當中，亦有詳細說明主題的「は」與動作主體的「が」的使用狀況。規則僅需要了解即可，考試不會針對此點出題，不需要死背。

11. ～は

接続：名詞＋は
翻訳：中文以語序位置決定「主題」，無翻譯。
説明：表句子的「主題」。句子結尾可為名詞、形容詞、以及動詞的第一、二人稱
（動詞第三人稱時，請參考本書 01 項文法「～が」的第 ① 項用法）。

・私は　学生です。 名詞、第一人稱
（我是學生。）

・山田さんは　会社員です。 名詞、第三人稱
（山田先生是公司員工。）

・私は　ハンサムです。 形容詞、第一人稱
（我很英俊。）

・京子さんは　美しい。 形容詞、第三人稱
（京子小姐很漂亮。）

・私は　昨日　映画館へ　行きました。 動詞、第一人稱
（我昨天去了電影院。）

📎 辨析：

動詞句第三人稱時，原則上使用「が」。若使用「は」，則並非單純描述說話者所看到的現象，
而是在有問句的前提下，以此前提為主題，進行詢問以及給予回答時。

・**子供たちが　公園で　遊んでいます。**（單純描述看到小孩在公園玩耍）
（小孩們在公園玩耍。）

・Ａ：子供たちは　どこですか。

（Ａ：小孩們在哪裡呢？）

　Ｂ：子供たちは　公園で　遊んでいます。（針對詢問小孩狀況，給予回答）

（Ｂ：小孩們在公園玩耍。）

此外，若動作主體使用疑問詞作詢問時，則使用「が」。其回答句亦是使用「が」回答。

・Ａ：誰が　　　公園で　遊んでいますか。

（Ａ：誰在公園玩耍呢？）

　Ｂ：子供たちが　公園で　遊んでいます。

（Ｂ：小孩們在公園玩耍。）

辨析：

動詞句第三人稱時，若表「反復性」、「恆常性」、「習慣性」的動作或「否定」，則亦會使用「は」。

・友達が　来ました。（單純描述朋友到來這個事實）

（朋友來了。）

・友達は　毎日　ここに　来ます。（描述一件恆常性的，朋友天天都來這個事實）

（朋友每天都來這裡。）

・友達は　昨日　来ませんでした。（描述朋友並未到來，否定句）

（朋友昨天沒有來。）

隨堂測驗：

01. 誰（　）　ゴミを　ここに　捨てましたか。
　　1.は　2.が　3.に　4.で

02. 田中さんが　来ましたよ。田中さん（　）　最近　毎日　ここに　来ますね。
　　1.は　2.が　3.の　4.を

解 01.（2）02.（1）

41

句子的主題／動作的主體為「人」時，「は」與「が」的單句規則整理：

規則整理①	原則	形容詞、名詞結尾的句子，原則上使用「は」。 ・私は　学生です。
	進階用法	形容詞、名詞結尾的句子，原則上使用「は」。但若使用「が」，則有弦外之音，用來強調「正是我⋯／由我來⋯」的含義。 ・私**は**　学生です。（單純敘述我的身份為學生） ・私**が**　学生です。（強調我的身份正是學生）
規則整理②	原則	動詞第一、二人稱的句子，原則上使用「は」。 ・私は　昨日　映画館へ　行きました。
	進階用法	動詞第一、二人稱的句子，原則上使用「は」。但若使用「が」，則有弦外之音，用來強調「正是我⋯／由我來⋯」的含義。 ・私は　昨日　映画館へ　行きました。 （單純敘述我昨天去電影院一事） ・私が　昨日　映画館へ　行きました。 （強調昨天去電影院的不是別人，正是我）
規則整理③	原則	動詞第三人稱的句子，原則上使用「が」。（※ 註：參照第 01 項文法第①項用法） ・子供たち**が**　公園で　遊んでいます。
	進階用法	動詞第三人稱的句子，原則上使用「が」。但若使用「は」，則並非單純描述，而是在有問句的前提下，以此前提為主題，進行詢問以及給予回答時。 ・子供たち**が**　公園で　遊んでいます。 （單純描述看到小孩在公園玩耍） ・A：子供たち**は**　どこですか。 　B：子供たち**は**　公園で　遊んでいます。（針對問句，給予回答） 又或者是，說話者接著繼續針對此動作主體進行一連串描述（出現第二次以後）時，亦會使用「は」。 ・子供たち**が**　公園で　遊んでいます。その子供たち**は**　近くの幼稚園の　園児です。 （「子供たち」第一次出現時，按照規則使用「が」即可。但接下來繼續針對「子供たち」敘述，第二次出現時，則會改用「は」。）

規則整理④	原則	動詞第三人稱的句子，若表「反復性」、「恆常性」、「習慣性」的動作或「否定」，則使用「は」。 ・友達は　毎日　ここに　来ます。 （描述一件恆常性的，朋友天天都來這個事實） ・友達は　昨日　来ませんでした。 （描述朋友並未到來，否定句）
	進階用法	動詞第三人稱的句子，若表「反復性」、「恆常性」、「習慣性」的動作或「否定」，則使用「は」。但若使用「が」，則是像是下例這種，動作主體使用疑問詞作詢問時，及其回答句時的情況。 ・友達は　毎日　ここに　来ます。 （描述一件恆常性的，朋友天天都來這個事實） ・A：誰が　毎日　ここに来ますか。（主語為疑問詞） 　B：友達が　毎日　ここに来ます。（給予上句的回答） ・友達は　来ませんでした。（描述朋友並未到來，否定句） ・A：誰が　来ませんでしたか。（主語為疑問詞） 　B：友達が　来ませんでした。（給予上句的回答）

※ 註：由於「風が冷たい／風は冷たい」等現象文（⇒ #01-②）以及「私が風邪の時、休みます／私は風邪の時、休みます」等從屬子句的「は／が」異同比較，不屬於 N4 考試的範圍，故本書不將其列入。

12. 〜も

接続：名詞＋（格助詞）＋も
翻訳：① 也…。② 都…。③ 都（沒/不）…。④ 高達/多達…。
説明：① 表「類比」。用於表達相同種類的事物。若原本的助詞為「は」、「が」或「を」，則改為「も」；若原本的助詞為「に、で、へ、と、から」，則改為「にも、でも、へも、とも、からも」；若原本為時間副詞等不含助詞的語彙，則加上「も」即可。② 表「並列」。用以排列出兩項以上的相同事物。③ 表「數量上的全面否定」。前面接續表示「一…」等表極小數的數量或疑問詞，句尾以否定結尾，用於表達「連這麼一丁點都沒有」等全盤否定、為零的意思。④ 表「數量上的極多」。前面接續表示「感覺上是屬於多數」的數量或疑問詞，句尾以肯定結尾，用於表達「居然有這麼多」的心境上的表現。

① ・私は　学生です。林さん＝（は）＝も　学生です。
　　（我是學生。林先生也是學生。）

・部屋に　猫が　いる。部屋に　犬＝（が）＝も　いる。
　（房間裡有貓。房間裡也有狗。）

・私は　肉を　食べた。私は　魚＝（を）＝も　食べた。
　（我吃了肉。我也吃了魚。）

・昨日、鈴木さんに　会いました。山田さんにも　会いました。
　（昨天見了鈴木先生。也見了山田先生。）

・山手線で　新宿へ　行く　ことが　できます。中央線でも　新宿へ　行く　ことが　できます。（「〜ことができる」⇒ #69-②）
　（搭山手線可以去新宿。搭中央線也可以去新宿。）

・山本さんは　北海道へ　行かなかった。山本さんは　沖縄へも　行かなかった。
　（山本先生沒有去北海道。山本先生也沒有去沖繩。）

・私は　Ａ子と　喧嘩した。私は　Ｂ子とも　喧嘩した。
　（我和Ａ小姐吵架了。我也和Ｂ小姐吵架了。）

・ウイルスは　中国から　来ました。ウイルスは　ヨーロッパからも　来て　います。

（病毒是從中國來的。病毒也有從歐洲進來。）

・昨日、公園へ　行った。今日も　公園へ　行った。

（昨天去了公園。今天也去了公園。）

・今日、日本語の　勉強を　します。明日も　日本語の　勉強を　します。

（今天讀日文。明天也要讀日文。）

②・日本人も　アメリカ人も　みんな　地球人です。

（日本人跟美國人，大家都是地球人。）

・これも　あれも　全部　私の　ものです。

（這個跟那個，全部都是我的。）

・私は　ピアノも　ギターも　弾けます。（「可能形」⇒ #68- ①）

（鋼琴與吉他，我都會。）

・昨日、昼ご飯も　晩ご飯も　食べなかった。

（我昨天中餐與晚餐都沒吃。）

・昨日、鈴木さんにも　山田さんにも　会いました。

（昨天，鈴木與山田，我都見了。）

③・教室に　一人も　いません。

（教室裡一個人都沒有。）

・教室に　誰も　いない。

（教室裡沒有任何人。）

・彼は　1円も　持っていません。

（他連一塊錢都沒有。）

・彼は　何も　できません。

（他什麼都不會。）

・私は　一度も　日本へ　行った　ことが　ありません。（「～たことがない」⇒ #51）

（我一次也沒有去過日本。）

・昨日、どこへも 行きませんでした。

（昨天我哪兒都沒去。）

④・教室に 50人も います。

（教室裡有五十人之多。）

・教室に アメリカからの 留学生が 何人も います。

（教室裡有好幾位美國來的留學生。）

・彼は 1000万円の 現金も 持って います。

（他帶了高達一千萬日圓的現金。）

・彼は 何回も 日本へ 来た ことが あります。（「〜たことがある」⇒#51）

（他來了日本好幾次。）

・昨日、彼を 3時間も 待ちました。

（我昨天等他等了長達三小時。）

・昨日、彼を 何時間も 待ちました。

（我昨天等他等了好幾個小時。）

📄 **隨堂測驗：**

01. 私の部屋に テレビが あります。弟の部屋（ ） テレビ（ ）
　　あります。
　　1. に／が　2. が／に　3. には／が　4. にも／が

02. 彼は 銀行から 5000万円（ ） 借りました。
　　1. も　2. が　3. もを　4. をは

13. 〜でも

接続：名詞＋（格助詞）＋でも
翻訳：① 就連…／就算…。② 之類的…。
説明：① 表「舉出極端例，進而類推」。藉由舉出極端的例子，進而暗示「普通的
　　　人／事也都可以」。如第一句，說話者藉由舉出「小學生」這種極端的例子，
　　　暗示說「連小學生都懂了，那一般的大人或國、高中生一定也懂」。口氣主
　　　要暗示「一般人也…」。② 表「舉例」，用來舉出一個例子，並概括其他同
　　　種類或同性質的事物。上述兩種用法，若原本的助詞為「が」或「を」，則
　　　改為「でも」；若原本的助詞為「に、で、へ、と、から」，則改為「にでも、
　　　ででも、へでも、とでも、からでも」。

① ・この 問題は、小学生 ~~（が）~~ でも わかる。
　　（這個問題，連小學生都懂。）

・この 料理は 簡単で、子供 ~~（が）~~ でも できる。
　（這個料理很簡單，就連小孩都會做。）

・あの 作家の 本は 田舎の 小さい 書店で**でも** 売って います。
　（那個作家的書，就連鄉下的小書店都有在賣。）

・田中さんは 初めて 会った 人と**でも** すぐに 友達に なれます。
　（田中先生他就連第一次見面的人，都可以馬上變朋友。） 「可能形」⇒ #68- ①

② ・お茶 ~~（を）~~ **でも** 飲みませんか。
　　（要不要喝個茶之類的。）

・今度 一緒に ご飯 ~~（を）~~ **でも** しましょう。
　（下次要不要一起吃個飯啊。）

・元気が ないですね。風邪 ~~（を）~~ **でも** 引いたの でしょうか。
　（他精神不太好耶。不知道是不是感冒了。）

・そのことは 先生に**でも** 相談して ください。
　（關於那件事，請去跟老師之類的人商量。）

第 ② 項用法的「～でも」，由於用來暗示還有其他的事物，因此不可使用於單一、過去確定已經發生的事實。

× 昨日は　友達と　デパートにでも　行った。
<small>きのう　　ともだち　　　　　　　　　　い</small>

○ 昨日は　友達と　デパートに　行った。
<small>きのう　　ともだち　　　　　　　い</small>
（昨天跟朋友去了派對。）

📄 隨堂測驗：

---

01. 今度の　夏休みは　一緒に　アメリカ（　）　行きませんか。
　　　1．でもへ　　2．へでも　　3．も　　4．でも

02. この　数学の　問題は　難しくて、大学の　先生（　）　わかりません。
　　　1．がでも　　2．でもが　　3．でも　　4．が

---

14. 〜ばかり

接続：名詞＋（格助詞）＋ばかり　or　名詞＋ばかり＋（格助詞）
　　　動詞て形＋ばかり（「〜て形」⇒ #38）
翻訳：① 盡是…。② 盡是做…。
説明：① 以「〜です／だ」結尾時，表前接的名詞「數量很多」。② 以動態動詞結
　　　尾時，表「重複做此動作許多次」。若原本的助詞為「が」或「を」，則改
　　　為「ばかり」，或直接放置在「が」、「を」的前方（「ばかりが」、「ば
　　　かりを」）；若原本的助詞為「に、で、へ、と、から」，則「ばかり」可
　　　放置於這些助詞的前方或後方皆可。

① ・この　学校の　先生は　厳しい　人ばかりです。
（這個學校的老師，都是一些很嚴格的人。）

・うちは　田舎で、周りは　畑ばかりです。
（我家在鄉下，周遭滿是農田。）

・私の　会社は　悪い　人ばかりだ。
（我的公司裡，盡是一些壞人。）

② ・彼は　お客さんに　コーヒー（を）ばかり　出す。
　　彼は　お客さんに　コーヒーばかりを　出す。
（他總是給客人咖啡＜不給其他的飲料＞。）

・山田さんは　甘い　物（を）ばかり　食べて　います。
　山田さんは　甘い　物ばかりを　食べて　います。
（山田先生總是吃甜食＜不吃其他口味的＞。）

・うちの子は　テレビ（を）ばかり　見て　いる。
　うちの子は　テレビばかりを　見て　いる。
（我家的小孩一天到晚都在看電視＜都不看書之類的＞。）

49

・この　アパートは　変な　人（が）ばかり　住んで　いる。

　この　アパートは　変な　人ばかりが　住んで　いる。

（這個公寓裡盡是住一些怪人＜都沒什麼正常人＞。）

・留学生は　いつも　同じ　国の　人とばかり　話して　いる。

　留学生は　いつも　同じ　国の　人ばかりと　話して　いる。

（留學生總是跟自己國家的人講話＜不跟其他外國籍或日本人講話＞。）

・上司は　私にばかり　仕事を　振る。

　上司は　私ばかりに　仕事を　振る。

（上司總是把工作指派給我＜不指派給其他同事＞。）

🔗 辨析：

此用法若後句的動詞為「〜を　〜ている」時，則有兩種型態。1.「名詞＋ばかり＋（を）可省略＋動詞ている」；或者 2.「名詞＋を＋動詞て＋ばかり＋いる」。

・山田さんは　甘い　ものばかり（を）　食べて　います。

　山田さんは　甘い　ものを　食べて　ばかり　います。

・うちの　子は　テレビばかり（を）　見て　いる。

　うちの　子は　テレビを　見て　ばかり　いる。

📄 隨堂測驗：

01. ゲーム（　）　しないで、勉強しなさい。（「〜ないで」⇒ #129-②；「〜なさい」⇒ #73）
　　1. をばかり　2. ばかり　3. ばかりが　4. してばかり

02. 彼は　家に　いるとき、スマホを　（　）ばかり　いる。
　　1. 見る　2. 見た　3. 見て　4. 見ない

解 01.（2）02.（3）

50

15. ～は～が

接続：名詞＋は　名詞＋が
翻訳：① 某人（喜歡、討厭、想要、擔心）某物；某人某方面的能力（很棒、很差）
　　　② 某主體的特徵、屬性…
説明：① 以「AはBが＋表**感情**（好き、嫌い、欲しい、心配だ）或**能力**（上手だ、
　　　下手だ）的形容詞」，來表示A為主體，B為此感情或能力的「對象」。若形
　　　容詞為感情語意的詞彙，則A僅能為第一人稱（私）與第二人稱（あなた）。
　　　第二人稱多用於疑問句，因此「～は」的部分經常省略。但若形容詞為表能力
　　　語意的詞彙，則無人稱限制。② 以「AはBが＋表**屬性**的形容詞」，來表示
　　　A為主體，「Bが形容詞」的部分為此主體的屬性。此句型中，A為此人事物
　　　的整體範圍，而B則為此人事物的其中一部分（故有些文法書稱A為大主語，
　　　B為小主語）。

① ・（私は）日本料理が　好きです。
　　（我喜歡日本料理。）

　・（あなたは）日本料理が　好きですか。
　　（你喜歡日本料理嗎？）

　・（私は）あなたが　嫌いです。
　　（我討厭你。）

　・（私は）新しい　パソコンが　欲しいです。
　　（我想要新電腦。）

　・（私は）親の　ことが　心配です。
　　（我擔心我的雙親。）

　・鈴木さんは　英語が　上手です。
　　（鈴木先生英文很棒。）

　・山田さんは　料理が　下手です。
　　（山田先生料理很遜。）

② ・象は　鼻が　長いです。

（大象鼻子很長。）

・私は　頭が　悪いです。

（我頭腦不好。）

・田中さんは　背が　高いです。

（田中先生身高很高。）

・この　学校は　先生が　優しい。

（這間學校老師很溫柔。）

・この　マンションは　部屋が　狭いです。

（這間華廈大樓房間很小。）

辨析：

① 「象は鼻が長い」與 ② 「象の鼻は長い」的異同。

就有如第 11 項文法學習到的，「～は」為句子的主題。因此第 ① 句「象は～」，主要為針對大象這個話題，進行討論、敘述。而第 ② 句則是針對「象の鼻は～」的部分進行討論、敘述。因此在講述大象各個特徵時，會使用 ① 的描述；而在針對大象鼻子部分特徵敘述時，會使用 ② 的敘述。

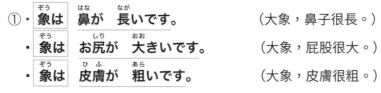

① ・**象は**　鼻が　長いです。 　　　　（大象，鼻子很長。）

・**象は**　お尻が　大きいです。 　　（大象，屁股很大。）

・**象は**　皮膚が　粗いです。 　　　（大象，皮膚很粗。）

　　主題　　　針對主題的敘述

・A：**象は**　どんな　動物ですか。 　　（大象是怎樣的動物呢？）

　B：**象は**　鼻が　長い動物です。 　（大象是鼻子很長的動物。）

② ・**象の鼻は**　長いです。 　　　　（大象的鼻子很長。）

・**象の鼻は**　重いです。 　　　　（大象的鼻子很重。）

・**象の鼻は**　臭いです。 　　　　（大象的鼻子很臭。）

　　主題　　　針對主題的敘述

・A： 象の鼻は 長いですか。 （大象的鼻子很長嗎？）

B： はい。象の鼻は 長いです。 （是的，大象的鼻子很長。）

隨堂測驗：

01. あの人（　）　顔（　）　大きいです。
　　 1.に／は　2.の／の　3.が／は　4.は／が

02. 僕、カナちゃん（　）大好きです。
　　 1.を　2.が　3.の　4.に

解 01.（4）　02.（2）

1. 昨日の　夜、誰（　　）来ましたか。
　　　1　を　　　　　　　2　は　　　　　　　3　に　　　　　　　4　が

2. 教室に　外国人が　います。その　外国人（　　）　転校生です。
　　　1　で　　　　　　　2　が　　　　　　　3　は　　　　　　　4　も

3. 教室に　アメリカ人が　います。日本人（　　）　います。
　　　1　は　　　　　　　2　も　　　　　　　3　がは　　　　　　4　がも

4. 教室に　一人（　　）　いません。
　　　1　が　　　　　　　2　は　　　　　　　3　も　　　　　　　4　でも

5. 教室に　外国人が　10人（　　）　います。
　　　1　が　　　　　　　2　の　　　　　　　3　でも　　　　　　4　も

6. 一緒に　コーヒー（　　）　飲みませんか。
　　　1　をも　　　　　　2　にも　　　　　　3　でも　　　　　　4　も

7. この　クラスは　勉強が　嫌いな　子（　　）です。
　　　1　ばかり　　　　　2　でも　　　　　　3　は　　　　　　　4　にでも

8. 鈴木さんの　息子さん（　　）　ピアノ（　　）　上手です。
　　　1　に／が　　　　　2　が／を　　　　　3　は／が　　　　　4　が／に

9. あの　男の子は　女の子（　　）　話しています。
　　　1　とばかり　　　　2　ばかりが　　　　3　がばかり　　　　4　をばかり

10. キリン（　　）　首（　　）　長い動物です。
　　　1　の／は　　　　　2　は／が　　　　　3　が／を　　　　　4　に／が

04

第 04 單元：比較・程度

16. A は B より〜
17. A と B とどちらが〜
18. B より A のほうが〜
19. B は A ほど〜ない

　　本單元整理出 N4 範圍當中，用於比較的句型。詳細的細節與用法，請參照各項文法的說明。

16. A は B より～

接続：名詞＋は　名詞＋より

翻訳：A 比 B…

説明：「より」表比較。以「A は B より～」的型態，來比較 A、B 兩件事物其性質上的優劣、大小、長短、多寡…等。「～」的部分可為「形容詞」、「（副詞＋）動詞」、「有程度意涵的名詞」，以及第 15 項文法所學習到的「～は～が」句型的「～が」敘述部分。此外，「より」的後方可以加上「は」來對比「較少」的語氣；亦可加上「も」來加強「多」的語氣。

・鈴木さんは　木村さんより　かっこいいです。
（鈴木先生比木村先生帥。）

・今日の　電車は　昨日より　混んで　いますね。
（今天的電車比起昨天還要擁擠。）

・田村君は　上田君より　速く　走れます。（「～走れる（動詞可能形）」⇒ #67、68）
（田村君跑得比上田君快。）

・妹は　お姉さんより　美人です。
（妹妹比起姊姊更是個美人。）

・象は　天狗より　鼻が　長いです。
（大象鼻子比天狗長。）

・東京は　ニューヨークより　人が　多いです。
（東京比紐約人還要多。）

・この　マンションは　あの　アパートより　部屋が　狭いです。
（這間華廈大樓比起那間公寓房間還要小。）

・椋太君は　翔太君より　歳が　2つ　上です。
（椋太比起翔太大兩歲。）

・ニューヨークは　東京よりは　人口が　少ないです。
（紐約比起東京，人口還要少。）

・アメリカは　日本よりも　コロナの　感染者が　多いです。
（美國比起日本的武漢肺炎感染者還要多。）

📎 辨析：

若比較過去時間與現在時間的事情，句末的時制必須跟著主語「～は」的部分。

・今日は　昨日より　寒いですね。
（今天比起昨天冷。）

・去年は　今年より　忙しかったです。
（去年比起今年忙。）

📄 隨堂測驗：

01. 昨日は　今日より　（　　）。
　　1. 寒いです　2. 寒かったです　3. 寒いでした　4. 寒かったでした

02. 聖子ちゃんは　明菜ちゃん（　）　髪（　）　長いです。
　　1. が／より　2. より／が　3. の／が　4. より／の

解答 01.（2）02.（2）

17. ＡとＢとどちらが〜

接続：名詞＋と　名詞＋と　どちらが
翻訳：Ａ與Ｂ，哪個比較…？
説明：以「ＡとＢと　どちらが〜」的型態，來詢問Ａ、Ｂ兩件事物，其性質上的優劣、大小、長短、多寡…等。「〜」的部分可為「形容詞」、「（副詞＋）動詞」、「有程度意涵的名詞」，以及第15項文法所學習到的「〜は　〜が」句型的敘述部分。回覆時，會以「〜のほうが」的形式回答。此外，「〜と〜と」的後方可以加上「では」來強調比較的「範圍」。

・Ａ：このスマホと　そのスマホと　どちらが　使いやすいですか。
（Ａ：這個智慧型手機與那個智慧型手機，哪支比較好用？）
　Ｂ：そうですね。こちらのほうが　使いやすいと　思います。（「〜と思う」⇒ #58）
（Ｂ：嗯，我覺得這支比較好用。）

・Ａ：田村君と　上田君と　どちらが　速く　走れますか。
（Ａ：田村與上田，誰跑得比較快？）
　Ｂ：田村君のほうが　速く　走れます。
（Ｂ：田村跑得比較快。）

・Ａ：植木さんと　宮本さんと　どちらが　努力家ですか。
（Ａ：植木與宮本，誰比較努力呢？）
　Ｂ：宮本さんのほうが　努力家です。
（Ｂ：宮本比較努力。）

・Ａ：春日さんと　小林さんと　どちらが　テニスが　上手？
（Ａ：春日跟小林，誰網球打得比較棒？）
　Ｂ：春日さんのほうが　上手かな。
（Ｂ：春日打得比較棒吧。）

・Ａ：日本語能力試験ですが、去年と　今年と　どちらが　問題が　難しいですか。
（Ａ：關於日檢，去年跟今年，哪一年題目比較難？）
　Ｂ：去年のほうが　難しかったかな。
（Ｂ：去年比較難吧。）

- 田村君と　上田君とでは　どちらが　速く　走れますか。

（田村與上田**這兩個人**，誰跑得比較快。）

- 春と　秋とでは　どちらが　好きですか。

（春天與秋天**這兩個季節**，你比較喜歡哪個。）

辨析：

比較「兩事物」時的疑問句，疑問詞只能使用「どちら」，不可使用「どれ」。即便比較的對象為人，亦只能使用「どちら」，不可使用「誰」。

- 鈴木さんと　木村さんと　（○どちら／×誰）が　かっこいいですか。

（鈴木與木村，誰比較帥？）

- このスマホと　そのスマホと　（○どちら／×どれ）が　使いやすいですか。

（這個智慧型手機與那個智慧型手機，哪支比較好用？）

「どれ」與「誰」用於「三事物／三人」以上的比較時。也由於是從多個（三個以上的）人事物中挑選出一個，因此問句與答句多半會與「一番」一起使用。

- A：あの　メーカーの　スマホの　中で　どれが　一番　いいですか。

（A：那個製造商所出的智慧型手機中，哪一支最好呢？）

　B：これが　一番　おすすめです。

（B：我最推薦這一支。）

- A：クラスの　中で　誰が　一番　かっこいいですか。

（A：班級當中，誰最帥呢？）

　B：鈴木さんが　一番　かっこいいと　思います。

（B：我覺得鈴木最帥。）

回答時，若為否定句，則依問句的疑問詞，分別改為「どちらも／どれも／誰も～ない」即可。

- A：あの　メーカーの　スマホの　中で　どれが　一番　いいですか。

（A：那個製造商所出的智慧型手機中，哪一支最好呢？）

　B：どれも　よくないです。

（B：每個都不好／全部都不好。）

・**A：鈴木（すずき）さんと　木村（きむら）さんと　どちらが　かっこいいですか。**

（A：鈴木與木村，誰比較帥？）

B：どちらも　かっこよくないと　思（おも）います。

（B：我覺得兩個都不帥。）

隨堂測驗：

01. 台北と　東京と　（　）が　不動産の　価格が　高いですか。

　　1. どちら　2. どれ　3. どこ　4. どの

02. 日本では　（　）が　不動産の　価格が　一番　高いですか。

　　1. どちら　2. どれ　3. どこ　4. どの

解01.（1）　02.（3）

18. B より A のほうが～

接続：名詞＋より　名詞＋のほうが
翻訳：① 比起 B，A 較為…。② 就（這個話題）而言，比起 B，A 較為…。
説明：① 以「B より A のほうが～」或者「A のほうが B より～」的型態，來比較
　　　A、B 兩件事物，其性質上的優劣、大小、長短、多寡…等。「～」的部分可
　　　為「形容詞」、「（副詞＋）動詞」、「有程度意涵的名詞」，以及第 15 項
　　　文法所學習到的「～は　～が」句型的敘述部分。② 以「～は　B より A の
　　　ほうが～」或者「～は　A のほうが B より～」的型態，來表達在某個特定的
　　　人物、主題或話題之下，兩事物之間的比較。

① ・木村さんより　鈴木さんのほうが　かっこいいです。
　　（比起木村，鈴木比較帥。）

　　・昨日より　今日の電車のほうが　混んで　いますね。
　　（比起昨天，今天的電車比較擁擠。）

　　・今週より　先週のほうが　忙しかったです。
　　（比起本週，上週比較忙。）

　　・牛丼のほうが　カツ丼より　美味しいですが、値段も　高いです。
　　（牛丼比起勝丼／豬排丼飯還要好吃，但也比較貴。）

　　・あの松より　この杉のほうが　高く　なります。（「～くなる」⇒ #80）
　　（比起那棵松樹，這棵杉樹會長得比較高。）

　　・アメリカのほうが　日本より　学歴社会です。
　　（美國比起日本更是個注重學歷的社會。）

　　・天狗より　象のほうが　鼻が　長いです。
　　（比起天狗，大象的鼻子更長。）

　　・ニューヨークより　東京のほうが　人が　多いです。
　　（比起紐約，東京的人口更多。）

📎 辨析：

第 16 項文法「A は B より～」，是將 A 做為談論話題的主題，再以 B 作為比較的基準。而本句型「B より A のほうが～」或者「A のほうが B より～」，則是用於將 A 與 B 兩者同時列出並排做比較時使用，因此兩者的問句會不同。

・Q：**鈴木さんは　かっこいいですか。**（鈴木為談論話題的主題）
（Q：鈴木帥嗎？）
　A：**鈴木さんは　木村さんより　かっこいいと思いますよ。**
（A：我覺得鈴木比木村還要帥。）

・Q：**鈴木さんと　木村さんと　どちらが　かっこいいですか。**（並列比較鈴木與木村）
（Q：鈴木跟木村哪個比較帥？）
　A：**鈴木さんのほうが　木村さんより　かっこいいと　思いますよ。**
（A：我認為鈴木比起木村還要帥。）
　　木村さんより　鈴木さんのほうが　かっこいいと　思いますよ。
（A：我認為比起木村，鈴木更帥。）

② ・**私は　**ロックより　クラシック音楽のほうが　好きです。
（就我而言，比起搖滾樂，我更喜歡古典音樂。）

・**彼は　**日本語より　英語のほうが　上手です。
（他呀，比起日文，他英文更好。）

・**モスバーガーは　**ハンバーガーより　紅茶のほうが　美味しい。
（摩斯漢堡這家店，比起漢堡，他們的紅茶做得更好喝。）

・**あの店では　**店員のほうが　客より　多いです。
（在那間店裡，店員的人數，比客人還要多。）

随堂測驗：

01. 聖子ちゃんより　明菜ちゃんのほう（　）　歌（　）　上手です。
    1．が／が　2．は／が　3．より／が　4．が／より

02. あのピザ屋（　）　ピザより　フライドチキンのほう（　）　美味しいです。
    1．は／は　2．は／が　3．が／は　4．の／は

解 01.（1）02.（2）

63

19. Ｂ は Ａ ほど〜ない

接続：名詞＋は　名詞＋ほど
翻訳：Ｂ的程度，沒有Ａ這麼…。
説明：「ほど」表程度。以「Ｂ は Ａ ほど〜」的形式，且後面使用否定表現的型態，來表達「以Ａ為基準來看，Ｂ的程度不如Ａ」。「〜」的部分可為「形容詞」、「（副詞＋）動詞」、「有程度意涵的名詞」，以及第15項文法所學習到的「〜は　〜が」句型的敘述部分。含有「兩者雖然都（很好、很壞、半斤八兩），但Ｂ的程度稍不如Ａ」的語感。

・木村さんは　鈴木さんほど　かっこよくないです。
（木村沒有鈴木那麼帥。）

・来週は　今週ほど　忙しくないと　思います。
（我認為下個星期應該不會像這個星期那樣忙碌。）

・昨日の　電車は　今日ほど　混んで　いませんでしたね。
（昨天的電車沒有今天這麼擁擠。）

・日本は　アメリカほど　カード社会ではない。
（日本沒有像美國那麼樣地依賴信用卡／不如美國信用卡那麼普及。）

・彼は　他の　子供たちほど　木登りが　うまく　できない。
（他沒有像其他小孩那樣會爬樹。）

・外国語を　聞くことは　話すことほど　難しくないと　思います。
（我認為聽外語，不如說外語那麼難／聽比較簡單，說比較難。）

🔗 辨析：

第16項文法的比較句，例如：「台湾は　日本より　暑いです」是拿出日本這個基準來與台灣比較，僅僅敘述台灣比日本熱，但並不見得日本就是很熱，也有可能日本氣候宜人。但本項的「日本は　台湾ほど　暑くない」，則帶有「日本也很熱，但沒有到台灣這麼熱的程度」的語感在。

📄 随堂測驗：

01. 椋太は　翔太（　）　英語（　）　上手ではない。
   1. ほど／が　2. が／ほど　3. は／が　4. ほど／より

02. 去年は　今年ほど　（　）。
   1. 寒くないでした　2. 寒い　3. 寒くなかった　4. 寒いでした

1. 台湾では　7月と　8月と　（　　）が　暑いですか。
　　1　どちら　　　　　2　どれ　　　　　　3　どの　　　　　　4　どんな

2. 山田君は　吉田君（　　）　英語（　　）　上手です。
　　1　が／より　　　　2　より／が　　　　3　が／ほど　　　　4　ほど／が

3. 私は　鈴木さん（　　）　テニスが　上手ではありません。
　　1　より　　　　　　2　のほうが　　　　3　ほど　　　　　　4　も

4. 私は　夏より　冬（　　）　好きです。
　　1　のほうが　　　　2　ほど　　　　　　3　と　　　　　　　4　とでは

5. クラスの　中（　　）　誰（　　）　一番　日本語が　上手ですか。
　　1　は／で　　　　　2　で／は　　　　　3　で／が　　　　　4　に／が

6. あなたは　季節の　中で　（　　）　一番　好きですか。
　　1　どれが　　　　　2　どれは　　　　　3　どちらが　　　　4　どちらは

7. 私は　兄ほど　頭が　（　　）。
　　1　いいです　　　　2　よくないです　　3　よかったです　　4　いいでした

8. 新宿と　池袋（　　）　どちらが　人が　多いですか。
　　1　とは　　　　　　2　には　　　　　　3　とで　　　　　　4　とでは

9. 新大久保では　外国人（　　）　日本人より　多いです。
　　1　ほど　　　　　　2　のほうが　　　　3　と　　　　　　　4　よりは

10. A：アメリカの　アニメと　日本の　アニメと　どちらが　好きですか。
　　　B：（　　）　好きじゃ　ありません。

　　1　どれも　　　　　2　どれは　　　　　3　どちらも　　　　4　どちらは

05

第 05 單元：指示

　　日文中的指示，分成「こ〜／そ〜／あ〜」三種不同的系列。而這當中，又分為指「真實世界物品」的「現場指示」以及指「文章言談內容」的「文脈指示」。N5 時，已經學習過大部分的指示詞，而本單元則是將「現場指示」與「文脈指示」的用法統整以外，也為各位介紹 N4 考試當中，與指示相關的連體詞「こんな／そんな／あんな」及副詞「こう／そう／ああ」。

20. 現場指示

翻訳：這…。那…。
説明：「こ～／そ～／あ～」系列的指示詞，用於指現場的人事物時，依說話者與
聽話者兩人所站立的位置，又分成「融合型」與「對立型」。① 兩人若比鄰
而站（站在一起），則稱為「融合型」。離兩人近的，就使用「こ～」系列；
離兩人中等距離的，就使用「そ～」系列；離兩人遠的，就使用「あ～」系列。
② 兩人之間若有一定社交距離（沒站在一起），則稱為「對立型」。離說話
者近的，就使用「こ～」系列；離聽話者近的，就使用「そ～」系列；位於
兩人領域外的，就使用「あ～」系列。

① 融合型：

・これは　私の　本です。
（這是我的書。）

・そこは　事務室です。
（那裡是辦公室。）

・トイレは　あちらでございます。
（廁所在那裡。）

② 對立型：

・これは　私の　本です。
（這是我的書。）

・A：これは　何ですか。
（A：＜我拿的＞這個是什麼？）
 B：それは　日本語文法の　本です。
（B：＜你拿的＞那個是日文的文法書。）

・（在日本的 A）：そこは　今　何時？

（你那裡現在幾點呢？）

（在台灣的 B）：ここは　今　午前 10 時。

（我這裡現在早上十點。）

・A：あの高い　ビルは　何ですか。

（A：那個很高的大樓是什麼？）

　B：あれは　貿易センターです。

（B：那個是貿易中心。）

辨析：

「こ～／そ～／あ～」系列現場指示的使用，是以個人主觀的領域範圍做區分，因此，當你的腳痛，去看醫生的時候，醫生會把你的腳舉起來，並且指著你痛的地方，說「ここが痛いですか」。縱使那是你的腳，但是腳已經進入了醫生的領域範圍，因此，醫生會用「ここ」來指示，而你本人則會使用「そこ」來指示。

・医者：ここが　痛いですか。

（是這裡會痛嗎？）

患者：はい、そこが　痛いです。

（是的，就是那裡痛。）

辨析：

「ど～」系列的，屬於疑問詞，用於疑問句。當疑問詞放在句首時，不可以使用「は」，要使用「が」。(⇒ #11- 規則整理④)

・陳さんの　本は　これです。　　　→　これは　陳さんの　本です。

・陳さんの　本は　どれですか。　　→　どれが　陳さんの　本ですか。

隨堂測驗：

01. （兩人站在對立面，B 拿著書）
    A：（　）本は　何の本ですか？
    B：（　）は　日本語能力試験の　本です。
    1.この／それ　2.その／これ　3.あの／あれ　4.それ／この

02. （兩人站在一起，指向遠方）
    （　）に　ビルが　ありますね。（　）ビルは何ですか。
    1.どこ／どれ　2.ここ／この　3.あそこ／あの　4.そこ／それ

解 01.（2）02.（3）

21. 文脈指示

翻訳：這…。那…。
説明：「こ～／そ～／あ～」系列的指示詞，除了可以用於指現場人事物的「現場指示」以外，亦可用來指兩人談論話題中的事情或文章段落中的事情的「文脈指示」。文脈指示，又分為 ①「對話型」：兩個人對話中，所提到的一件事，與 ②「文章型」：文章中所提到的一段話。

① 對話型：使用「あ～」系列或「そ～」系列。

在對話的文脈指示中，多半只會使用「あ～」系列跟「そ～」系列。當聽話者跟說話者雙方腦袋裡面都知道所指事物的時候，就使用「あ～」系列的；當所指事物，是其中有一方不知道的，或者兩方都不知道的，就使用「そ～」系列的。

・先週　一緒に　スキーに　行った　田中さん。**あの**人、今度　転勤する
　そうだよ。
　（上個禮拜一起去滑雪的田中啊，聽說他要調職了。）　（「～そうだ（伝聞）」⇒ #143）

・昨日　春日に　会ったけど、**あいつ**、元気なかったよ。
　（昨天見了春日先生，他沒什麼元氣。）

・夫：新婚旅行の時、ホテルの　部屋で　食べた　**あれ**、美味しかったね。
　（夫：我們去蜜月旅行的時候，在房間吃到的那個東西，很好吃對吧。）
　妻：**あんな**美味しい　もの、食べた　ことが　ない。
　（妻：我從來沒有吃過那麼美味的東西。）　（「あんな」⇒ #22；「～たことがない」⇒ #51）

上面第一句話中的田中先生，聽話者跟說話者都認識他，上個禮拜聽話者跟說話者都有跟田中先生去滑雪，因此指田中先生時，我們就用雙方都知道的「あ～」系列。以此類推。

・A：「スターウォーズ」っていう　映画、すごく　面白かったよ。
　（A：有一部叫做「星際大戰」的電影，很好看喔。）　（「～Aという／っていうB」⇒叫做A的B）
　B：えっ、**その**映画、どこで　やって　いるの？
　（B：是喔，那部電影哪裡有在演？）

・Ａ：友達に　李さん　という　人が　いるんだけど、**そいつ**は　超お金持ちだよ。

（Ａ：我朋友當中，有一位姓李的人，那傢伙超有錢的。）

　Ｂ：今度　紹介してよ。

（Ｂ：下次介紹給我認識。）

・受付に　人が　いますから、この用紙を　**その**人に　渡して　ください。

（服務處／櫃檯那裡有人，請把這張紙交給那個人。）

從上述的對話，我們看得出來，Ｂ並不知道星際大戰這部電影，因此使用「そ〜」系列的來指示，詢問Ａ先生哪裡可以看得到這部片。以此類推。

② **文章型：使用「そ〜」系列。**

作者在指示自己的文章中，先前所提到的一件事時，多半使用「そ〜」系列，不會使用「あ〜」系列。因為寫文章的人不能假設讀者的腦袋知道你所提到的東西。

・小さな　箱の　中に　犬が　1匹　いました。

（小箱子裡面有一隻狗。）

その犬は、悲しそうに　泣いて　いました。（「〜そうに（樣態）」⇒#142-②）

（那隻狗一副很傷心地哭著。）

・結婚するか、しないか、**それ**が問題だ。

（結婚，還是不結婚，那就是問題的所在。）

・子供の　頃、父から　1冊の　絵本を　もらいました。（「もらう」⇒#82-②）

（我小時候，從爸爸那裡得到一本童書／書冊。）

私は　**その**絵本が　大好きで、何度も　読みました。

（我超喜歡那本童書／書冊的，重複讀了好幾次。）

※註：無論是對話型文脈指示，或是文章型文脈指示，使用「こ〜」系列的情況，皆不屬於N4檢定考的範疇，因此本書省略。

📄 隨堂測驗：

01. 南口を　出ると、左に　大きいビルが　あります。（　　）ビルは
　　　貿易センターです。（「〜と」⇒ #60- ①）
　　　1. この　　2. その　　3. あの　　4. どの

02. 昨日　本を　買った。（　　）は　私の　大好きな　作家の　新作です。
　　　1. その　　2. それ　　3. あれ　　4. どれ

22. こんな／そんな／あんな

接続：こんな／そんな／あんな＋名詞
翻訳：這樣的…。那樣的…。
説明：「こんな／そんな／あんな」為連體詞，後面必須接續名詞，用來表達此名詞的屬性。詢問時，使用疑問詞「どんな」。「こんな／そんな／あんな」三者的指示範圍，與「この／その／あの」相同，請參照第 20 項文法。

・わあ、素敵な　かばんですね。こんな　かばんが　欲しかったんです。
（哇，好漂亮的包包啊。我就是想要這樣的包包。） （「～んです」⇒ #64）

・そんな　もの　いりません。
（那樣的東西，我才不要勒。）

・あんな　奴、大嫌い。
（最討厭那樣的人了。）

・どんな　ドレスを　お探しですか。
（請問您找怎麼樣的洋裝呢？）

🔖 辨析：

N5 學習到的「この／その／あの」，雖然後方也是接續名詞，但「この／その／あの」是在講述「限定特指」此名詞，而「こんな／そんな／あんな」則是在講述此名詞的「屬性」。例如：

① この　かばんが　欲しかったです。

② こんな　かばんが　欲しかったです。

看著朋友買的新包包，若說出例句①，則是表示說話者想要的東西，就是和朋友這一個新包包一模一樣的型號。但若說出例句②，則意指想要類似這樣的款式、類似這樣設計、類似這樣顏色的包包。

辨析：

本項學習到的「こんな／そんな／あんな」用於修飾後方名詞，「こんなに／そんなに／あんなに」則是屬於副詞，用於修飾後方的動詞或形容詞，描述程度。

- ビールを　こんなに　飲^のむのは　良^よくないよ。

   （那樣地喝啤酒／喝這麼多啤酒，不太好喔。）　（「〜のは」⇒ #124）

- その　ぬいぐるみ、そんなに　好^すき？

   （你那麼樣地喜歡那一個布偶嗎？）

隨堂測驗：

01.　（写真を店員に見せて）A：（　）かばんは　ありますか。
　　　1.ここ　2.こんな　3.これ　4.こちら

02.　A：どんな　帽子を　お探しですか。
　　　B：（　）を　探しています。
　　　1.赤い帽子　2.私の帽子　3.あの帽子　4.帽子

解 01.（2）　02.（1）

23. こう／そう／ああ

翻訳：這樣…。那樣…。
説明：「こう／そう／ああ」為副詞，用來修飾後方的動詞，表達此動作的樣態、
性質、特徴、程度，或者是發話思考動詞的内容。

・この　料理は　こう　食べます。
（這個料理要這樣吃。）

・私も　そう　思います。
（我也這麼認為。）

・彼は　いつも　ああ　やって　人を　騙すの。
（他總是那樣騙人／使用那樣的手段騙人。）

上述例句中的「こう」用於指「說話者接下來要做（示範）的動作」；「そう」用於指「對方
剛才所提到的話題内容」，「ああ」用來「描述第三者先前的行為」。（※ 註：「こう／そう／ああ」的其他用法，
不屬於 N4 檢定考的範疇，因此本書省略。）

📄 **隨堂測驗：**

01. この　漢字は　（　）書きます。
　　 1. こう　 2. そう　 3. ああ　 4. どう

02. えっ？彼、　学校の　先生なの？（　）は　見えない。
　　 1. それ　 2. そう　 3. そんな　 4. そちら　　　（※ 註：「見えない」為「看不出來」之意。）

解 01.（1） 02.（2）

1．A：昨日、桜井さんに　会いましたよ。B：桜井さん？（　　）人は　誰ですか。
　　1　この　　　　　2　その　　　　　3　あの　　　　　4　どの

2．A：昨日、三井さんに　会いましたよ。B：ああ、（　　）大きい　眼鏡の　人ですね。
　　1　この　　　　　2　その　　　　　3　あの　　　　　4　どの

3．会社に　アメリカ人が　一人　います。（　　）人は　今　彼女を　探しています。
　　1　この　　　　　2　その　　　　　3　あの　　　　　4　どの

4．（　　）店のカレー、美味しいですね。
　　1　こんな　　　　2　こんなに　　　3　ここ　　　　　4　この

5．（　　）美味しいカレー、初めてです。
　　1　ここ　　　　　2　こんなに　　　3　こんなの　　　4　こちら

6．（　　）かばん、素敵ですね。誰に　もらったんですか。（「～んですか」⇒ #64-①）
　　1　こんな　　　　2　この　　　　　3　これ　　　　　4　こう

7．おにぎりは　（　　）やって　作りますよ。
　　1　こう　　　　　2　こんな　　　　3　この　　　　　4　こんなに

8．店員：（　　）かばんを　お探しですか。
　　1　どの　　　　　2　どんな　　　　3　どこ　　　　　4　どう

9．A：（　　）　山崎さんの　かばんですか。B：あの赤いかばんです。
　　1　どれは　　　　2　どれが　　　　3　どのは　　　　4　どのが

10．父から　プレゼントを　もらいました。（　　）は　スイス製の　時計でした。
　　1　これ　　　　　2　それ　　　　　3　あれ　　　　　4　どれ

06

第 06 單元：動詞ます形 I

（hidden）

24. ～ます形
25. ～かた
26. ～やすい
27. ～にくい
28. ～すぎる

　　所謂的「ます形」，指的是動詞語尾以「～ます」結尾的一種動詞型態，如：「行きます、食べます、します…」等。但在日語教學中，動詞去掉「～ます」部分，如：「行き、食べ、し…」等，亦統稱為「ます形」。日語字典上，又將這樣的型態稱作是「連用形」。N4 考試當中，有許多句型的前方，動詞就是必須使用這樣的型態。本單元與下一單元彙集了 N4 考試當中，前方動詞必須使用「ます形（連用形）」的句型。

24. 〜ます形

接続：ます形
説明：在日語字典，或日本學校的國語課本上，日語的動詞依其動詞變化的不同，分成五種類（五段動詞、上一段動詞、下一段動詞、カ行變格動詞、サ行變格動詞）。而現今針對外國人的日語教育上，又將其簡化為三種類（一類動詞、二類動詞、三類動詞）。

字典、學校文法	針對外國人的日語教育	動詞原形例
五段動詞	グループ I ／一類動詞	書く、読む、取る、待つ、話す
上一段動詞	グループ II ／二類動詞	見る、起きる
下一段動詞		食べる
カ行變格動詞	グループ III ／三類動詞	来る
サ行變格動詞		する、運動する、食事する

許多針對外國人的日語教科書，採取的教學方式是直接在單字表上刊載動詞的「ます形」，再由「ます形」改為其他型態（如動詞原形、動詞ない形…等）。若您學習時，是以這種分方式，本項文法可跳過不讀。

但台灣某些日語教育機關的教學方式，仍是採取先教導「動詞原形」，再由動詞原形改為其他型態（如動詞ます形、動詞ない形…等）的方式。因此，本書兩種方式並列，讀者只需研讀自己習慣的方式即可。

接下來，這裡將教導各位，如何從「動詞原形」改為動詞「ます形」。

【動詞原形轉ます形】

步驟一：

首先，看到動詞原形後，先判斷其動詞種類屬於哪一種。

① 五段動詞（グループ I ／一類動詞）　：使用刪去法排除 ② ～ ⑤ 後，剩下的即為五段動詞。
　　例：違う、成る、働く、休む、終わる、行く、歩く、飲む、吸う、聞く、読む、
　　　　書く、買う、取る、会う…等。

② 上一段動詞（グループ II ／二類動詞）：動詞結尾為（～ i る）者。
　　　例：起きる、見る、浴びる、着る、降りる、できる、足りる…

③ 下一段動詞（グループ II ／二類動詞）：動詞結尾為（～ e る）者。
　　　例：寝る、食べる、入れる、教える、覚える、換える、つける、出る、止める、始める…

④ カ行変格　　（グループ III ／三類動詞）：僅「来る」一字。
　　　例：来る

⑤ サ行変格　　（グループ III ／三類動詞）：僅「する」、以及「動作性名詞＋する」者。
　　　例：する、勉強する

上述判斷規則有少許例外，請死記。如下：

※ 規則判斷為上一段動詞（二類動詞），但實際上卻是五段動詞（一類動詞）者：
　　例：切る、入る、走る、握る、散る、知る…等。

※ 規則判斷為下一段動詞（二類動詞），但實際上卻是五段動詞（一類動詞）者：
　　例：減る、帰る、滑る、蹴る、照る、茂る…等。

步驟二：

a. 若判斷後，動詞為上一段動詞或下一段動詞（グループ II ／二類動詞），
　　則僅需將動詞原形的語尾～る去掉，再替換為～ます即可。

　　起きる（o k i る）　→　起きるます
　　寝る　　（　n e る）　→　寝るます

b. 若判斷後，動詞為カ行變格動詞或サ行變格動詞（グループ III ／三類動詞），由於僅兩字，因此只需死背替換。

　　来る　　　　→　来ます

　　する　　　　→　します
　　運動する　→　運動します

c. 若判斷後，動詞為五段動詞（グループ I ／一類動詞），由於動詞原形一定是以（～ u）段音結尾，
　　因此僅需將（～ u）段音改為（～ i）段音後，再加上ます即可。

　　行く（　i k u）→　行き（　i k i）＋ます＝行きます
　　飲む（ n o m u）→　飲み（ n o m i）＋ます＝飲みます
　　帰る（k a e r u）→　帰り（k a e r i）＋ます＝帰ります

五段動詞（一類動詞）：	上、下一段動詞（二類動詞）：
將語尾「～u」段音轉為「～i」段音後，再加上「ます」即可。	將語尾「る」改為「ます」即可。

五段動詞（一類動詞）：

將語尾「～u」段音轉為「～i」段音後，再加上「ます」即可。

- 買う → 買います
- 書く → 書きます
- 急ぐ → 急ぎます
- 貸す → 貸します
- 待つ → 待ちます
- 死ぬ → 死にます
- 呼ぶ → 呼びます
- 読む → 読みます
- 取る → 取ります

上、下一段動詞（二類動詞）：

將語尾「る」改為「ます」即可。

- 見る → 見ます
- 着る → 着ます
- 起きる → 起きます
- できる → できます
- 出る → 出ます
- 寝る → 寝ます
- 食べる → 食べます
- 捨てる → 捨てます
- 教える → 教えます

カ行變格動詞（三類動詞）：

- 来る → 来ます

サ行變格動詞（三類動詞）：

- する → します
- 掃除する → 掃除します

　　接下來的第 25 項文法至 32 項文法，前方動詞皆使用「～ます形」，但都不需要加上「ます」，僅需將其「～ます」的部分，替換為下述個別句型即可。

📄 **隨堂測驗：**

01. 笑う→（　　）ます。
　　1.笑い　2.笑　3.笑り　4.笑し

02. 考える→（　　）ます。
　　1.考えり　2.考え　3.考　4.考える

解答 01.（1）02.（2）

25. 〜かた

接続：動詞ます+かた
翻訳：…的方法。
説明：此句型用來表示如何做某事。漢字寫為「方」。若動詞為「サ行變格動詞
（三類動詞）」，如：「勉強する、運転する」…等。則必須在「動作性名詞」
與「します（する）」之間插入「の」，且「します+かた」可寫為漢字「仕
方」：「勉強の仕方、運転の仕方」。

・この 漢字の 書き方を 教えて ください。
（請教我這個漢字的寫法。）

・スマホの 使い方が わかりません。
（我不知道智慧型手機的使用方式。）

・あの 先生の 教え方は わかりやすいです。（「〜やすい」⇒#26-②）
（那個老師的教法，很容易了解。）

・弟に 英語の 勉強の 仕方を 教えました。
（我教導了弟弟，學習英文的方法。）

📄 **隨堂測驗：**

01. この料理の（　　）方を 説明して ください。
　　1. 作り　2. 作ります　3. 作る　4. 作

02. （　　）方が わかりません。
　　1. 掃除仕の　2. 掃除仕　3. 掃除の仕　4. 掃除する

解 01.（1）02.（3）

26. 〜やすい

接続：動詞ます＋やすい
敬体：〜やすいです
翻訳：① 容易…。輕鬆…。② 容易…。動不動就…。
説明：① 前方為意志性動詞，表示「該動作很容易做」。② 前方為無意志動詞，
　　　表示「動不動就容易變成某個樣態」。褒貶語意皆可使用。另外，「わかりや
　　　すい」則為「容易理解」之意。

① ・この　薬は　飲みやすいです。
　　（這個藥，很容易吞下去。）

・去年　イタリアで　買った　かばんは　大きくて、使いやすいです。
　　（去年在義大利買的包包，很大，很好用。）

・この　国は　暖かくて、住みやすいです。
　　（這個國家很溫暖，宜居／很好居住。）

② ・A社の　製品は　壊れやすいです。
　　（A公司的產品，動不動就會故障／很容易壞掉。）

・最近の　天気は　風邪を　引きやすいです。
　　（最近的天氣很容易感冒。）

・この　教科書は　わかりやすいです。
　　（這本教科書很容易理解。）

辨析：

所謂的「意志性動詞」，指的就是「動作的主體或說話者」可以控制的動作。例如 ① 當中的「吃藥」、「使用」、「居住」…等。這些動作要不要施行，動作者都可以決定。你也可以不吃、也可以不用、也可以不住在這裡。

而所謂的「無意志動詞（非意志動詞）」，則是「動作的主體或說話者」無法控制的動作。例如 ② 當中的「壞掉」、「感冒」以及「懂」…等。這些動作會不會發生，動作者無法決定。你無法控制物品什麼時候會壞掉（除非你破壞它，但破壞「壊す」一詞就是意志動詞）、你也無法控制要不要感冒、懂與不懂也不是動作者所能控制的。

意志動詞與非意志動詞的概念，在往後的學習上（N4 ～ N1）非常重要。它會左右一個動詞是否能使用命令形 (⇒ #70) 或者意向形 (⇒ #74)，亦會左右表「目的」時，應該使用「～ように」(⇒ #116) 還是「～ために」(⇒ #132)，甚至會影響「～て」(⇒ #128) 所連接之副詞子句的語意…等。請讀者一定要掌握此觀念。

隨堂測驗：

01. この　教科書は　字が　大きくて、（　）やすいです。
    1. 読む　2. 読みます　3. 読み　4. 読みり

02. 夏は　食べ物が　悪く（　）やすいです。
    1. なり　2. なる　3. なります　4. な

27. ～にくい

接続：動詞ます＋にくい
敬体：～にくいです
翻訳：① 很難…。② 不容易…。
説明：① 前方為意志性動詞，表示「某動作做起來很費勁或很困難」。② 前方為無
　　　意志動詞，表示「不容易發生，或變成某個樣態」。褒貶語意皆可使用。另外，
　　　「わかりにくい」則為「很難理解之意」。

①・この　スマホは　複雑で　使いにくいです。
　　（這個智慧型手機很複雜，很難用。）

・この　車は　古くて、運転しにくいです。
　　（這台車子很舊，很難開。）

・東京は　家賃が　高くて、住みにくいです。
　　（東京房租很貴，很難住。）

②・この　コップは　割れにくいです。
　　（這個杯子不容易破。）

・あの　先生の　話は　わかりにくいです。
　　（那個老師講話很難懂。）

・冬は　日照時間が　短いので、洗濯物が　乾きにくいです。（「～ので」⇒ #65）
　　（冬天因為日照時間很短，所以洗的衣物不容易乾。）

📄 **隨堂測驗：**

01. 息子の　部屋は　物が　多くて、（　）にくいです。
　　1.掃除し　2.掃除　3.掃除します　4.掃除する

02. この　説明書は　専門用語が　いっぱいなので、（　）です。
　　1.わかりやすい　2.わかりにくい　3.わかります　4.わかる

28. ～すぎる

接続：動詞ます＋すぎる／イ形容詞い＋すぎる／
　　　ナ形容詞語幹＋すぎる　ない→なさすぎる
敬体：～すぎます
活用：比照上一段動詞（二類動詞）
翻訳：太過於…。太超過…。
説明：此句型漢字可寫作「～過ぎる」，用於表達「程度太超過」，因此含有說話
　　　者認為「過度了，不好」的語氣在。另，本項文法前面除了可以接續動詞「ま
　　　す形」以外，亦可接續形容詞。① 接續動詞時，由於說話時，此動作多半都
　　　已經實現，因此多使用過去式「～すぎました／すぎた」。② 接續形容詞時，
　　　由於多半描述某一個現在的狀態，因此多使用現在式「～すぎます／すぎ
　　　る」。③ 亦可使用「～すぎ」的型態，將其當作是一個名詞，放置於助詞前
　　　方或是「です」前方。

① ・ご飯を　食べすぎました。
　　（飯吃太多了。）

　・仕事を　しすぎて　病気に　なりました。
　　（因為工作過度，所以生病了。）

　・昨日、お酒を　飲みすぎて　頭が　痛いです。
　　（昨天因為飲酒過度，現在頭很痛。）

　・料理を　作りすぎて　困って　います。　（「～て」⇒ #128- ③）
　　（料理做太多了，很困擾。）

② ・台湾は　夏が　長すぎます。
　　（台灣夏天太長了。）

　・この　方法は　複雑すぎますから、あの　方法で　やりましょう。
　　（這個方法太複雜了，用那個方法來做吧。）

　・台北の　家は　高すぎて、買えません。
　　（台北的房價過高，買不起。）

・ここは　静かすぎて、怖いです。

（這裡安靜過頭了，很恐怖。）

・吉祥寺は　人が　多すぎて、住みにくいです。

（吉祥寺人太多了，很難住／住起來不舒服。）

・この　スイカは　大きすぎて、冷蔵庫に　入りません。

（那個西瓜太大了，冰不進冰箱。）

・見て、あの人。服の　センスが　なさすぎます／なさすぎです。

（你看那個人，穿衣品味也太差了吧／也太沒品味了吧。）

③・食べすぎは　体に　良くないよ。

（過度飲食對身體不好喔。）

・宇宙人は　いません。あなたは、テレビの　見すぎです。

（＜地球上＞沒有外星人。你電視看太多了／看過頭了。）

📄 **隨堂測驗：**

01. 今月は　お金を　使い（　）ので、昨日　母親から　お金を　借りました。
　　1. すぎる　2. すぎた　3. すぎ　4. すぎて

02. 食べ（　）、お腹が　痛く　なりました。
　　1. すぎる　2. すぎた　3. すぎ　4. すぎて

1. ここから　駅までの　（　　）方が　わかりますか。
　　1　行く　　　　　　2　行きます　　　3　行き　　　　4　行きて

2. この　機械の　（　　）は　複雑です。
　　1　操作仕方　　　2　操作の仕方　　3　操作方　　　4　操作を仕方

3. この本は　言葉が　簡単で、とても　（　　）やすいです。
　　1　読む　　　　　2　読み　　　　　3　読みて　　　4　読みます

4. ここは　交通が　便利で、とても　住み（　　）。
　　1　やすい　　　　2　にくい　　　　3　すぎ　　　　4　かた

5. 女の　心は　（　　）です。
　　1　わかりすぎ　　　　　　　　　2　わかります
　　3　わかりにくい　　　　　　　　4　わかりません

6. ご飯を　（　　）から、　お腹が　痛いです。
　　1　食べすぎます　　　　　　　　2　食べすぎました
　　3　食べすぎて　　　　　　　　　4　食べすぎ

7. この　スマホは　（　　）、　持ちにくいです。
　　1　重すぎて　　　　2　重いすぎて　　3　重くすぎて　4　重さすぎて

8. 彼は　ユーモアが　（　　）です。
　　1　なくすぎ　　　　2　ないすぎ　　　3　なさすぎ　　4　なしすぎ

9. 早く　起きてください。（　　）は　体に　良くないですよ。
　　1　寝すぎる　　　　2　寝すぎます　　3　寝すぎです　4　寝すぎ

10. この　席は　（　　）ますから、（　　）です。
　　1　狭すぎ／動きにくい　　　　　　2　狭くすぎ／動きにくい
　　3　狭すぎ／動きやすい　　　　　　4　狭くすぎ／動きやすい

07

第 07 單元：動詞ます形 II

　　本單元介紹的四個前接「ます形」的句型，都是用來表時間上的局面（時貌）。表動作開始的「〜始める」與「〜出す」，除了語感上的不同外，前方所能使用的動詞也稍有不同。表動作持續中的「〜続ける」則是有特定單字使用「〜続く」的型態。表動作結束的「〜終わる」與助詞「から」、「まで」併用時，所使用的型態不同。學習時請留意這些細節。

29. ～始<ruby>始<rt>はじ</rt></ruby>める

接続：動詞<del>ます</del>＋始める
敬体：～始めます
翻訳：開始…。
説明：此句型源自動詞「始める（開始）」一詞，接續動詞連用形（ます形）後，表「開始做此動作」。也由於此句型是用於表達「動作」的開始，因此不可接續於表狀態的動詞「ある、いる、できる」…等的後方。（✕ 彼は日本語ができ始めた。）（「狀態性動詞」⇒ #41- 辨析）此外，由於說話時，此動作多半都已經開始，因此多使用過去式「～始めました／始めた」。

・雨<ruby>雨<rt>あめ</rt></ruby>が　降<ruby>降<rt>ふ</rt></ruby>り始<ruby>始<rt>はじ</rt></ruby>めた。
　（開始下雨了。）

・電車<ruby>電車<rt>でんしゃ</rt></ruby>が　動<ruby>動<rt>うご</rt></ruby>き始<ruby>始<rt>はじ</rt></ruby>めました。
　（電車動了起來。）

・翔太<ruby>翔太<rt>しょうた</rt></ruby>は　泣<ruby>泣<rt>な</rt></ruby>きながら　宿題<ruby>宿題<rt>しゅくだい</rt></ruby>を　し始<ruby>始<rt>はじ</rt></ruby>めた。
　（翔太一邊哭泣，一邊開始做作業。）

・外<ruby>外<rt>そと</rt></ruby>は　暗<ruby>暗<rt>くら</rt></ruby>く　なり始<ruby>始<rt>はじ</rt></ruby>めた。
　（外面的天色開始變暗了。）

📄 **隨堂測驗：**

01. 明日までの　レポートを　やっと　書き（　）。
　　１.始める　２.始めた　３.始めて　４.始め

02. 子供たちは　元気に　（　）始めた。
　　１.歌う　２.歌い　３.歌います　４.歌

解答 01.（２）02.（２）

30. 〜出す

接続：動詞ます＋出す
敬体：〜出します
翻訳：（突然）開始…。
説明：此句型源自動詞「出す」一詞，接續動詞連用形（ます形）後，亦表「開始做
　　　此動作」。與上個文法「〜始める」不同之處，在於「〜出す」有「突然」開
　　　始的意思。因此也經常伴隨著「急に」等副詞使用。

・赤ちゃんが　急に　泣き出した。
（嬰兒突然哭了起來。）

・会社に　行く　途中で、雨が　降り出した。
（去公司的途中，下起了雨來。）

・急に　ベルが　鳴り出して、びっくりしました。
（鈴聲突然響起，嚇了我一大跳。）

・急に　走り出さないで　ください。危ないです。（「〜ないでください」⇒ #34）
（不要突然開始跑，很危險。）

📎 辨析：

由於「〜出す」還有突然開始，且有時還帶有讓說話者感到措手不及的含義在，因此「〜出す」
不可用於「說話者本身的意志性動作」，但「〜始める」無此限制。（「意志性動詞」⇒ #26- 辨析）

× 父の帰りが　遅いから、先に　食べ出しました。（說話者意志性動作）
（因為爸爸晚歸，所以「我」突然開始吃了起來。）

○ 父の帰りが　遅いから、先に　食べ始めました。（說話者意志性動作）
（因為爸爸晚歸，所以「我」開始先吃了。）

○ 彼は　みんなを　待たないで、一人で　食べ出した。（他人的意志性動作）
（「他」不等大家，自己突然吃了起來。）

01. 私は　3時から　宿題を　（　　）。
    1. し始めた　　2. し出した　　3. する始めた　　4. する出した

02. 彼が　急に　笑い（　　）、みんな　びっくりしました。
    1. 出してから　　2. 出したから　　3. 出さないから　　4. 出しながら

解 01.（1）. 02.（2）

31. 〜続ける

接続：動詞ます＋続ける
敬体：〜続けます
翻訳：持續…。
説明：此句型源自動詞「続ける（持續）」一詞，接續動詞連用形（ます形）後，
表「某動作或事件處於尚未完結／持續中的狀態」。另外，「降り続く」為
慣用表現，僅有這一詞彙可使用「〜続く」的型態。

・明日も 一日中 雨が 降り続けるでしょう。
（明天應該也會持續下一整天的雨吧。）

・救助隊は 行方不明者を 探し続けた。
（搜救隊伍持續地找尋失蹤的民眾。）

・約束の 場所で 友達を 1時間も 待ち続けましたが、来ませんでした。
（我在約定的場所等朋友持續等了一小時，但他還是沒來。）

・さっきから ずっと 携帯が 鳴り続けて いますよ。
（你的手機從剛才就一直在響喔。）

📎 辨析：

N5 學習到的「〜ている」，用於表「某個特定的時間點，某動作正在進行中」。而本項文法「〜つづける」則是指「一個（較長的）時間範圍內，此動作不會終結」。「〜ている」聚焦於一個「點」，而「〜続ける」則是聚焦於「一段時間」。因此，若像下例要強調現在目前當下正發生中的事情，則不可使用「〜続ける」。

・今、雨が（○ 降っている／× 降り続ける）。
（現在正在下雨。）

若是要表達明天一整天「這一段時間」，雨會一直持續下，則不會使用「〜ている」。

・明日は 一日中 雨が （× 降っている／○ 降り続ける）でしょう。
（明天應該會持續下一整天的雨吧。）

若是要強調「目前現在這個時間點」，此動作「仍不會終結」，且這樣不終結的狀態似乎會若持續「一段時間」，則亦可合併兩者使用，以「～続けている」的型態來述說目前持續著的狀態。

・**新型コロナウイルスの　感染は　拡大し続けている。**
（武漢肺炎的感染狀況持續擴大當中。）

📄 隨堂測驗：

01. 子供の　時から　日記を（　）　続けて　います。
　　1.書きます　2.書く　3.書き　4.書いて

02. 雨は　三日三晩も　降り（　）。
　　1.続いた　2.続け　3.ます続け　4.続き

32. ～終わる

接続：動詞ます＋終わる
敬体：～終わります
翻訳：結束…。
説明：此句型源自動詞「終わる（結束）」一詞，接續動詞連用形（ます形）後，
表「某動作或事件結束／完成」。此句型也經常與 N5 學習到的「～てから」
併用，用來強調「前面動作完成後，才進行後面動作」。亦經常與第 07 項文
法「まで」第②項用法併用，以「～Ａ終わるまで、Ｂ」的形態，來強調 Ｂ
這個動作，一直持續到 Ａ 這個動作結束為止。

・やっと 論文が 書き終わった。 （※註：「論文を書き終わった」亦可。）
（論文總算寫完了。）

・春日さんは 昼食を 食べ終わりましたか。
（春日先生中餐吃完了嗎？）

・ご飯を 食べ終わってから、宿題を します。
（吃完飯後，再做作業。）

・レポートが 書き終わるまで、教室から 出ないで ください。
（報告寫完之前，請不要離開教室。）

📎 辨析：

若動詞本身的語意是一瞬間就可以完成的瞬間動詞，如「死ぬ、落ちる」等；或是語意當中沒
有明顯結束點的動詞，如「酔う、悲しむ」等，就不可以使用「～終わる」的表達形式。

× あの 病気の 人は 死に終わりました。

× 課長は ５時間後に 酔い終わって、うちへ 帰りました。

・この説明を読み終わったら、私を呼んでください。（「～たら」⇒ #54）

（你讀完這個說明之後，請叫我。）

・レポートが書き終わった人は帰ってもいいですよ。（「～た＋名詞」⇒ #104）

（報告寫完的人，可以回家了喔。）

隨堂測驗：

01. クラスの　人が　全部（　）まで、待ちます。
　　1. 答え終わって　　2. 答え終わる　　3. 答え終わり　　4. 答えて終わる

02. 文法の本を　全部　（　）から、試験問題を　やります。
　　1. 読み終わって　　2. 読み終わる　　3. 読む終わります　　4. 読み終わります

解答 01.（2）02.（1）

1. 電車が　ゆっくり　（　　）始めました。
　　1　動く　　　　　　2　動き　　　　　　3　動きます　　　　4　動いて

2. 急に動き（　　）。びっくりするから。
　　1　出してください　　　　　　　　2　出さないでください
　　3　続けてください　　　　　　　　4　続けないでください

3. 隣の　犬が　急に　（　　）出して、びっくりしました。
　　1　吠える　　　　　2　吠えて　　　　3　吠え　　　　　4　吠えり

4. 先輩が　遅かったので、私が　先に　仕事を　やり（　　）。
　　1　始めた　　　　　2　出した　　　　3　続いた　　　　4　終わった

5. 外は　今　雪が　（　　）。
　　1　降っている　　2　降り続ける　　3　降る　　　　　4　降り終わった

6. 明日も　一日中　強い　風が　（　　）でしょう。
　　1　吹いている　　2　吹き続ける　　3　吹き続く　　　4　吹き出した

7. あっ、猿が　木から　（　　）。
　　1　落ち終わった　2　落ち始めた　　3　落ち続けた　　4　落ちた

8. 宿題を　やり（　　）、遊びに　行きます。
　　1　終わるから　　　　　　　　　2　終わったから
　　3　終わらないから　　　　　　　4　終わってから

9. この映画を　観（　　）、寝ません。
　　1　終わるまで　　2　終わったまで　3　終わらないまで　4　終わってまで

10. コンビニで　働きながら、（　　）。
　　1　日本語の　勉強し　続けて　います
　　2　日本語を　勉強し　続けて　います
　　3　日本語の　勉強を　し続いて　います
　　4　日本語を　勉強を　し続いて　います

08

第 08 單元：動詞ない形

　　所謂的「ない形」，指的是動詞語尾以「〜ない」（常體否定）結尾的一種動詞型態，如：「行かない、食べない、しない…」等。但在日語教學中，動詞去掉「〜ない」部分時，如：「行か、食べ、し…」等，亦統稱為「ない形」。日語字典上，又將這樣的型態稱作是「未然形」。N4 考試當中，有許多句型的前方，動詞就是必須使用這樣的型態。本單元與下一單元彙集了 N4 考試當中，前接動詞必須使用「ない形（未然形）」的句型。

33. ～ない形

接続：ない形
説明：現今的日語教育上，教學分成兩派。一派為先教導動詞的原形，再由動詞原
　　　形做動詞變化轉換為「～ない」形；另一派則是先教導動詞的「～ます」形，
　　　再由「～ます」形做動詞變化轉換為「～ない」形。本書兩種方式並列，請
　　　讀者挑選自己習慣的方式學習即可。

【動詞原形轉ない形】

步驟一：

首先，看到動詞原形後，先判斷其動詞種類屬於哪一種。

① 五段動詞（グループⅠ／一類動詞）　：使用刪去法排除 ② ～ ⑤ 後，剩下的即為五段動詞。

　　例：違う、成る、働く、休む、終わる、行く、歩く、飲む、吸う、聞く、読む、

　　　　書く、買う、取る、会う…等。

② 上一段動詞（グループⅡ／二類動詞）：動詞結尾為（～ｉる）者。

　　例：起きる、見る、浴びる、着る、降りる、できる、足りる…

③ 下一段動詞（グループⅡ／二類動詞）：動詞結尾為（～ｅる）者。

　　例：寝る、食べる、入れる、教える、覚える、換える、つける、出る、止める、始める…

④ カ行変格　　（グループⅢ／三類動詞）：僅「来る」一字。

　　例：来る

⑤ サ行変格　　（グループⅢ／三類動詞）：僅「する」、以及「動作性名詞＋する」者。

　　例：する、勉強する

上述判斷規則有少許例外，請死記。如下：

※ 規則判斷為上一段動詞（二類動詞），但實際上卻是五段動詞（一類動詞）者：
　　例：切る、入る、走る、握る、散る、知る…等。

※ 規則判斷為下一段動詞（二類動詞），但實際上卻是五段動詞（一類動詞）者：
　　例：減る、帰る、滑る、蹴る、照る、茂る…等。

步驟二：

a. 若判斷後，動詞為上一段動詞或下一段動詞（グループⅡ／二類動詞），
　則僅需將動詞原形的語尾〜る去掉，再替換為〜ない即可。

　　起きる（ｏｋｉる）　→　起きるない
　　寝る　（　ｎｅる）　→　寝るない

b. 若判斷後，動詞為カ行變格動詞或サ行變格動詞（グループⅢ／三類動詞），由於僅兩字，因此只需死背替換。

　　来る　　　　→　来ない
　　する　　　　→　しない
　　運動する　→　運動しない

c. 若判斷後，動詞為五段動詞（グループⅠ／一類動詞），由於動詞原形一定是以（〜ｕ）段音結尾，因此僅需將（〜ｕ）段音改為（〜ａ）段音後，再加上ます即可。但若動詞原形是以「う」結尾的動詞，則並不是變成「あ」，而是要變成「わ」。

　　行く（　ｉｋｕ）→　行か（　ｉｋａ）＋ない＝行かない
　　飲む（　ｎｏｍｕ）→　飲ま（　ｎｏｍａ）＋ない＝飲まない
　　帰る（ｋａｅｒｕ）→　帰ら（ｋａｅｒａ）＋ない＝帰らない
　　買う（　ｋａｕ）→　買わ（　ｋａｗａ）＋ない＝買わない
　　会う（　　ａｕ）→　会わ（　　ａｗａ）＋ない＝会わない

五段動詞（一類動詞）：	上、下一段動詞（二類動詞）：
將語尾「〜ｕ」段音轉為「〜ａ」段音後，再加上「ない」即可。（※註：「う」結尾者必需轉為「わ」）	將語尾「る」改為「ない」即可。
・買う　→　買わない ・書く　→　書かない ・急ぐ　→　急がない ・貸す　→　貸さない ・待つ　→　待たない ・死ぬ　→　死なない ・呼ぶ　→　呼ばない ・読む　→　読まない ・取る　→　取らない	・見る　　→　見ない ・着る　　→　着ない ・起きる　→　起きない ・できる　→　できない ・出る　　→　出ない ・寝る　　→　寝ない ・食べる　→　食べない ・捨てる　→　捨てない ・教える　→　教えない
カ行變格動詞（三類動詞）：	**サ行變格動詞（三類動詞）：**
・来る　→　来ない	・する　　→　しない ・掃除する　→　掃除しない

【動詞ます形轉ない形】

步驟一：

首先，看到動詞ます後，先判斷其動詞種類屬於哪一種。

① （グループⅠ／一類動詞）：動詞結尾為（～iます）者。

例：買います、行きます、聞きます、消します、待ちます、取ります、笑います、飲みます、

読みます…等。

② （グループⅡ／二類動詞）：動詞結尾為（～eます）者。

例：寝ます、食べます、あげます、つけます…等。

③ （グループⅢ／三類動詞）：僅「来ます」、「します」、以及「動作性名詞＋します」者。

例：来ます、します、勉強します

上述判斷規則有少許例外，請死記。如下：

※ 規則判斷為一類動詞，但實際上卻是二類動詞者：

例：見ます、借ります、います、起きます、浴びます、着ます　（註：這些例外，也就是所謂的上一段動詞）

步驟二：

a. 若判斷後，動詞為二類動詞，則僅需將動詞ます形的語尾～ます去掉，再替換為～ない即可。

寝ます　　　（neます）→　寝~~ます~~＋ない

食べます（tabeます）→　食べ~~ます~~＋ない

起きます　（okiます）→　起き~~ます~~＋ない

b. 若判斷後，動詞為三類動詞，由於僅兩字，因此只需死背替換。

来ます　　　→　来ない

しする　　　→　しない

運動します　→　運動しない

c. 若判斷後，動詞為一類動詞，由於動詞ます形一定是以（～i）ます結尾，因此僅需將（～i）ます改為（～a）之後，再加上ない即可。但若ます的前方為「い」，則並不是變成「あ」，而是要變成「わ」。

行き（　iki）~~ます~~　→　行か（　ika）＋ない＝行かない

飲み（nomi）~~ます~~　→　飲ま（noma）＋ない＝飲まない

帰り（kaeri）~~ます~~　→　帰ら（kaera）＋ない＝帰らない

買い（　kai）~~ます~~　→　買わ（kawa）＋ない＝買わない

会い（　　ai）~~ます~~　→　会わ（　awa）＋ない＝会わない

08

101

五段動詞（一類動詞）：	上、下一段動詞（二類動詞）：
將ます前的「～i」轉為「～a」後，再加上「ない」即可。 （※ 註：「～います」者必需轉為「わない」）	將「ます」改為「ない」即可。

五段動詞（一類動詞）：

將ます前的「～i」轉為「～a」後，再加上「ない」即可。

（※ 註：「～います」者必需轉為「わない」）

- 買います　→　買わない
- 書きます　→　書かない
- 急ぎます　→　急がない
- 貸します　→　貸さない
- 待ちます　→　待たない
- 死にます　→　死なない
- 呼びます　→　呼ばない
- 読みます　→　読まない
- 取ります　→　取らない

上、下一段動詞（二類動詞）：

將「ます」改為「ない」即可。

- 見ます　→　見ない
- 着ます　→　着ない
- 起きます　→　起きない
- できます　→　できない

- 出ます　→　出ない
- 寝ます　→　寝ない
- 食べます　→　食べない
- 捨てます　→　捨てない
- 教えます　→　教えない

カ行變格動詞（三類動詞）：

- 来ます　→　来ない

サ行變格動詞（三類動詞）：

- 　します　→　　しない
- 掃除します　→　掃除しない

　接下來的第 34 項文法至 37 項文法，前方動詞皆使用「～ない形」，僅需將其「～ない」的部分，替換為下述個別句型即可。

📎 辨析：

除了動詞可以改為「ない形」以外，「イ形容詞」、「ナ形容詞」與「名詞」亦可改為「ない形」（現在否定）。這些已於 N5 中學習過，因此本書不再詳述，僅附上表格供同學複習。

品詞		原形	ない形（現在否定）
イ形容詞	常體	赤い	赤くない
	敬體	赤いです	赤くないです　or　赤くありません
ナ形容詞	常體	静かだ	静かではない　or　静かじゃない
	敬體	静かです	静かではありません　or　静かじゃありません
名詞	常體	学生だ	学生ではない　or　学生じゃない
	敬體	学生です	学生ではありません　or　学生じゃありません

📄 **隨堂測驗：**

01. 笑う→（　　）ない。
　　1.笑い　　2.笑　　3.笑わ　　4.笑し

02. 考えます→（　　）ない。
　　1.考えり　　2.考え　　3.考　　4.考える

34. ～ないでください

接続：動詞ない形＋ないでください
常体：～ないで／～ないでくれ
翻訳：請不要…。
説明：此句型用於「請求對方別做某事」。雖然屬於「請求」，但實際上亦可使用
　　　於「客氣地禁止」對方做某事。另外，像是「心配しないでください／無理
　　　をしないでください」則是「口氣上關心對方，請對方別擔心、別太過勉強」
　　　的慣用表現，因此不屬於請求或者是禁止的口氣。另外，常體時，女性多使
　　　用「～ないで」的形式，而男性則多使用「～ないでくれ」的形式。

・お願いします。このことを　先生に　言わないで　ください。（請求）
（求求你，這件事情不要告訴老師。）

・美術館の　中では、写真を　撮らないで　ください。（禁止）
（美術館內請不要照相。）

・足を　洗う　前に、家に　入らないで　ください。
（洗腳之前，請不要進入家裡。）

・歩きながら　食べないで　ください。
（請不要邊走邊吃。）

・邪魔しないで　ください。
（請不要打擾／別來煩我。）

・女：あの人と　結婚しないで！愛して　いる。
（女：請不要和那個人結婚，我愛你。）
　男：冗談を　言わないで　くれよ。
（男：請你別跟我開玩笑／請你別講玩笑話。）

📄 **隨堂測驗：**

01. 危ないですから、工事現場に　（　）ないで　ください。
　　1．入り　　2．入る　　3．入ら　　4．入って

02. 室内は　禁煙ですから、たばこを　（　）ください。
　　1．吸って　　2．吸わないで　　3．吸わなくて　　4．吸わなくて

08

解答 01.（3）02.（2）

35. ～なければならない

接続：動詞ない形／イ形容詞き＋く／ナ形容詞・名詞で＋なければならない
敬体：～なければなりません
翻訳：非…不可。不…不行。必須…。
説明：此句型用於表達某一行為是「義務」、是「必須去做」的。可用於「催促聽話者」去做的語境、亦可用於「自身必須做」此行為的語境、亦常用於「社會常識」上的一般論。此外，此句型亦可接續於形容詞及名詞後方。

・裕太、明日　早起きしなければ　なりませんよ。早く　寝なさい。（催促聽話者）
（裕太，明天必須要早起喔。你趕快睡覺。）

・明日、契約が　あるので、会社へ　行かなければ　なりません。（自身行為）
（明天我因為要簽約，所以得去公司。）

・運転する時、シートベルトを　しなければ　なりません。（社會常識）
（開車的時候，一定要繫上安全帶。）

・漢字の　テストが　あるので、勉強しなければ　なりません。（「～ので」⇒ #65）
（因為要考漢字，所以非得讀書不可。）

・勉強部屋の　電気は　明るくなければ　なりません。
（書房／讀書間的燈，一定要明亮。）

・学生は　勤勉でなければ　なりません。
（學生必須得努力。）

・先生に　あげる　プレゼントは　新品でなければ　なりません。
（送給老師的東西，一定要是新的。）

其他型態：

～なければいけない

・今日、会社へ　行かなければ　いけない。
（今天非得去公司不可。）

原本句型中，後半「ならない」部分源自於動詞「なる」。亦可替換為其他型態「なければいけない（行く→行ける）」的型態。兩者意思差別不大，唯「〜なければならない」屬於較為生硬的文體，而「〜なければいけない」較為口語。

〜なきゃ（ならない／いけない）

・今日、会社へ　行かなきゃ。
（今天非得去公司不可。）

「〜なきゃ」為「なければ」的口語縮約形。使用此種口語形式時，後半的「ならない／いけない」經常會省略不講。

📄 **隨堂測驗：**

01. 日本の　家では　靴を　（　）なければ　なりません。
　　1. 脱ぎ　2. 脱が　3. 脱ぐ　4. 脱ぎて

02. 明日、6時の　新幹線に　乗るので、早く　（　）　いけません。
　　1. 起きなくて　2. 起きなければ　3. 起きないで　4. 起きないでは

解 01.（2）02.（2）

36. ～なくてはいけない

接続：動詞ない形／イ形容詞～+く／ナ形容詞・名詞で+なくてはいけない
敬体：～なくてはいけません
翻訳：非…不可。不…不行。必須…。
説明：此句型用於表達某一行為是「義務」、是「必須去做」的。可用於「催促聽話者」去做的語境、亦可用於「自身必須做」此行為的語境、亦常用於「社會常識」上的一般論。意思及用法等同於第 35 項句型「～なければならない」。兩者可替換。此外，此句型亦可接續於形容詞及名詞後方。

・翔太、宿題を　しなくては　いけないから、もう　帰りましょう。（催促聽話者）
（翔太，因為你還得做功課，我們回家吧。）

・会議の　資料を　まとめなくては　いけないから、先に　帰って。（自身行為）
（我必須要整理會議的資料，你先回去吧。）

・試験に　落ちた　人は、　もう一度　受けなくては　いけない。（社會常識）
（沒考上的人，必須再考一次／接受補考。）

・教室は、涼しくなくては　いけません。
（教室必須要涼爽。）

・寝室は、静かでなくては　いけません。
（房間／臥室一定要安靜。）

・毎日　着る　シャツは　いい物でなくては　いけません。
（每天都要穿的襯衫，一定要是好東西。）

進階實戰例句：

・まだ図書館の本を返していないんですか。借りた本は返さなくてはいけませんよ。
（你圖書館的書還沒還嗎？借的書一定要還喔。）　（「～んですか」⇒ #64-①；「～た＋名詞」⇒ #104）

其他型態：

〜なくてはならない

・今日、　会社へ　行かなくては　ならない。
（今天非得去公司不可。）

原本句型中，後半「いけない」部分源自於動詞「行く」的可能形「行ける」。亦可替換為其他型態「なくてはならない（成る）」的型態。兩者意思差別不大，唯「〜なくてはならない」屬於較為生硬的文體，而「〜なくてはいけない」較為口語。

〜なくちゃ（いけない／ならない）

・今日、　会社へ　行かなくちゃ。
（今天非得去公司不可。）

「〜なくちゃ」為「なくては」的口語縮約形。使用此種口語形式時，後半的「いけない／ならない」經常會省略不講。

📄 隨堂測驗：

01. 警官「ちょっと、そこの人。シートベルトを　（　）いけませんよ。」
　　1. しなくて　2. しなくては　3. しないで　4. しないでは

02. レポートを　今週中に　（　）。
　　1. 出しなきゃ　2. 出さなくちゃ　3. 出しなくちゃ　4. 出すなくちゃ

解 01.（2）02.（2）

37. ～なくてもいい

接続：動詞ない形／イ形容詞 ⎯ ＋く／ナ形容詞・名詞で＋なくてもいい
敬体：～なくてもいいです
翻訳：不…也可以／無妨／沒關係。
説明：此句型用於表達某一行為（動詞）或某一狀態（形容詞或名詞）是不必要的。

・今は　在宅勤務で、会社へ　行かなくても　いいです。
（現在是居家辦公，不去公司也可以。）

・日本の　ホテルでは　チップを　あげなくても　いい。
（在日本的飯店，不給小費也可以。）

・この　アプリを　使って　電車に　乗るので、切符を　買わなくても　いいです。
（用這個 APP 搭電車，所以不買票也可以。）

・うちで　使う　パソコンは　高くなくても　いいです。安いので　いいです。
（在家裡使用的電腦，不貴也可以。便宜的就可以了。）

・別に　新しいものでなくても　いいです。古いのを　使います。
（不需要新的東西。我用舊的就可以。）

其他型態：

～なくていい

・治りましたから、もう　薬を　飲まなくて　いいよ。
（已經治癒了，不必再吃藥了。）

～なくても構わない

・うちの　会社では　スーツを　着なくても　構わない。
（我們公司上班不穿西裝也沒關係。）

進階實戰例句：

・薬を飲んで元気になったら、もう病院に来なくても構わない。　(「～たら」⇒ #54-①)

(吃藥以後，如果好轉了，就不用再來醫院了。)

・あのレストランでは、食事の時ネクタイをしなければなりませんが、

　ここではしなくても構いません。

(在那間餐廳吃飯的時候，非打領帶不可，但這間不打領帶也可以。)

📄 隨堂測驗：

01. 今日は　日曜日ですから、学校へ　（　）　いいです。
　　 1. 行かないても　2. 行かないでも　3. 行かなくても　4. 行かなければ

02. 練習問題は　全部　（　）　構いません。
　　 1. やりないでも　2. やらなくても　3. やりなくても　4. やらないでも

1. 人の　物を　勝手に　（　　）ください。
   1　使って　　　　　2　使う　　　　　　3　使った　　　　　4　使わないで

2. （　　）くれよ。恥ずかしいから。
   1　笑わないで　　2　笑わなくて　　3　笑わなければ　　4　笑わなくても

3. 元気に　なりましたから、病院へ　（　　）なくても　いいです。
   1　行く　　　　　2　行き　　　　　3　行か　　　　　　4　行って

4. 説明書は　最後まで　（　　）なくては　いけない。
   1　読ま　　　　　2　読み　　　　　3　読む　　　　　　4　読みます

5. 外国へ行く前に、パスポートを　（　　）なりません。
   1　とらなくても　　　　　　　　2　とらなかったら
   3　とらなければ　　　　　　　　4　とらないで

6. パスポートの　写真は　背景が　（　　）なければ　なりません。
   1　白い　　　　　2　白　　　　　　3　白く　　　　　　4　白くない

7. パスポートの　写真は　写真館で　撮ったもの（　　）　構いません。
   1　がなくても　　2　でなくても　　3　がなくては　　　4　でなくては

8. この　練習問題は　全部　（　　）構いませんよ。
   1　やらないでも　　　　　　　　2　やらなくても
   3　やらなくも　　　　　　　　　4　やらなくては

9. 明日、会議で　来年度の　計画を　発表（　　）。
   1　しなければ　構わない　　　　2　しなければ　ならない
   3　しなくては　いい　　　　　　4　しなくても　ならない

10. もっと　真面目に　その問題を　（　　）。
    1　考えなくては　いけません　　　2　考えないでは　いけません
    3　考えなくても　なりません　　　4　考えないでも　なりません

09

第 09 單元：動詞て形 I

　　所謂的「て形」，指的是動詞語尾以「～て」結尾的一種動詞型態，如：「行って、食べて、して…」等。N4 考試當中，有許多句型的前方，動詞就是必須使用這樣的型態。本單元與下一單元彙集了 N4 考試當中，前接動詞必須使用「て形」的句型。而「て形」最困難的部分，莫過於五段動詞（一類動詞）會有「音便」的現象，學習時必須留意。

38. ～て形

接続：て形

説明：現今的日語教育上，教學分成兩派。一派為先教導動詞的原形，再由動詞原形做動詞變化轉換為「～て」形；另一派則是先教導動詞的「～ます」形，再由「～ます」形做動詞變化轉換為「～て」形。本書兩種方式並列，請讀者挑選自己習慣的方式學習即可。（※ 註：從本單元起，步驟一「判斷動詞」部份省略，直接從步驟二開始教導。）

【動詞原形轉て形】

a. 動詞為上一段動詞或下一段動詞（グループⅡ／二類動詞），僅需將動詞原形的語尾～る去掉，再替換為～て即可。

寝る（　　 neる）　→　寝~~る~~＋て
食べる（tabeる）　→　食べ~~る~~＋て
起きる（　okiる）　→　起き~~る~~＋て

b. 若動詞為カ行變格動詞或サ行變格動詞（グループⅢ／三類動詞），由於僅兩字，因此只需死背替換。

来る　　　　→　来て
する　　　　→　して
運動する　→　運動して

c. 若動詞為五段動詞（グループⅠ／一類動詞），則將動詞語尾依照下列規則「音便」。音便後，再加上「て」即可。

① 促音便：語尾若為「～う、～つ、～る」，則必須將「～う、～つ、～る」改為促音「っ」再加上「て」。

笑う　→笑っ＋て　＝笑って
待つ　→待っ＋て　＝待って
降る　→降っ＋て　＝降って

② 撥音便：語尾若為「～ぬ、～ぶ、～む」，則必須將「～ぬ、～ぶ、～む」改為撥音「～ん」，再加上「で」（一定要為濁音で）。

死ぬ　→死ん＋で　＝死んで
遊ぶ　→遊ん＋で　＝遊んで
飲む　→飲ん＋で　＝飲んで

③ イ音便：語尾若為「〜く／〜ぐ」，則必須將「〜く／〜ぐ」改為「い」再加上「て／で」
（「〜く」→「〜いて」／「〜ぐ」→「いで」）。但有極少數例外，如：「行く→行って」。

書く　→書い＋て　＝書いて
急ぐ　→急い＋で　＝急いで

（例外）
行く　→行っ＋て　＝行って

④ 語尾若為「〜す」，則不會產生音便現象，直接將「〜す」改為「〜し」後，再加上「〜て」即可。

消す　→消し＋て　＝消して

五段動詞（一類動詞）：	上、下一段動詞（二類動詞）：
將語尾「〜u」段音依規則音變後，再加上「て」即可。	將語尾「る」改為「て」即可。
①「〜う、〜つ、〜る」→促音便	・見る　→　見て
・笑う　→　笑って	・着る　→　着て
・待つ　→　待って	・起きる　→　起きて
・降る　→　降って	・できる　→　できて
②「〜ぬ、〜ぶ、〜む」→撥音便	
・死ぬ　→　死んで	・出る　→　出て
・遊ぶ　→　遊んで	・寝る　→　寝て
・飲む　→　飲んで	・食べる　→　食べて
③「〜く／〜ぐ」→イ音便	・捨てる　→　捨てて
・書く　→　書いて	・教える　→　教えて
・急ぐ　→　急いで	
・行く　→　行って（例外）	
④無音便	
・消す　→　消して	
カ行變格動詞（三類動詞）：	**サ行變格動詞（三類動詞）：**
・来る　→　来て	・する　→　して
	・掃除する　→　掃除して

【動詞ます形轉て形】

a. 動詞為二類動詞，則僅需將動詞ます形的語尾～ます去掉，再替換為～て即可。

寝ます（　　　 neます）　→　寝~~ます~~＋て

食べます（tabeます）　→　食べ~~ます~~＋て

起きます（　okiます）　→　起き~~ます~~＋て

b. 若動詞為三類動詞，由於僅兩字，因此只需死背替換。

来ます　　　　　→　　来て

します　　　　　→　　して

運動します　　　→　　運動して

c. 若動詞為一類動詞，則動詞去掉ます後，語幹最後一個音依照下列規則「音便」。音便後，再加上「て」即可。

① 促音便：語幹若為「～い、～ち、～り」，則必須將「～い、～ち、～り」改為促音「っ」再加上「て」。

笑い~~ます~~　→笑っ＋て　＝笑って

待ち~~ます~~　→待っ＋て　＝待って

降り~~ます~~　→降っ＋て　＝降って

② 撥音便：語幹若為「～に、～び、～み」，則必須將「～に、～び、～み」改為撥音「～ん」，
　再加上「で」（一定要為濁音で）。

死に~~ます~~　→死ん＋で　＝死んで

遊び~~ます~~　→遊ん＋で　＝遊んで

飲み~~ます~~　→飲ん＋で　＝飲んで

③ イ音便：語幹若為「～き／～ぎ」，則必須將「～き／～ぎ」改為「い」再加上「て／で」
　（「～き」→「～いて」／「～ぎ」→「いで」）。但有極少數例外，如：「行き→行って」。

書き~~ます~~　→書い＋て　＝書いて

急ぎ~~ます~~　→急い＋で　＝急いで

（例外）

行き~~ます~~　→行っ＋て　＝行って

④ 語幹若為「～し」，則不會產生音便現象，直接於「～し」後方加上「～て」即可。

消し~~ます~~　→消し＋て　＝消して

五段動詞（一類動詞）：

刪除ます後，語幹最後一個音依照下列規則「音便」。
音便後，再加上「て」即可。

① 「～います、～ちます、～ります」→促音便
・笑います → 笑って
・待ちます → 待って
・降ります → 降って

② 「～にます、～びます、～みます」→撥音便
・死にます → 死んで
・遊びます → 遊んで
・飲みます → 飲んで

③ 「～きます／～ぎます」→イ音便
・書きます → 書いて
・急ぎます → 急いで
・行きます → 行って（例外）

④無音便
・消します → 消して

上、下一段動詞（二類動詞）：

將語尾「ます」改為「て」即可。

・見ます → 見て
・着ます → 着て
・起きます → 起きて
・できます → できて

・出ます → 出て
・寝ます → 寝て
・食べます → 食べて
・捨てます → 捨てて
・教えます → 教えて

カ行變格動詞（三類動詞）：

・来ます → 来て

サ行變格動詞（三類動詞）：

・します → して
・掃除します → 掃除して

📄 **隨堂測驗：**

01. 行く→（　）。
　　1.行き　2.行いて　3.行って　4.行て

02. 遊びます→（　）。
　　1.遊んて　2.遊んで　3.遊びて　4.遊って

39. ～てもいい

接続：動詞て形て／イ形容詞╌╌＋くて／ナ形容詞・名詞で＋もいい
敬体：～てもいいです
翻訳：做…也可以喔。
説明：此句型用於表達「做某一行為（動詞）或某狀態（形容詞或名詞）是被允許的」。若是說話者對聽話者說「～てもいい／てもいいです。」（肯定），則表示「允許」聽話者去做某事（聽話者做動作）；若是說話者向聽話者說「～てもいい？／てもいいですか。」（疑問），則是「尋求對方的許可」（說話者做動作）；亦可用於表達說話者本身的「意願」（說話者做動作）。

・これ、食べても　いいよ。（允許：聽話者做動作）
（這個，你可以吃喔。）

・ここで　写真を　撮っても　いいですか。（尋求許可）
（我可以在這裡照相嗎？）

・ここに　座っても　いいですか。（尋求許可）
（我可以坐在這嗎？）

・あなたと　デートしても　いいよ。（意願：說話者做動作）
（我可以跟你約會喔。）

・誕生日の　プレゼントですから、値段は　少し　高くても　いいよ。
（因為是生日禮物，所以價位稍微高一點也關係。）

・この　仕事は　学生でも　いいですよ。
（這個工作，學生也可以做喔。）

其他型態：

～ていい

・もう　帰って　いいよ。
（你可以回去了喔。）

～ても構わない

・ここの　おもちゃで　遊_{あそ}んでも　構_{かま}わないから、ここで　待_まって　いて　くれる？
（這裡的玩具，你可以玩，你可以待在這裡＜別亂跑＞嗎。）

進階實戰例句：

・ここではカードで払_{はら}っても構_{かま}いません。
（這裡可以使用信用卡支付。）

・行_いくところがなければ、うちに泊_とまっても構_{かま}いません。（「～なければ」⇒ #135- ②）
（你沒地方去的話，也可以住我家喔。）

・熱_{ねつ}がなかったら、お風呂_{ふろ}に入_{はい}っても構_{かま}いません。（「～なかったら」⇒ #54- ①）
（如果你沒發燒／燒退了，那就可以泡澡。）

📄 **隨堂測驗：**

01. すみません。この　ボールペンを　（　　）も　いいですか。
　　　1.借り　2.借りない　3.借りる　4.借りて

02. うちの　会社では　コーヒーを　飲みながら　仕事を　（　　）も
　　構いません。
　　　1.して　2.する　3.しない　4.しって

解 01.（4）02.（1）

119

40. ～てはいけない

接続：動詞て形＋てはいけない
敬体：～てはいけません
翻訳：不可以做…。不行…。
説明：此句型用於表達「禁止」。除了可用於講述一般社會常規，亦可針對聽話者
　　　個別的行為做禁止的動作。當使用於「對聽話者個別的行為禁止」時，由於
　　　語氣非常強硬，因此多為父母、老師、上司等對於小孩、學生、下屬等發號
　　　施令禁止時使用。

・美術館の　中では　大きな　声で　話しては　いけません。（社會常規）
（在美術館裡，不可以大聲講話。）

・未成年者は　たばこを　吸っては　いけない。（社會常規）
（未成年者不可以抽菸。）

・危ないですから、一人で　外へ　行っては　いけません。（個別禁止）
（因為很危險，所以你不行獨自外出。）

・夜食を　食べては　いけません。太りますから。（個別禁止）
（不可以吃宵夜，會發胖。）

其他型態：

～ちゃ（じゃ）いけない（口語）

・これ、食べちゃ　いけません。
（這個不可以吃。）

～てはだめだ

・静かに　しなさい。大声で　話しては　だめだ。
（安靜！不可以大聲說話。）

進階實戰例句：

・この<ruby>薬<rt>くすり</rt></ruby>は１<ruby>日<rt>にち</rt></ruby>に２つ<ruby>以上<rt>いじょう</rt></ruby><ruby>飲<rt>の</rt></ruby>んではいけないと<ruby>言<rt>い</rt></ruby>われました。

(醫生交代我說，這個藥一天不可以吃兩顆以上。) （「～という」⇒ #59；「被動」⇒ #88)

📄 隨堂測驗：

01. 紙の　ゴミと　プラスチックの　ゴミを　一緒に　（　）は　いけません。
    1.捨てて　2.捨て　3.捨って　4.捨いて

02. この　テストは　辞書を　見ながら　（　）は　だめだ。
    1.やりて　2.やられて　3.やって　4.やんで

解 01.（1）02.（3）

41. ～ている

接続：動詞て形＋ている
敬体：～ています
翻訳：① 正在…。② …的狀態。…著的。③ 一直都有在做…。④ 還沒…。
説明：此句型源自於動詞「いる」。① 若動詞為「持續動詞」時，則表「正在進行
　　　某動作」。② 若動詞為「瞬間動詞」時，則表「動作結束後的結果、狀態」。
　　　③ 動詞雖為「持續動詞」，但亦可用於表達「長時間的反復行為與習慣」。
　　　④ 若使用「（まだ）～ていない／ていません」的型態，則表示「動作尚未
　　　發生、尚未實現」（言下之意就是將來會發生、會實現）。

① ・今、雨が 降って います。
　 （現在正在下雨。）

　 ・赤ちゃんが 泣いて います。
　 （嬰兒正在哭泣。）

　 ・木村君は 今 ご飯を 食べて います。
　 （木村現在正在吃飯。）

　 ・山田さんは 教室で 寝て います。
　 （山田正在教室睡覺。）

② ・窓が 開いて います。
　 （窗戶開著的。）

　 ・玄関前に 車が 止まって います。
　 （玄關前停了一部車／車子停著的。）

　 ・姉は 結婚して います。
　 （姊姊結婚了／婚姻狀態持續著的。）

　 ・春日さんは 眼鏡を かけて います。
　 （春日先生帶著眼鏡。）

辨析：

日文的動詞，又可以分為「狀態性動詞」以及「動作性動詞」。而其中的動作性動詞，又可細分為「持續動詞」以及「瞬間動詞」。

	狀態性動詞（EX：ある、いる、できる、可能動詞…等，數量不多）	
動作性動詞	持續動詞（EX：食べる、飲む、遊ぶ、読む…等。）	
	瞬間動詞（EX：落ちる、死ぬ、倒れる、止まる…等。）	

所謂的「持續動詞」，指的就是「動作不會一瞬間完成，從開始到結束會有一定的持續時間」。這種語意的動詞，加上「～ている」後，即表示「正在進行」之意。

所謂的「瞬間動詞」，指的就是「動作會於一瞬間就完成、結束」。這種語意的動詞，加上「～ている」後，即表示「此動作完成後的結果狀態」。

所謂的「狀態性動詞」，指的就是「用來描述狀態，而不是描述動態動作」。這一類的動詞，一般不會與「～ている」一起使用。（× あっている、× いている、× 英語ができている）

③・毎年　家族旅行を　して　います。
（我家每年都會全家去旅行。）

・今　早稲田大学で　経済の　勉強を　して　います。
（我現在在早稲田大學讀經濟。）

・私は　毎日　お風呂に　入って　います。
（我每天都會洗澡。）

・Web で　コロナ対策の　説明会を　毎日　開催して　います。
（網路上每天都會實施武漢肺炎防止感染對策的說明會。）

④・私は　まだ　晩ご飯を　食べて　いません。
（我還沒吃晚餐。）

・兄は　まだ　結婚して　いません。
（哥哥還沒結婚。）

・先に　帰って　ください。私は　仕事が　まだ　終わって　いません。
（你先回去。我工作還沒做完。）

・香奈ちゃんは　まだ　幼稚園です。まだ　小学校に　入って　いません。
（香奈小妹妹還是幼稚園。她還沒上小學。）

📄 隨堂測驗：

01. あれ？電気が　（　）いますね。
　　1.つき　2.ついて　3.ついた　4.つく

02. まだ　薬を　（　）いません。
　　1.飲みて　2.飲んで　3.飲むで　4.飲んて

解 01.（2） 02.（2）

42. 〜てある

接続：動詞て形＋てある
敬体：〜てあります
翻訳：有人把…(以致於現在還…)。某動作結果殘存…著的。
説明：此句型源自於動詞「ある」。以「〜が　他動詞＋てある」的型式，表示「某人之前做了這個動作，而這個動作所造成的結果狀態還持續至今（多半都是一目瞭然的狀態）。（「他動詞」⇒ #78）

09

・ドアに　メモが　貼って　あります。
（門上貼有／貼著便條紙。）

・テーブルに　きれいな　花が　飾って　あります。
（桌上擺著／裝飾著漂亮的花。）

・お皿が　きれいに　洗って　あります。
（盤子洗得很乾淨的狀態。）

・木が　植えて　あります。
（種著一棵樹。）

・ドアが　開けて　あります。　　　　　　　　開ける（他）⇌開く（自）
（門是開著的。）

・喫茶店の　前に　車が　止めて　あります。　止める（他）⇌止まる（自）
（咖啡店的門口，停著一部車。）

・本棚に　本が　並べて　あります。　　　　　並べる（他）⇌並ぶ（自）
（書架上排列著書本。）

・冷蔵庫に　牛乳が　入れて　あります。　　　入れる（他）⇌入る（自）
（冰箱裡面放著／放有牛奶。）

125

🔗 辨析：

（※ 註：本項辨析，建議學習完第 16 單元之後，第二次複習時再閱讀。）

若句中的他動詞，本身有其相對應的自動詞（如上列第 5~8 句例句），亦可替換為第 41 項文法的第②項用法，以「～が　自動詞＋ている」的形式表達。如下：

・ドアが　開いて　います。

（門是開著的。）

・喫茶店の前に　車が　止まって　います。

（咖啡店的門口，停著一部車。）

・本棚に　本が　並んで　います。

（書架上排列著書本。）

・冷蔵庫に　牛乳が　入って　います。

（冰箱裡面放著／放有牛奶。）

但「～が　他動詞＋てある」形式與「～が　自動詞＋ている」形式，兩者語意有些微差異。前者的表達方式，說話者著重於「行為面」，口氣中有意識到「先前有人做了這個行為，以至於現在呈現著這樣的結果狀態」；而後者的表達方式，說話者著重於「狀態、結果面」，口氣中僅帶有「說明目前看到的狀態而已」。

○　風で　ドアが　開いて　います。

×　風で　ドアが　開けて　あります。

因此，像是上例這種「因為風吹，而導致門開著的狀態」，就不可使用意識到某人動作的「～が　他動詞＋てある」形式。

・ジュースが　冷やして　ある。

（< 冰箱裡 > 冰有果汁。）

・ジュースが　冷えて　いる。

（果汁是冰的。）

此外，日文中的自動詞，許多詞彙的語意當中就包含了結果、狀態，而他動詞的語意範圍只涵蓋到施行動作而已，並不包含結果狀態。因此上兩句話的差異，在於「ジュースが　冷やしてある」表達「有人為了某目的，而把果汁拿去冰」，但不見得果汁現在就是呈現低溫的狀態，頂多就是知道果汁在冰箱裡面。而「ジュースが　冷えている」則是表達「目前果汁是呈現冰涼的狀態」。因此下列的例句並非不合邏輯。

・ジュースが　冷やして　あるが、まだ　冷えて　いません。
（冰箱裡冰有果汁，但那果汁還沒變冰。／果汁拿去冰了，但是還沒變冰。）

📄 **隨堂測驗：**

01. 店の　前に　車が　（　）あります。
　　1.止めて　2.止まって　3.止めって　4.止まて

02. あそこに　ポスター（　）　貼って　ありますね。あれは　何ですか。
　　1.を　2.が　3.で　4.の

解答 01.（1）02.（2）

43. ～てみる

接続：動詞て形＋てみる
敬体：～てみます
翻訳：嘗試…
説明：此句型源自於動詞「見る」，意思是「試試看做某事」。① 使用「～てみる」
的型態時，表示「說話者自己嘗試做某事」；② 使用「～てみたい」的型態時，
則是表示「說話者想要嘗試做某事」；③ 使用「～てみてもいいですか」的
型態時，則是「詢問對方自己是否可以嘗試做某事」；④ 使用「～てみてく
ださい」的型態時，則是「說話者請對方嘗試做某事」。

① ・靴を　買う　前に、履いて　みます。
（買鞋子之前，試穿看看。）

・思って　いる　ことを　日本語で　言って　みます。
（試著用日文，講出心裡想著的事情。）

② ・一度　宇宙へ　行って　みたいです。
（我想要去一次宇宙看看。）

・死ぬ　前に　やって　みたい　ことが　ありますか。
（你有什麼事情，是死之前想要做的嗎／是人生中想要嘗試看看的嗎？）

③ ・この　服、着て　みても　いいですか。
（我可以試穿這個衣服看看嗎？）

・わあ、素敵な　車ですね。乗って　みても　いいですか。
（哇，好棒的車子啊。我可以試乘看看嗎？）

④ ・これは　私の　国の　料理です。どうぞ、食べて　みて　ください。
（這是我們家鄉的料理。請吃吃看。）

・買う　前に、試して　みて　ください。
（買之前，請試用看看。）

進階實戰例句：

・買う前に、サイズが合うかどうか、着てみたほうがいいよ。

（買之前，最好先試穿看看尺寸合不合喔。） （「～かどうか」⇒ #126-②；「～たほうがいい」⇒ #50-①）

・先生の言う通りに、やってみてください。うまくいくと思うよ。

（請按照老師說的做做看。一定會順利的喔。） （「～とおりに」⇒ #136-①；「～と思う」⇒ #58）

隨堂測驗：

01. この　単語の　意味が　わかりませんから、辞書で（　　）みます。
　　1.調べる　　2.調べて　　3.調べ　　4.調べって

02. 国に　帰る　前に、ぜひ、富士山に　（　　）みたいです。
　　1.登て　　2.登んで　　3.登いて　　4.登って

解答 01.（2）02.（4）

09 單元小測驗

1. 10時から　14時まで、ここに　車を　（　　）も　構いません。
   1　止めいて　　　　2　止めんで　　　　3　止めて　　　　4　止めって

2. 掃除したいから、あなたの　部屋に　（　　）　いい？
   1　入っては　　　2　入っても　　　3　入らなくては　　4　入らないでも

3. 図書館の　中で　（　　）　いけません！
   1　騒ぐ　　　　　2　騒がなければ　　3　騒いでも　　　4　騒いでは

4. 危ないから、ここに　（　　）。
   1　入らなくては　いけない　　　　2　入らなくても　構わない
   3　入っては　いけない　　　　　　4　入っても　構わない

5. あれ、教室の　電気が　（　　）ね。誰か　いるのでしょうか。
   1　ついて　います　　　　　　　2　つけて　います
   3　ついて　あります　　　　　　4　つけて　みます

6. A：昼ご飯、もう食べましたか。　B：いいえ、まだ　（　　）。
   1　食べて　いません　　　　　　2　食べて　いけません
   3　食べて　ありません　　　　　4　食べませんでした

7. レストランを　予約して（　　）から、今晩　一緒に　食事しましょう。
   1　います　　　　2　あります　　　3　いました　　　4　ありました

8. 地震で　ビルが　（　　）。
   1　倒れて　います　　　　　　　2　倒して　います
   3　倒れて　あります　　　　　　4　倒して　あります

9. 国に　帰る　前に、一度　富士山に　登って　（　　）です。
   1　いたい　　　　2　ありたい　　　3　みたい　　　　4　したい

10. 可愛い　犬ですね。触って　（　　）。
    1　みても　いけないですか　　　2　みては　どうですか
    3　みても　いいですか　　　　　4　みては　ならないですか

10

第 10 單元：動詞て形 II

　　本單元延續上一個單元，介紹四個前接動詞「～て形」的補助動詞，以及用於表前後兩句逆接的接續表現「～ても」。「～ていく」與「～てくる」會隨著前接動詞語意的不同，而會有不同的用法。最後一項文法「～ても」，則是除了可接續動詞外，亦會接續形容詞及名詞，必須特別留意其接續方式。

44. ～てくる

接続：動詞て形＋てくる
敬体：～てきます
翻訳：① 來…。② 做了…再來。③ 持續做至今…。④ 從以前到現在，逐漸變…。
説明：此句型源自於動詞「来る」。① 若動詞為「帰る、戻る、離れる、走る、
　　　飛ぶ…」等含有「移動」語意的動詞時，則表「空間上的移動」。意思是「以
　　　說話者為基準點，往說話者的方向來」。② 若動詞為「食べる、勉強する、
　　　買う」…等沒有方向性、移動性的動作動詞時，則表「動作的先後順序」。
　　　意思是「做了再來」。③ 若動詞為「続ける、頑張る、仕事をする」…等含
　　　有「持續」語意的動詞時，則表「動作的持續」。意思是「以某個時間點為
　　　基準點，之前一直持續做此動作至今」。④ 若動詞為「増える、なる、変わる、
　　　減る」…等含有「變化」語意的動詞時，則表「變化的持續」。意思是「以
　　　某個時間點為基準點，變化持續至今」。

① ・毎朝　うちの　庭に　たくさんの　鳥が　飛んで　きます。
　　（每天早上，我家的庭院都有許多小鳥飛過來。）

　・どうぞ。入って　きて　ください。
　　（請，請進來。）

② ・ジュースを　買って　きますから、ここで　待って　いて　ください。
　　（我去買果汁來，請在這裡等，別亂跑。）

　・こちらの　ゴミを　捨てて　きて　ください。
　　（你去把這些垃圾拿去丟。）

③ ・私は　今まで、　一人で　日本で　頑張って　きました。
　　（我獨自一人在日本打拼至今。）

　・これまで　ずっと　練習を　続けて　きた。
　　（我一直持續練習至今。）

④ ・最近、ペットを 飼う 人が 増えて きましたね。
（最近養寵物的人越來越多了。）

・ここ 10年、マンションの 価格が 高く なって きて います。
（這十年來，房價一直在變貴。）

隨堂測驗：

01. 誰かが 来ましたね。ちょっと （ ）。
　　1.見ていきます　2.見てきます　3.見にきます　4.行ってみます

02. スポーツを やめてから、だんだん （ ）。
　　1.太りにきた　2.太くなっていった　3.太っていった　4.太ってきた

10

45. ～ていく

接続：動詞て形＋ていく
敬体：～ていきます
翻訳：① 去…。② 先…再去。③ 持續做下去…。④ 從今以後，會逐漸變…。
説明：此句型源自動詞「行く」。① 若動詞為「帰る、戻る、離れる、走る、飛ぶ…」等含有「移動」語意的動詞時，則表「空間上的移動」。意思是「以説話者為基準點，遠離説話者而去」。② 若動詞為「食べる、勉強する、買う」…等沒有方向性、移動性的動作動詞時，則表「動作的先後順序」。意思是「做了再去」。③ 若動詞為「続ける、頑張る、仕事をする」…等含有「持續」語意的動詞時，則表「動作的持續」。意思是「以某個時間點為基準點，接下來持續做此動作」。④ 若動詞為「増える、なる、変わる、減る」…等含有「變化」語意的動詞時，則表「變化的持續」。意思是「以某個時間點為基準點，變化持續下去」。

① ・犯人は　南の　方へ　走って　いきました。
　　（犯人往南邊的方向跑走了。）

　・兄は　父と　喧嘩して、家を　出て　いきました。
　　（哥哥跟爸爸吵架，離家出走了。）

② ・コーヒーを　買って　いきます。
　　（我買杯咖啡去。）

　・晩ご飯は　いりません。途中で　コンビニで　食べて　いきます。
　　（我不需要晚餐／不跟你們一起吃晚餐。去的途中我在便利商店吃一吃再去。）

③ ・今後も　日本で　仕事を　頑張って　いきたいです。
　　（從今以後，我想繼續在日本打拼下去。）

　・これからも　ずっと　練習を　続けて　いく。
　　（接下來，我也會一直持續練習下去。）

④・これからも　ペットを　飼^かう　人^{ひと}が　増^ふえて　いくでしょう。
（我想，今後養寵物的人也會繼續增加下去吧。）　（「～でしょう」⇒ #62）

・AIの　普及^{ふきゅう}で　私^{わたし}たちの　仕事^{しごと}は　減^へって　いきます。
（隨著人工智慧的普及，我們的工作也會逐漸變少。）

📄 隨堂測驗：

01. 毎日　家から　会社まで　（　　）。
　　1. 行ってあるきます　　2. 歩きにいきます
　　3. 歩いていきます　　4. 歩いてみます

02. 景気が　よく　なりましたから、今後　給料が　（　　）でしょう。
　　1. 増えていく　　2. 増えにくる　　3. 増えていった　　4. 増えてきた

解答 01. (3) 02. (1)

46. ～ておく

接続：動詞て形＋ておく
敬体：～ておきます
翻訳：① 把…做起來放（做好準備）。②…著。
説明：此句型源自於動詞「置く」，意思是：①「為達到某目的，事先做好準備」。
　　　經常使用「～ておいてください」的方式來「請求對方先做好準備」。② 表
　　　「放任不管、維持原狀」。此用法經常配合副詞「そのまま」、「しばらく」，
　　　或者一段時間的詞彙使用。此外，口語表達時可以把「～ておきます」說成
　　　縮約形「～ときます」，如：「そこに置いといて（置いておいて）ください。」

① ・旅行の　前に、新幹線の　チケットを　予約して　おきます。
　　（去旅行之前，事先預約好新幹線的車票。）

　　・パスポートを　かばんに　入れて　おきます。
　　（把護照放到包包裡做好準備。）

　　・レポートを　書く　前に、資料を　集めて　おいて　ください。
　　（下筆寫報告前，請先收集好資料。）

　　・動詞の　活用は　試験に　出ますから、よく　覚えて　おいて　ください。
　　（考試會出題動詞的變化，請務必記好。）

② ・ラジオは　そのまま　つけて　おきますね。
　　（我收音機就不關了，就這樣開著喔。）

　　・夜　11 時まで　エントランスの　ドアを　開けて　おきます。
　　（我會將入口的大門開著，直到晚上 11 點才關閉。）

　　・暑いですから、エアコンは　つけて　おいて　ください。
　　（因為很熱，冷氣請你開著不要關。）

　　・これから　会議が　ありますから、　椅子は　このままに　して　おいて
　　　ください。
　　（等一下要開會，所以你椅子就照這樣放著，不要收起來。）

136

進階實戰例句：

・食事が終わったら、お皿とかを洗っといてね。
（吃完飯後，請把盤子之類的洗起來放喔。）　（「～たら」⇒ #54-②）

・コロナ対策のために、窓を開けておこう。
（為了預防武漢肺炎，窗戶就開著別關吧。）　（「～ために」⇒ #132-①；「意向形」⇒ #75-①）

・あのう、課長、次の会議までに何をしておいたらいいですか。

（課長，下次會議之前，我應該事先做些什麼來做預備呢？）

・パーティーのために、シャンパンを買っておいたよ。冷蔵庫に冷やしてあるから、
そろそろ出しておいてくれ。　（「～てくれ」為「～てください」的口語命令口氣型態）

（我為了派對，買了香檳。我將它冰在冰箱裡，你差不多可以把它拿出來放了。）

📄 隨堂測驗：

01. 友達が　来る　前に、部屋を　掃除して　（　　）。
　　1. みます　2. あります　3. おきます　4. いきます

02. 荷物は　そこに　（　　）　ください。
　　1. おいといって　2. おいといて　3. おいとって　4. おいておき

解答 01.（3）02.（2）

47. ～てしまう

接続：動詞て形＋てしまう
敬体：～てしまいます
翻訳：① 全部解決了，做完了。② 糟了，不小心…。
説明：此句型源自於動詞「しまう」，意思是：①「完了」之意。表示「事情已經
　　　全部做完，解決、處理完畢了」，故經常會與「全部」、「もう」等副詞共用。
　　　② 表示說話者「做了一件無法挽回的事情，而感到後悔、可惜、遺憾」。此外，
　　　口語表達時可以把「～てしまう／でしまう」說成縮約形「～ちゃう／じゃ
　　　う」，如：「食べてしまった→食べちゃった；飲んでしまった→飲んじゃった」。

① ・レポートは　明日　出して　しまいます（出しちゃいます）。
　　（報告明天會完成交出去。）

　　・この　本の　単語を　全部　覚えて　しまった（覚えちゃった）。
　　（這本書的單字全部都背起來了。）

　　・昨日　買った　本は　もう　読んで　しまいました（読んじゃいました）。
　　（昨天買的書已經讀完了。）

　　・今日中に　この　仕事を　やって　しまいます（やっちゃいます）から、
　　先に　帰って　ください。
　　（我今天之內要把這個工作完成，你先回去吧。）

🔗 辨析：

本項文法的第 ① 項用法，與第 32 項文法「～終わる」意思相近，都有動作完成之意。兩者不
同點，在於「～終わる」僅是說明一個動作結束、完成，而「～てしまう」則是帶有此動作「解
決掉了、處理完畢」的語感在，因此上面第四句例句，說話者要強調在今天內必須「解決」工
作，因此就不適合改為「～終わる」。

另外，「～終わる」不可用於瞬間性的動作（「瞬間動詞」⇒ #41- 辨析），因此像是第一句例句，「交報
告」是一瞬間的事情，亦不可使用「～終わる」。

② ・先生の 名前を 忘れて しまいました（忘れちゃいました）。
（我忘了老師的名字。）

・コンビニで 傘を 間違えて 持ってきて しまった（持ってきちゃった）。
（我在便利商店拿錯了雨傘。）

・あっ、服が 汚れて しまいました（汚れちゃいました）。
（啊，衣服不小心髒掉了。）

・気を つけて いましたが、コロナに かかって しまいました
（かかっちゃいました）。
（我雖然很小心注意，但還是感染了武漢肺炎。）

進階實戰例句：

・賞味期限が 短いので、冷蔵庫に 入れないで、食べてしまってくださいね。
（因為保存期限很短，所以請你別冰到冰箱，儘早吃掉。）　（「〜ので」⇒ #65；「〜ないで」⇒ #129-②）

・最近一人暮らしを 始めたが、一人分の量の食事を作るのが難しくて、
いつも作り過ぎてしまう。（「〜のが」⇒ #121-①）

（最近開始一個人住，要做一人份的餐點很困難，我總是不小心做太多。）

・服は実際に着てみて、自分に合うかどうか確認してから買ったほうがいいのは
わかっているが、フリマアプリで安い物を見つけると、つい買ってしまう。
（我雖然知道衣服應該要實際試穿後，確認是否適合自己之後再買會比較好，但我只要在
跳蚤市場 APP 上看見便宜的東西，就會不小心手滑買下去。）（「〜かどうか」⇒ #126-②；「〜のは」⇒ #124）

隨堂測驗：

01. ポケットに 財布を 入れましたが、（　　）しまいました。
　　1. 落としに　2. 落として　3. 落とって　4. 落ちって

02. 腐った たまごを 食べて （　　）。
　　1. しまった　2. おいた　3. あった　4. いった

解答 01.（2）02.（1）

139

48. ～ても

接続：動詞て形＋ても／イ形容詞くい＋くても／ナ形容詞・名詞＋でも
翻訳：① 即便…也…。② 無論…都…。
説明：「～ても」用於串連前後兩個句子，並表示前後兩句屬於「逆接」的關係。①
以「A ても、B」的形式來表達「一般而言，原本 A 這句話成立，照理說應該
會是…的狀況的，但卻不是」。例如例句一：一般而言，下雨天理應不會洗
衣服（因為無法曬乾），但說話者卻不這麼做，即便下雨了，仍然做洗衣服
這個動作。這樣的表現，就稱作「逆接／逆態表現」。「～ても」可同時出
現兩個以上。② 若與表程度的副詞「どんなに」、「いくら」或「誰」、「何」
等疑問詞併用，以「どんなに／いくら／疑問詞～ても」的形式，則表達「即
便前述的程度再高、再大／無論前述條件如何，後述的結果事態都不會改變／
都會成立」。

① ・雨が 降っても、洗濯します。
　（就算下雨，我也要洗衣服。）

・雨が 降っても、雪が 降っても、洗濯します。
　（不管下雨還是下雪，我都要洗衣服。）

・単語を 覚えても、すぐ 忘れて しまいます。
　（即便背了單字，還是馬上就忘掉了。）

・高くても A社の 新しい スマホを 買いたい。
　（即便很貴，我也想要買A公司的智慧型手機。）

・お金が なくても 税金は 払わなければ なりません。
　（就算沒錢，也得繳稅金。）

・暇でも あなたとは 一緒に 映画を 観に 行きたくない。
　（就算我很閒，我也不想跟你一起去看電影。）

・大事な 会議が ありますから、病気でも 会社へ 行きます。
　（因為我有很重要的會議要開，所以即便生病了，我還是要去公司。）

・日曜日でも、お正月でも、営業しています。年中無休です。
（不管是星期天還是大過年，我們都有營業。全年無休。）

② ・いくら 考えても、わかりません。
（無論怎麼想，我都想不透。）

・どんなに 頑張っても、給料が 上がりません。
（不管多努力，薪水仍然不會增加。）

・何が あっても、彼女と 結婚します。
（不管發生什麼事，我都要跟她結婚。）

・誰が 言っても、だめな ものは だめです。
（無論是任何人來說，不行就是不行。）

隨堂測驗：

01. 山田さんは 真面目で、熱が （　　）も、学校を 休みません。
　　1.ある　2.あって　3.ない　4.あり

02. どんなに （　　）も、エアコンを つけません。
　　1.暑く　2.暑い　3.暑くて　4.暑かった

10

10　單元小測驗

1. 毎日　ここから　学校まで　歩いて（　　　）。
   　1　いきます　　　2　きます　　　　3　おきます　　　4　しまいます

2. 最近、学校の　勉強が　だんだん　難しく　なって（　　　）。
   　1　いきました　　2　きました　　　3　いきます　　　4　きます

3. 寝る前に、　明日　使う　教科書を　かばんに　入れて（　　　）。
   　1　あります　　　2　みます　　　　3　おきます　　　4　います

4. 後で　使いますから、はさみは　机の　上に　（　　　）。
   　1　置いおいてください　　　　　　2　置いておいでください
   　3　置いといてください　　　　　　4　置いておきてください

5. かばんを　きれいに　洗いましたが、もう　汚れて（　　　）。
   　1　しまいました　2　おきました　　3　ありました　　4　みました

6. あっ、傘を　（　　　）。
   　1　忘れてちゃった　　　　　　　　2　忘れてじゃった
   　3　忘れちゃった　　　　　　　　　4　忘れじゃった

7. 夏休みの　宿題は　もう　（　　　）　しまいました。
   　1　やって　　　　2　やった　　　　3　やりて　　　　4　やんて

8. お金が　（　　　）、毎日　幸せです。
   　1　ないでも　　　2　なくても　　　3　なかっても　　4　ないても

9. あの　部屋の　中は　昼（　　　）　暗いです。
   　1　でも　　　　　2　ても　　　　　3　くても　　　　4　だっても

10. この　本は　難しくて、何回　（　　　）　意味が　わかりません。
   　1　読みても　　　2　読みでも　　　3　読んても　　　4　読んでも

11

第 11 單元：動詞た形

　　所謂的「た形」，指的是動詞語尾以「〜た」（常體過去）結尾的一種動詞型態，如：「行った、食べた、した…」等。N4 考試當中，有許多句型的前方，動詞就是必須使用這樣的型態。本單元彙集了 N4 考試當中，前接動詞必須使用「た形」的句型。而「た形」與「て形」一樣，五段動詞（一類動詞）會有「音便」的現象，學習時必須留意。

49. 〜た形

接続：た形

説明：現今的日語教育上，教學分成兩派。一派為先教導動詞的原形，再由動詞原形做動詞變化轉換為「〜た」形；另一派則是先教導動詞的「〜ます」形，再由「〜ます」形做動詞變化轉換為「〜た」形，兩種方式其轉換的規則基本上與「〜て」形相同。本書兩種方式並列，請讀者挑選自己習慣的方式學習即可。

【動詞原形轉た形】

a. 動詞為上一段動詞或下一段動詞（グループⅡ／二類動詞），僅需將動詞原形的語尾 〜る去掉，再替換為〜た即可。

寝る（　　　neる）　→　寝る+た
食べる（tabeる）　→　食べる+た
起きる（　okiる）　→　起きる+た

b. 若動詞為カ行變格動詞或サ行變格動詞（グループⅢ／三類動詞），由於僅兩字，因此只需死背替換。

来る　　　→　来た
する　　　→　した
運動する　→　運動した

c. 若動詞為五段動詞（グループⅠ／一類動詞），則動詞語尾會產生「音便」。音便後，再加上「た」即可。

① 促音便：語尾若為「〜う、〜つ、〜る」，則必須將「〜う、〜つ、〜る」改為促音「っ」再加上「た」。

笑う　→笑っ+た　＝笑った
待つ　→待っ+た　＝待った
降る　→降っ+た　＝降った

② 撥音便：語尾若為「〜ぬ、〜ぶ、〜む」，則必須將「〜ぬ、〜ぶ、〜む」改為撥音「〜ん」，再加上「だ」（一定要為濁音だ）。

死ぬ　→死ん＋だ　＝死んだ

遊ぶ　→遊ん＋だ　＝遊んだ

飲む　→飲ん＋だ　＝飲んだ

③ イ音便：語尾若為「〜く／〜ぐ」，則必須將「〜く／〜ぐ」改為「い」再加上「た／だ」（「〜く」→「〜いた」／「〜ぐ」→「いだ」）。但有極少數例外，如：「行く→行った」。

書く　→書い＋た　＝書いた

急ぐ　→急い＋だ　＝急いだ

（例外）

行く　→行っ＋た　＝行った

④ 語尾若為「〜す」，則不會產生音便現象，直接將「〜す」改為「〜し」後，再加上「〜た」即可。

消す　→消し＋た　＝消した

11

五段動詞（一類動詞）： 將語尾「〜u」段音依規則音變後，再加上「た」即可。	上、下一段動詞（二類動詞）： 將語尾「る」改為「た」即可。
①「〜う、〜つ、〜る」→促音便 ・笑う　→　笑った ・待つ　→　待った ・降る　→　降った	・見る　　→　　見た ・着る　　→　　着た ・起きる　→　起きた ・できる　→　できた
②「〜ぬ、〜ぶ、〜む」→撥音便 ・死ぬ　→　死んだ ・遊ぶ　→　遊んだ ・飲む　→　飲んだ	・出る　　→　　出た ・寝る　　→　　寝た ・食べる　→　食べた ・捨てる　→　捨てた ・教える　→　教えた
③「〜く／〜ぐ」→イ音便 ・書く　→　書いた ・急ぐ　→　急いだ ・行く　→　行った（例外）	
④無音便 ・消す　→　消した	
カ行變格動詞（三類動詞）： ・来る　→　来た	サ行變格動詞（三類動詞）： ・　　する　→　　　した ・掃除する　→　掃除した

【動詞ます形轉た形】

a. 動詞為二類動詞，則僅需將動詞ます形的語尾～ます去掉，再替換為～た即可。

寝ます（　　ｎｅます）　→寝ます+た
食べます（ｔａｂｅます）　→食べます+た
起きます（　ｏｋｉます）　→起きます+た

b. 若動詞為三類動詞，由於僅兩字，因此只需死背替換。

来ます　　　　→　来た

します　　　　→　した

運動します　→　運動した

c. 若動詞為一類動詞，則動詞去掉ます後，語幹最後一個音依照下列規則「音便」。音便後，再加上「た」即可。

① 促音便：語幹若為「～い、～ち、～り」，則必須將「～い、～ち、～り」改為促音「っ」再加上「た」。

笑います　→笑っ+た　＝笑った
待ちます　→待っ+た　＝待った
降ります　→降っ+た　＝降った

② 撥音便：語幹若為「～に、～び、～み」，則必須將「～に、～び、～み」改為撥音
「～ん」，再加上「だ」（一定要為濁音だ）。

死にます　→死ん+だ　＝死んだ
遊びます　→遊ん+だ　＝遊んだ
飲みます　→飲ん+だ　＝飲んだ

③ イ音便：語幹若為「～き／～ぎ」，則必須將「～き／～ぎ」改為「い」再加上「た／だ」
（「～き」→「～いた」／「～ぎ」→「いだ」）。但有極少數例外，如：「行き→行った」。

書きます　→書い+た　＝書いた
急ぎます　→急い+だ　＝急いだ

（例外）

行きます　→行っ+た　＝行った

④語幹若為「～し」，則不會產生音便現象，直接於「～し」後方加上「～た」即可。

消します　→消し+た　＝消した

五段動詞（一類動詞）：	上、下一段動詞（二類動詞）：

五段動詞（一類動詞）：

刪除ます後，語幹最後一個音依照下列規則「音便」。
音便後，再加上「た」即可。

① 「～います、～ちます、～ります」→促音便
・ 笑い~~ます~~ → 笑った
・ 待ち~~ます~~ → 待った
・ 降り~~ます~~ → 降った

② 「～にます、～びます、～みます」→撥音便
・ 死に~~ます~~ → 死んだ
・ 遊び~~ます~~ → 遊んだ
・ 飲み~~ます~~ → 飲んだ

③ 「～きます／～ぎます」→イ音便
・ 書き~~ます~~ → 書いた
・ 急ぎ~~ます~~ → 急いだ
・ 行き~~ます~~ → 行った（例外）

④無音便
・ 消し~~ます~~ → 消した

上、下一段動詞（二類動詞）：

將語尾「ます」改為「た」即可。

・ 見ます → 見た
・ 着ます → 着た
・ 起きます → 起きた
・ できます → できた

・ 出ます → 出た
・ 寝ます → 寝た
・ 食べます → 食べた
・ 捨てます → 捨てた
・ 教えます → 教えた

カ行變格動詞（三類動詞）：

・ 来ます → 来た

サ行變格動詞（三類動詞）：

・ します → した
・ 掃除します → 掃除した

📄 **隨堂測驗：**

01. 入る→（ ）。
　　1.入った　2.入た　3.入りた　4.入んだ

02. 起きます→（ ）。
　　1.起きた　2.起きった　3.起きいた　4.起た

解答 01.（1） 02.（1）

50. ～たほうがいい

接続：動詞た形／ない形＋ほうがいい
敬体：～たほうがいいです
翻訳：最好做…。做…比較好喔。
説明：此句型用於：① 表達給對方的建議、忠告（叫對方做…。行為者為聽話者）。
　　　② 非針對個人，講述一般論述的建議。③ 表自己給自己的建議，應該做…（自
　　　己做…。行為者為說話者）。若要表達「建議不要做…」，則前方使用動詞「～
　　　ない」形，以「～ないほうがいい」的形態表達否定，而非使用過去否定的「～
　　　なかったほうがいい」的形態。

① ・大切な 会議ですから、明日は 早く 行った ほうが いい。
　　（因為是很重要的會議，所以明天你最好早點去比較好。）

　　・疲れて いる ようですね。少し 休んだ ほうが いいですよ。
　　（你看起來很累的樣子。你早點休息比較好喔。）　（「～ようだ」⇒ #144-②）

　　・あなたは 明日 ここに 来ない ほうが いいです。
　　（你明天最好不要來這裡。）

　　・あの 会社の 製品は 品質が 悪いですから、安くても 買わない
　　ほうが いいですよ。
　　（那間公司的產品，品質很差。即便便宜，你還是別買比較好。）

② ・論文の 発表会は、スーツを 着た ほうが いいです。
　　（論文發表會，最好穿西裝。）

　　・忙しくても、試験の 前の 日は 試験会場を 見に 行った ほうが いい。
　　（再怎麼忙，考試前天還是去看一下考場比較好。）

　　・熱が ある 時は、お風呂に 入らない ほうが いい。
　　（發燒時，最好不要泡澡。）

　　・ダイエット中は、ファストフードを 食べない ほうが いいです。
　　（節食減肥期間，最好不要吃速食。）

③・明日は　大事な　試験ですから、早く　家を　出た　ほうが　いいです。
（明天的考試很重要，**我**最好早點出門。）

・そろそろ　牛乳を　買って　おいた　ほうが　いいかな。
（**我**是不是差不多該買牛奶了。）

其他型態：

～動詞原形＋ほうがいい

・論文の　発表会は、スーツを　着る　ほうが　いいです。
（論文發表會，最好穿西裝。）

「～動詞た形＋ほうがいい」與「～動詞原形＋ほうがいい」意思上相同，兩者也可替換。但就使用上的語境而言，「～動詞た形＋ほうがいい」多用於第①種針對個人，表達向對方建議、忠告的場景，而「～動詞原形＋ほうがいい」則多用於第②種非針對個人，講述一般論述的建議時。但此為大致上的使用傾向，並非絕對的規則。

辨析：

本句型「～たほうがいい」與第35項句型「～なければならない」的不同，在於前者（本句型）僅為建議的口氣，但後者則是多了一股強制（非做不可）的語感在。

進階實戰例句：

・自分で薬を買って飲むより、お医者さんに診てもらったほうがいいですよ。
（比起自己買藥來吃，你最好還是去看醫生。）

・この店の物は品質がいいし、高くないし、ここで買ったほうがいいと思いますよ。
（這間店的東西，品質好，又不貴，我覺得最好在這裡買喔。）

（「～し」⇒ #133-②；「～と思う」⇒ #58）

01. 熱が　ある　時は、お風呂に　（　　）　ほうが　いいですよ。
　　　1. 入らない　　2. 入りない　　3. 入るない　　4. 入ってない

02. 体に　よくないから、たばこは　やめた　（　　）。
　　　1. ほうがよくない　　2. ほうがいい　　3. よりいい　　4. ほうはいい

51. 〜たことがある／ない

接続：動詞た形＋ことがある／ない
敬体：〜たことがあります／ありません
翻訳：曾經…。不曾…。
説明：此句型用於表達「經驗」的有無。曾經有過的經驗就使用肯定形「〜たことがある」，若不曾做過／沒有這樣的經驗，就使用否定形「〜たことがない」。

・富士山に　登った　ことが　あります。
（我曾經爬過富士山。）

・日本へ　行った　ことが　ある。
（我曾經去過日本。）

・雪を　見た　ことが　ありません。
（我沒有看過雪。）

・馬に　乗った　ことが　ない。
（我不曾騎過馬。）

📎 辨析：

表肯定的「〜たことがある」不能用於日常生活中理所當然的經驗，例如：「我曾經吃過飯」之類的描述。

× 私は　ご飯を　食べた　ことが　あります。

此外，亦不能用於近期才剛發生的事。因為一般認為，近期剛發生的事，還沒內化為一個人的人生經驗。

× 私は　先週　富士山に　登った　ことが　あります。

○ 私は　1年前に　富士山に　登った　ことが　あります。
（我一年前曾經爬過富士山。）

講述經驗時，一般也不使用明確日期來敘述。

× 私は　平成30年の　8月15日に　富士山に　登った　ことが　あります。

📎 辨析：

・私は　時々　日本へ　**行く**　ことが　あります。
<ruby>私<rt>わたし</rt></ruby>　<ruby>時々<rt>ときどき</rt></ruby>　<ruby>日本<rt>にほん</rt></ruby>　<ruby>行<rt>い</rt></ruby>

（我有時候會去日本。）

「～動詞た形＋ことがある」與「～動詞原形＋ことがある」意思截然不同。前者用於表達「經驗」，後者則是用於表達「次數不多，但有時會發生／偶爾為之」的事情。

進階實戰例句：

・子供の頃、隣村の子供と喧嘩したことが何度もあります。
<ruby>子供<rt>こども</rt></ruby>　<ruby>頃<rt>ころ</rt></ruby>　<ruby>隣村<rt>となりむら</rt></ruby>　<ruby>子供<rt>こども</rt></ruby>　<ruby>喧嘩<rt>けんか</rt></ruby>　<ruby>何度<rt>なんど</rt></ruby>

（小時候，曾經跟隔壁村的小孩發生過爭執好幾次。）

・いつもは７時に家を出ますが、大事な会議がある時は６時に家を出ることがあります。
<ruby>時<rt>じ</rt></ruby>　<ruby>家<rt>いえ</rt></ruby>　<ruby>出<rt>で</rt></ruby>　<ruby>大事<rt>だいじ</rt></ruby>　<ruby>会議<rt>かいぎ</rt></ruby>　<ruby>時<rt>とき</rt></ruby>　<ruby>家<rt>いえ</rt></ruby>　<ruby>出<rt>で</rt></ruby>

（我總是七點出家門，但有重要會議的時候，有時候會六點就出家門。）

📄 隨堂測驗：

01. 刺身を　（　　）　ことが　あります。
　　1. 食べて　2. 食べって　3. 食べた　4. 食べった

02. 一度も　アメリカへ　（　　）ことが　ありません。
　　1. 行く　2. 行った　3. 行って　4. 行かない

解答 01. (3) 02. (2)

52. ～たり～たりする

接続：動詞た形＋り
敬体：～たり～たりします
翻訳：① 做做Ａ，做做Ｂ（之類的）…。② 一下Ａ，一下Ｂ…／有時Ａ，有時Ｂ…。
説明：① 此句型以「Ａたり、Ｂたり　する」的形式，來「舉例、列舉」出幾個動
　　　作。雖然只有說出兩個動作，但口氣中帶有「除了這兩個動作以外，還做其他
　　　動作，只是沒講出來而已」的含義在。亦可僅舉出一個例子，使用「Ａたりす
　　　る」的型態。② 若Ａ與Ｂ為相對語意的動詞，或者同一動詞的肯定與否定，
　　　則表示這兩個動作「交互發生」。此外，由於「Ａたり、Ｂたり」部分，就相
　　　當於一個名詞，因此後方常會搭配「する」或「だ（です）」使用。亦可加上
　　　「の」來修飾後方名詞，或直接放在格助詞「を」的前方。

11

① ・今週の　日曜日は　テニスを　したり、映画を　観たり　しました。
　（這個星期日，我打了打網球，看了看電影。）

・毎晩　音楽を　聴いたり、本を　読んだり　します。
　（每天晚上我都會聽聽音樂，讀讀書。）

・休みの　日は　買い物に　行ったり　します。
　（假日，我大概就是去買買東西之類的。）

・教室で　食べたり、騒いだり　しないで　ください。
　（在教室請不要吃東西以及大聲吵鬧。）

・明日は　区役所へ　行ったり　しなければ　ならないから、
　今日は　早く　寝ます。
　（明天必須要去區公所之類的＜要辦很多事＞，所以今天要早點睡。）

② ・知らない　男が　家の　前を　行ったり　来たり　しています。
　（有一個陌生男子在我家門前走來走去。）

・彼は　学校に　来たり　来なかったり　します。
　（他有時會來學校，有時又缺席。）

・母は　病気で、寝たり　起きたり　です。
　（母親因為生病，時好時壞＜一下臥病不起，一下好轉＞。）

153

其他型態：

～たり～たりの

・夏休み中は　旅行したり、買い物したり**の**　毎日です。
（暑假期間，每天就是去旅行啦，買買東西之類的。）

～たり～たりを

・この　病気は、熱が　出たり　下がったり**を**　繰り返します。
（這個病，會一直反覆發燒退燒。）

進階實戰例句：

・そこでは温泉に入ったり、きれいな山を見たりすることができます。
（在那裡，可以泡泡溫泉，看看漂亮的山。）　（「～ことができる」⇒ #69-②）

・大学院では、資料を調べたり、レポートを発表したりしますから、毎日
ノートパソコンを持って行くようにしています。（「～ようにしている」⇒ #113-③）
（在研究所，因為常常要查資料，發表報告之類的，因此每天都會將筆記型電腦帶去。）

・昨日、友達と海へ行きました。泳いだり、海岸を散歩したりしたかったんですけど、
急に友達に用事ができてしまったので、1時間で帰りました。
（昨天和朋友去了海邊。雖然想要游游泳，在海邊散散步，但是因為朋友突然有事，
所以只待了一小時就回去了。）

📄 隨堂測驗：

01. 日本で　桜を（　　）り、寿司を（　　）り　したいです。
　　1.見た／食べった　2.見た／食べた　3.見て／食べて　4.見った／食べた

02. 自宅と　会社を　行ったり　来たり（　　）毎日は　大変です。
　　1.を　2.と　3.の　4.が

解答 01.（2）　02.（3）

53. 〜たまま

接続：動詞た形／ない形／名詞の／イ形容詞い／ナ形容詞な＋まま（で）
敬体：〜たままです。（文末）
翻訳：①〜③ 在…的狀態之下做…。④ 一如…，完全沒變。
説明：此句型用於表達在某個狀態之下，做某事。①以「Aたまま（動詞肯定）、B」
　　　的形式，表示「在保持A的狀態之下，做B」。②以「Aないまま（動詞否定）、
　　　B」的形式，表示「在沒有做A的狀態之下，做B」。③以「Aのまま（名詞）、
　　　B」的形式，表示「在A的狀態之下，做B」。上面三種用法，A與B
　　　的主語，必須為同一人。④以「動詞た／イ形容詞い／ナ形容詞な／名詞の＋
　　　ままです。」置於句尾的形式，來表達「仍然維持著…的狀態」。

① ・窓を　開けたまま、寝たら、風邪を　引いて　しまい　ました。
　　（因為我開著窗沒有關就睡了，所以感冒了。）

　・暑くても　窓を　開けたまま　寝ないほうが　いいです。
　　（再怎麼熱，最好都不要開著窗睡覺。）

　・靴を　履いたまま、部屋に　入らないで　ください。
　　（請不要穿著鞋子＜的狀態下＞進入房間。）

　・私の　本棚には、　買ったまま　読んで　いない　本が　たくさん　あります。
　　（我的書櫃裡面有許多買了之後＜就丟在那裡＞還沒讀的書。）

② ・エアコンを　消さないまま、出かけてしまいました。
　　（我沒關空調就出門了。）

　・服を　着ないまま、寝て　しまった。
　　（沒穿衣服，就睡著了。）

　・暑くても　服を　着ないまま　出かけた　ことは　一度も　ありません。
　　（再怎麼熱，我也不曾沒穿衣服就出門。）

③ ・浴衣のまま、出かけないで　ください。
　　（請不要穿著浴衣＜夏季穿的簡易和服＞出門。）

　・この野菜は　生のままで　食べてください。
　　（這個蔬菜，請生吃＜不要煮＞。）

・年を　取っても、独身のままで　いたいです。
（即便上了年紀，也想要保持單身。）

辨析：

○ 服を着たまま、お風呂に入った。
× 服を着たまま、出かけた。

此句型當中的 A 狀態，多半是與 B 這個動作不相稱，違反常識的。若像上例，穿著衣服出門，本來就是符合邏輯，符合常識的。這種情況就不會使用「～たまま」，而會使用之後將會學習到的「～て」。（「～て」⇒ #128- ①）

○ 服を着て、出かけた。
（穿著衣服出門。）

④・コロナの影響で　あの店は　閉まったままだ。
（那間店，因為武漢肺炎一直維持的休業的狀態。）

・1年前に　買った　服ですが、あまり　着ないので、新しいままです。
（這是一年前買的衣服，但因為都沒怎麼穿，所以還是維持著很新的狀態。）

・この町は　不便なままです。
（這個城鎮，依舊非常不方便。）

・山田さんは　10年前のままです。全然　変わっていません。
（山田先生就跟十年前長得一模一樣，完全沒改變。）

隨堂測驗：

01. エアコンを　（　　）まま、出かけました。
　　 1. つけて　 2. つける　 3. つけた　 4. つけない

02. 服を　（　　）まま、出かけた。
　　 1. 着た　 2. 着て　 3. 着ない　 4. 着る

54. ～たら

接続：動詞た形＋たら／イ形容詞<del>い</del>＋かったら／ナ形容詞・名詞＋だったら

翻訳：① 如果…。② 一…，就…／之後，就…。

説明：「～たら」用於串連前後兩個句子，表示前句為後句成立的「條件」。以「A たら、B」的形式來表達：①「假設的條件句」。「假設的」，意指「不見得會發生的」。例如「中樂透」之類的。此用法經常配合表達假設的副詞「もし」使用。其否定形式為「～なかったら」（前接「ない」形）。②「確定的條件句」。「確定的」，意指「一定會發生的」。例如「明天天亮」後，或者「今天下班」後…等等。此用法不可與表達假設的副詞「もし」使用。另外，表確定的條件句無否定形式。

① ・宝くじが 当たったら、家を 買いたいです。

（如果中了樂透彩，我想要買房子。）

・明日、もし 天気が よかったら、ディズニーランドへ 行きましょう。

（明天如果天氣不錯的話，我們就去迪士尼樂園吧。）

・安かったら、あそこで 買います。

（如果便宜的話，就在那裡買。）

・安かったら、サービスが 悪くても、あそこで 買います。

（如果便宜的話，就算服務很差，也要在那裡買。）

・明日 暇だったら、一緒に 美術館へ 行きませんか。

（明天如果你有空的話，要不要一起去美術館呢？）

・もし 私が あなただったら、彼女とは 結婚しません。

（如果我是你的話，我不會跟她結婚。）

・明日 会社に 来なかったら、クビだ！

（你明天如果沒來公司，就不用再來了＜就把你革職＞。）

・もし 彼が 明日も 会社に 来なかったら、警察に 連絡しなければ なりません。

（如果他明天也沒來公司的話，就必須要聯絡警察。）

② ・仕事が　終わったら、食事に　行きます。

（工作結束之後，要去吃飯。）

・大人に　なったら、一人で　暮らしたいです。

（我想要長大之後，自己一個人過生活。）

・駅に　着いたら、連絡を　ください。

（到達車站之後，請聯絡我。）

・春に　なったら、花が　咲きます。

（一到了春天，花就會開。）

隨堂測驗：

01. 会社を　（　　）、アルバイトの　仕事を　探さなければ　なりません。
　　1. 辞めだったら　2. 辞めたら　3. 辞めるたら　4. 辞めなかったら

02. 時間が　（　　）、パーティーに　行きません。
　　1. なかったら　2. なくても　3. ないだったら　4. ないでも

11 單元小測驗

1. 疲れて　いる　時は　無理を　（　　）ほうが　いいです。
　　1　する　　　　　2　した　　　　　3　しない　　　　　4　して

2. 頭が　痛い　時は　早く　薬を　（　　）ほうが　いいです。
　　1　飲んた　　　　2　飲んだ　　　　3　飲みた　　　　4　飲った

3. もう　夜中の　12時ですから、電話を　（　　）。
　　1　掛けて　ください　　　　　　　　2　掛ける　ほうが　いい
　　3　掛けても　いい　　　　　　　　　4　掛けない　ほうが　いい

4. 私は　大統領に　（　　）ことが　あります。
　　1　会った　　　　2　会って　　　　3　会いた　　　　4　会いて

5. 彼は　時々　出張で　アメリカへ　（　　）ことが　あります。
　　1　行って　　　　2　行った　　　　3　行く　　　　　4　行かない

6. 試験が　あるから、単語を　（　　）り、練習問題を　（　　）りしなければならない。
　　1　覚えた／解いた　　　　　　　　2　覚えった／解った
　　3　覚えだ／解いだ　　　　　　　　4　覚えた／解た

7. 最近　食べたり　遊んだり　（　　）　毎日（　　）　過ごしています。
　　1　だ／に　　　　2　の／を　　　　3　と／が　　　　4　し／し

8. 眼鏡を　かけたまま、（　　）。
　　1　テレビを　見ました　　　　　　2　本を　読みました
　　3　寝ました　　　　　　　　　　　4　勉強しました

9. 風邪を　（　　）　大事な　会議が　（　　）　会社を　休みます。
　　1　引いたら／あっても　　　　　　2　引いても／あったら
　　3　引くから／あったら　　　　　　4　引いても／あるから

10. 今夜　もし　（　　）、窓を　（　　）　寝ます。
　　1　暑いまま／開けたまま　　　　　2　暑かったら／開けたまま
　　3　暑いまま／開けたら　　　　　　4　暑くても／開けたまま

12

第 12 單元：普通形 & 名詞修飾形 I

本單元介紹「動詞原形」、「普通形」、以及「名詞修飾形」三種形。其中「普通形」與「名詞修飾形」除了動詞以外，還包含形容詞以及名詞。「普通形」與「名詞修飾形」最大的不同，在於其「ナ形容詞」與「名詞」的「現在肯定」。學習各種句型時，一定要留意前方所接續的形是哪一種。

55. 動詞原形

接続：動詞原形
説明：在進入「普通形」之前，我們必須先來看看「動詞原形」。所謂的「動詞原形」，指的是動詞（常體現在）語尾以「～u段音」結尾的一種動詞型態，如：「行く、食べる、する…」等。字典上所刊出的也是以此型態為主，因此又被稱作為「辞書形（字典形）」。現今的日語教育上，教學分成兩派。一派為先教導動詞的原形，再由動詞原形做動詞變化轉換為其他各種型態；另一派則是先教導動詞的「～ます」形，再由「～ます」形做動詞變化轉換為動詞原形或其他各種型態。若您學習方式屬於第一種，一開始就背誦動詞原形，那此項文法可以省略不讀。若您學習方式屬於第二種，這裡為您介紹如何從「ます」形轉為動詞原形。

【動詞ます形轉原形】

a. 若動詞為二類動詞，則僅需將動詞ます形的語尾～ます去掉，再替換為～る即可。

寝ます（　　 neます）　→　寝ます+る
食べます（tabeます）　→　食べます+る
起きます（ okiます）　→　起きます+る

b. 若動詞為三類動詞，由於僅兩字，因此只需死背替換。

来ます　　　→　来る
します　　　→　する
運動します　→　運動する

c. 若動詞為一類動詞，由於動詞ます形去掉ます後，語幹一定是以（～i）段音結尾，因此僅需將（～i）段音改為（～u）段音即可。

行き（　 iki）ます →行く（　 iku）
飲み（ nomi）ます →飲む（ nomu）
帰り（kaeri）ます →帰る（kaeru）
買い（　 kai）ます →買う（　 kau）
会い（　　ai）ます →会う（　　au）

五段動詞（一類動詞）：	上、下一段動詞（二類動詞）：
將ます去掉後，再將「～i」段音轉為「～u」段音即可。	將語尾「ます」改為「る」即可。

五段動詞（一類動詞）：

將ます去掉後，再將「～i」段音轉為「～u」段音即可。

- 買_かいます → 買_かう
- 書_かきます → 書_かく
- 急_{いそ}ぎます → 急_{いそ}ぐ
- 貸_かします → 貸_かす
- 待_まちます → 待_まつ
- 死_しにます → 死_しぬ
- 呼_よびます → 呼_よぶ
- 読_よみます → 読_よむ
- 取_とります → 取_とる

上、下一段動詞（二類動詞）：

將語尾「ます」改為「る」即可。

- 見_みます → 見_みる
- 着_きます → 着_きる
- 起_おきます → 起_おきる
- できます → できる

- 出_でます → 出_でる
- 寝_ねます → 寝_ねる
- 食_たべます → 食_たべる
- 捨_すてます → 捨_すてる
- 教_{おし}えます → 教_{おし}える

カ行變格動詞（三類動詞）：

- 来_きます → 来_くる

サ行變格動詞（三類動詞）：

- します → する
- 掃除_{そうじ}します → 掃除_{そうじ}する

隨堂測驗：

01. 殴ります→（ ）。
　　1. 殴りる　2. 殴る　3. 殴う　4. 殴う

02. 浴びます→（ ）。
　　1. 浴びる　2. 浴ぶ　3. 浴ぶ　4. 浴びりる

解答 01.（2）02.（1）

56. 普通形

接続：普通形

説明：N4 考試當中，有許多句型的前方，動詞必須使用「動詞原形」或者「普通
形」。「動詞原形」與「普通形」是不同的概念。「動詞原形」指的就是第
55 項文法學習到的型態，如：「行く」；而動詞的「普通形」則是指「行く
（動詞原形；現在肯定）、行かない（動詞ない形；現在否定）、行った（動
詞た形；過去肯定）、行かなかった（動詞ない形改過去式；過去否定）」
這四種常體的型態。換句話說，「動詞原形（現在肯定）」，是屬於動詞「普
通形」的其中一部分。

【動詞】

	普通形・常體	丁寧形（ます形）・敬體
現在肯定	行く（動詞原形）	行きます
現在否定	行かない（動詞ない形）	行きません
過去肯定	行った（動詞た形）	行きました
過去否定	行かなかった（動詞ない形改過去式）	行きませんでした

此外，「普通形」除了有上述的「動詞普通形」以外，亦有「イ形容詞普通形」、「ナ形容詞
普通形」及「名詞普通形」。

【イ形容詞】

	普通形・常體	丁寧形・敬體
現在肯定	美味しい	美味しいです
現在否定	美味しくない	美味しくないです　or　美味しくありません
過去肯定	美味しかった	美味しかったです
過去否定	美味しくなかった	美味しくなかったです　or　美味しくありませんでした

解：①帰る、帰らない、帰った、帰らなかった
　　②読む、読まない、読んだ、読まなかった
　　③開ける、開けない、開けた、開けなかった
　　④暑い、暑くない、暑かった、暑くなかった
　　⑤好きだ、好きでは（じゃ）ない、好きだった、好きでは（じゃ）なかった
　　⑥学生だ、学生では（じゃ）ない、学生だった、学生では（じゃ）なかった

例：行きます	行く	行かない	行った	行かなかった
①：帰ります				
②：読みます				
③：開けます				
④：暑いです				
⑤：好きです				
⑥：学生です				

請依照例題，填滿空格。

🗒 【答案測驗】：

【名詞】

	普通形・常體	丁寧形・敬體
現在肯定	好きだ	好きです
現在否定	好きではない or 好きじゃない	好きではありません or 好きじゃありません
過去肯定	好きだった	好きでした
過去否定	好きではなかった or 好きじゃなかった	好きではありませんでした or 好きじゃありませんでした

【イ形容詞】

	普通形・常體	丁寧形・敬體
現在肯定	暑い	暑いです
現在否定	暑くない	暑くないです or 暑くありません
過去肯定	暑かった	暑かったです
過去否定	暑くなかった	暑くなかったです or 暑くありませんでした

57. 名詞修飾形

接続：名詞修飾形

説明：名詞修飾形，顧名思義就是後接名詞（修飾名詞）的型態。N4 考試當中，有許多句型的前方必須使用「名詞修飾形」。而「名詞修飾形」與「普通形」，有很多部分是共通的，唯有**「ナ形容詞」與「名詞」的現在肯定**部分不同。請特別留意。

【動詞的名詞修飾形】

現在肯定	行く（動詞原形）	例：アメリカへ行く人
現在否定	行かない（動詞ない形）	例：アメリカへ行かない人
過去肯定	行った（動詞た形）	例：アメリカへ行った人
過去否定	行かなかった（動詞ない形改過去式）	例：アメリカへ行かなかった人

【イ形容詞的名詞修飾形】

現在肯定	美味しい	例：美味しいケーキ
現在否定	美味しくない	例：美味しくないケーキ
過去肯定	美味しかった	例：美味しかったケーキ
過去否定	美味しくなかった	例：美味しくなかったケーキ

【ナ形容詞的名詞修飾形】

現在肯定	静か**な**	例：静かな場所
現在否定	静かではない or 静かじゃない	例：静かではない場所 例：静かじゃない場所
過去肯定	静かだった	例：静かだった場所
過去否定	静かではなかった or 静かじゃなかった	例：静かではなかった場所 例：静かじゃなかった場所

【名詞的名詞修飾形】

現在肯定	休^{やす}みの	例：休^{やす}みの日^ひ
現在否定	休^{やす}みではない or 休^{やす}みじゃない	例：休^{やす}みではない日^ひ 例：休^{やす}みじゃない日^ひ
過去肯定	休^{やす}みだった	例：休^{やす}みだった日^ひ
過去否定	休^{やす}みではなかった or 休^{やす}みじゃなかった	例：休^{やす}みではなかった日^ひ 例：休^{やす}みじゃなかった日^ひ

辨析：

原則上，名詞修飾形一定要使用常體，但有少數使用敬語的情況，會以敬體來修飾名詞。但這不會出現於 N4 考試當中。

・ご来場^{らいじょう}くださいました方^{かた}に弊社^{へいしゃ}のサンプルをお渡^{わた}ししております。

（我們會給到場各位貴賓敝公司的試用品。）

隨堂測驗：

01. ここは　（　　）所です。
　　1. 不便だ　2. 不便な　3. 不便に　4. 不便の

02. 田中さんが　（　　）ケーキは　美味しかったです。
　　1. 作るの　2. 作った　3. 作ったの　4. 作って

解 01.（2）02.（2）

166

58. 〜と思う

接続：普通形＋と思う
敬体：〜と思います
翻訳：我認為…。
説明：此句型用於說話者「向聽話者」表明「自己」的主觀判斷或意見。「〜と思う」的前方除了可以是動詞句外，亦可以是形容詞句或者名詞句。若要詢問對方對於某件事情的判斷或意見，亦可使用「〜について　どう思う？」的形式來詢問。

・明日は、雨が　降ると　思う。
（我想，明天應該會下雨。）

・明日の　パーティーに　先生は　来ないと　思います。
（我認為，明天的派對老師不會來。）

・鈴木先生は　もう　帰ったと　思います。
（我想，鈴木老師已經回去了。）

・あの　若い　俳優は、きっと　売れると　思うよ。
（我認為那個年輕的演員，應該會紅。）

・今の　北海道は　涼しいと　思います。
（我想，現在的北海道應該很涼。）

・スマホは　便利だと　思う。
（我認為智慧型手機很方便。）

・あなたの　努力は　無駄だったと　思う。
（我想，你的努力都白費了。）

・殺人事件の　犯人は、あの男だと　思います。
（我認為，殺人事件的犯人，就是那個男的。）

・A：コロナが　収束したら、経済が　戻ると　思いますか。

（A：你認為，武漢肺炎疫情趨緩後，經濟會回復嗎？）

B：いいえ。コロナが　収束しても、感染拡大前の　ようには
戻らないと　思います。

（B：不。我認為，即便是武漢肺炎疫情趨緩，經濟也不會回到疫情擴大前＜的規模＞。）

・A：新しい　首相に　ついて、どう　思いますか。

（A：你覺得新首相如何？）

B：しっかりして　いて、立派だと　思います。

（B：我覺得他做事很確實，很優秀。）

🔗 辨析：

此句型一定要有聽話者的存在，因此自言自語時不可使用。若看著天氣，覺得明天似乎會下雨，
不可自言自語說：

× 明日は雨が降ると思う。

此種自言自語的情況，可改為第 62 項句型的「～だろう」。

○ 明日は雨が降るだろう。

（明天會下雨吧。）

🔗 辨析：

「～と思う」只可用來表達說話者自身的思考。但「～と思っている」則可用來表達說話者自
身以及第三者的思考。

・（○私は／× 鈴木さんは）、明日のパーティーに先生も来ると思います。

（○我／× 鈴木認為，明天的派對，老師也會來。）

・（○私は／○ 鈴木さんは）、明日のパーティーに先生も来ると思っています。

（○我／○ 鈴木認為，明天的派對，老師也會來。）

使用「～と思う」時，用於表「說話者目前的判斷」。「（私は）明日のパーティーに先生も
来ると思います」為我目前的判斷。我從老師明天可能沒課，老師跟我們班上感情很好等各種
跡象判斷，老師應該會出席明天的派對。但若使用「～と思っている」時，則語感上偏向，「一
直以來」，我「相信、期待」老師應該會出席。

📎 辨析：

「～たい」＋「～と思います」

・ では、送別会を始めたいと思います。

此複合表現多用於公開場合，說話者表達自己的「希望」時使用。反倒是在上述公開場合，若只使用「～たいです」，反而不恰當。

× では、送別会を始めたいです。

📄 隨堂測驗：

01. 日本語の　勉強は　（　　）　思う。
　　1. 面白いく　2. 面白と　3. 面白いと　4. 面白いを

02. 山田さんと　鈴木さんと　どちらが　英語が　（　　）と　思いますか。
　　1. 上手　2. 上手だ　3. 上手です　4. 上手かった

解答 01.（3）02.（2）

59. ～と言った

接続：普通形＋という
敬体：～と言いました
翻訳：某人說…。
説明：此句型用於「引用」別人講過的話，因此都以過去式「～と言った／言いました」的型態呈現。前方除了可以是動詞句外，亦可以是形容詞句或者名詞句。

・先生は、　明日の　パーティーに　来ると　言いました。
（老師說，他明天會來派對。）

・田中さんは、　明日の　パーティーには　参加しないと　言いました。
（田中先生說，他不參加明天的派對。）

・科学者たちは、　新型コロナウイルスの　ワクチンを　発明したと　言った。
（科學家們宣稱，他們發明了武漢肺炎的疫苗。）

・小林さんは、　絶対に　あの　男と　結婚しない　と言いました。
（小林小姐說，她絕對不跟那個男人結婚。）

・スミスさんは、　日本語は　中国語より　難しいと　言った。
（史密斯先生說，日文比中文難。）

・社長は、　会議は　時間の　無駄だと　言いました。
（社長說，開會的時間是沒用的／浪費的。）

・警察は、田中さんは　犯人では　ないと　言った。
（警察說，田中先生不是犯人。）

・春日さんは、　ハワイへ　遊びに　行きたいと　言った。
（春日先生說，他想去夏威夷玩。）

・台風が　来ても　会社に　行かなければ　ならないと、
　日本の　友達が　言いました。
（日本的朋友說，即便颱風來了，還是非得去公司不可。）

・先生は、明日 もし 台風が 来たら 学校に 来なくても いいと
言いました。
（老師說，明天如果颱風來了，就可以不用來學校。）

辨析：

一般來說，「～と言った」前方必須為普通形（間接引用）。但若是原封不動、一字不變（直接引用）別人講過的話語，亦可將對方的話語使用引號「」標明後，不需更改任何型態（使用敬體亦可）直接擺在「～と言った」的前方。

・田中さんは「明日の パーティーには 参加しません」と言いました。
（田中先生說：「我明天不參加派對喔」。）

辨析：

第 58 項句型「～と思う」一定是第一人稱「我」的想法，但本句型「～と言った」則多是轉述他人的說法。

・山田さんは 来ると 思います。（「我」認為山田會來。）
・山田さんは 来ると 言いました。（「山田」說他會來。）

辨析：

「～と言った」、「～と言っている」與「～と言っていた」

・田村さんは 今晩の パーティーには 来ない と言った。
・田村さんは 今晩の パーティーには 来ない と言っている。
・田村さんは 今晩の パーティーには 来ない と言っていた。

本文法所學習到的「～と言った」，僅是單純「引用」對方講過的字句而已，不帶有任何感情或任何對聽話者的呼籲、要求或訴求。然而，使用「～と言っている」時，則表「這個人說過的話，到目前為止都還有效」，因此多用於「說話者希望聽話者對於這個目前仍有效的狀況，必須做出反應」時。

以本例來講，「～と言っている」多半會用在說話者向聽話者（很可能是派對主辦者）說明田村不來一事，並要求主辦者對於田村不來一事要有所應對。或許田村在派對上有什麼重要的任務，因此說話者要求主辦者來處理這件事。

・田村さんは今晩のパーティーには来ないと言っていますが、どうしますか。

（田中先生說他今天晚上的派對不會來耶，怎麼辦？）

此外，「～と言っていた」則多用於將第三人稱所說的話，「傳話」給聽話者時使用。

・A：あれ？田村さん、まだ来ていませんね。

（A：咦？田村先生怎麼還沒來啊。）

　B：田村さん、今晩のパーティーには来ないと言っていましたよ。

（B：田村先生有說，他今天晚上的派對不會來喔。）

「～と言った」、「～と言っている」與「～と言っていた」的差別，在於三者所使用的語境不同。N4 考試中並不會特別出題其異同，僅需稍微瞭解即可。

🔗 辨析：

若使用「Ａは（を）　Ｂと　言います」或「Ａは（を）　Ｂと　言う＋名詞です」的句型，則用來說明某樣物品之名稱。意思為「Ａ，這就稱做為Ｂ」。

・この　花は　紫陽花と　言います。

（這個花，叫做繡球花。）

・これは　紫陽花と　いう　花です。

（這是稱作繡球花的花。）

📄 隨堂測驗：

01. 私は　陳さんに　「おはよう。」（　　）　言いました。
　　1.と　2.を　3.が　4.は

02. 山田さんは　新しい　パソコンが　（　　）　言いました。
　　1.欲しく　2.欲しいと　3.欲しかって　4.欲しいだと

\text{解答 01.（1）.02.（2）}

172

60. ～と

接続：動詞原形＋と

翻訳：① 一…就…／做…就會…。② 做了以後，結果發現／發生…。

説明：此句型以「Ａと、Ｂ」的形式，來表達：①「只要一發生Ａ／只要做了Ａ這個動作，Ｂ這件事情一定就會跟著發生／會變成這樣的狀態」。由於含有「每次只要遇到這個狀況就會有這個結果」的含義，因此不可用於表達「單一性、一次性」的事件。後句Ｂ的部分只可使用現在式（非過去）。此外，後句亦可使用形容詞。② 說話者或第三者，「做了某個動作後，就發生了一件他沒預期到的事情」。只用於表達「單一性、一次性」的事件。後句Ｂ的部分只可使用過去式。

① ・春に なると、暖かく なります。
（一到了春天，就會變暖和。）

・この ボタンを 押すと、水が 出ます。
（按這個按鈕，水就會流出來。）

・２つ目の 信号を 右へ 曲がると、左に 銀行が ある。
（第二個紅綠燈往右轉後，左邊就會看到銀行。）

・山田さんに LINE すると、いつも すぐに 返事が 来る。
（只要一發 Line 訊息給山田先生，他總是馬上就會回訊息。）

・この 寿司は 醤油を つけると、美味しいですよ。
（這個壽司你沾醬油，會很好吃喔。）

・この 機械は 使い方を 間違えると、とても 危険です。
（這個機械你操作錯誤的話，會很危險。）

🔗 辨析：

表「條件」的「～と」後句不能有說話者的「意志、命令、勧誘、許可、希望…」等表現。如果後句欲使用含有說話者的「意志、命令、勧誘、許可、希望…」，則必須要改用第 54 項學習到的文法文法：「たら」。

× 桜が咲くと、花見に行くつもりです。

○ 桜が咲いたら、花見に行くつもりです。（「～つもりだ」⇒ #120)

（櫻花開了以後，我打算去賞花。）

× 食事ができると、呼んでください。

○ 食事ができたら、呼んでください。

（飯做好了後，請叫我。）

上述將「～と」改成「～たら」的兩句話，為「～たら」第②種用法，表「確定的條件句」。至於在第 54 項文法「～たら」②表「確定的條件」當中的第四個例句：「春になったら、花が咲きます」，亦可改寫為本項文法「春になると、花が咲きます」。因為這句話的後面「花が咲きます」是無意志的表現，因此亦可使用「～と」，兩者意思無太大的差別。

②・ドアを 開けると、変な おじさんが ドアの 前に いた。

　　（打開門之後，就看到有一個怪叔叔站在門前。）

・窓の 外を 見ると、雪が 降って いた。

　　（往窗外看，結果發現在下雪。）

・デパートに 行くと、今日は 休みだった。

　　（去了百貨公司，才知道今天公休。）

・トンネルを 抜けると、そこは 雪国であった（雪国だった）。

　　（穿過隧道後，就是雪國。）

📄 **隨堂測驗：**

01. 駅に （　　）、教えて ください。
　　 1. 着くと　2. 着いたら　3. 着いても　4. 着いて

02. 冷蔵庫を 開けると、ケーキが （　　）。
　　 1. 入っている　2. 入る　3. 入っていた　4. 入れた

（３）.２０　（２）.１０ 咎鞭

12 單元小測驗

1. あの　男が　殺人事件の　（　　）と　思います。
　　1　犯人です　　　　2　犯人だ　　　　　3　犯人　　　　　　4　犯人で

2. A：新しい　先生（　　）　どう　思いますか。　B：親切な人だと思います。
　　1　は　　　　　　　　2　が　　　　　　　3　について　　　4　とついて

3. 吉田さんは、　林さんは　あの女性と　結婚しないと　（　　）。
　　1　思います　　　2　思って　います
　　3　思いません　　4　思いました

4. 大統領は　国民の　健康が　一番　（　　）と　言いました。
　　1　大事だ　　　　2　大事な　　　　　3　大事に　　　　　4　大事で

5. A：珍しい果物ですね。　B：ええ、「パラミツ」と　（　　）。
　　1　言っています　　　　　　　　2　言っていました
　　3　言います　　　　　　　　　　4　言いました

6. 藤本さんは、　さっき　電話で　少し　遅れると　（　　）。
　　1　思います　　　　　　　　　　2　言います
　　3　思って　いました　　　　　　4　言って　いました

7. この　ボタンを　（　　）と　切符が　出ます。
　　1　押す　　　　　　2　押して　　　3　押した　　　　4　押したら

8. お土産の　Ｔシャツ、ありがとうございます。でも　私が　着ると　（　　）ので、
　　妹に　あげました。
　　1　小さく　　　　2　小さい　　　　3　小さいな　　　4　小さくなる

9. 冷蔵庫を　開けると　何も　（　　）。
　　1　ないでした　　2　なかったです　3　あります　　　　4　ありました

10. いい　アイデアが　（　　）、教えて　ください。
　　1　あったら　　　2　あると　　　　3　あっても　　　4　あるから

13

第 13 單元：普通形＆名詞修飾形 II

61. ～かもしれない
62. ～だろう
63. ～だろうと思う
64. ～んです
65. ～ので
66. ～のに

本單元延續上一個單元，介紹三個接續「普通形」（#61～#63）與三個接續「名詞修飾形」（#64～#66）的文法。第61～63項文法，雖然前接「普通形」，但要特別留意的是，這三個句型在前接「ナ形容詞」與「名詞」的現在肯定時，必須要去掉「だ」。這點，跟上一單元的第58～60項文法在接續上有所不同。

61. ～かもしれない

接続：動詞／イ形容詞普通形＋かもしれない　名詞／ナ形容詞だ＋かもしれない
敬体：～かもしれません／～かもしれないです（よ／ね）
翻訳：或許…。搞不好…。
説明：此句型用於表達說話者對於某件事情發生的「可能性」。意思是「可能性雖
　　　不高，但有可能…」。經常會與副詞「もしかして」「ひょっとすると」等
　　　一起使用。接續上原則前方使用普通形，但須特別留意的是，前接名詞與ナ
　　　形容詞的「現在肯定」時，必須刪除「だ」（過去式式時不需刪除だった）。
　　　敬體有兩種表達方式，分別為「～かもしれません」與「～かもしれないで
　　　す（よ／ね）」，但使用後者的情況時，多半會配合終助詞「よ」、「ね」
　　　等一起使用。

・まだ　間に　合うかも　しれません。早く　行って　ください。
（也許還來得及。你趕快去。）

・東京オリンピックは　中止に　なる（かも　しれません／かも　しれないですよ）。
（東京奧運搞不好會停辦喔。）

・あの　店は　何でも　安いですが、品物が　あまり　よくないかも　しれません。
（那間店，什麼都很便宜，但或許東西的品質不好。）

・その　店の　人は　あまり　親切じゃないかも　しれません。
（那間店的人，或許不怎麼親切。）

・彼は　とても　重い　病気だかも　しれません。
（他搞不好是重病。）

・昨日、ここは　雨だった　かも　しれない。
（昨天或許這邊下了雨。）

・あの　かばんは　ノーランさんのかも　しれないね。柄が　派手だから。
（那個包包可能是諾蘭的。因為花紋很花俏鮮豔。）

・来年に　なったら、コロナが　収束する　かもしれない。

（到了明年，或許武漢肺炎的疫情會停歇。）

・不景気だから、どんなに　頑張っても、収入が　増えないかも　しれない。

（因為不景氣，所以無論怎麼努力，搞不好收入都不會增加。）

其他型態：

～かも（口語）

・お客さんが　来たかも。ちょっと　見て　きます。

（客人搞不好來了。我去看一下。）

進階實戰例句：

・鈴木さんは元気ないね。風邪を引いたのかもしれないね。

（鈴木先生看起來精神不好耶。搞不好是感冒了。）　（「～の（関連づけ）」⇒ #64）

・今後、マンションの価格は更に高くなるかもしれないそうだ。

（聽說今後公寓大樓的價格搞不好會變得更貴。）　（「～そうだ（伝聞）」⇒ #143）

📄 **隨堂測驗：**

01. 山田さんは　まだ　そのことを　（　　）かもしれません。
　　1. 知る　2. 知らない　3. 知って　4. 知りません

02. 彼は　まだ　家に　いる（　　）し、もう　家を　出た（　　）。
　　1. だろう　2. かも　3. かもしれない　4. と思う

62. 〜だろう

接続：動詞／イ形容詞普通形＋だろう　名詞／ナ形容詞だ＋だろう
敬体：〜でしょう
翻訳：…吧。
説明：表「推測」。伴隨著語尾語調下降。用於表示「對過去或未來無法確切斷定
的事做推測」。也由於是推測的語氣，因此也經常與表推測的副詞「たぶん」
（大概）、「きっと」（一定）的副詞使用。不同於第58項文法「〜と思う」，
本項文法「〜だろう」可用於說話者自言自語上，亦可用於向聽話者表明自
己的推測。接續上原則前方使用普通形，但須特別留意的是，前接名詞與ナ
形容詞的「現在肯定」時，必須刪除「だ」（過去式時不需刪除だった）。
前接各種品詞的過去式時，有省略的形式，詳見辨析。

・田中さんは　明日の　パーティーに　来るだろう／でしょう。
（田中先生明天應該會來派對吧。）

・大阪では、たぶん　今、　もう　桜が　咲いているだろう／でしょう。
（大阪現在大概櫻花正盛開著吧。）

・外が　うるさいね。たぶん　鈴木さんが　来たんだろう。　（「〜んだ」）⇒ #64）
（外面好吵喔。大概是鈴木先生來了吧。）

・これからも、日本に　来る　留学生が　増えて　いくだろう／でしょう。
（從今以後，來日本的留學生應該會增加吧。）

・このメロン、高かっただろう／でしょう。
（這個哈密瓜，很貴吧。）

・コロナで　会社の　収益が　減りましたから、今年の　社員旅行は　きっと
無理だろう／でしょう。
（因為武漢肺炎疫情，公司業績變差了，大概今年的員工旅遊也辦不成了吧。）

・東京の月曜日から金曜日の天気予報です。月曜日と水曜日は晴れるでしょう。
火曜日は、午前中は晴れますが、午後から曇って、夜には雨になるでしょう。
木曜日は一日中ずっと雨でしょう。金曜日は晴れて、いい天気になるでしょう。

（現在為您播報東京本週星期一到星期五的天氣預測。星期一與星期三應該會放晴。
星期二上午會放晴，但下午會起雲，晚上會下雨。星期四一整天會下雨。星期五會
放晴，會是個好天氣。）

辨析：

「～だろう」接續在動詞、イ形容詞、ナ形容詞、名詞的「過去肯定」後方時，原則上以下表
左邊的形式為準，但亦有下表右邊的簡約形式。

動詞	来_きた**だろう**	来_きたろう
イ形容詞	暑_{あつ}かった**だろう**	暑_{あつ}かったろう
ナ形容詞	静_{しず}かだった**だろう**	静_{しず}かだったろう
名詞	学_{がくせい}生だった**だろう**	学_{がくせい}生だったろう

辨析：

第 61 項文法「～かもしれない」用來表達「可能性」，而本項文法「～だろう」則是用來表
達「說話者的推測」。互相矛盾或正反兩面的兩件事情，可以使用「～かもしれない」並列表
達，因為兩種情況都有可能，但不可使用「～だろう」並列表達，因為「だろう」用於表達說
話者對於唯一事實的推測。

○ 彼はまだ家にいるかもしれないし、もう家を出たかもしれない。（「～し」⇒ #133- ①）
（他有可能在家，也有可能已經出門了。）

× 彼はまだ家にいるだろうし、もう家を出ただろう。
（× 他在家吧，或出門了吧。）

辨析：

第 58 項文法「～と思う」語感上帶有說話者「較強烈的主觀想法」。因此，像是客觀情報（氣
象預報）、或者是論文類的文章，則不可使用「～と思う」，必須使用本項文法「～だろう（で
しょう）」。

×（天気予報で）明日は大雪になると思います。

○（天気予報で）明日は大雪になるでしょう。

（明天會下大雪。）

×（論文）以上のことから実験の結果は信頼できると思う。

○（論文）以上のことから実験の結果は信頼できるだろう。

（從上述事項推論，實驗的結果應該是可信的。）

進階實戰例句：

・明日、私は家にいないだろうから、明後日来てください。

（我明天應該不在家，請你後天再來。）

隨堂測驗：

01. 明日は　寒く　なる（　）。
　　1. だったろう　2. だろう　3. だろ　4. だっただろう

02. 今夜は　雨（　）。
　　1. でしょ　2. だでしょ　3. でしょう　4. だでしょ

解答 01.（2）02.（3）

63. ～だろうと思う

接続：動詞／イ形容詞普通形＋だろうと思う　名詞／ナ形容詞だ＋だろうと思う
敬体：～だろうと思います
翻訳：我想…吧。
説明：第 62 項文法「～だろう」可與第 58 項文法「～と思う」併用，以「～だろうと思う」的型式來表示「推測」（請注意：並無「～でしょうと思う」的型式）。併用時，比起單用「～だろう」，語感上這個推測是更加明確的。另外，就如同第 58 項文法辨析的說明，此句型既然用到了「～と思う」，就無法使用在說話者的自言自語上。

・今晩の　パーティーは、　30 人ぐらい　来るだろうと　思います。
（今天晚上的派對，我想應該會來 30 人左右吧。）

・春日さんも　パーティーに　来るから、きっと　楽しいだろうと　思うよ。
（因為春日先生也會來派對，我想一定會很有趣喔。）

・あの　国は　開発途上国ですから、いろいろ　不便だろうと　思いますよ。
（那個國家是開發中國家，所以我想應該會很不方便吧。）

・鈴木さんは　独身だろうと　思うよ。パーティーに　誘ってみて。
（我想鈴木先生應該是單身喔。你要不要試著約他來參加派對。）

進階實戰例句：

・午後は社長が来るだろうと思うので、仕事をさぼらないほうがいいよ。
（我想下午社長應該會來，所以你最好別偷懶。）

01. 山の上は　ここより　もっと（　　）だろうと　思いますよ。
　　1.寒く　2.寒い　3.寒くて　4.寒か

02. この　計画は　うまく　いく　（　　）と　思います。
　　1.でしょ　2.でしょう　3.だろ　4.だろう

解答 01.（2）02.（4）

13

64. ～んです

接続：名詞修飾形＋んです　名詞な／ナ形容詞な＋んです
常体：～の（だ）
翻訳：① 為什麼…。② 因為…。
説明：「～んです」為「～のです」的口語說法。接續時，原則上前方使用名詞修飾
　　　形，但須特別留意的是，前接「名詞」的「現在肯定」時，必須使用「な」，
　　　而非「の」（例：○学生なんです／✕ 学生のんです）。其用法為：①表「詢
　　　問」。用於說話者「看到一個狀況，進而要求對方說明」時。此時會使用疑問
　　　形「～んですか／のですか（敬體）」或者「～の？（常體）」的型態。②表「回
　　　答」。回答上個用法問題，或說明理由時。此時會使用肯定形「～んです／の
　　　です（常體）」或者「～んだ／～の（常體）」的型態。(※ 註：第②種回答句或說明理
由的用法時，若為常體句，則男性多使用「～んだ。」的型態，女性則多使用「～の。」的型態。此外，依照說話者個別的習慣
或語境，有時亦會使用「～のだ」的形態。)

① ・（看到學生遲到，老師詢問）どうして　遅れたんですか／
　　　　　　　　　　　　　　　　　　　　遅れたのですか／
　　　　　　　　　　　　　　　　　　　　遅れたの？
　　　　　　（為什麼遲到了呢？）

　・（看到剛進門的同事頭髮濕濕的）雨が　降って　いるんですか／
　　　　　　　　　　　　　　　　　　　降って　いるのですか／
　　　　　　　　　　　　　　　　　　　降って　いるの？
　　　　　　（是在下雨喔？）

　・（看到同事的新項鍊，詢問）かわいいネックレスですね。
　　　　　　　　　　　どこで　買ったんですか／
　　　　　　　　　　　　　　　買ったのですか／
　　　　　　　　　　　　　　　買ったの？
　　　　　　（好可愛的項鍊啊。你在哪裡買的啊？）

　・（看著朋友津津有味地吃著東西）それ　美味しいんですか／
　　　　　　　　　　　　　　　　　　　美味しいのですか／
　　　　　　　　　　　　　　　　　　　美味しいの？
　　　　　　（那個有那麼好吃嗎？）

② ・（學生回答老師）　バスが　遅れたんです。／遅れたのです。（敬體）

　　（學生回答同學）　バスが　遅れたんだ。／遅れたの。（常體）

　　（因為巴士誤點。）

・私は　運動会に　参加しませんよ／しないよ。
　運動が　嫌いなんです／嫌いなんだ／嫌いなの。

（我不參加運動會喔。因為我討厭運動。）

・（店員看到客人抽菸）　すみません、ここは　禁煙なんです／禁煙なのです。

　（朋友到家裡抽菸）　ごめん、うちは　禁煙なんだ／禁煙なの。

　　（不好意思，這裡禁菸。抱歉，我家禁菸。）

・来週　国へ　帰ります。国で　いい仕事が　見つかったんです／

　　　　　　　　　　　　　　　　　見つかったのです／

　　　　　　　　　　　　　　　　　見つかったんだ／

　　　　　　　　　　　　　　　　　見つかったの／

　　　　　　　　　　　　　　　　　見つかったのだ。

（我下星期要回國。因為我在自己國家找到了不錯的工作。）

📎 辨析：

本項文法「～んです」在使用上，語境上一定要有一個前提存在，而「～んです」就是在與此前提做相呼應的一種用法（日文稱「関連付け」）。

a. 昨日、雨が　降りました。
b. 昨日、雨が　降ったんです。

例句 a. 為一般的直述句，只是單純地敘述昨天下雨了這件事實。但例句 b. 所使用的情況，則是「說話者早上睡醒看到地面上的道路濕濕的（前提）」，才反應過來昨天有下了雨，說：「あっ、昨日雨が降ったんですね」。

c. 昨日は、学校を休みました。頭が痛かったんです。
d. 昨日、頭が痛かったです。

例句 c. 的「頭が痛かったんです」，用來說明前句「学校を休みました」的理由，述說我昨天沒去上學的理由，是因為我昨天頭痛。但是 d. 句僅僅表達了「昨天頭很痛」這樣子的一個事實而已。

「～んです」對於許多外國人學習者來說，很難理解其意義及用法。甚至許多同學都誤以為加上了「～んです」就是表示強調。因此，在天氣很冷時，就對著日本老師說：「先生、今日は寒いんですね」。這是非常常見的誤用。即便天氣再怎麼冷，由於只是單純敘述天氣很冷，沒有任何前提可以做連結，因此只需要講「今日は寒いですね」即可。

同理，如果你只是單純想問朋友某一本書好不好看，你只會問說：「その本は面白いですか」。若是看著朋友很專注地讀著一本書，連吃飯時都在讀，你才會問說：「その本は（そんなに）面白いんですか」。

N4 考試並不會考出單純直述句與「～んです」的異同，比較常出題的是接續部分。上述辨析的說明僅需瞭解即可，但在句型的接續上務必要特別留意。

📄 **隨堂測驗：**

01. A：昨日は　学校に　来なかったね。　　B：ええ、（　　）んです。
　　1. 風邪引いたの　2. 風邪引いたな　3. 風邪　4. 風邪引いた

02. A：あっ、髪　切った（　　）？　　B：うん、暑いから　短くした（　　）。
　　1. なの／の　2. の／なの　3. んだ／の　4. の／んだ

解 01.（4）　02.（4）

65. ～ので

接続：名詞修飾形＋ので　名詞な／ナ形容詞な＋ので
翻訳：因為…所以…。
説明：本項文法「～ので」與 N5 學習到的「～から」相同，都可以用於表達前後
　　　兩句的因果關係。以「Ａ ので、Ｂ」的形式，來表達「Ａ為引發Ｂ這件事情、
　　　狀況或動作的原因、理由」。

・学校で　使うので、この　辞書を　借りても　いいですか。
（因為學校要用，我可以跟你借這本字典嗎？）

・英語が　わからないので、日本語で　話して　ください。
（我不懂英文，請你用日文講。）

・雨が　降ったので、公園へ　行きませんでした。
（因為下雨了，所以沒去公園。）

・朝食を　食べなかったので、今は　とても　お腹が　空いて　います。
（早餐什麼也沒吃，所以現在肚子非常餓。）

・頭が　痛いので、今日は　早退します。
（因為頭很痛，所以今天提早回去。）

・海が　好きなので、海辺の　家を　買いました。
（因為我喜歡海，所以我買了海邊的房子。）

・今日は　日曜日なので、銀行は　休みです。
（因為今天是星期天，所以銀行沒開。）

・昨日は　雪だったので、今日は　雪かきを　しなければ　なりません。
（昨天因為下了雪，所以今天非得除雪不可。）

🔗 辨析：

（※ 註：本項辨析建議讀完整本書後，第二次複習時再研讀。）

「から」與「ので」的異同：

「～ので」原則上前方接續名詞修飾形，但若使用於禮貌、尊敬的語境，前方亦可接續「～です／～ます」等敬體形式。接續方式整理如下：

	～から		～ので	
	敬體	常體	敬體	常體
動詞	寝ましたから	寝たから	行きますので	行くので
イ形容詞	危ないですから	危ないから	忙しいですので	忙しいので
ナ形容詞	好きですから	好きだから	元気ですので	元気なので
名詞	誕生日ですから	誕生日だから	休みですので	休みなので

一般來說，「から」偏向主觀陳述原因理由，而「ので」則是偏向客觀陳述自然形成的因果關係，且口氣較客氣。因為「ので」抑制了說話者的主觀想法，因此對聽話者來說，口氣比較沒有這麼強烈，所以較常使用於「請求」及「辯解」時。

・**用事が　あるので、お先に　失礼します。**

（因為我有事，所以先失陪了。）

・**英語が　わからないので、日本語で　話して　いただけませんか。**

（我不懂英文，能否請你講日文呢？）（「～ていただけませんか」⇒ #87）

此外，「から」與「ので」在使用上，還有以下的相異點。

（※ 註：以下僅需看過了解即可，檢定考並不會考出兩者的異同比較。）

Ⅰ・由於「ので」屬於比較緩和的表達方式，所以在後句（B的部分），都不會使用「命令」（⇒ #70）以及「禁止」（⇒ #71）的形式，但「～から」則無此限制。此外，若後句改為「～てください」等請求的形式，就可以使用「～ので」。

× **危ないので、機械に　触るな。**
○ **危ないから、機械に　触るな。**
○ **危ないので、機械に　触らないで　ください。**

Ⅱ・「〜から」的前方可以接續第62項文法「だろう」及第64項文法「〜んです／のです」，但「ので」不行。

○ 道が込んでいる<u>だろう</u>から、早めに出発しよう。

（道路應該很塞，我們還是早點出發。）

× 道が込んでいる<u>だろう</u>ので、早めに出発しよう。

○ あの人は　先生な<u>ん</u>だから、知っていると　思います。

（因為他是老師，所以我想他應該知道。）

× あの人は　先生な<u>ん</u>なので、知っていると　思います。

Ⅲ・「〜から」可與其他助詞並用，如「〜からは」「〜からに」「〜からには」「〜からか」，而「〜ので」則不能有「（×）〜のでは」「（×）〜のでに」「（×）〜のでには」「（×）〜のでか」

📄 隨堂測驗：

01. お腹が　（　　）ので、机の　上に　置いて　ある　ケーキを　食べました。
　　1. 空いて　2. 空いた　3. 空く　4. 空き

02. この　寺は（　　）ので、毎日　観光客で　いっぱいです。
　　1. 有名　2. 有名だ　3. 有名な　4. 有名の

解答 01.（2）02.（3）

66. ～のに

接続：名詞修飾形＋のに　名詞な／ナ形容詞な＋のに
翻訳：明明就…卻…。
説明：此句型與第 48 項文法「～ても」類似，都用於表達「逆接」表現。以「A の
　　　に、B」的形式來表達「一般而言，原本 A 這句話成立，照理說應該會是…
　　　的狀況的，但卻不是」。「～のに」與「～ても」的不同點在於，「ても」
　　　前方的敘述為「假設性的」（因此「ても」可與「たとえ、もし」…等表假
　　　設的副詞並用），而「のに」前方的敘述是為「確定的、事實的」。因此兩
　　　者使用的語境是不同的。此外，「のに」前方可以是現在式、亦可以是過去式。
　　　且「のに」多半帶有說話者驚訝、不滿的語氣在。

・彼は　いつも　いっぱい　食べるのに、全然　太りません。
（他總是吃一堆，但卻完全不會發胖。）

・あの　男は　お金が　ないのに、なぜか　モテます。
（那個男的明明就沒錢，但不知道為什麼卻很受女性喜歡。）

・約束を　したのに、彼は　来なかった。
（明明就約好了，但他卻沒來。）

・雨が　降って　いるのに、出かけるんですか。
（在下雨耶，你還要出門嗎？）

・暑いのに、子供たちは　外で　元気に　遊んで　います。
（明明就很熱，小孩們還是很有精神地在外面玩耍。）

・ここは　不便なのに、家賃が　高い。
（這裡明明不方便，房租卻還這麼貴。）

・今日は　休日なのに、働かなければ　なりません。
（今天明明是假日，我卻還得工作。）

・彼は　パーティーに　来ると　言ったのに、結局　来なかった。

（他明明就說會來參加派對，但結果卻沒來。）

・林さんは　日本で　暮らした　ことが　あるのに、日本語が　下手ですね。

（林先生明明就在日本待過，日文卻講得很爛。）

・今朝、大事な　会議に　出席しなければ　ならないのに、寝坊して
　しまいました。

（今天早上必須出席會議，但卻睡過頭了。）

進階實戰例句：

・先週会った時、あんなに元気だったのに、コロナで亡くなられたことを聞いて、
　びっくりしました。　（〜「（ら）れる（尊敬）」⇨ #98）

（上個星期見到的時候他明明就還那麼地有元氣，現在卻聽到他已經因為武漢肺炎過世，
　讓我嚇了一大跳。）

辨析：

「〜のに」後方不可接續說話者的命令、勧誘、許可、希望…等表現，但「〜ても」無此限制。

× 雨が　降るのに　出かけましょう。
○ 雨が　降っても　出かけましょう。

（就算下雨，我們還是照樣出門吧。）

隨堂測驗：

01. この　パソコンは　（　　）のに、よく　故障します。
　　1.古い　2.古くない　3.古くて　4.古くなのに

02. あの　歌手は　歌が　（　　）のに、全然　人気が　ありません。
　　1.上手　2.上手だ　3.上手の　4.上手な

（4）．20　（2）．10 顆賴

13 單元小測驗

1. 彼女の　親は　結婚に　（　　　）かもしれません。
　　1　反対だ　　　　　2　反対で　　　　　3　反対な　　　　　4　反対

2. 今日は　日曜日だから、会社の　近くの　カフェは　（　　　）だろうと思います。
　　1　静かだ　　　　　2　静かで　　　　　3　静かな　　　　　4　静か

3. 明日のパーティーは 30 人ぐらい（　　　）と思います。
　　1　来るだろう　　2　来るでしょう　3　来たろう　　　　4　来てでしょう

4. A：いつも　赤い服を　着ていますね。　B：ええ、私、赤が（　　　）んです。
　　1　好き　　　　　2　好きな　　　　　3　好きの　　　　　4　好きだ

5. A：どうして　昨日　来なかった（　　　）？　B：ごめん、約束を　忘れちゃって。
　　1　から　　　　　2　んだ　　　　　　3　の　　　　　　　4　なの

6. 家が　（　　　）、毎朝　早く　家を　出なければ　なりません。
　　1　遠いのに　　　2　遠いので　　　3　遠いなのに　　4　遠いなので

7. 山本さんは　（　　　）から、彼に　お願いして　みてください。
　　1　熱心な　　　　2　熱心だ　　　　3　熱心の　　　　4　熱心

8. さっき　（　　　）、もう　忘れたんですか。
　　1　教えても　　　2　教えたら　　　3　教えたのに　　4　教えたので

9. たとえ　明日　台風が　（　　　）　会社へ　行かなければ　なりません。
　　1　来ても　　　　2　来たら　　　　3　来るのに　　　4　来るので

10. 雨が　降って　いるのに　（　　　）。
　　1　出かけましょう　　　　　　　　2　出かけませんか
　　3　出かけるんですか　　　　　　　4　出かけないでください

14

第 14 單元：動詞可能／命令／禁止形

　　本單元介紹動詞的可能、命令以及禁止三種型態。就動詞變化層面上，五段動詞（一類動詞）的可能形與命令形都是做「〜e」段音的活用，但上、下一段動詞（二類動詞）的命令形卻是以「〜o」段音「〜ろ」結尾，這點必須特別留意。此外，就動詞語意層面上，可能、命令與禁止，皆只能使用於「意志動詞」上。關於意志動詞，請參考第 26 項文法的辨析部分說明。

67. 動詞可能形（e）る

接續：可能形

敬體：〜（ら）れます

説明：現今的日語教育上，教學分成兩派。一派為先教導動詞的原形，再由動詞原
形做動詞變化轉換為可能形；另一派則是先教導動詞的「〜ます」形，再由
「〜ます」形做動詞變化轉換為可能形。本書兩種方式並列，請讀者挑選自
己習慣的方式學習即可。

【動詞原形轉可能形】

a. 動詞為上一段動詞或下一段動詞（グループⅡ／二類動詞），則僅需將動詞原形的語尾〜る去掉，
再替換為〜られる即可。

寝る（　　 neる）　→　寝る＋られる

食べる（tabeる）　→　食べる＋られる

起きる（　okiる）　→　起きる＋られる

b. 若動詞為カ行變格動詞或サ行變格動詞（グループⅢ／三類動詞），由於僅兩字，因此只需死背替換。

来る　　　　→　来られる

する　　　　→　できる

運動する　→　運動できる

（註：「愛する」等一個漢字加上「する」的動詞，並非改為「愛できる」，而是改為「愛せる」（愛す→愛せる）。 請同學將其當作例外記憶即可。）

c. 若動詞為五段動詞（グループⅠ／一類動詞），由於動詞原形一定是以（〜u）段音結尾，
因此僅需將（〜u）段音改為（〜e）段音後，再加上る即可。

行く（　　iku）→行け（　　ike）＋る＝行ける

飲む（nomu）→飲め（nome）＋る＝飲める

帰る（kaeru）→帰れ（kaere）＋る＝帰れる

買う（　　kau）→買え（　　kae）＋る＝買える

会う（　　au）→会え（　　ae）＋る＝会える

五段動詞（一類動詞）：

將語尾「～ u」段音轉為「～ e」段音後，
再加上「る」即可。

・買_かう　→　買_かえる
・書_かく　→　書_かける
・泳_{およ}ぐ　→　泳_{およ}げる
・貸_かす　→　貸_かせる
・待_まつ　→　待_まてる
・死_しぬ　→　死_しねる
・呼_よぶ　→　呼_よべる
・読_よむ　→　読_よめる
・取_とる　→　取_とれる

上、下一段動詞（二類動詞）：

將語尾「ます」改為「られる」即可。

・見_みる　→　見_みられる
・着_きる　→　着_きられる
・起_おきる　→　起_おきられる
・できる　→　（本身即為可能之意）

・出_でる　→　出_でられる
・寝_ねる　→　寝_ねられる
・食_たべる　→　食_たべられる
・捨_すてる　→　捨_すてられる
・教_{おし}える　→　教_{おし}えられる

カ行變格動詞（三類動詞）：

・来_くる　→　来_こられる

サ行變格動詞（三類動詞）：

・　する　→　できる
・掃除_{そうじ}する　→　掃除_{そうじ}できる

14

195

【動詞ます轉可能形】

a. 動詞為二類動詞，則僅需將動詞ます形的語尾〜ます去掉，再替換為〜られます即可。

寝ます（　　　ｎｅます）→　寝~~ます~~＋られます

食べます（ｔａｂｅます）→　食べ~~ます~~＋られます

起きます（　ｏｋｉます）→　起き~~ます~~＋られます

b. 若動詞為三類動詞，由於僅兩字，因此只需死背替換。

来ます　　　　　→　来られます

します　　　　　→　できます

運動します　　　→　運動できます

c. 若動詞為一類動詞，由於動詞ます形去掉ます後，語幹一定是以（〜ｉ）段音結尾，因此
　僅需將（〜ｉ）段音改為（〜ｅ）段音後，再加上ます即可。

行き（　　ｉｋｉ）~~ます~~ →行け（　　ｉｋｅ）＋ます＝行けます

飲み（　ｎｏｍｉ）~~ます~~ →飲め（　ｎｏｍｅ）＋ます＝飲めます

帰り（ｋａｅｒｉ）~~ます~~ →帰れ（ｋａｅｒｅ）＋ます＝帰れます

買い（　　ｋａｉ）~~ます~~ →買え（　　ｋａｅ）＋ます＝買えます

会い（　　　ａｉ）~~ます~~ →会え（　　　ａｅ）＋ます＝会えます

五段動詞（一類動詞）：	上、下一段動詞（二類動詞）：
去掉語尾「ます」後，將語幹「〜ｉ」段音轉為「〜ｅ」段音後，再加上「ます」即可。	將語尾「ます」改為「られます」即可。
・買います　→　買えます	・見ます　　→　　見られます
・書きます　→　書けます	・着ます　　→　　着られます
・泳ぎます　→　泳げます	・起きます　→　起きられます
・貸します　→　貸せます	・できます　→　（本身即為可能之意）
・待ちます　→　待てます	
・死にます　→　死ねます	・出ます　　→　　出られます
・呼びます　→　呼べます	・寝ます　　→　　寝られます
・読みます　→　読めます	・食べます　→　食べられます
・取ります　→　取れます	・捨てます　→　捨てられます
	・教えます　→　教えられます
カ行變格動詞（三類動詞）：	**サ行變格動詞（三類動詞）：**
・来ます　→　来られます	・　　します　→　　できます
	・掃除します　→　掃除できます

📎 辨析：

動詞可能形主要用於表達動作主體是否可以辦到某事情，因此僅有「意志性動詞」才可以改為動詞可能形。下列三例皆為非意志動詞，故不會有可能形。

雨が降る → × 雨が降れる

消える　 → × 消えられる

わかる　 → × わかれる

📎 辨析：

「ら抜き言葉」

上、下一段動詞（二類動詞）改為可能形時，在口語會話表達上，有時會省略「ら」。雖然口語表現中常見，但此省略型態並不屬於檢定考的範圍。僅需瞭解有此現象即可。

寝られる → 寝れる　　　　　寝られます → 寝れます

食べられる → 食べれる　　　食べられます → 食べれます

起きられる → 起きれる　　　起きられます → 起きれます

14

📎 辨析：

可能形的句法構造有三

普通句　：鈴木さん**は**　漢字**を**　書く

可能句１：鈴木さん**は**　漢字**を**　書ける

可能句２：鈴木さん**は**　漢字**が**　書ける

可能句３：鈴木さん**に**　漢字**が**　書ける

三者用法有些許微妙的差異，但若動詞為「できる」，則鮮少使用「可能句１」的型態。

・鈴木さんは　漢字（× を／○ が）　できます。

此外，由於 N4 考試中僅會出題「可能句２」的形式，因此本書僅舉出「可能句２」形式的例句。

01. 殴ります→可能形：（　　）。
　　1. 殴りられます　　2. 殴れます　　3. 殴られます　　4. 殴えます

02. 浴びます→可能形：（　　）。
　　1. 浴びられます　　2. 浴べます　　3. 浴ばれます　　4. 浴びります

解 01.（2）. 02.（1）.

68. 可能形的用法

接続：可能形
敬体：～（ら）れます
翻訳：① 能…。會…。② 可以…。
説明：動詞可能形用於表達：①「能力可能」。表動作者有無施行此行為的能力。或
　　　是 ②「狀況可能」。表某狀況下，這件事情能否辦得到。可能是因為材料不足、
　　　機械故障、又或者是法律上禁止，而導致無法施行（並不是動作者有無此能
　　　力）。動詞句改為可能句時，原本動詞的受詞「～を」的部分，會轉變為「～
　　　が」，其他助詞則不會改變。

① ・私は　漢字が　書けますよ。

（我會寫漢字喔。）　（漢字を書く→漢字が書ける）

・山本さんは　フランス語が　読めます。

（山本先生讀得懂法文。）　（フランス語を読む→フランス語が読める）

・私は　フランス語は　少ししか　読めません。

（我只讀得懂一點法文。）　（フランス語は：対比）

・私は　英語は　話せますが、フランス語は　話せません。

（我會講英文，但是不會講法文。）　（フランス語は：対比）

・田中さんは　お酒が　飲めないと　思います。

（我想，田中先生應該不會喝酒。）　（お酒を飲む→お酒が飲める）

・香奈ちゃんは　一人では　服が　着られません。

（香奈小妹妹，不會自己穿衣服。）　（服を着る→服が着られる）

・パソコンが　壊れたんですか。鈴木さんは　パソコンが　修理できますから、
　鈴木さんに　修理を　頼んで　みて　ください。（パソコンを修理する→パソコンが修理できる）
（電腦壞掉了嗎？鈴木先生會修電腦，你去拜託他看看，請他修理。）

② ・この美術館では ピカソの 絵が 見られますよ。
（在這個美術館，可以看得到畢卡索的畫。） （絵を見る→絵が見られる）

・あの パソコンは、 故障して いるので 使えません。
（那個電腦故障了，無法使用。）

・頭が 痛いので、仕事に 集中できません。
（因為頭很痛，無法集中精神工作。）

・私の アパートには キッチンが ないから、料理が できない。
（我租的公寓沒有廚房，所以沒辦法做料理。） （料理をする→料理ができる）

・秋葉原で 安いスマホが 買えるかも しれませんから、そこへ 行って
みた ほうが いいですよ。 （スマホを買う→スマホが買える）
（在秋葉原，也許可以買得到便宜的智慧型手機。我建議你去那裡看看。）

🔖 辨析：

上述 ① 的例句當中，欲表達「讀得懂法文」一事，應為「フランス語が読めます」。但例句 3 與 4 將「が」改為「は」，是表達「對比」的用法。第 3 句例句，表達相對於其他的語言，法文只能讀懂一點點；第 4 句例句則是表達相對於英文，我完全不會法文。

句子中，不只是「が」的部分可以拿來與其他項目做對比，其他的成分亦可藉由「は」來表達出對比的含義，不過需要注意的是，除了助詞「が」跟「を」是直接改為「は」以外，其他助詞皆是附加在其後方：如「には、では、からは…」等。

・たばこを吸います Vs. お酒を飲みません。
→私はたばこは吸いますが、お酒は飲みません。

（我抽煙，但不喝酒。）

・日本料理が作れる Vs. フランス料理が作れない。
→私は日本料理は作れるが、フランス料理は作れない。

（我會做日本料理，但是不會做法國料理。）

・鈴木さんに会いました Vs. 山本さんに会いませんでした。
→私は昨日、鈴木さんには会いましたが、山本さんには会いませんでした。

（我昨天見了鈴木先生，但是沒有見山本先生。）

此外，②的例句 2 當中的「は」，並非表「對比」，而是將「電腦」一詞主題化，放置前方
當作主題的一種表達方式。

パソコンを　使う

↓

パソコンが　使える／使えない

↓

| このパソコンは | 使えない。 |
主題化

📄 **隨堂測驗：**

---

01. この水は　汚いですから、（　　）。
　　1. 飲まれません　2. 飲めません　3. 飲められません　4. 飲まられません

02. マンションの　管理室で　脚立が　（　　）。（※註：「脚立」為「梯架」。）
　　1. 借りるよ　2. 借られるよ　3. 借りられるよ　4. 借れるよ

14

解 01.（2）02.（3）

69. 〜（こと）ができる

接続：① 名詞＋できる　② 動詞原形＋ことができる
敬体：〜（こと）ができます
翻訳：能…。會…。可以…。
説明：此表達形式與第68項文法大致上相同，亦有「能力可能」與「狀況可能」兩種用法。① 使用名詞時，比照第15項文法「〜は〜が」的構造即可。② 使用動詞時，則必須在「が」的前方加上形式名詞「こと」，以「〜ことができる」的型態，來表達能力可能或狀況可能。

① ・私は　英語が　できる。
（我會英文。）（能力可能）

・彼は　運転が　できます。
（他會開車。）（能力可能）

・私の　部屋では　料理が　できません。
（我的房間無法做料理。）（狀況可能）

・アプリで　飛行機の　予約が　できますから、旅行会社へ　行かなくてもいいです。
（用 APP 可以預約飛機票，所以不需要去旅行社。）（狀況可能）

② ・彼は　馬に　乗る　ことが　できる（＝馬に乗れる）。
（他會騎馬。）（能力可能）

・鈴木さんは　英語を　話す　ことが　できる（＝英語が話せる）。
（鈴木先生會說英語。）（能力可能）

・この店では　携帯アプリで　支払う　ことが　できます（＝アプリで支払える）。
（這間店可以用手機 APP 付款。）（狀況可能）

・ネットで　レストランを　予約する　ことは　できますが、席を　選ぶことは　できません。
（網路上可以預約餐廳，但不能選擇座位。）（狀況可能／ことは：対比）

辨析：

可能的表達形式有第 68 項文法以及第 69 項文法兩種，大致上的情況上兩者可以替換。若要說哪裡不同，那就是第 68 項文法的「～（ら）れる」形式較偏向口語，而本項文法的「～ことができる」則比較偏向文書、正式用語。

辨析：

「見る」、「聞く」的可能形分別為「見られる」、「聞ける」。另外，有兩個單字為「見える」、「聞こえる」，這兩個單字並非可能形。「見られる、聞ける」與「見える、聞こえる」，意思以及所使用語境不同。

・新宿の 映画館で、スターウォーズの 新しい 映画が 観られます。
（新宿的電影院，可以看到星際大戰的最新電影。）

・私の 部屋から、富士山が 見えます。
（我的房間看得到富士山。）

・この アプリで 好きな 曲が 聞けます。
（這個 APP 可以聽自己喜歡的曲子。）

・秋の 夜、 虫の 鳴き声が 聞こえます。
（秋天夜晚，聽得見蟲鳴。）

無意志性的，自然而然映入眼簾的情境，進入耳中的聲音，使用「見える」「聞こえる」
有意志性的，人為想去施行此動作，且做得到的，則使用「見られる」「聞ける」。

隨堂測驗：

01. 鈴木さんは フランス語（　　） 話す ことが できる。
　　1.を　2.が　3.の　4.に

02. 隣の 家から 笑っている 声が （　　）。
　　1.聞くことができるよ　2.聞ける　3.聞こえる　4.聞けられる

解答 01.（1）02.（3）

70. 動詞命令形

接続：命令形
翻訳：去做…！
説明：命令形為「上位者對下位者發號施令，強制下位者做某事」的表現。只要將
　　　動詞轉為命令形，就是命令的語氣。現今的日語教育上，教學分成兩派。一
　　　派為先教導動詞的原形，再由動詞原形做動詞變化轉換為命令形；另一派則
　　　是先教導動詞的「～ます」形，再由「～ます」形做動詞變化轉換為命令形。
　　　本書兩種方式並列，請讀者挑選自己習慣的方式學習即可。

【動詞原形轉命令形】

a. 動詞為上一段動詞或下一段動詞（グループⅡ／二類動詞），則僅需將動詞原形的語尾
　 ～る去掉，再替換為～ろ即可。

寝る（　　　ｎｅる）　→　寝る＋ろ
食べる（ｔａｂｅる）　→　食べる＋ろ
起きる（　ｏｋｉる）　→　起きる＋ろ

b. 若動詞為力行變格動詞或サ行變格動詞（グループⅢ／三類動詞），由於僅兩字，因此只需死背替換。

来る　　　　　→　来い

する　　　　　→　しろ（せよ→文語）

運動する　　→　運動しろ

c. 若動詞為五段動詞（グループⅠ／一類動詞），由於動詞原形一定是以（～ｕ）段音結尾，
　 因此僅需將（～ｕ）段音改為（～ｅ）段音即可。

行く（　　ｉｋｕ）→行け（　　ｉｋｅ）＝行け
飲む（　ｎｏｍｕ）→飲め（　ｎｏｍｅ）＝飲め
帰る（ｋａｅｒｕ）→帰れ（ｋａｅｒｅ）＝帰れ
買う（　　ｋａｕ）→買え（　　ｋａｅ）＝買え
会う（　　　ａｕ）→会え（　　　ａｅ）＝会え

五段動詞（一類動詞）：

將語尾「～u」段音轉為「～e」段音即可。

・買_かう　→　買_かえ
・書_かく　→　書_かけ
・泳_{およ}ぐ　→　泳_{およ}げ
・貸_かす　→　貸_かせ
・待_まつ　→　待_まて
・死_しぬ　→　死_しね
・呼_よぶ　→　呼_よべ
・読_よむ　→　読_よめ
・取_とる　→　取_とれ

上、下一段動詞（二類動詞）：

將語尾「る」改為「ろ」即可。

・見_みる　→　見_みろ
・着_きる　→　着_きろ
・起_おきる　→　起_おきろ
・できる　→　（此為無意志動詞）

・出_でる　→　出_でろ
・寝_ねる　→　寝_ねろ
・食_たべる　→　食_たべろ
・捨_すてる　→　捨_すてろ
・教_{おし}える　→　教_{おし}えろ

カ行變格動詞（三類動詞）：

・来_くる　→　来_こい

サ行變格動詞（三類動詞）：

・　する　→　しろ／せよ（文語）
・掃除_{そうじ}する　→　掃除_{そうじ}しろ／せよ（文語）

14

【動詞ます轉命令形】

a. 動詞為二類動詞，則僅需將動詞ます形的語尾～ます去掉，再替換為～ろ即可。

寝ます（　　 neます）→ 寝~~ます~~＋ろ

食べます（tabeます）→ 食べ~~ます~~＋ろ

起きます（　okiます）→ 起き~~ます~~＋ろ

b. 若動詞為三類動詞，由於僅兩字，因此只需死背替換。

来ます　　　→　来い

します　　　→　しろ（せよ→文語）

運動します　→　運動しろ

c. 若動詞為一類動詞，由於動詞ます形去掉ます後，語幹一定是以（～i）段音結尾，因此僅需將（～i）段音改為（～e）段音即可。

行き（　　iki）~~ます~~ →行け（　　ike）＝行け

飲み（nomi）~~ます~~ →飲め（　nome）＝飲め

帰り（kaeri）~~ます~~ →帰れ（kaere）＝帰れ

買い（　kai）~~ます~~ →買え（　　kae）＝買え

会い（　　ai）~~ます~~ →会え（　　　ae）＝会え

五段動詞（一類動詞）： 去掉語尾「ます」後，將語幹「～i」段音轉為「～e」段音即可。	上、下一段動詞（二類動詞）： 將語尾「ます」改為「ろ」即可。
・買います　→　買え	・　見ます　　→　　見ろ
・書きます　→　書け	・　着ます　　→　　着ろ
・泳ぎます　→　泳げ	・起きます　→　起きろ
・貸します　→　貸せ	・できます　→　（此為無意志動詞）
・待ちます　→　待て	
・死にます　→　死ね	・　出ます　　→　　出ろ
・呼びます　→　呼べ	・　寝ます　　→　　寝ろ
・読みます　→　読め	・食べます　→　食べろ
・取ります　→　取れ	・捨てます　→　捨てろ
	・教えます　→　教えろ
カ行變格動詞（三類動詞）：	**サ行變格動詞（三類動詞）：**
・来ます　→　来い	・　　します　　→　　しろ／せよ（文語） ・掃除します　→　掃除しろ／せよ（文語）

01. 来ます→命令形：（　）！
　　1.来ろ　2.来い　3.来え　4.来せ

02. 持って行きます→命令形：（　）！
　　1.持って行こ　2.持って行け　3.持って行せ　4.持て行きます

71. 動詞禁止形

接続：動詞原形＋な
翻訳：不准做…！
説明：禁止形為「上位者對下位者發號施令，禁止下位者做某事」的表現。只要將
　　　動詞轉為禁止形，就是禁止的語氣。禁止形的改法相當簡單，無論是哪一種
　　　類的動詞，僅需在動詞原形後方加上終助詞「な」即可。

五段動詞（一類動詞）： 動詞原形後方加上「な」即可。	上、下一段動詞（二類動詞）： 動詞原形後方加上「な」即可。
・買う　→　買うな ・書く　→　書くな ・泳ぐ　→　泳ぐな ・貸す　→　貸すな ・待つ　→　待つな ・死ぬ　→　死ぬな ・呼ぶ　→　呼ぶな ・読む　→　読むな ・取る　→　取るな	・見る　　→　　見るな ・着る　　→　　着るな ・起きる　→　　起きるな ・できる　→　（此為無意志動詞） ・出る　　→　　出るな ・寝る　　→　　寝るな ・食べる　→　　食べるな ・捨てる　→　　捨てるな ・教える　→　　教えるな
カ行變格動詞（三類動詞）： ・来る　→　来るな	**サ行變格動詞（三類動詞）：** ・　　する　　→　　するな ・掃除する　→　掃除するな

📄 **隨堂測驗：**

01. 来ます→禁止形：（　）！
　　　1. 来るな　2. 来ますな　3. 来ない　4. 来ろな

02. 食べます→禁止形：（　）！
　　　1. 食べろな　2. 食べるな　3. 食べな　4. 食べない

解答 01.（1）．02.（2）

208

72. ～ろ／～な

接続：命令形　or　動詞原形＋な
翻訳：去做…！不准做…！
説明：命令形與禁止形，由於口氣上較為粗暴，因此一般來說，女性不會使用。主要
　　　使用於：① 地位或年齡在上的男性（如父親、上司、老師、前輩等），對於
　　　下位者（如小孩、下屬、學生、後輩等）發號施令或者禁止其做某事時。②
　　　危急情況（如火災、地震）時，無暇使用「～てください」等含敬意但冗長表
　　　現時。③ 軍隊、體育活動等口令時。④ 交通號誌、標語等書寫時，要求強烈
　　　視覺效果，重視簡潔時。⑤ 運動賽事時，激情為選手加油時。此時女性亦可
　　　使用。⑥ 男性朋友之間的請求表現，一般不使用「～てください（敬體）」，
　　　亦不使用「～て（常體）」，會使用命令形與禁止形，並在後方加上終助詞
　　　「よ」。

① ・早く　寝ろ！
　　（快去睡！）

　・早く　宿題を　しろ！
　　（快去做功課！）

　・学校に　遅れるな！
　　（學校不要遲到！）

　・教室の　中で　騒ぐな！
　　（不要在教室中吵鬧！）

② ・火事だ！逃げろ！
　　（火災！快逃！）

　・危ないから　入るな！
　　（很危險，不要進去！）

③ ・気を　つけ！
　　（立正！）

14

209

・休め！
（稍息！）

・前へ　ならえ！
（向前看齊！）

④・止まれ！
（停！）

・芝生に　入るな！
（禁止進入草坪！）

・A：あそこに　書いて　ある　「駐車禁止」は　どういう　意味ですか。
（A：那裡寫著的「駐車禁止」，是什麼意思呢？）
　B：「ここに　車を　止めるな」という　意味です。
（B：就是「不要在這裡停車」的意思。）

⑤・行け、行け！頑張れ！
（衝啊！衝啊！加油！）

・もっと　速く　走れ！
（再跑快一點！）

・あいつに　負けるな！
（別輸給那傢伙！）

⑥・男性朋友之間：新しく　買った　携帯、見せろよ。
（你新買的手機，給我看。）

・女性朋友之間：新しく　買った　携帯、見せて。
（你新買的手機，給我看。）

・男性朋友之間：明日の　パーティー、忘れるなよ。
（明天的派對，別忘記喔。）

・女性朋友之間：明日の　パーティー、忘れないで。
（明天的派對，別忘記喔。）

📎 **辨析：**

命令形與禁止形，只能使用於有意志性的表現上。若動詞為「わかる」、「できる」、「ある」…等無意志表現，則不可使用命令形（語意上有問題）。

× 早<ruby>早<rt>はや</rt></ruby>く　わかれ！（不懂的東西就是不懂，不會因為上司命令你就秒懂）

但若是像「元気を出す」、「泣く」等，雖然含有意志性，但意志性很弱的動詞，則使用命令或禁止形時，語意則偏向「鼓勵」，而非強烈的「命令」。

・<ruby>元気<rt>げんき</rt></ruby>を　<ruby>出<rt>だ</rt></ruby>せ！

（打起精神來！）

・<ruby>泣<rt>な</rt></ruby>くな！

（別哭了。）

📎 **辨析：**

禁止形「～な」與第 40 項句型「～てはいけない」兩者語意相當，多數的場合也都可以替換。但若行為的禁止，是說話者個人的期望，而並非規定、規則或狀況使然時，則只能使用本句型「～な」。

【說話者個人請求女友不要離開自己，待在自己身邊】

○ <ruby>俺<rt>おれ</rt></ruby>から　<ruby>離<rt>はな</rt></ruby>れるな！

（不要離開我！）

× <ruby>俺<rt>おれ</rt></ruby>から　<ruby>離<rt>はな</rt></ruby>れては　いけない。

（不可以離開我。）

【災難片中危機四伏，說話者要保護女友的狀況】

○ <ruby>俺<rt>おれ</rt></ruby>から　<ruby>離<rt>はな</rt></ruby>れるな！

（不要離開我！）

○ <ruby>俺<rt>おれ</rt></ruby>から　<ruby>離<rt>はな</rt></ruby>れては　いけない。

（不可以離開我。）

進階實戰例句：

・他人<ruby>他人<rt>た にん</rt></ruby>に<ruby>頼<rt>たよ</rt></ruby>らないで、<ruby>自分<rt>じ ぶん</rt></ruby>で<u>やってみろ</u>！

（不要依靠他人，你自己試著做做看！）

隨堂測驗：

01.「<ruby>危<rt></rt></ruby>ないから　ここでは（　　）」と　<ruby>書<rt></rt></ruby>いて　ありますよ。
　　1. <ruby>泳<rt></rt></ruby>げ　2. <ruby>泳<rt></rt></ruby>ぐな　3. <ruby>泳<rt></rt></ruby>げるな　4. <ruby>泳<rt></rt></ruby>げな

02. ちょっと　（　　）！こっちへ　<ruby>来<rt></rt></ruby>い！
　　1. <ruby>待<rt></rt></ruby>つ　2. <ruby>待<rt></rt></ruby>つな　3. <ruby>待<rt></rt></ruby>て　4. <ruby>待<rt></rt></ruby>てるな

解 01.（2）02.（3）

73. 〜なさい

接続：動詞ます＋なさい
翻訳：做…。
説明：此形式亦屬於命令形。上一個文法學習到的「〜ろ」，語感上較為粗暴，多為
　　　男性使用。而本項文法「〜なさい」，語感上比較高尚，多為女性教師、母親
　　　對於學生或小孩下達指令時使用。接續上，僅需將動詞「ます」形的「〜ます」
　　　去掉後，再加上「なさい」即可。

・遊んで　いないで、勉強しなさい。
（不要一直玩，快去讀書！）

・宿題を　してから　遊びに　行きなさい。
（先做完功課再去玩！）

・今日中に　宿題を　出しなさい。
（今天之內把作業交出來！）

・早く　起きなさい。遅れるわよ。
（快點起床。快要遲到了。）

・この　薬は　1日に　3回　飲みなさい。
（這個藥一天吃三次。）

・どうぞ、入りなさい。
（請，進來！）

辨析：

由於口吻上的關係，「なさい」後方可加上終助詞「ね」來緩和語氣，但命令形與禁止形「～ろ」、「～な」的後方不可加上「ね」。

○ 早く寝なさいね。
（早點睡喔。）
× 早く寝ろね。
× テレビを見るなね。

隨堂測驗：

01. もっと　ゆっくり　（　　）なさい。
　　1. 話さ　2. 話し　3. 話す　4. 話せ

02. 明日の　朝は　早く　起きなければ　ならないから、もう（　　）なさい。
　　1. 寝　2. 寝ろ　3. 寝よう　4. 寝る

214

14 <u>單元小測驗</u>

1. 春に　なると、近所の　公園で　花見（　　）　できます。
   　　1　を　　　　　　　2　が　　　　　　3　に　　　　　　4　の

2. ここ（　　）　料理は　できません。
   　　1　が　　　　　　　2　を　　　　　　3　に　　　　　　4　で

3. 駅前の　デパートで　外国の　食品が　（　　　）。
   　　1　買えます　　　　2　買えられます
   　　3　買いられます　　4　買われます

4. この　道は　狭すぎて、トラックが　通る（　　）　できません。
   　　1　ことを　　　　　2　ものを　　　　3　ことが　　　　4　ものが

5. あの美術館で　ゴッホの　絵が　（　　　）。
   　　1　見えます　　　2　見せます　　　3　見えられます　　4　見られます

6. ここに　生ゴミを　（　　　）。
   　　1　捨てるな　　　　　　　　　2　捨てられるな
   　　3　捨てろな　　　　　　　　　4　捨てれるな

7. 危ない！気を　（　　　）！
   　　1　つけれ　　　　2　つけろ　　　3　つけれよ　　4　つけろう

8. （男の友人に）うちに　入る前に、足を　（　　　）よ。
   　　1　洗います　　　2　洗ろ　　　3　洗え　　　4　洗う

9. テストを　出す前に、もう一度　よく　（　　　）なさい。
   　　1　確認します　　2　確認して　　3　確認する　　4　確認し

10. A：あの　マークは　（　　　）　意味ですか。
   　　B：あれは　「まっすぐ　行け」と　いう　意味です。
   　　1　どう　　　　　　2　どういう　　3　どうして　　4　なんと

15

第 15 單元：動詞意向形

本單元主要介紹動詞的「意向形」，有些文法書將其稱作「意志形」。主要用於表達意志，因此與上一單元的可能形、命令形、禁止形一樣，只能使用於意志性動詞上。

74. 動詞意向形（よ）う

接続：意向形

敬体：〜ましょう

説明：現今的日語教育上，教學分成兩派。一派為先教導動詞的原形，再由動詞原形做動詞變化轉換為意向形；另一派則是先教導動詞的「〜ます」形，再由「〜ます」形做動詞變化轉換為意向形。本書兩種方式並列，請讀者挑選自己習慣的方式學習即可。

【動詞原形轉意向形】

a. 動詞為上一段動詞或下一段動詞（グループⅡ／二類動詞），則僅需將動詞原形的語尾〜る去掉，再替換為〜よう即可。

寝_ねる（　　　 neる）　→　寝_ねる＋よう

食_たべる（tabeる）　→　食_たべる＋よう

起_おきる（　okiる）　→　起_おきる＋よう

b. 若動詞為カ行變格動詞或サ行變格動詞（グループⅢ／三類動詞），由於僅兩字，因此只需死背替換。

来_くる　　　→　来_こよう

する　　　→　しよう

運動_{うんどう}する　→　運動_{うんどう}しよう

c. 若動詞為五段動詞（グループⅠ／一類動詞），由於動詞原形一定是以（〜u）段音結尾，因此僅需將（〜u）段音改為（〜o）段音後，再加上「う」即可。

行_いく（　iku）→行_いこ（　iko）＋う＝行_いこう

飲_のむ（　nomu）→飲_のも（　nomo）＋う＝飲_のもう

帰_{かえ}る（kaeru）→帰_{かえ}ろ（kaero）＋う＝帰_{かえ}ろう

買_かう（　kau）→買_かお（　kao）＋う＝買_かおう

会_あう（　au）→会_あお（　ao）＋う＝会_あおう

五段動詞（一類動詞）：

將語尾「～u」段音轉為「～o」段音，再加上「う」即可。

- 買う → 買おう
- 書く → 書こう
- 泳ぐ → 泳ごう
- 貸す → 貸そう
- 待つ → 待とう
- 死ぬ → 死のう
- 呼ぶ → 呼ぼう
- 読む → 読もう
- 取る → 取ろう

上、下一段動詞（二類動詞）：

將語尾「る」改為「よう」即可。

- 見る → 見よう
- 着る → 着よう
- 起きる → 起きよう
- できる → （此為無意志動詞）

- 出る → 出よう
- 寝る → 寝よう
- 食べる → 食べよう
- 捨てる → 捨てよう
- 教える → 教えよう

カ行變格動詞（三類動詞）：

- 来る → 来よう

サ行變格動詞（三類動詞）：

- する → しよう
- 掃除する → 掃除しよう

【動詞ます轉意向形】

a. 動詞為二類動詞，則僅需將動詞ます形的語尾～ます去掉，再替換為～よう即可。

寝ます（　　　ねます）　→　寝<s>ます</s>＋よう

食べます（ｔａｂｅます）　→　食べ<s>ます</s>＋よう

起きます（　ｏｋｉます）　→　起き<s>ます</s>＋よう

b. 若動詞為三類動詞，由於僅兩字，因此只需死背替換。

来ます　　　→　来よう

します　　　→　しよう

運動します　→　運動しよう

c. 若動詞為一類動詞，由於動詞ます形去掉ます後，語幹一定是以（～ｉ）段音結尾，因此僅需將（～ｉ）段音改為（～ｏ）段音後，再加上「う」即可。

行き（　　ｉｋｉ）<s>ます</s> →行こ（　　ｉｋｏ）＋う＝行こう

飲み（　ｎｏｍｉ）<s>ます</s> →飲も（　ｎｏｍｏ）＋う＝飲もう

帰り（ｋａｅｒｉ）<s>ます</s> →帰ろ（ｋａｅｒｏ）＋う＝帰ろう

買い（　　ｋａｉ）<s>ます</s> →買お（　　ｋａｏ）＋う＝買おう

会い（　　　ａｉ）<s>ます</s> →会お（　　　ａｏ）＋う＝会おう

15

五段動詞（一類動詞）：	上、下一段動詞（二類動詞）：
去掉語尾「ます」後，將語幹「～ｉ」段音轉為「～ｏ」段音後，再加上「う」即可。	將語尾「ます」改為「よう」即可。
・買います　→　買おう	・見ます　　→　見よう
・書きます　→　書こう	・着ます　　→　着よう
・泳ぎます　→　泳ごう	・起きます　→　起きよう
・貸します　→　貸そう	・できます　→　（此為無意志動詞）
・待ちます　→　待とう	
・死にます　→　死のう	・出ます　　→　出よう
・呼びます　→　呼ぼう	・寝ます　　→　寝よう
・読みます　→　読もう	・食べます　→　食べよう
・取ります　→　取ろう	・捨てます　→　捨てよう
	・教えます　→　教えよう
カ行變格動詞（三類動詞）：	**サ行變格動詞（三類動詞）：**
・来ます　→　来よう	・　　します　→　　　しよう
	・掃除します　→　掃除しよう

01. 来ます→意向形：（　　）。
　　1. こよう　　2. きよう　　3. くよう　　4. きろう

02. 食べます→意向形：（　　）。
　　1. 食べろ　　2. 食べよう　　3. 食べろう　　4. 食べるよう

解 01.（1）02.（2）

75. 意向形的用法

接続：動詞意向形＋よう
敬体：〜ましょう
翻訳：① 一起（做）…吧。② 我來（做）…好了。
説明：動詞改為意向形「〜（よ）う」時，有兩種意思：① 若有說話對象存在時，
用於表達說話者「邀約、提議」聽話者一起做某事。若使用於回答句中，則表
示「答覆對方，首肯他的要約、提議」。② 若沒有說話對象存在時，則多半
是說話者自言自語或在內心獨白，表達自己目前的「意志」。也由於說話者並
非在跟任何人講話，因此這種用法不可與終助詞「よ」、「ね」並用。

① ・ああ、疲れたね。ここに 座ろう。
　（哎，累了。我們這裡坐一下吧。）

・みんなで 歌を 歌おう**よ**。
　（大家來一起唱歌吧。）

・もう 遅いから、そろそろ 帰ろう。
　（已經很晚了，我們差不多也該回去了。）

・王さん、今度 一緒に ご飯 食べよう**ね**。
　（王先生，下次一起吃個飯吧。）

・Ａ：あの レストランで 少し 休まない？　Ｂ：うん、そう しよう。
　（Ａ：要不要在那個餐廳稍微休息一下？　Ｂ：好啊，就這麼辦！）

② ・つまらない。もう 帰ろう。
　（好無聊。我回家好了。）

・ああ、眠い。そろそろ 寝よう。
　（想睡了。我來睡覺好了。）

・香奈ちゃん 遅いね。もう 少し 待とう。
　（香奈小姐好慢喔。我再等她一下好了。）

・道が　込んで　いるので、電車で　<u>行こう</u>。

（道路在塞車，我還是搭電車去好了。）

・誰も　いない。よし、１つ　食べよう。

（沒有人在。好，＜趁機偷＞吃一個。）

其他型態：

～（よ）っ／～ましょっ（口語）

・行こっ／行きましょっ。

（走吧。）

～（よ）うっと（口語）

・行こうっと。

（走吧。）

📎 辨析：

若使用「～（よ）うか（常體）／～ましょうか（敬體）」的型態，則除了可以表達「說話者邀約聽話者一起做某事（兩人一起做）」以外，亦可表達「說話者提議幫聽話者做某事（說話者做）」。可依前後文以及語境來判斷。

・結婚しようか／結婚しましょうか。

（我們結婚吧。＜兩人一起做＞）

・少し休もうか／少し休みましょうか。

（我們休息一下吧。＜兩人一起做＞）

・手伝おうか／手伝いましょうか。

（我來幫你忙吧。＜說話者幫聽話者做＞）

・持とうか／持ちましょうか。

（我來幫你拿吧。＜說話者幫聽話者做＞）

辨析：

意向形只能使用於有意志性的表現上。若動詞為「わかる」、「できる」、「ある」…等無意志表現，則不可使用命令形（語意上有問題）。

× **この問題、わかろう。（不懂的東西就是不懂，不會因為邀約，對方就會懂。）**

雖有少數幾個無意志動詞，如：「忘れる」可以使用意向形，但並非表達上述的「邀約」或「意志」之意，而是朝向此動作實現上的「努力」之意。

・**あんな 奴、忘れよう。**
（那種人，把他忘了吧。）

隨堂測驗：

01. 喉が 渇いたね。何か （　　）。
　　1. 飲みよう　2. 飲みろう　3. 飲もう　4. 飲むよう

02. それ、重いから、（　　）か。
　　1. 持とう　2. 持ちよう　3. 持ちしよう　4. 持ちまそう

解答 01.（3）02.（1）

15

76. ～（よ）うと思う

接続：動詞意向形＋（よ）うと思う

敬体：～（う）と思います

翻訳：① 我打算…。② 我／他之前打算／想…。我／他之前計畫好要…。

説明：不同於上一項文法單純使用意向形「～（よ）う」，本項文法則是配合「～と思う」一起使用。意思為「說話者向聽話者表達自己的意志」。① 若為「～（よ）うと思う」的型態，則用於表達比較偏向當場決定的事情。不可使用於表達第三人稱的意志。否定型態為「～（よ）うとは思わない」。② 若使用「～（よ）うと思っている」的型態，則偏向說話者在說話前，就已經下定好了決心，且意志現在還仍然持續不變的意思。否定型態為「～（よ）うとは思っていない」。此外，「～（よ）うと思っている」的型態亦可使用在表達第三人稱的意志。

～（よ）う　有聽話者存在	向對方提議、邀約
～（よ）う　無聽話者存在・自言自語	內心獨白自己的意志
～（よ）うと思う　有聽話者存在	向對方表達自己的意志（當場決定）
～（よ）うと思っている　有聽話者存在	向對方表達自己的意志（之前決定，或長期以來的計畫）亦可用於向對方表達第三人稱的意思

① ・今から　銀行へ　行こうと　思います。

　（我打算現在去銀行。）

・今日は　出かけないで、ゆっくり　休もうと　思う。

　（我打算今天不要出門，好好在家休息。）

・夏休みですか。海外旅行に　行こうと　思います。

　（暑假嗎？我打算去國外旅行。）

・お金を　借りようとは　思いません。

　（我不打算去借錢。）

② ・コロナが　終息したら、ヨーロッパへ　行こうと　思って　います。
（我打算／計劃好要在武漢肺炎疫情停歇後，去歐洲玩。）

・大人に　なったら、自分で　事業を　始めようと　思って　います。
（我打算／想要在長大後，自己成立自己的事業。）

・先週　借りた　本は　まだ　読んで　いませんが、今晩　読もうと
思っています。
（上個星期借的書，我還沒讀。我打算／計畫要在今晚讀。）

・病気に　なっても、あの　病院で　治療を　受けようとは　思っていません。
（即便生病了，我也不想要在那間醫院接受治療。）

・彼は　英語が　下手なのに、将来　外国で　働こうと　思って　います。
（他英文明明很差，卻還想說將來要在國外工作。）

・鈴木さんは　犬を　飼って　いるので、郊外に　家を　建てようと　思っている。
（鈴木先生因為有養狗，所以打算要在郊區蓋房子。）

・妹は　あなたと　結婚しようとは　思っていない。
（我妹並不打算跟你結婚。）

🔗 辨析：

第 58 項文法，使用「普通形＋と思う」，表達的是說話者自己的「主觀判斷」或「意見」。
這裡學的「意向形＋と思う」則是表示說話者向聽話者傳達自己的「意志」。

「行く　（普通形）と思う」　　　翻譯接近於「我認為」。
「行こう（意向形）と思う」　　　翻譯接近於「我打算」。
「行こう（意向形）と思っている」　翻譯接近於「我／他打算」。

・あの人も日本へ行くと思います。　　我「認為」他也會去日本。

・黄さんは明日田舎へ帰ると思います。　我「認為」黃同學明天會回鄉下去。

・あの人は英語ができると思います。　我「認為」他會英語。

・私は東京大学に入ろうと思っています。　　　　我「打算」進東大。

・あの人は日本料理を食べようと思っています。　他「打算」吃日本料理。

・あなたは何の勉強をしようと思っていますか。　你「打算」學什麼呢。

	人稱	思う	思っている
普通形 ＋ と思う （判斷）	我	○（私は）日本語は簡単だと思う。 我認為／覺得日文很簡單	○（私は）日本語は簡単だと思っている。 我一直都認為／覺得日文很簡單
普通形 ＋ と思う （判斷）	第三人稱	×（彼は）日本語は簡単だと思う。	○（彼は）日本語は簡単だと思っている。 他（一直都）認為／覺得日文很簡單
意向形 ＋ と思う （意志）	我	○（私は）海外旅行に行こうと思う。 我打算去國外旅行	○（私は）海外旅行に行こうと思っている。 我打算好／預計好要去國外旅行
意向形 ＋ と思う （意志）	第三人稱	×（彼は）海外旅行に行こうと思う。	○（彼は）海外旅行に行こうと思っている。 他打算好／預計好要去國外旅行

📄 **隨堂測驗：**

01. 新しい　パソコンを　（　　）と　思って　います。
　　1. 買よう　2. 買いおう　3. 買うよう　4. 買おう

02. 彼は　外国人と　結婚（　　）。
　　1. すると思っていよう　2. しましょうと思う
　　3. しようと思っている　4. しようと思う

解答 01.（4）02.（3）

226

77. ～（よ）うとする

接続：動詞意向形＋（よ）うとする
敬体：～（う）とします
翻訳：① 試圖要做…。② 正要做…（的時候）。
説明：此句型用於表達：① 嘗試、努力要去實現某件事。② 正要做某事時（做之前），發生了一件打斷此事件的事情。經常與「～時（に）」一起使用，以「～（よ）うとした時（に）」的形式呈現。

① ・息子は 頑張って いい 大学に 入ろうと している。
（我兒子努力想要考進好大學。）

・彼は 何を しようと しているのですか。
（他到底想要＜試著＞做什麼。）

・彼女の 名前を 思い出そうと したのですが、なかなか 思い出せない。
（我試著要回想她的名字，但就是想不起來。）

② ・お風呂に 入ろうと した時に、地震が 起こった。
（正當我要去洗澡時，就發生了地震。）

・仕事を 始めようと した時、電話が かかって きました。
（正當我要開始工作時，電話就響了。）

・電車に 乗ろうと した時、ドアが 閉まって しまい ました。
（正當我要搭上電車時，車門就關起來了。）

進階實戰例句：

・仕事が 終わって家へ帰ろうとした時、課長にプレゼンテーションの資料
をPowePointで作るよう頼まれてしまった。 （「～（ら）れる（被動）」⇒#89)
（正當我工作結束，要回家的時候，課長就叫我幫他做PPT簡報。）

01. 彼女は 30歳に なる 前に なんとか 結婚（　　）と している。
　　1.する　2.しよう　3.した　4.したい

02. （　　）時、携帯電話が 鳴った。
　　1.寝ようとした　2.寝るとした　3.寝ろうとした　4.寝るとする

15 單元小測驗

1. 明日は　テストだ。今晩は（　　）。
　　1　勉強するよう　　2　勉強してよう　　3　勉強しよう　　4　勉強しおう

2. いらっしゃい。どうぞ、入って。お茶を　（　　）。
　　1　入れるか　　　2　入れようか　　　3　入れろうか　　4　入れおうか

3. A：昨日　貸した DVD、もう見た？B：いいえ、今晩　（　　）と思って　います。
　　1　見よう　　　　2　見ろう　　　　　3　見てよう　　　4　見そう

4. ねえ。来週の　日曜日、一緒に　ディズニーランドへ　（　　）よ。
　　1　行く　　　　　2　行こう　　　　　3　行よう　　　　4　行けろ

5. 鈴木さんは　夏休みに　北海道へ　遊びに　行こうと　（　　）。
　　1　思います　　　2　思って　います　3　思いません　　4　思いましょう

6. 王さんは　日本に　留学した　ことが　ありますから、日本語が　（　　）。
　　1　わかると　思います　　　　　　　　2　わかろうと　思います
　　3　わかるとは　思いません　　　　　　4　わかろうとは　思いません

7. あんな　女と　結婚（　　）　思いません。
　　1　しようでは　　2　しようには　　　3　しようとは　　4　するのは

8. 学校が　終わって、家へ　（　　）と　した時、雨が　降り出した。
　　1　帰る　　　　　2　帰よう　　　　　3　帰ろう　　　　4　帰ろ

9. 息子は　軍人に　（　　）のですが、身長が　低くて　だめでした。
　　1　なると　した　　　　　　　　　　　2　なろうと　した
　　3　なると　しよう　　　　　　　　　　4　なろうと　しよう

10. 私が　先生の　質問に　答えようと　した時、（　　）。
　　1　他の人は　答えると　思って　いない
　　2　他の人に　答えようか
　　3　他の人も　わからなかった
　　4　他の人が　先に　答えて　しまった

16

第 16 單元：自他動詞

日文中的動詞，依照前方會出現的補語形式的不同，可分為自動與他動詞。本單元介紹自他動詞的基本概念以及用法。第 80、81 項文法則是介紹與自他動詞息息相關的「なる」、「する」等變化表現。

78. 自他動詞的意思

説明：動詞又分成自動詞（不及物動詞）與他動詞（及物動詞）。① 所謂的自動詞，指的就是「描述某人的動作，但沒有動作對象（受詞／目的語）」的動詞，又或者是「描述某個事物狀態」的動詞。主要以「A が（は）　動詞」的句型呈現。② 所謂的他動詞，指的就是「描述某人的動作，且動作作用於某個對象（受詞／目的語）」的動詞（有些他動詞，其對象的狀態會產生變化）。主要以「A が（は）　B を　動詞」的句型呈現。

自動詞：不及物，也就是不會有受詞「～を」。至少會有一個補語：「A が」
他動詞：及物，也就是一定要有受詞「～を」。至少會有兩個補語：「A が」和「B を」

自動詞句型：　　　A が　動詞
他動詞句型：A が　B を　動詞

※ 註：日文動詞句的結構，型態為：「A が」「B に」「C で」「D を」＋動詞。前方為好幾個不同的「名詞＋助詞」，最後方為一個動詞。「A が」「B に」「C で」「D を」這些就稱之為補語，用來修飾、說明此名詞與後方的動詞之間的關係。也因為「A が」「B に」「C で」「D を」長得很像火車車廂，而動詞就有如火車車頭一般，是句子的核心，因此本書將補語比擬為「車廂」，將動詞比擬為「車頭」。

① **自動詞**
【某人的動作】

・私は　アメリカへ　行く。
（我去美國。）

・妹が　あそこで　泣いて　いる。
（妹妹在那裡哭泣。）

・陳さんは　あそこに　立って　います。
（陳先生站在那裡。）

・（あなた∅）　ゆっくり　歩いて　ください。
（請你慢慢走。）

※ 註：「∅」表「無助詞」。既非「は」也非「が」，但確實是句子的主語（動作者）。

【某物的狀態】

・あれ？教室の　窓ガラスが　割れて　います。

（疑？教室的窗戶玻璃破掉了。）

・ドアが　開いている。

（門是開著的。）

・あそこに　車が　止まって　いる。

（那裡停著一輛車子。）

・あっ、リンゴが　木から　落ちた。

（啊，蘋果從樹上掉下來了。）

・部屋の　電気が　消えて　いるので、誰も　いないと　思います。

（房間裡的電燈沒亮，我想應該沒人在。）

② 他動詞

【以下他動詞無相對應的自動詞】

・彼は　犬を　殴った。

（他打了小狗。）

・先生は　みんなの　前で　彼を　叱った。

（老師在大家面前斥責他。）

・（私は）　あなたを　愛して　いる。

（我愛你。）

・見て！犬が　水を　飲んで　いる。

（你看，小狗在喝水。）

・林さんは　昨日、　銃で　陳さんを　殺した。

（林先生昨天用槍殺了陳先生。）

【以下他動詞有相對應的自動詞】

・先生、鈴木君が　窓ガラスを　割りました。

（老師，鈴木把窗戶玻璃打破了。）

・ 誰_{だれ}が　ドアを　開_あけましたか。

（是誰開了門？）

・ 私_{わたし}は　車_{くるま}を　あそこの　駐車場_{ちゅうしゃじょう}に　止_とめました。

（我把車子停在那裡的停車場。）

・ （あなた∅）　ベランダから　ゴミを　落_おとすな！

（你不要把從陽台上丟垃圾下來。）

・ （あなた∅）　電気_{でんき}を　消_けして　ください。

（請你把電燈關掉。）

📎 辨析：

（※ 註：本文法的三個辨析，建議讀完整本書後，第二次複習時再閱讀。）

要判斷自他動詞，有一個小訣竅：僅有他動詞才可改為直接被動 (⇒ #89)。因此若想測試一個動詞是自動詞還是他動詞，僅需試著將其語意改為直接被動即可（中、日文皆然）。改為直接被動後，語意仍然通順的動詞就是他動詞，無法改為直接被動的動詞（語意不通順者）就是自動詞。這也就是為何中文「被自殺、被出櫃、被去美國、被走路」…等講法不合文法的緣故（自殺、出櫃、去、走路等動詞皆為自動詞）。

📎 辨析：

日文當中，有些動詞，如：「道路を走る、時間を過ごす、会社を出る」，雖然這些動詞也會使用到「～を」，但這些「～を」的部分並非表「動作的對象」，而是分別為：「道路を」（行經場域）、「時間を」（時間經過）、「会社を」（出發點）。因此「走る、過ごす、出る」這些動詞仍是屬於自動詞。

📎 辨析：

有些動詞，如：「私に噛みつく」，雖然動作對象使用「～に」，但從它可以改為直接被動（私は　噛みつかれる）一點，我們就可知道「噛みつく」也是屬於他動詞，但這樣的詞彙非常少，且不屬於 N4 考試範圍，僅需稍微了解即可。

01. 冷蔵庫に　牛乳（　　）　入っています（入る：自動詞）。
　　　1.が　2.を　3.に　4.で

02. 私は　牛乳（　　）　冷蔵庫に　入れました（入れる：他動詞）。
　　　1.が　2.を　3.に　4.で

79. 自他動詞的種類

説明：日文中的自他動詞，有下列四種狀況：
   ① 只有自動詞，而沒有對應他動詞的　例如：行く、咲く、来る、降る…等。
   ② 只有他動詞，而沒有對應自動詞的　例如：打つ、飲む、着る、食べる…等。
   ③ 自他同形的動詞　例如：風が吹く（自）／笛を吹く（他）、終わる、
        増す…等。
   ④ 自他對應的動詞　例如：流れる／流す、開く／開ける、
        閉まる／閉める…等。

③ 自他同形的動詞，雖然說都是同一個字，但是它會隨著使用的狀況不同，語意上有可能是自動詞，也有可能是他動詞。例如：「風が吹く」，為自然現象。這句話僅是在描述某個狀態，因此屬於自動詞。但若是用在某人吹笛子：「私が笛を吹く」的狀況下，則是描述某人做動作，並且動作作用於笛子上（有對象／受詞），因此屬於他動詞。

常見的自他同形的動詞：	（自動詞）	（他動詞）
終わる：	話が　終わる （話題結束了）	私が　話を　終わる （我把話題結束掉）
閉じる：	門が　閉じる （門關閉了）	私が　門を　閉じる （我把門關閉了）
増す　：	水が　増す （水增加變多了）	私が　水を　増す （我加了水／灌水）
吹く　：	風が　吹く （風吹起來了／起風了）	私が　笛を　吹く （我吹笛子）

④ 自他對應的動詞，在語意上有以下的關聯：

・　　　　　　　ドアが　閉まった（自）
　山田さんが　ドアを　閉めた　（他）

・　　　　太郎が　部屋に　入った（自）
　私が　太郎を　部屋に　入れた（他）

16

自動詞用於描述主體「～が」部分的變化，如上例中的「門關閉」、「太郎進房間」。而其相對應的他動詞，則是比其相對應的自動詞多了一個引起這個狀態的人，描述是此人引起了這個對象的變化。如：「山田關門（山田先生引起門關閉這個狀態產生）」「我把太郎趕進房間（我引起太郎進房間這個狀態）」。

📎 辨析：

自他對應的動詞，有下列幾種形式：

(01) ～aる ⇄ ～eる

自動詞～aる　　上_あがる、かかる、伝_{った}わる、集_{あつ}まる、決_きまる、閉_しまる、止_とまる、始_{はじ}まる

他動詞～eる　　上_あげる、かける、伝_{った}える、集_{あつ}める、決_きめる、閉_しめる、止_とめる、始_{はじ}める

(02) ～u ⇄ ～eる

自動詞～u　　開_あく、届_{とど}く、片付_{かたづ}く、育_{そだ}つ、建_たつ、立_たつ、進_{すす}む

他動詞～eる　　開_あける、届_{とど}ける、片付_{かたづ}ける、育_{そだ}てる、建_たてる、立_たてる、進_{すす}める

(03) ～れる ⇄ ～る

自動詞～れる　　売_うれる、切_きれる、破_{やぶ}れる、割_われる、折_おれる

他動詞～る　　売_うる、切_きる、破_{やぶ}る、割_わる、折_おる

(04) ～iる ⇄ ～aす

自動詞～iる　　伸_のびる、閉_とじる、生_いきる

他動詞～aす　　伸_のばす、閉_とざす、生_いかす

(05) ～iる ⇄ ～oす

自動詞～iる　　起_おきる、過_すぎる、落_おちる、降_おりる

他動詞～oす　　起_おこす、過_すごす、落_おとす、降_おろす

(06) ～eる ⇄ ～aす

自動詞～eる　　出_でる、逃_にげる、濡_ぬれる、溶_とける、慣_なれる、剥_はげる、冷_ひえる、増_ふえる

他動詞～aす　　出_だす、逃_にがす、濡_ぬらす、溶_とかす、慣_ならす、剥_はがす、冷_ひやす、増_ふやす

(07) ～れる	⇄	～す						
自動詞～れる	流れる、	壊れる、	倒れる、	汚れる、	離れる、	外れる、	隠れる	
他動詞～す	流す、	壊す、	倒す、	汚す、	離す、	外す、	隠す	

(08) ～る	⇄	～す						
自動詞～る	帰る、	直る、	治る、	残る、	移る、	戻る、	回る、	通る
他動詞～す	帰す、	直す、	治す、	残す、	移す、	戻す、	回す、	通す

(09) ～う	⇄	～わす		
自動詞～う	迷う、	漂う、	食う、	狂う
他動詞～わす	迷わす、	漂わす、	食わす、	狂わす

(10) ～く／u	⇄	～かす／a す				
自動詞～く	動く、	乾く、	飛ぶ、	泣く、	沸く、	済む
他動詞～かす	動かす、	乾かす、	飛ばす、	泣かす、	沸かす、	済ます

(11) 其他						
自動詞	乗る、	寝る、	捕まる、	見える、	聞こえる、	抜ける、消える
他動詞	乗せる、	寝かせる、	捕まえる、	見る、	聞く、	抜く、 消す

16

總結：

・～れる結尾（03、07）的都是自動詞。（※「入れる」為他動詞，其對應的自動詞為「入る」，不屬於表格中的對應形式。）

・～す結尾（04～10）的都是他動詞。

・～a る結尾的都是自動詞，且將 a る改為 e る就會變成他動詞（01）。

（※ 註：上列的表格僅是詞彙的整理，並非動詞變化的規則。也因為是規則上的整理，故有少許詞彙並非 N4 考試中的範圍。此表僅供參考，不需要背誦。）

📎 辨析：

關於「預ける」與「預かる」兩字，看起來像是自他動詞對應的形式，但其實兩個字都是「他動詞」。

「預ける」為「寄放」之意，使用「Ａは　物を　Ｂに　預ける」的結構，來表達「Ａ將某物寄放在Ｂ那裡（東西在Ｂ那裡）」。

・私は　お金を　銀行に　預けた。
（我把錢存／寄放在銀行。）

「預かる」為「保管」之意，使用「Ａは　物を　預かる」的結構，來表達「Ａ保管某物（東西在Ａ那裡）」。

・銀行は　私のお金を　預かっている。
（銀行保管著我的錢。）

因此當你在飯店，想請櫃檯幫你保管行李時，會講

・すみませんが、荷物を　預かって　もらえますか。
（不好意思，能請你幫我保管行李嗎？）（「～てもらえますか？」⇒ #87）

📄 隨堂測驗：

01. 時計が　（　　）いるので、時間が　わかりません。
　　1.壊れて　2.壊して　3.壊いて　4.壊けて

02. ここで　車を　（　　）ください。
　　1.やめて　2.やんで　3.とめて　4.とまって

80. ～く／になる

接続：イ形容詞い＋くなる　ナ形容詞だ＋になる　名詞＋になる
　　　（いい→よくなる）
敬体：～く／になります
翻訳：A變成了B的狀態。
説明：「なる」為自動詞，以「Aが（は）　B　なる」的型態，來表示主體A本身
　　　無意識地發生變化，變成了B的狀態。B可為名詞或者是形容詞的副詞形
　　　（※ 註：赤い→赤く／静かだ→静かに）。

・野菜の　値段**が**　高く　なりましたね。
（蔬菜的價格變貴了。）

・部屋**が**　きれいに　なりました。
（房間變乾淨了。）

・高橋さん**は**　社長に　なった。
（高橋先生變／當上社長了。）

・A：お体の　具合は　いかがですか。
（A：你身體狀況如何呢？）

　B：おかげさまで　（体の　具合**は**）　よく　なりました。
（B：托您的福，好多了／變好了。）

・（私**は**）　ピアノが　もっと　上手に　なりたいです。
（我希望我鋼琴可以再彈得更好一點。）

進階實戰例句：

・大きくなったら／大人になったら、歯医者になるつもりです。
（長大之後，我打算當牙醫。）　（「～つもりだ」⇒ #120）

01. 寒く　（　　）ね。コートを　着て　出かけましょう。
　　　1. します　　2. なります　　3. しました　　4. なりました

02. 今　買わないで、（　　）　なるまで、待ちましょう。
　　　1. 安いに　　2. 安く　　3. 安かったに　　4. 安くに

81. 〜く／にする

接続：イ形容詞い＋くする　ナ形容詞だ＋にする　名詞＋にする
敬体：〜く／にします
翻訳：X 把 A 弄成了 B 的狀態
説明：「する」為他動詞，以「X が（は）　A を　B　する」的型態，來表示動作者 X 有意志性地利用自己的力量，讓主體 A 產生變化，變成了 B 的狀態。B 可為名詞或者是形容詞的副詞形（※ 註：赤い→赤く／静かだ→静かに）。

・あのスーパーの　社長は　野菜の　値段を　高く　しました。
（那間超市的社長，把蔬菜的價格提高了。）

・翔太君は　自分の　部屋を　きれいに　しました。
（翔太把自己的房間掃乾淨了。）

・会長は　高橋さんを　社長に　した。
（會長把高橋變成社長／讓高橋當上社長。）

・明日　彼女が　来るから、今日　（私は）　部屋を　きれいに　しなくちゃ。
（因為明天女朋友要來，所以我今天必須要把房間打掃乾淨。）

・そんなに　食べられないから、（あなた∅）　ご飯の　量を　半分に　して
ください。
（我吃不完那麼多，請你把飯的量減半。）

進階實戰例句：

・このワインはこのまま飲んでも美味しいが、冷たくするともっと美味しくなるよ。
（這個紅酒就這樣直接喝也很好喝，但如果把它冰起來／弄冷，會更好喝喔。）

・最近、子供を医者にしたがる親が多いそうです。
（最近，想要把小孩子變成／栽培成醫生的父母聽説很多。）
（「〜たがる」⇒ #147；「〜そうだ（伝聞）⇒ #143」）

241

📎 辨析：

第 79 項文法的「なる」與本項文法的「する」，在使用上呈現自他動詞對應的型態：

なる： 　　　　某物（A）變成某個狀態（B）： 　　　コーヒーが 冷^{つめ}たく　なる

する：某人（X）把某物（A）弄成某個狀態（B）：彼^{かれ}は　コーヒーを 冷^{つめ}たく　する

📄 隨堂測驗：

01. 暑いですね、エアコンを　もっと　強く　（　　）。
　　1.しましょう　2.なりましょう　3.しました　4.なりました

02. 髪の　色（　）　茶色（　）　しようと　思っています。
　　1.に／を　2.は／が　3.を／に　4.が／を

16 單元小測驗

1. パーティーで 使う お皿を テーブルの 上に （　　） ください。
   1 並んで　　　　2 並べて　　　　3 並って　　　　4 並べって

2. 聖子ちゃん 久しぶり。 きれいに （　　）ね。
   1 なった　　　　2 した　　　　3 なる　　　　4 する

3. ドア（　　） 閉まりますので、ご注意ください。
   1 に　　　　2 で　　　　3 を　　　　4 が

4. 机の 上に 置いて ある 物を （　　）ないで ください。
   1 動か　　　　2 動き　　　　3 動かさ　　　　4 動かし

5. この 学校に （　　） 人は 日本語能力試験を 受けなければ なりません。
   1 入<ruby>はい<rt></rt></ruby>りたい　　　　　　　　2 入<ruby>い<rt></rt></ruby>れたい
   3 入<ruby>はい<rt></rt></ruby>れたい　　　　　　　　4 入<ruby>い<rt></rt></ruby>りたい

6. 明菜ちゃんは 以前より （　　） なりましたね。
   1 美しに　　　　2 美しいく　　　　3 美しく　　　　4 美しいに

7. 野良猫（　　） うち（　　） 入<ruby>い<rt></rt></ruby>れないで ください。
   1 が／に　　　　2 を／が　　　　3 が／を　　　　4 を／に

8. この コーヒーは 味が 濃すぎますから、味を （　　）して ください。
   1 薄　　　　2 薄く　　　　3 薄い　　　　4 薄に

9. 旅行の 時、私は いつも ホテルの フロントに パスポートを （　　）。
   1 預けます　　　2 預かります　　　3 預けります　　　4 預かれます

10. 在留資格の 更新中は、入国管理局が パスポートを （　　）。
    1 預けます　　　2 預かります　　　3 預けります　　　4 預かれます

17

第 17 單元：授受

　　本單元學習日文中的授受表現。學習時，除了要留意「あげる」、「もらう」、「くれる」三個動詞的方向以及施予者、接受者外，還要特別留意這三者作為補助動詞「～てあげる」、「～てもらう」、「～てくれる」時，前方所使用的助詞。

82. ～あげる／もらう／くれる

敬体：～あげます／もらいます／くれます
翻訳：① 給出去。② 收進來／得到。③ 別人給（我方）。
説明：日文的授受表現系統與中文有所不同，依照方向性的不同，有這三個詞。
① 「あげる」用於「說話者給聽話者」；「說話者給第三者」；「聽話者給第三者」以及「第三者給第三者」。② 「もらう」用於「說話者從聽話者那裡得到」；「說話者從第三者那裡得到」；「聽話者從第三者那裡得到」以及「第三者從第三者那裡得到」③ 「くれる」用於「聽話者給說話者」；「第三者給說話者」；「第三者給聽話者（此聽話者為說話者的自己人）」以及「第三者給第三者（第三者 A 為說話者的自己人）」。

① あげる　給出去

句型結構：	Aさんは	Bさんに	物_{もの}を	あげる。
	私_{わたし}は	あなたに	お金_{かね}を	あげます。
	私_{わたし}は	李_リさんに	辞書_{じしょ}を	あげました。
	あなたは	李_リさんに	何_{なに}を	あげましたか。
	田中_{たなか}さんは	大川_{おおかわ}さんに	花_{はな}を	あげました。

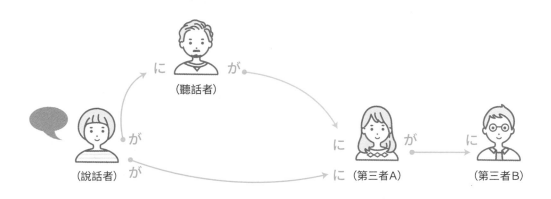

② **もらう** 收進來，得到

句型結構：

Aさん**は**	Bさん**に／から**	<ruby>物<rt>もの</rt></ruby>**を**	もらう。
<ruby>私<rt>わたし</rt></ruby>**は**	あなた**に／から**	<ruby>お金<rt>かね</rt></ruby>**を**	もらいます。
<ruby>私<rt>わたし</rt></ruby>**は**	<ruby>李<rt>リ</rt></ruby>さん**に／から**	<ruby>雑誌<rt>ざっし</rt></ruby>**を**	もらいました。
あなた**は**	<ruby>李<rt>リ</rt></ruby>さん**に／から**	<ruby>何<rt>なに</rt></ruby>**を**	もらいましたか。
<ruby>山本<rt>やまもと</rt></ruby>さん**は**	<ruby>春日<rt>かすが</rt></ruby>さん**に／から**	<ruby>お土産<rt>みやげ</rt></ruby>**を**	もらいました。

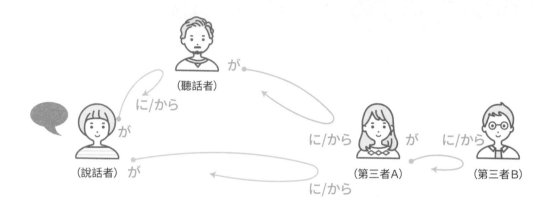

③ **くれる** 別人給

句型結構：

Aさん**は**	私／私の家族・友達**に**	<ruby>物<rt>もの</rt></ruby>**を**	くれる。
あなた**は**	<ruby>私<rt>わたし</rt></ruby>**に**	<ruby>お金<rt>かね</rt></ruby>**を**	くれますか。
<ruby>李<rt>リ</rt></ruby>さん**は**	<ruby>私<rt>わたし</rt></ruby>**に**	<ruby>本<rt>ほん</rt></ruby>**を**	くれました。
<ruby>鈴木<rt>すずき</rt></ruby>さん**は**	あなた**に**	ＣＤ**を**	くれたんですか。
<ruby>鈴木<rt>すずき</rt></ruby>さん**は**	<ruby>娘<rt>むすめ</rt></ruby>**に／**<ruby>親友<rt>しんゆう</rt></ruby>**に**	<ruby>手紙<rt>てがみ</rt></ruby>**を**	くれました。

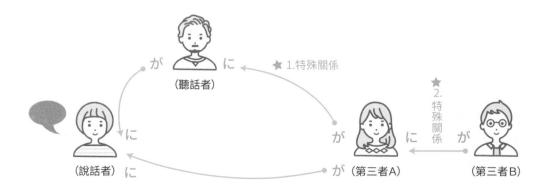

辨析：

「あげる」與「もらう」，由於可以用於說話者的動作，因此可以搭配意向形 (⇒ #74) 使用，來表達說話者自己的意向。但由於「くれる」一定是他人的動作，說話者無法控制或得知其意願，因此「くれる」無法搭配意向形使用。

○ これ、もう　要らないから、田中君に　あげよう。
（這個已經不要了，就給田中吧。）

○ おばあちゃんから　お小遣いを　もらおうっと。
（我要來跟奶奶討零用錢！）

× 花子ちゃんは　本を　くれよう。

隨堂測驗：

01. 山田さんは　私（　　）　お金を　くれました。
　　1. が　2. を　3. に　4. と

02. これ、会社の　同僚（　　）　もらったお土産です。
　　1. は　2. を　3. から　4. で

解 01. (3)　02. (3)

83. 待遇形式

敬体：～差し上げます／いただきます／くださいます
翻訳：① 謙卑地給出去。② 謙卑地收進來／得到。③ 敬愛的別人給（我方）。
説明：此文法介紹的三個動詞，為第 82 項文法「あげる／もらう／くれる」三者
的敬語形式：①「差し上げる」為「あげる」的特殊謙讓語動詞。當物品接
受者為地位高的人，就會使用「差し上げる」。②「いただく」則為「もらう」
的特殊謙讓語動詞。當從地位高的人那裡得到物品時，就會使用「いただ
く」。③「くださる」則是「くれる」的特殊尊敬語動詞。當地位高的人給
予自己或者己方人物品時，就會使用「くださる」（※註：其「ます」形為特殊活用的「くだ
さいます」）。④「やる」一詞與「あげる」的方向及用法相同，唯「やる」一
詞專門用於給予物品給比自己地位低下的人物、或者是動植物。但現代日文
中，即便是對於動植物的給予，也有許多人開始使用「あげる」一詞。

動詞	尊敬語	謙譲語
あげる	--------------------	差し上げる（差し上げます）
もらう	--------------------	いただく（いただきます）
くれる	くださる（くださいます）	--------------------

① ・友達に　手紙を　あげました。
（給朋友信。）
　　先生に　お手紙を　差し上げました。
（給老師信。）

・これは　田中さんに　あげる　お土産ですか。
（這是給田中先生的伴手禮嗎？）
　　これは　社長に　差し上げる　お土産ですか。
（這個給社長的伴手禮嗎？）

・彼女に　プレゼントを　あげました。
（我給了她禮物。）
　　お客様に　プレゼントを　差し上げました。
（我給了客人禮物。）

② ・昨日、友達に　旅行の　お土産を　もらいました。

（昨天從朋友那裡得到旅行的伴手禮。）

　　昨日、部長に　旅行の　お土産を　いただきました。

（昨天從部長那裡得到旅行的伴手禮。）

・この　辞書、兄に　もらったんです。

（這個字典是從哥哥那裡得到的。）

　　この　辞書、先生に　いただいたんです。

（這個字典是從老師那裡得到的。）

・春日さんは　親戚から　お金を　もらったと　言っています。

（春日先生說，他從親戚那裡得到＜一筆＞錢。）

　　春日さんは　社長から　お金を　いただいたと　言っています。

（春日先生說，他從社長那裡得到＜一筆＞錢。）

③ ・田中さんは　娘に　ぬいぐるみを　くれました。

（田中先生給我女兒布偶娃娃。）

　　上田先生は　娘に　ぬいぐるみを　くださいました。

（上田老師給我女兒布偶娃娃。）

17

・友達に：えっ！これ、くれるの？嬉しい。

（什麼？這個你要給我嗎？好開心！）

　　先生に：えっ！これ、くださるんですか。ありがとうございます。

（什麼？這個您要給我嗎？謝謝老師！）

・田村さんが　くれた　ワイン、一緒に　飲もう。

（我們一起來喝田中先生給的酒吧。）

　　村上課長が　くださった　ワイン、一緒に　飲もう。

（我們一起來喝村上課長給的酒吧。）

📎 **辨析：**

與家人（自己人）之間的授受（如父母、祖父母之類的），不需要使用本項文法提及的尊敬語或謙讓語。

- 父にネクタイを（× 差し上げました／○ あげました）。

（我給了我爸爸＜一條＞領帶。）

- おばあちゃんから誕生日のプレゼントを（× いただきました／○ もらいました）。

（我從奶奶那裡得到生日禮物。）

- 母がお小遣いを（× くださいました／○ くれました）。

（媽媽給我零用錢。）

📎 **辨析：**

所謂的「尊敬語」，用於表達他方（上位者）的動作；而「謙讓語」，則是用於表達我方向對方（上位者）所做的動作。「差し上げる」之所以會是「謙讓語」，是因為「差し上げる（あげる）」一定是我或者我方的動作。「いただく」之所以會是「謙讓語」，亦是因為「いただく（もらう）」一定是我或者我方的動作。「くださる」不同於前兩項，是「尊敬語」，是因為「くださる（くれる）」一定他方、他人的動作。關於更詳細的尊敬語與謙讓語的用法，請參照本書第 20 單元。

④・私は 息子に お菓子を あげた／やった。
（我給兒子餅乾零食。）

- お正月に 孫に お年玉を あげます／やります。
（過年的時候，給孫子壓歲錢。）

- 犬に えさを あげてください／やってください。
（請餵小狗吃飼料。）

- 動物園では 動物たちに 食べ物を あげないでください／やらないでください。
（在動物園，請不要餵食動物。）

- 毎日 花に 水を あげた／やった ほうが いいですよ。
（你最好每天澆水。）

・娘に　私の　全財産を　あげようと／やろうと　思っている。
（我打算給我的女兒我全部的財產。）

📄 **随堂測驗：**

01. 私は　母の日に、　母に　プレゼントを　（　　）。
　　1. あげました　2. やりました　3. 差し上げました　4. くれました

02. これは　先生が　（　　）辞書です。
　　1. くださう　2. くださった　3. くださりました　4. くださた

84. ～てあげる 系列

接続：動詞て形＋てあげる／て差し上げる
敬体：～てあげます／て差し上げます
翻訳：為（某人）做（某事）。
説明：相較於第 82、83 項文法介紹的「あげる／差し上げる」表示給予「實質物品」，本項文法學習的「動詞＋てあげる／て差し上げる」屬於補助動詞，用於表達給予「行為」上的幫助。當「說話者為對方做某行為」時，就會使用這樣的形式。

- 私は 友達に お金を 貸して あげました。
（我借錢給朋友。）

- 私は 外国人に 道を 教えて あげました。
（我為外國人指引報路。）

- 姉は 恋人に セーターを 編んで あげました。
（姊姊織了毛衣給她男朋友。）

- 先週、 先生に 国の 料理を 作って 差し上げました。
（上個星期，我為老師做了我國的家鄉料理。）

- （あなた∅） 田村君に 答えを 見せて あげてください。
（請你把答案給田村看。）

🔖 辨析：

需要特別留意的是，此種表達方式帶有「說話者施予接受者恩惠」的含義，若聽話者同時等於是接受者，則會有尊大的表現。依語境可能會有不恰當的情況。

① （先生に）先生、傘を貸してあげます。
（對著老師說：老師，這雨傘借給你。）

② （親友に）傘、忘れたの？仕方ないなあ。貸してあげるよ。
（對著好朋友說：你忘了帶傘喔？真拿你沒辦法。借你啦 。）

第 ① 句，聽話者同時等於接受者，但由於其身份是老師，因此這樣的描述方式就有如施與恩惠給老師，因此不恰當。建議改為「先生、傘を貸しましょうか／お貸ししましょうか」。第 ② 句，聽話者同時等於接受者，而由於其身份為說話者的好朋友，因此使用這種同儕間施與恩惠表達友好、親密的方式並沒有問題。

③（同僚に）部長が傘を忘れたから、貸してあげたの。

（對著同事說：因為部長忘了帶傘，所以我借給他了。）

第 ③ 句，聽話者為同事，但接受者為部長。聽話者與接受者不同人時，說明自己施與恩惠給予部長，這樣的表達方式則沒有問題。

辨析：

「～てあげる／て差し上げる」的句型，接受者不見得使用助詞「に」。若本動詞（～て前方的動詞部分）的動作接受者，本身就是使用「を」或「と」，則接受者必須比照原本的助詞「を」或「と」。

- 子供を 褒める → よくできた子供（× に／○を）褒めてあげます。

（我會誇獎那些做得很好的小孩。）

- 友人を 空港まで 連れて行く → 友人（× に／○を）空港まで連れて行ってあげた。

（我帶朋友去機場。）

- 犬と 遊ぶ → 暇だから、犬（× に／○と）遊んでやった。

（因為很閒，所以我跟小狗玩。）

若物品或事物本身不是屬於行為者的，而是屬於行為接受者的，則接受者部分的助詞會使用「の」。

- × 私は 妹に 宿題を 見てあげました。
  ○ 私は 妹の 宿題を 見てあげました。

（我幫妹妹看**她的**功課。）

- × 私は 先生に 机を 拭いて差し上げました。
  ○ 私は 先生の 机を 拭いて差し上げました。

（我幫老師擦**他的**桌子。）

253

動詞：「貸す、教える、書く」等動詞，動作接受者本身就會使用助詞「～に」，因此使用「～てあげる」時，接受者就會直接使用助詞「に」即可。

- 友達に　本を　貸す　→　友達に　本を　貸して　あげる。
（借書給朋友。）

- 妹に　英語を　教える　→　妹に　英語を　教えて　あげる。
（教妹妹英文。）

- 恋人に　手紙を　書く　→　恋人に　手紙を　書いて　あげる。
（寫信給情人。）

另外，像是「電気をつける」、「窓を開ける」、「調べる」等動詞，本動詞的動作原本就是沒有接受對象者「に」的，這時使用「～てあげる」時，受益者就必須使用「～のために」 (⇒ #132- ②) 來表示。

- 電気を　つける　→　勉強している妹のために、電気をつけてあげた。
（我為了正在讀書的妹妹，開了燈。）

- 窓を　開ける　→　暑いから、犬のために、窓を開けてあげた。
（因為很熱，所以我為了小狗，開了窗戶。）

- 調べる　→　一人暮らしを始める弟のために、色々調べてあげた。
（我為了即將開始獨居生活的弟弟，查了很多資訊。）

①人を	②人に　物を	③人の　所有物を	④人のために
連れて行く	貸す	持つ	電気をつける
助ける	見せる	運ぶ	窓を開ける
誘う	教える	洗う	調べる
呼ぶ	知らせる	直す	
送る	買う	掃除する	など
待つ	作る	など	
など	書く		
	など		

辨析：

若此動作是為了「下位者、動物」而做，亦可使用「～てやる」的形式。

・私は　息子に　おもちゃを　作って　やりました。

（我為兒子做了個玩具。）

・私は　犬を　散歩に　連れて　行って　やりました。

（我帶小狗出去散步。）

・私は　弟の　宿題を　見て　やりました。

（我幫弟弟看他的功課。）

隨堂測驗：

01. 弟（　　）　おもちゃを　買ってやりました。
    1. の　2. を　3. に　4. で

02. 先生（　　）　駅まで　連れて行って差し上げました。
    1. は　2. を　3. に　4. の

17

解答 01.（3）02.（2）

255

85. ～てもらう 系列

接続：動詞て形＋てもらう／ていただく
敬体：～てもらいます／ていただきます
翻訳：請（某人）為我方做（某事）。
説明：相較於第 82、83 項文法介紹的「もらう／いただく」表示得到「實質物品」，
　　　本項文法學習的「動詞＋てもらう／ていただく」屬於補助動詞，用於得到
　　　對方所做的「行為」。當「說話者請對方為自己做某行為」或「對方為聽話
　　　者施行某行為，且聽話者感到恩惠」時，就會使用這樣的形式。

・私は　先生に　本を　貸して　いただきました。
（我請老師借我一本書／老師借我一本書。）

・私は　いつも　友達に　助けて　もらっています。
（我總是請朋友幫忙我／朋友總是幫我的忙。）

・私は　課長に　メールの　間違いを　直して　いただきました。
（我請課長幫我修改 E-mai 的錯誤／課長幫我修改 E-mail 的錯誤。）

・李さんは　受付の　人に　書類を　書いて　もらいました。
（李先生請櫃檯的人幫他填寫文件／櫃檯的人幫李先生填寫文件。）

・この問題、難しいですね。天才の　山田君に　教えて　もらいましょう。
（這個問題很難耶。你去請天才山田君教你吧／我們去請山田教我們吧。）

・今日、私は　鉛筆と　消しゴムを　忘れたので、隣の　人に　貸して　もらいました。
（今天我忘記帶鉛筆跟橡皮擦，所以請隔壁的人借我／隔壁的人借給了我。）

🔖 辨析：

「～てもらう／ていただく」的句型，動作的施行者（說話者請求的對象），一定使用助詞
「に」。這點不像「～てあげる／て差し上げる」在助詞使用上有諸多限制，無論是何種動詞，
一律都使用「～に　～てもらう／ていただく」即可。

・友人に　空港まで　連れて　行って　もらった。
（我請朋友帶我去機場。）

・姉に　宿題を　見て　もらった。

（我請姊姊幫我看作業。）

・友達に　本を　貸して　もらった。

（我請朋友借我書。）

・弟に　色々　調べて　もらった。

（我請弟弟幫我查了許多資訊。）

辨析：

・私は　友人に　本を　貸してもらった。

（我請朋友借我書／朋友主動借我書。）

・私は　友人に　本を　借りた。

（我向朋友借書。）

我向朋友借書，同一件事情可以使用兩種表達方式。「貸してもらう」意思為「請朋友做借出這個動作」，而「借りる」意思則為「我主動向朋友借入」。「貸してもらう」除了可表達「我主動開口」，亦可表達「朋友主動借出」。光從句子上，兩種情況皆可說得通。但「借りる」則一定是「我主動開口」。此外，「貸してもらう」還帶有說話者感到接受恩惠的語感在，但「借りる」就只是平鋪直敘地描述借東西的事實而已。

17

隨堂測驗：

01. 昨日　書いた　レポートを　先生に　見て　（　　）。
　　1.あげました　2.差し上げました　3.もらいました　4.いただきました

02. おばあちゃんは足が弱いから、いつも姉（　　）散歩に連れて行って
　　もらっています。
　　1.に　2.を　3.が　4.のために

解答 01.（４）02.（１）

86. ～てくれる 系列

接続：動詞て形＋てくれる／てくださる
敬体：～てくれます／てくださいます
翻訳：（某人）為我方做（某事）。
説明：相較於第 82、83 項文法介紹的「くれる／くださる」表示他方給予我方「實質物品」，本項文法學習的「動詞＋てくれる／てくださる」屬於補助動詞，用於表達他方給予我方「行為」上的幫助。當「他方（主動）為我方做某行為，且說話者感到恩惠」時，就會使用這樣的形式。

・友達は 私に お金を 貸して くれました。
（朋友借錢給我。）

・現地の 人が 私に 道を 教えて くれました。
（當地人為我報了路。）

・兄の 恋人は 兄に セーターを 編んで くれました。
（哥哥的女朋友織了件毛衣給哥哥。）

・日本語の 先生は クラスの みんなに 日本料理を 作って くださいました。
（日文老師為班上同學做了日本料理。）

・田村君は いつも 私たちに 宿題の 答えを 見せて くれて います。
（田村君總是給我們看作業的答案。）

辨析：

「～てくれる／てくださる」的句型，接受者（我方）不見得使用助詞「に」。若本動詞（～て前方的動詞部分）的動作接受者，本身就是使用「を」或「と」，則接受者必須比照原本的助詞「を」或「と」。

・先生が 私を 褒める
→先生が私（× に／○ を）褒めてくださいました。
（老師誇獎我。）

・友達が　妹を　空港まで　連れて行く
→友達が妹（×に／○を）空港まで連れて行ってくれた。

（朋友帶我妹妹去機場。）

・田中さんが　うちの犬と　遊ぶ
→私たちが忙しかったから、田中さんがうちの犬（×に／○と）遊んでくれた。

（因為我們很忙，所以田中先生幫我和我家的狗玩耍。）

若物品或事物本身不是屬於行為者的，而是屬於行為接受者的，則接受者部分的助詞會使用「の」。

・× 姉は　私に　宿題を　見てくれた。
　○ 姉は　私の　宿題を　見てくれた。

（姉姉幫我看**我的**功課。）

・× 先生は　私に　作文を　直してくださいました。
　○ 先生は　私の　作文を　直してくださいました。

（老師幫我改**我的**作文。）

「貸す、教える、書く」等動詞，動作接受者本身就會使用助詞「～に」（人に貸す／人に教える／人に手紙を書く…等）。且因為這種含有方向性語意的動詞，其主語為第三人稱時，動作方向的歸著點不可為第一人稱（我），這是這些動詞在使用上的規定。因此一定得使用「～てくれる」的形式，才可將第三人稱放置於主語的位置。而接受者（我方）就會直接使用助詞「に」即可。

17

・× 友達が　私に　本を　貸す　→　○ 友達が　私に　本を　貸してくれた。

（朋友借書給我。）

・× 姉が　私に　英語を　教える　→　○ 姉が　私に　英語を　教えてくれた。

（姉姉教我英文。）

・× 恋人が　私に　手紙を　書く　→　○ 恋人が　私に　手紙を　書いてくれた。

（情人寫信給我。）

含有方向性語意的動詞「貸す、教える、書く」，若為第三人稱之間的移動，則無此限制。

○ 田中さんが　鈴木さんに　本を　貸した。
（田中先生借書給鈴木先生。）

○ 姉が　妹に　英語を　教えた。

（姊姊教妹妹英文。）

○ 山田さんが　王さんに　手紙を　出した。

（山田寫信給王先生。）

另外，像是「電気をつける」、「窓を開ける」、「調べる」等動詞，本動詞的動作原本就是沒有接受對象者「に」的，這時使用「〜てくれる」時，受益者就必須使用「〜のために」（⇒ #132- ②）來表示。

・電気をつける

→姉が私のために、電気をつけてくれた。

（姊姊幫我開了燈。）

・窓を開ける

→暑いから、先生は私たちのために、教室の窓を開けてくださった。

（因為很熱，所以老師為了我們開啟了教室的窗戶。）

・調べる

→先輩が、私の弟のために大学のことを調べてくれた。

（學長為了我的弟弟，調查了大學的資訊。）

①人を	②人に　物を	③人の　所有物を	④人のために
連れて行く	貸す	持つ	電気をつける
助ける	見せる	運ぶ	窓を開ける
誘う	教える	洗う	調べる
呼ぶ	知らせる	直す	
送る	買う	掃除する	など
待つ	作る	など	
など	書く		
	など		

01. 部長は　私（　　）報告書（　　）直して　くださいました。
　　1. の／を　2. に／を　3. を／を　4. を／に

02. 兄は　私の　誕生日の時、私（　　）　タンゴを　踊って　くれた。
　　1. はに　2. のために　3. を　4. が

87. ～てくれる？／てもらえる？

接続：動詞て形＋てくれる／てもらえる
敬体：～てくれますか／てくれませんか／てくださいませんか
　　　～てもらえますか／てもらえませんか／ていただけませんか
翻訳：你能幫我…嗎？我能否請你…呢？
説明：此為請求對方做某事的表現。「～てくれる」系列的可以使用「てくれる？
　　　／～てくれますか／てくれませんか／～てくださいませんか」等形式，由
　　　左而右禮貌程度漸增，意思是「你能幫我…嗎？」；「～てもらう」系列的
　　　一定得使用可能動詞的形式「～てもらえる？／～てもらえますか／～ても
　　　らえませんか／～ていただけませんか」等形式，由左而右禮貌程度漸增，
　　　意思是「我能否請你…呢？」。「～てくれる」系列與「～てもらう」系列
　　　可以替換，兩者意思差別不大。

・急いで　会議室まで　資料を　持って　きて　くれる？
（**你**能幫我快去會議室拿資料嗎？）
　急いで　会議室まで　資料を　持って　きて　もらえる？
（**我**能請你幫我快去會議室拿資料嗎？）

・会議室の　準備だけど、椅子を　並べて　おいて　くれる？
（關於會議室的準備，**你**能幫我排椅子嗎？）
　会議室の　準備だけど、椅子を　並べて　おいて　もらえる？
（關於會議室的準備，**我**能請你幫我排椅子嗎？）

・これは　贈り物なので、きれいに　包んで　くれませんか。
（這是要送人的，**你**能幫我包漂亮一點嗎？）
　これは　贈り物なので、きれいに　包んで　もらえませんか。
（這是要送人的，**我**能否請你幫我包漂亮一點呢？）

・先生、本を　貸して　くださいませんか。
（老師，**你**能借我書嗎？）
　先生、本を　貸して　いただけませんか。
（老師，**我**能否請你借我書呢？）

- コピー機の　使い方を　教えて　くださいませんか。

　（**你**能教我影印機的用法嗎？）

　　コピー機の　使い方を　教えて　いただけませんか。

　（**我**能否請你教我影印機的用法呢？）

- すみませんが、私の　作文を　直して　くださいませんか。

　（抱歉，**你**能幫我改我的作文嗎？）

　　すみませんが、私の　作文を　直して　いただけませんか。

　（抱歉，**我**能否請你幫我改我的作文呢？）

- タクシーが　捕まらないので、私を　空港まで　連れて　行って　くださいませんか。

　（因為我招不到計程車，**你**能帶我去機場嗎？）

　　タクシーが　捕まらないので、私を　空港まで　連れて　行って　いただけませんか。

　（因為我招不到計程車，**我**能否請你帶我去機場呢？）

- よく　聞こえなかったので、もう　一度　言って　くださいませんか。

　（我聽不太清楚，**你**能再講一次嗎？）

　　よく　聞こえなかったので、もう　一度　言って　いただけませんか。

　（我聽不太清楚，**我**能否請你再講一次呢？）

17

📑 **隨堂測驗：**

01. もう少し　ゆっくり　話して（　　）。
　　1. あげませんか　　　　2. あげられませんか
　　3. いただきませんか　　4. いただけませんか

02. この　機械の　使い方を　説明して（　　）。
　　1. くだされませんか　　2. くださいませんか
　　3. くださりませんか　　4. くださられませんか

17 單元小測驗

1. 社長の 奥さん（　　）　花瓶を くださいました。
   1 を　　　　　2 に　　　　　3 が　　　　　4 から

2. おばあちゃんが 私に （　　）おもちゃを なくして しまいました。
   1 やった　　　2 くれた　　　3 あげた　　　4 差し上げた

3. 新しいパソコンを 買ったので、古いのは 弟（　　）　やった。
   1 を　　　　　2 が　　　　　3 に　　　　　4 から

4. いつも 日本人の 友達（　　）　日本語（　　）教えて もらって います。
   1 に／を　　　2 を／に　　　3 が／を　　　4 を／が

5. ある 親切な 人が 私たち（　　）　駅まで、案内して くれました。
   1 は　　　　　2 の　　　　　3 に　　　　　4 を

6. 犬に チョコレートを （　　）ください。
   1 差し上げないで　　　　　　　2 いただかないで
   3 やらないで　　　　　　　　　4 もらわないで

7. 部長、暑いですので、エアコンを（　　）。
   1 つけましょうか　　　　　　　2 つけてあげましょうか
   3 つきましょうか　　　　　　　4 ついていませんか

8. 日本人の 友達が いつも 私たちに 日本語を 教えて （　　）います。
   1 あげて　　　　2 くれて　　　3 いただいて　　　4 くださって

9. 斉藤さんは （私の）母に 有名な フランスの お菓子を（　　）。
   1 あげました　　2 くれました　　3 いただきました　　4 やりました

10. すみませんが、もう 一度 説明して （　　）。
    1 やられませんか　　　　　　　2 くださりませんか
    3 いただきませんか　　　　　　4 くださいませんか

18

第 18 單元：被動

本單元學習日文的被動。學習時，除了要留意動詞改為被動形的變化外，也要特別留意前方補語（車廂）所使用的助詞。此外，隨著被動句種類的不同，主動句改為被動句時，補語（車廂）部分會有增加（⇒ #91：間接被動）、減少（⇒ #92：無情物被動），或者是拆解一分為二（⇒ #90：所有物被動）的現象。學習時請特別留意。

88. 動詞被動形（ら）れる

接続：動詞ない形＋（ら）れる

敬体：～（ら）れます

説明：被動，日文又稱作「受身」。現今的日語教育上，教學分成兩派。一派為先
　　　教導動詞的原形，再由動詞原形做動詞變化轉換為被動形；另一派則是先教
　　　導動詞的「～ます」形，再由「～ます」形做動詞變化轉換為被動形。本書
　　　兩種方式並列，請讀者挑選自己習慣的方式學習即可。

【動詞原形轉被動形】

a. 動詞為上一段動詞或下一段動詞（グループ II ／二類動詞），則僅需將動詞原形的語尾～る去掉，
　　再替換為～られる即可。

　　寝る　（　neる）　→　寝る+られる
　　食べる（tabeる）　→　食べる+られる
　　起きる（　okiる）　→　起きる+られる

b. 若動詞為力行變格動詞或サ行變格動詞（グループ III ／三類動詞），由於僅兩字，因此只需死背替換。

　　来る　　　　→　来られる
　　する　　　　→　される
　　招待する　→　招待される

c. 若動詞為五段動詞（グループ I ／一類動詞），由於動詞原形一定是以（～u）段音結尾，
　　因此僅需將（～u）段音改為（～a）段音後，再加上「れる」即可。但若動詞原形是以「う」
　　結尾的動詞，則並不是變成「あ」，而是要變成「わ」。

　　行く（　iku）→行か（　ika）+れる＝行かれる
　　飲む（nomu）→飲ま（noma）+れる＝飲まれる
　　取る（toru）→取ら（tora）+れる＝取られる
　　買う（　kau）→買わ（kawa）+れる＝買われる
　　言う（　iu）→言わ（　iwa）+れる＝言われる

五段動詞（一類動詞）：

將語尾「～u」段音轉為「～a」段音後，再加上「れる」即可。

- 買^かう → 買^かわれる
- 書^かく → 書^かかれる
- 泳^{およ}ぐ → 泳^{およ}がれる
- 消^けす → 消^けされる
- 待^まつ → 待^またれる
- 死^しぬ → 死^しなれる
- 呼^よぶ → 呼^よばれる
- 読^よむ → 読^よまれる
- 叱^{しか}る → 叱^{しか}られる

上、下一段動詞（二類動詞）：

將語尾「る」改為「られる」即可。

- 見^みる → 見^みられる
- 煮^にる → 煮^にられる
- 借^かりる → 借^かりられる
- できる → （可能動詞無被動形）

- 出^でる → 出^でられる
- 寝^ねる → 寝^ねられる
- 食^たべる → 食^たべられる
- 捨^すてる → 捨^すてられる
- 褒^ほめる → 褒^ほめられる
- 教^{おし}える → 教^{おし}えられる

カ行變格動詞（三類動詞）：

- 来^くる → 来^こられる

サ行變格動詞（三類動詞）：

- する → される
- 招待^{しょうたい}する → 招待^{しょうたい}される

18

【動詞ます轉被動形】

a. 動詞為二類動詞，則僅需將動詞ます形的語尾～ます去掉，再替換為～られます即可。

寝ます　　　（ｎｅます）　→寝~~ます~~＋られます

食べます（ｔａｂｅます）　→食べ~~ます~~＋られます

起きます（　ｏｋｉます）　→起き~~ます~~＋られます

b. 若動詞為三類動詞，由於僅兩字，因此只需死背替換。

来ます　　　→　来られます

します　　　→　されます

招待します　→　招待されます

c. 若動詞為一類動詞，由於動詞ます形去掉ます後，語幹一定是以（～ｉ）段音結尾，因此僅需將（～ｉ）段音改為（～ａ）段音後，再加上「れます」即可。但若ます的前方為「い」，則並不是變成「あ」，而是要變成「わ」。

行き（　ｉｋｉ）~~ます~~　→行か（　ｉｋａ）＋れます＝行かれます

飲み（ｎｏｍｉ）~~ます~~　→飲ま（ｎｏｍａ）＋れます＝飲まれます

取り（ｔｏｒｉ）~~ます~~　→取ら（ｔｏｒａ）＋れます＝取られます

買い（　ｋａｉ）~~ます~~　→買わ（ｋａｗａ）＋れます＝買われます

言い（　　ｉｉ）~~ます~~　→言わ（　ｉｗａ）＋れます＝言われます

五段動詞（一類動詞）：	上、下一段動詞（二類動詞）：
去掉語尾「ます」後，將語幹「～i」段音轉為「～a」段音後，再加上「れます」即可。	將語尾「ます」改為「られます」即可。
・買います　→　買われます	・見ます　　→　　見られます
・書きます　→　書かれます	・煮ます　　→　　煮られます
・泳ぎます　→　泳がれます	・借ります　→　借りられます
・消します　→　消されます	・できます　→　（可能動詞無被動形）
・待ちます　→　待たれます	・出ます　　→　　出られます
・死にます　→　死なれます	・寝ます　　→　　寝られます
・呼びます　→　呼ばれます	・食べます　→　食べられます
・読みます　→　読まれます	・捨てます　→　捨てられます
・叱ります　→　叱られます	・褒めます　→　褒められます
	・教えます　→　教えられます
カ行變格動詞（三類動詞）：	**サ行變格動詞（三類動詞）：**
・来ます　→　来られます	・します　　→　　されます
	・招待します　→　招待されます

01. 殴ります→被動形：（　　）。
　　1.殴りられます　2.殴れます　3.殴られます　4.殴えます

02. 見る→被動形：（　　）。
　　1.見れる　2.見られる　3.見える　4.見される

解 01.（3）02.（2）

89. 直接被動

接続：動詞ない形＋（ら）れる
敬体：〜（ら）れます
翻訳：被…。
説明：主動句與被動句，說穿了就是兩個不同立場（視點）的人，依照自身的立場
　　　來講述同一件事。例如下例的「老師罵太郎」，是站在老師的立場（視點）
　　　來描述事情，老師為主語。而若將其改為被動句，則變成「太郎被老師罵」，
　　　這是站在太郎的立場（視點）來描述事情，因此在被動句中，太郎為主語。
　　　但無論是「老師罵太郎」還是「太郎被老師罵」，都是在描述同一件事情。

（※ 註：粗體字標示的人，為動作施行者。）

・（主動句）**先生が**　太郎を　叱った。
　　　　　（老師罵太郎。）

　（被動句）太郎が　**先生に**　叱られた。
　　　　　（太郎被老師罵。）

・（主動句）**太郎が**　次郎を　殴った。
　　　　　（太郎打次郎。）

　（被動句）次郎が　**太郎に**　殴られた。
　　　　　（次郎被太郎打。）

・（主動句）**太郎が**　三郎を　いじめた。
　　　　　（太郎欺負三郎。）

　（被動句）三郎が　**太郎に**　いじめられた。
　　　　　（三郎被太郎欺負。）

・（主動句）**先生が**　花子を　褒めた。
　　　　　（老師誇獎花子。）

　（被動句）花子が　**先生に**　褒められた。
　　　　　（花子被老師誇獎。）

第一個例句，在主動句中，動作的對象／接受者（太郎）原本使用助詞「〜を」，但改為被動
句後，則必須把動作的對象／接受者（太郎）移至前方，並使用助詞「〜が（は）」。而主動
句中原本的動作施行者（老師），則必須移後，並將其助詞改為「〜に」。

主動句若為「Aが　Bに　動詞」的形式，其被動句依然與上述改法相同，變成「Bが　Aに　動詞（ら）れる」的形式。

- （主動句）太郎<ruby>たろう</ruby>が　花子<ruby>はなこ</ruby>に　キスした。（太郎親花子。）
  （被動句）花子<ruby>はなこ</ruby>が　太郎<ruby>たろう</ruby>に　キスされた。（花子被太郎親。）

主動句若為「Aが　Bに　事を　動詞」的形式，其被動句則為「Bが　Aに　事を　動詞（ら）れる」的形式。（「事を」的部分不變。）

- （主動句）太郎<ruby>たろう</ruby>が　花子<ruby>はなこ</ruby>に　仕事<ruby>しごと</ruby>を　頼<ruby>たの</ruby>んだ。（太郎請託花子做一件工作。）
  （被動句）花子<ruby>はなこ</ruby>が　太郎<ruby>たろう</ruby>に　仕事<ruby>しごと</ruby>を　頼<ruby>たの</ruby>まれた。（花子被太郎請託做一件工作。）

主動句若為「Aが　Bに　內容と　動詞」的形式，其被動句則為「Bが　Aに　內容と　動詞（ら）れる」的形式。（「內容と」的部分不變。）

- （主動句）森<ruby>もり</ruby>さんが　私<ruby>わたし</ruby>に　　パーティーに行<ruby>い</ruby>けないと　言<ruby>い</ruby>った。
  （森先生告訴我說「他沒辦法去派對」。）
  （被動句）私<ruby>わたし</ruby>は　森<ruby>もり</ruby>さんに　パーティーに行<ruby>い</ruby>けないと　言<ruby>い</ruby>われた。
  （我被森先生告知說「他沒辦法去派對」。）

EX：森<ruby>もり</ruby>さんを　パーティーに　誘<ruby>さそ</ruby>ったが、　行<ruby>い</ruby>けないと　言<ruby>い</ruby>われた。
（我約了森先生去派對，但他說他沒辦法去。）

📎 辨析：

上一段動詞及下一段動詞（グループⅡ／二類動詞）之被動形的型態，與可能形 (⇒ #67) 長得一模一樣，光看動詞無法辨別到底是被動還是可能，必須從句子的結構來推測。例如：句中同時有動作對象「〜が（は）」以及動作者「〜に」，兩人牽扯其中的，即為被動句。可能句只會描述一個人具備怎樣的能力，且可能句與被動句的基本結構不一樣。

可能句：

- 太郎は　刺身が　食べられます。　（太郎敢吃生魚片。）
太郎は　刺身を　食べられます。　（太郎敢吃生魚片。）
太郎には　刺身が　食べられません。　（太郎不敢吃生魚片。）

被動句：

- 太郎は　怪獣に　　　食べられました。　（太郎被怪獣吃掉了。）
太郎は　怪獣に　足を　食べられました。　（太郎被怪獣吃掉了脚。）　（「所有物被動」⇒ #90）

📄 **隨堂測驗：**

01. 今朝、私（　　）　父（　　）　起こされました。
　　1.に／を　2.は／に　3.を／に　4.は／が

02. 私は　姉（　　）　買い物（　　）　頼まれた。
　　1.に／を　2.を／に　3.が／を　4.に／が

90. 所有物被動

接続：動詞ない形＋（ら）れる
常体：～（ら）れます
翻訳：被…了（所有物／身體上的一部分…等）。
説明：所謂的「所有物被動」，指的是被動句中接受動作的，並不是像第 89 項句型
　　　這樣，是一整個人接受動作（稱作直接被動），而是這一個人的身體的一部
　　　分、所有物、又或者是他的兒子、女兒、部下等從屬者接受動作。第 89 項句
　　　型，主動句改被動句時，句型結構由「Ａが　Ｂを（に）」轉為「Ｂが　Ａに」，
　　　轉變後仍然維持只有「Ａ」、「Ｂ」兩個補語（車廂）。然而，本項文法中，
　　　句型結構會由「～Ａが　Ｂの所屬物を（に）」，拆成「Ａ」、「Ｂ」、「所
　　　屬物」三個補語，變成「Ｂが」「Ａに」「所屬物を」三個補語。（※註：粗體字標
　　　示的人，為動作施行者。）

・（主動句）**花子が**　　一郎の足**を**　　　　　　踏んだ。
　　　　　（花子踩了一郎的腳。）

　（被動句）一郎が　　**花子に**　　足を　　　　　踏まれた。
　　　　　（一郎被花子踩了腳。）

・（主動句）**一郎が**　　花子の手紙**を**　　　　　読んだ。
　　　　　（一郎讀了花子的信。）

　（被動句）花子が　　**一郎に**　　手紙を　　　読まれた。
　　　　　（花子被一郎讀了信。）

・（主動句）**先生が**　　私の息子**を**　　　　　褒めた。
　　　　　（老師誇獎我兒子。）

　（被動句）私は　　**先生に**　　息子を　　　褒められた。
　　　　　（我被老師誇獎了兒子。）

・（主動句）**ジャイアンが**　　スネ夫のラジコン**を**　　　　　壊した。
　　　　　（胖虎把小夫的遙控汽車弄壞了。）

　（被動句）スネ夫が　　　　**ジャイアンに**　　ラジコンを　　壊された。
　　　　　（小夫被胖虎弄壞了遙控汽車。）

18

273

辨析：

會改為「所有物被動」形式的，主要為「身體一部分」、「所有物」以及「從屬者、關係者」等三種情況。其中，「身體一部分」的語境，一定得使用本項文法「所有物被動」，不可使用第 89 項的直接被動。

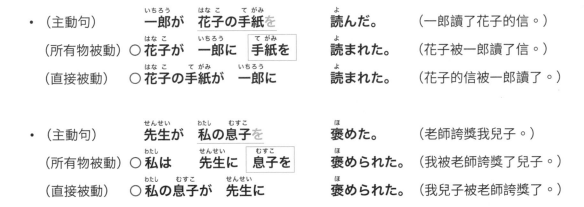

- （主動句）　　　花子が　　一郎の足を　　　　　踏んだ。　　（花子踩了一郎的腳。）
  （所有物被動）〇一郎が　　花子に　 足を 　　　　踏まれた。　（一郎被花子踩了腳。）
  （直接被動）　×一郎の足が　花子に　　　　　　　踏まれた。

但若為「所有物」或是「從屬者、關係者」的語境，則既可使用「所有物被動」的形式，亦可使用「直接被動」的形式。

- （主動句）　　　一郎が　花子の手紙を　　　　　　読んだ。　　（一郎讀了花子的信。）
  （所有物被動）〇花子が　一郎に　 手紙を 　　　　読まれた。　（花子被一郎讀了信。）
  （直接被動）　〇花子の手紙が　一郎に　　　　　　読まれた。　（花子的信被一郎讀了。）

- （主動句）　　　先生が　私の息子を　　　　　　　褒めた。　　（老師誇獎我兒子。）
  （所有物被動）〇私は　　先生に　 息子を 　　　　褒められた。（我被老師誇獎了兒子。）
  （直接被動）　〇私の息子が　先生に　　　　　　　褒められた。（我兒子被老師誇獎了。）

上述兩種情況，使用「所有物被動」形式時，語感上帶有主詞（被…的人）間接受到這件事情影響的成分比較高（因為這件事情的發生，影響到主詞，使主詞感到困擾或者開心）。而使用「直接被動」時，語感上，比較偏向描述一件事情，感覺上與主詞（我／花子）無關。

進階實戰例句：

- 机に置いておいた辞書を、誰かに持っていかれてしまった。
  （我放在桌子上的字典，不知道被誰拿去了。）

- 後で食べようと思って、冷蔵庫に入れておいたケーキを弟に食べられた。
  （我想說等一下要吃，而冰到冰箱裡的蛋糕，被弟弟給吃掉了。）

01. 私は　泥棒（　　）　財布（　　）　盗まれた。
　　1.の／に　2.を／に　3.に／を　4.に／が

02. 友達（　　）　肩（　　）　叩かれて、びっくりしました。
　　1.に／を　2.が／が　3.を／を　4.は／に

解 01.（3）02.（1）

18

91. 間接被動

接続：動詞ない形＋（ら）れる
常体：～（ら）れます
翻訳：這件事的發生，影響到了（我）。
説明：間接被動，指的是一件事情的發生，「間接」影響到某一個人。而且這個影響，多半帶給此人困擾。例如：「雨が降る」（下雨）這件事，並不是直接作用在某個人身上，因此就這句話的主動句而言，僅有「～Ａが」這個補語（車廂）。若我們要表達「下雨」這件事，間接影響到了我的行程，為了強調「我」受害，因此在間接被動時，會將受害者放在主語的位置，以「人がＡに」的形式來表達，多出了受害者這個補語（變成兩個補語）。也由於間接被動又帶有受害的語意，因此又稱作「迷惑の受身（添麻煩的被動）」。 （※ 註：N4 範圍中的間接被動，僅有使用到「自動詞」。關於「他動詞」句的間接被動，請參考姐妹書『穩紮穩打！新日本語能力試驗 N3 文法』P130）

- （主動句）　　　雨が　降る。
　　　　　　　　（下雨。）
　（被動句）私は　雨に　降られる。
　　　　　　　（因為下雨＜不見得我有被淋濕＞，而我很困擾。）

- （主動句）　　　子供が　泣いた。
　　　　　　　　（小孩在哭泣。）
　（被動句）私は　子供に　泣かれた。
　　　　　　　（因為小孩哭泣＜吵到我＞，而我很困擾。）

- （主動句）　　　父親が　死んだ。
　　　　　　　　（父親死亡。）
　（被動句）彼は　父親に　死なれた。
　　　　　　　（因為爸爸死了，所以他很困擾。）

- （主動句）　　　友達が　遊びに　来た。
　　　　　　　　（朋友來玩。）
　（被動句）太郎は　友達に　遊びに　来られた。
　　　　　　　（因為朋友來了，太郎很困擾＜也許明天要考試，他想好好讀書＞。）

・昨日は、夜遅く子供に泣かれて、よく寝られなかった。

(昨天晚上，小孩哭到很晚，搞到我沒辦法好好睡覺。)

・次の日に大切な試験があるのに、夜遅く友達に来られて困りました。

(隔天有很重要的考試，但是朋友卻來玩到很晚，讓我感到很困擾。)

隨堂測驗：

01. 昨日、隣の　人（　　　）騒がれて、寝られなかった。
　　　1. が　2. に　3. を　4. の

02. 昨日、遊びに　出かけたんですが、途中で　雨に　（　　　）。
　　　1. 降りました　2. 降られました　3. 降らされました　4. 降らせました

92. 無情物被動

接続：動詞ない形＋（ら）れる
常体：～（ら）れます
翻訳：被…。由…所…。
説明：所謂的「無情物被動」，其結構與用法就跟第 89 項文法的「直接被動」一樣。只不過第 89 項文法直接被動中的「Aが　Bを（に）」，A、B 兩個補語皆為「有情物（人）」，而這裡的 B 則為物品等「無情物」。需要特別注意的是，如果動詞為「作る、建てる、書く、発明する、発見する、制作する」…等含有生產、發現語意的動詞，則主動句「Aが　Bを（に）」改為無情物被動時，會使用「Bが　Aによって　動詞（ら）れる」的形式。生產／發現者會使用助詞「によって」。（※ 註：粗體字標示的人，為動作施行者。）

- （主動句）　世界中の人が　　　　この本を　読んでいる。
  （世界上的人讀這本書。）

  （無情物被動）この本は　　　　世界中の人に　読まれている。
  （這本書被世界上的人閱讀。）

- （主動句）　多くの人が　　　　新宿駅を　利用している。
  （許多人使用新宿車站。）

  （無情物被動）新宿駅は　　　　多くの人に　利用されている。
  （新宿車站被許多人使用。）

- （主動句）　エジソンが　　　　電球を　発明した。
  （愛迪生發明燈泡。）

  （無情物被動）電球は　　　　エジソンによって　発明された。
  （燈泡由愛迪生所發明。）

🔖 辨析：

無情物被動中，若動作者 B 不重要、或者不知道是誰，則多半會將其省略。

- 誰かが　エジプトで　　　　新しいピラミッドを　発見した。
  エジプトで　~~誰かによって~~　新しいピラミッドが　発見された。

（某人在埃及發現金字塔。→在埃及有個新的金字塔被發現了。）

- 誰(だれ)かが　机(つくえ)に　パソコンを　　　　置(お)きました。
  机(つくえ)に　パソコンが　~~誰(だれ)かに~~　置(お)かれました。

（某人在桌上放了電腦。→桌上被放置了一台電腦。）

- 先生(せんせい)が　問題用紙(もんだいようし)を　学生(がくせい)の前(まえ)に　　　　配(くば)りました。
  問題用紙(もんだいようし)が　学生(がくせい)の前(まえ)に　~~先生(せんせい)に~~　配(くば)られました。

（老師把考卷發到學生面前。→考卷被發到了學生面前。）

- 300 年前(ねんまえ)に　誰(だれ)かが　この小説(しょうせつ)を　　　　書(か)きました。
  300 年前(ねんまえ)に　　　　この小説(しょうせつ)が　~~誰(だれ)かによって~~　書(か)かれました。

（某人在 300 年前寫了這部小說。→ 300 年前這部小說被寫了出來。）

→この小説(しょうせつ)は　300 年前(ねんまえ)に　書(か)かれました。（※註：將「この小説が」移至句首作為主題）

（這部小說於 300 年前被寫了出來／這部小說完成於 300 年前。）

隨堂測驗：

01. この　お寺は　1000 年前に　（　　）。
    1. 建たれました　2. 建てられました　3. 建てました　4. 建てされました

02. 「枕草子」は清少納言（　　）書かれました。
    1. に　2. を　3. は　4. によって

解 01.（2）　02.（4）

もんだい

1. 昨日　同僚（　　）　嫌な仕事を　頼まれました。
   1　を　　　　　　2　で　　　　　　3　に　　　　　4　か

2. 子供の頃、よく　父に　（　　）。
   1　叱らせました　　　　　　　　2　叱られました
   3　叱れました　　　　　　　　　4　叱らりました

3. 子供の頃、毎朝　早く　母に　（　　）。
   1　起きさせました　　　　　　　2　起こさせました
   3　起きられました　　　　　　　4　起こされました

4. 夜遅く　歩いて　いたら、お巡りさん（　　）　名前と住所（　　）　聞かれました。
   1　が／を　　　　2　を／が　　　　3　に／を　　　　4　を／にし

5. コンビニ（　　）　傘（　　）　間違えて持っていかれた。
   1　で／を　　　　2　に／が　　　　3　を／と　　　　4　に／が

6. 私は　クラスメートに　ラブレター（　　）　しまった。
   1　が　見えて　　2　が　見られて　3　を　見えて　　4　を　見られて

7. 犯人は　捕まえられて　刑務所に　（　　）　しまった。
   1　入れさせて　　2　入れられて　　3　入れされて　　4　入れらせて

8. 毎年、丸の内の　会場で　国際会議（　　）　開かれて　います。
   1　が　　　　　　2　を　　　　　　3　に　　　　　4　によって

9. この　小説は　村上春樹（　　）　書かれました。
   1　を　　　　　　2　が　　　　　　3　に　　　　　4　によって

10. 村上春樹の　小説は　世界中で　（　　）　います。
    1　読まれて　　　2　読ませて　　　3　読まられて　　4　読まさせて

19

第 19 單元：使役

本單元學習日文的使役。學習時，除了要留意動詞改為使役形的變化外，也要特別留意動詞原本是自動詞還是他動詞。隨著動詞種類的不同，被役者（動作者）所使用的助詞也會有所不同。此外，N4 考試中還會出題使役與被動的複合用法：「使役被動」（⇒ #97），請各位特別留意。

93. 動詞使役形（さ）せる

接続：動詞ない形＋（さ）せる

敬体：～（さ）せます

説明：現今的日語教育上，教學分成兩派。一派為先教導動詞的原形，再由動詞原
形做動詞變化轉換為使役形；另一派則是先教導動詞的「～ます」形，再由「～
ます」形做動詞變化轉換為使役形。本書兩種方式並列，請讀者挑選自己習
慣的方式學習即可。

【動詞原形轉使役形】

a. 動詞為上一段動詞或下一段動詞（グループⅡ／二類動詞），則僅需將動詞原形的語尾～る去掉，
再替換為～させる即可。

寝る（　 neる）　→　寝る+させる
食べる（tabeる）　→　食べる+させる
起きる（okiる）　→　起きる+させる

b. 若動詞為カ行變格動詞或サ行變格動詞（グループⅢ／三類動詞），由於僅兩字，因此只需死背替換。

来る　　　→　来させる
する　　　→　させる
運動する　→　運動させる

c. 若動詞為五段動詞（グループⅠ／一類動詞），由於動詞原形一定是以（～u）段音結尾，因此僅需將（～u）
段音改為（～a）段音後，再加上「せる」即可。但若動詞原形是以「う」結尾的動詞，則並不是變成「あ」，而
是要變成「わ」。

行く（　iku）→行か（　ika）+せる=行かせる
飲む（nomu）→飲ま（noma）+せる=飲ませる
取る（toru）→取ら（tora）+せる=取らせる
買う（kau）→買わ（kawa）+せる=買わせる
言う（　iu）→言わ（　iwa）+せる=言わせる

五段動詞（一類動詞）： 將語尾「～u」段音轉為「～a」段音後，再加上「せる」即可。	上、下一段動詞（二類動詞）： 將語尾「る」改為「させる」即可。
・買<ruby>か</ruby>う　→　買<ruby>か</ruby>わせる	・見<ruby>み</ruby>る　　→　　見<ruby>み</ruby>させる
・書<ruby>か</ruby>く　→　書<ruby>か</ruby>かせる	・煮<ruby>に</ruby>る　　→　　煮<ruby>に</ruby>させる
・泳<ruby>およ</ruby>ぐ　→　泳<ruby>およ</ruby>がせる	・借<ruby>か</ruby>りる　→　借<ruby>か</ruby>りさせる
・消<ruby>け</ruby>す　→　消<ruby>け</ruby>させる	・できる　→　（可能動詞無使役形）
・待<ruby>ま</ruby>つ　→　待<ruby>ま</ruby>たせる	
・死<ruby>し</ruby>ぬ　→　死<ruby>し</ruby>なせる	・出<ruby>で</ruby>る　　→　　出<ruby>で</ruby>させる
・呼<ruby>よ</ruby>ぶ　→　呼<ruby>よ</ruby>ばせる	・寝<ruby>ね</ruby>る　　→　　寝<ruby>ね</ruby>させる
・読<ruby>よ</ruby>む　→　読<ruby>よ</ruby>ませる	・食<ruby>た</ruby>べる　→　食<ruby>た</ruby>べさせる
・叱<ruby>しか</ruby>る　→　叱<ruby>しか</ruby>らせる	・捨<ruby>す</ruby>てる　→　捨<ruby>す</ruby>てさせる
	・褒<ruby>ほ</ruby>める　→　褒<ruby>ほ</ruby>めさせる
	・教<ruby>おし</ruby>える　→　教<ruby>おし</ruby>えさせる
カ行變格動詞（三類動詞）： ・来<ruby>く</ruby>る　→　来<ruby>こ</ruby>させる	サ行變格動詞（三類動詞）： ・　　する　　→　　　させる ・運動<ruby>うんどう</ruby>する　→　運動<ruby>うんどう</ruby>させる

【動詞ます轉使役形】

a. 動詞為二類動詞，則僅需將動詞ます形的語尾～ます去掉，再替換為～させます即可。

寝ます（　　　　ｎｅます）　→寝<s>ます</s>＋させます

食べます（ｔａｂｅます）　→食べ<s>ます</s>＋させます

起きます（　ｏｋｉます）　→起き<s>ます</s>＋させます

b. 若動詞為三類動詞，由於僅兩字，因此只需死背替換。

来ます　　　→　来させます

します　　　→　させます

運動します　→　運動させます

c. 若動詞為一類動詞，由於動詞ます形去掉ます後，語幹一定是以（～ｉ）段音結尾，因此僅需將（～ｉ）段音改為（～ａ）段音後，再加上「せます」即可。但若ます的前方為「い」，則並不是變成「あ」，而是要變成「わ」。

行き（　ｉｋｉ）<s>ます</s>　→行か（　ｉｋａ）＋せます＝行かせます

飲み（ｎｏｍｉ）<s>ます</s>　→飲ま（ｎｏｍａ）＋せます＝飲ませます

取り（ｔｏｒｉ）<s>ます</s>　→取ら（ｔｏｒａ）＋せます＝取らせます

買い（　ｋａｉ）<s>ます</s>　→買わ（ｋａｗａ）＋せます＝買わせます

言い（　　ｉｉ）<s>ます</s>　→言わ（　ｉｗａ）＋せます＝言わせます

五段動詞（一類動詞）：	上、下一段動詞（二類動詞）：
去掉語尾「ます」後，將語幹「～ｉ」段音轉為「～ａ」段音後，再加上「れます」即可。	將語尾「ます」改為「させます」即可。
・買います　→　買わせます	・見ます　　→　　見させます
・書きます　→　書かせます	・煮ます　　→　　煮させます
・泳ぎます　→　泳がせます	・借ります　→　　借りさせます
・消します　→　消させます	・できます　→　（可能動詞無被動形）
・待ちます　→　待たせます	
・死にます　→　死なせます	・出ます　　→　　出させます
・呼びます　→　呼ばせます	・寝ます　　→　　寝させます
・読みます　→　読ませます	・食べます　→　　食べさせます
・叱ります　→　叱らせます	・捨てます　→　　捨てさせます
	・褒めます　→　　褒めさせます
	・教えます　→　　教えさせます
カ行變格動詞（三類動詞）：	サ行變格動詞（三類動詞）：
・来ます　→　来させます	・　　します　　→　　　させます
	・運動します　→　運動させます

01. 殴ります→使役形：（　）。
　　1.殴りさせます　　2.殴られます　　3.殴らせます　　4.殴らされます

02. 見る→使役形：（　）。
　　1.見せる　　2.見れる　　3.見させる　　4.見される

解 01.（3）　02.（3）

19

94. 動作者「に」使役

接続：動詞ない形＋（さ）せる
敬体：～（さ）せます
翻訳：讓…。令…。叫…。
説明：所謂的使役，指的就是某人發號施令，「強制性地」或者「允許」動作者做
　　　某動作。由於使役句要明確點出發號施令者，因此比起原本的主動句，使役
　　　句會多出一個補語（車廂）。這點，與第 91 項文法「間接被動」很類似。

（※ 註：粗體字標示的人，為動作施行者。）

【他動詞】

- （主動句）　　　　　**太郎が**　掃除を　する。（太郎掃地。）
　（使役句）先生は　**太郎に**　掃除を　させる。（老師叫太郎掃地。）

- （主動句）　　　　　**花子が**　本を　読む。（花子讀書。）
　（使役句）先生は　**花子に**　本を　読ませる。（老師讓花子讀書。）

【自動詞】

- （主動句）　　　　　**学生が**　グランドを　走る。（學生跑操場。）
　（使役句）先生は　**学生に**　グランドを　走らせる。（老師叫學生跑操場。）

- （主動句）　　　　　**弟は**　橋を　渡る。（弟弟過橋。）
　（使役句）父は　**弟に**　橋を　渡らせる。（爸爸讓弟弟過橋。）

主動句轉為使役句時，由於會多出一個發號施令者，因此在使役句中，發號施令者使
用表主語的「～は（が）」來表示。而原本主動句中的動作者，在使役句中，則是會
轉變為「～に」。

📎 辨析：

上述前兩個例句為使用「他動詞」的例句。由於他動詞的主動句中，原本就會使用到「～を」
來表達動作的受詞，因此轉為使役句時，受詞部分仍然保有使用「～を」。後兩個例句則是使
用到表達「通過・移動領域的自動詞」（⇒ #02-③）。這種自動詞在主動句中，也是使用「～を」
來表達通過・移動的領域、場所。像是這些原本主動句中，就會使用到「～を」的句子，改為
使役句時，動作者（被役者）就會使用助詞「～に」。這是為了要避免日文中出現了兩個「～

を」（雙重ヲ格）。

- ×先生は　太郎(たろう)を　掃除(そうじ)を　させる。
- ×先生は　学生(がくせい)を　グランドを　走(はし)らせる。

随堂測驗：

01. 私は　毎日　子供（　　）　牛乳（　　）　飲ませて　います。
　　1. が／に　2. に／を　3. を／に　4. に／が

02. 子供（　　）　車が　多い　大通りを　一人で　歩かせないで　ください。
　　1. に　2. を　3. が　4. の

19

95. 動作者「を」使役

接続：動詞ない形＋（さ）せる
敬体：〜（さ）せます
翻訳：① 讓…。令…。叫…。② 逗…。惹…。
説明：上一項文法當中，我們學習到了「他動詞」或者表示「通過・移動領域的自動詞」時，動作者（被役者）必須使用助詞「に」。本項文法，則是介紹「其他的自動詞」的情況，動作者（被役者）必須使用助詞「〜を」。① 為有意志性的自動詞。② 為無意志性的自動詞。（※ 註：粗體字標示的人，為動作施行者。）

① ・（主動句）　　　　　花子が　来る。
　　　　　　　　　　　　（花子來。）

　　（使役句）太郎は　花子を　来させる。
　　　　　　　　　　　　（太郎讓／叫花子來。）

・（主動句）　　　　病気の　生徒が　家へ　帰る。
　　　　　　　　　　　　（生病的學生回家。）

　　（使役句）先生は　病気の　生徒を　家へ　帰らせる。
　　　　　　　　　　　　（老師讓／叫生病的學生回家。）

② ・（主動句）　　　　　花子が　笑う。
　　　　　　　　　　　　（花子笑。）

　　（使役句）太郎は　花子を　笑わせる。
　　　　　　　　　　　　（太郎逗花子笑。）

・（主動句）　　　　　妹が　泣く。
　　　　　　　　　　　　（妹妹哭。）

　　（使役句）椋太は　妹を　泣かせる。
　　　　　　　　　　　　（椋太惹妹妹哭。）

📎 辨析：

所謂有意志性的自動詞，指的就是像「来る」、「帰る」這些字詞，動作者可控制做或不做，可以反抗的詞彙。這些動詞改為使役句後，意思就是發號施令者「命令、強制或允許」動作者（被役者）去做某事（當然動作者／被役者可以反抗）。（「意志動詞」⇒ #26- 辨析）

而所謂的無意志性自動詞，指的就是像「笑う」、「泣く」等這些字詞，可能是表感情類的，因此動作者（被役者）無法克制自己做或不做，會真情流露地就哭出來，笑出來。這些動詞改為使役句後，意思就是發號施令者「誘發」了動作者（被役者）做出了這種動作（動作者情不自禁地真情流露），並非「強制」某人哭泣，或是「允許」某人歡笑。

另外，自動詞改為使役句後，動作者（被役者）亦有使用助詞「～に」的情況，但不屬於 N4 考試範圍。請同學參閱姊妹書『穩紮穩打！新日本語能力試驗 N3 文法』第 58 項文法。

📎 辨析：

「～（さ）せる」與「～てもらう」

- 太郎は　花子を　食事会に　来させた。

（太郎讓／叫花子來餐會。）

- 太郎は　花子に　食事会に　来てもらった。

（太郎請花子來餐會。）

本項文法學習到的使役，僅是描述太郎「命令、強制或者允許」花子來餐會，語感上較無尊重到花子本人的意願。但若使用第 85 項文法學習到的「～てもらう」，則除了語感上有尊重花子來不來的意願之外呢，還含有「因為花子來，而一郎受到恩惠」的語感在。請留意，兩者句型動作者所使用的助詞不同。

📄 隨堂測驗：

01. 飯田さんは　いつも　面白い話を　して、私たち（　　）　笑わせます。
    1.を　2.が　3.は　4.の

02. 母は　いつも　妹を　買い物（　　）　行かせて　います。
    1.は　2.を　3.に　4.が

解答 01.（1）02.（3）

96. ～（さ）せてください

接続：動詞ない形＋（さ）せてください
常体：～（さ）せて／（さ）せてくれ
翻訳：請讓（我）…。
説明：此為動詞使役形加上請求表現「～てください」的進階複合表現。「～てください」為「說話者請對方（聽話者）做某事」（N5），而本句型「～（さ）せてください」則是「說話者請對方（聽話者）允許自己（或己方的人）做某事」。

・これ、　食べて　ください。
（請吃這個。）

　これ、　食べさせて　ください。
（這個請讓我吃。）

・今すぐ　帰って　ください。
（請你現在馬上回去。）

　今すぐ　帰らせて　ください。
（請你讓我現在馬上回去。）

・荷物は　机の上に　置いといて　ください。
（這行李請放在桌上。）

　荷物を　机の上に　置かせといて　ください。
（請讓我把行李放在桌上。）

・Ａ：部長は　すぐ　戻ると　思います。
（Ａ：我想部長應該馬上就回來了。）

　Ｂ：では、こちらで　待たせて　ください。
（Ｂ：那麼請讓我在這裡等候。）

・遠慮しないで、今日の　食事代は　私に　払わせて（ください）。
（別客氣，今天的餐費就讓我付吧。）

01. 疲れましたから、あなたの　部屋で　（　　）ください。
    1. 休まされて　　2. 休みさせて　　3. 休ませて　　4. 休まれて

02. 離してよ！急いで　いるんだから、（　　）よ。
    1. 行かせて　　2. 行かれて　　3. 行きさせて　　4. 行けせて

解 01.（3）02.（1）

97. 使役被動（さ）せられる

接続：Ⅰ類動詞ない形＋される　Ⅱ類動詞ない形＋させられる
敬体：〜（さ）せられます
翻訳：被迫…。
説明：所謂的「使役被動」，指的就是先將動詞改為使役形後，再改為被動形的進
　　　階複合表現。使役被動形的改法如下：五段動詞（一類動詞）改為ない形後，
　　　去掉「ない」再加上「させられる」或「される」即可（行かない→行かせ
　　　られる／行かされる；上下一段動詞（二類動詞）則是去掉「ない」再加上「
　　　せられる」即可（食べない→食べさせられる）；来る→来させられる；す
　　　る→させられる。

五段動詞（一類動詞）：

將語尾「〜u」段音轉為「〜a」段音後，再加上「せられる」
或「される」即可。（※註：「〜す」結尾的沒有「〜される」的形式。）

- 買う　→　買わせられる　→　買わされる
- 書く　→　書かせられる　→　書かされる
- 泳ぐ　→　泳がせられる　→　泳がされる
- 消す　→　消させられる　→　（〜す結尾）
- 待つ　→　待たせられる　→　待たされる
- 読む　→　読ませられる　→　読まされる

上、下一段動詞（二類動詞）：

將語尾「る」改為「させられる」即可。

- 見る　→　見させられる
- 着る　→　着させられる
- 借りる　→　借りさせられる

- 出る　→　出させられる
- 寝る　→　寝させられる
- 食べる　→　食べさせられる
- 捨てる　→　捨てさせられる
- 褒める　→　褒めさせられる
- 教える　→　教えさせられる

カ行變格動詞（三類動詞）：

- 来る　→　来させられる

サ行變格動詞（三類動詞）：

- する　→　させられる
- 運動する　→　運動させられる

使役被動以「Ａは　Ｂに　（さ）せられる」的型態，來表達「Ａ被Ｂ強迫去做了某事」。實
際做動作的人（被迫者）為Ａ，發號施令強制別人的人為Ｂ。（※註：粗體字標示的人，為動作施行者。）

- （**私は**） 子供に おもちゃを 買わされた。

（我被小孩強迫買了玩具／小孩吵到我受不了，只好買玩具給他。）

- **選手たちが** コーチに グランドを 走らされた。

（選手們被教練強迫跑操場。）

- **太郎は** 母親に 嫌いな 野菜を 食べさせられた。

（太郎被媽媽強迫吃下他不喜歡的蔬菜／太郎他媽逼他吃他不喜歡的蔬菜。）

- 子供の 頃、**私は** 母に 塾に 行かされました。

（小時候，我被媽媽逼著去補習班。）

- **私は** パーティーで スピーチを させられました。

（我被迫在派對時致詞／大家拱我上台致詞。）

（※ 註：本書僅介紹 N4 範圍的使役被動用法，更深入的使役被動用法，請參考姊妹書 『穩紮穩打！新日本語能力試驗 N3 文法』 第 60 項文法。）

📄 隨堂測驗：

01. 先生（　　） 何回も 作文を 書き直させられた。
　　1. に　2. を　3. が　4. は

02. 学生の 頃、毎年 先生に 日本語能力試験を（　　） いる。
　　1. 受けさせられて　2. 受けされて　3. 受けられて　4. 受けさされて

19

解 01.（1）02.（1）

19 單元小測驗

1. あの　幼稚園では　園児（　　）　英語（　　）　勉強させて　います。
   1　に／を　　　　2　を／に　　　　3　を／を　　　　4　は／を

2. 上司は　いつも　コピー（　　）　女性の　社員（　　）　させて　います。
   1　に／を　　　　2　を／に　　　　3　を／を　　　　4　は／を

3. 先生は　その新聞を　見せて、学生に　（　　）ました。
   1　考えされ　　　2　考えさせ　　　3　考えさせられ　　4　考えて

4. 私は　子供（　　）　アメリカの　学校へ　行かせました。
   1　で　　　　　　2　が　　　　　　3　を　　　　　　4　は

5. 先生は　生徒（　　）　学校の　運動場（　　）　走らせました。
   1　を／に　　　　2　に／を　　　　3　に／に　　　　4　が／を

6. 失礼な　ことを　言って　社長を　（　　）　しまいました。
   1　怒らせられて　2　怒らされて　　3　怒られて　　　4　怒らせて

7. あなたが　書いた　小説を、　是非　私にも　（　　）　ください。
   1　読まれせて　　2　読まされて　　3　読ませて　　　4　読まれて

8. 飲めないのに、宴会で　お酒（　　）　たくさん　飲まされました。
   1　を　　　　　　2　が　　　　　　3　に　　　　　　4　で

9. 昨日、レストランで　2時間も（　　）。
   1　待たせられた　　　　　　　　　2　待たさせられた
   3　待たれさせた　　　　　　　　　4　待たされさせた

10. 強盗に　金庫の　鍵を　（　　）。
    1　開かされた　　　　　　　　　　2　開けさせられた
    3　開けらせた　　　　　　　　　　4　開けた

20

第 20 單元：敬語

　　本單元介紹日文的敬語。學習敬語時，要特別留意「尊敬語」（第 98 ～ 99 項文法的形式）以及「謙讓語」（第 101 項文法的形式）的區別，兩者做動作的人不同。此外，亦學習使用名詞時的禮貌態度以及美化語的說法。

98. ～（ら）れる

接続：動詞ない形＋（ら）れる

敬体：～（ら）れます

説明：「～（ら）れる」除了可以表達被動 (⇒ #88) 以外，亦可表達「尊敬」。

改法與被動形相同：五段動詞（一類動詞）改為ない形後，去掉「ない」再加上「れる」即可（行か~~ない~~→行かれる）；上下一段動詞（二類動詞）則是去掉「ない」再加上「られる」即可（食べ~~ない~~→食べられる）；来る→来られる；する→される。

・中村さんは　7時に　来られます（来ます）。

（中村先生七點會來。）

・お客様は　もう　帰られました（帰りました）。

（客人已經回去了。）

・小林先生は　会議室で　休まれて　います（休んでいます）。

（小林老師在會議室休息。）

・部長、連休に　どこかへ　行かれますか（行きますか）。

（部長，您連假有要去哪裡嗎？）

・課長は　明日　出張される予定です（出張する予定です）。

（課長預定明日出差。）

・仕事を　辞められたんですか（辞めたんですか）。

（您辭掉工作了啊？）

辨析：

尊敬語用於表達上位者（上司、老師）他人的動作，用以表達對此人的尊敬之意。因此，講述自己動作（即便自己相對於聽話者位階更高）時，不可使用尊敬語。

・田中：課長、会議の　資料、もう　読まれましたか。
（課長，您會議的資料已經讀了嗎？）
　課長：ええ、読みました。／ええ、読んだよ。
（對，已經讀了。）

此外，對於外人（別間公司的人）提到自己人（自己公司的人）時，即便是自家公司社長的動作，也不使用尊敬語。

×（客に）社長は　間もなく　来られます。
○（客に）社長は　間もなく　来ます。
（社長馬上就到。）

對於外人提到自己家人上位者（父母、爺爺奶奶），或者對於自己家人提到自己家人上位者，亦不使用尊敬語。

×（先生に）父は　間もなく　来られます。
×（姉に）父さん　間もなく　来られます。
○（先生に）父は　間もなく　来ます。
（對老師說：家父馬上就來。）
○（姉に）父さん　間もなく　来ます。
（對姊姊說：爸爸等一下就來。）

20

辨析：

「～（ら）れる」表「尊敬」（⇒ #本項）與表「被動」（⇒ #88）、以及二類動詞的「可能」（⇒ #67）時，形態上是一模一樣的。光看動詞部分，無法辨別到底是「尊敬」、「被動」還是「可能」，必須從句子的構造來推測。例如：句中同時有動作對象「～が（は）」以及動作者「～に」，兩人牽扯其中的，即為「被動句」。而「尊敬句」中，可以只描述一個人的行為（甚至不需要對象）。但這個人的身份地位，必須要是社長、老師、客戶⋯等需要使用尊敬語的對象。因此可藉由句子的前後文，或者人物的身份，來推測出這一句話到底是「可能」、「被動」還是「尊敬」。

可能句：

・太郎は　刺身が　食べられます。

（太郎敢吃生魚片。）

太郎は　刺身を　食べられます。

（太郎敢吃生魚片。）

太郎には　刺身が　食べられません。

（太郎不敢吃生魚片。）

被動句：

・太郎は　怪獣に　食べられました。

（太郎被怪獸吃掉了。）

太郎は　怪獣に　足を　食べられました。（「所有物被動」⇒ #90）

（太郎被怪獸吃掉了腳。）

尊敬句：

・社長は　帰られました。

（社長回去了。）

部長は　休まれました。

（部長休息了。）

先生は　刺身を　食べられました。

（老師吃了生魚片。）

📄 **隨堂測驗：**

01. 山田教授は　午後　研究室へ　（　　）。
  1. 来させます　2. 来られます　3. 来させられます　4. 来らされます

02. 日本で　どんな　仕事を　（　　）いるんですか。
  1. されて　2. させて　3. られて　4. らせて

99. お～になる

接続：お＋動詞ま~~す~~＋になる

敬体：～お～になります

説明：此為「尊敬」的表達形式。與第 98 項文法「～（ら）れる」表「尊敬」時，意思相同。但敬意程度稍微高一些。都是指上位者的動作。無論何種種類的動詞，都只要將動詞的「ます形」去掉「ます」後，於前方加上「お」，後方加上「になる」即可。

・社長は　もう　お帰りに　なりました（帰りました）。

（社長已經回去了。）

・出張の　予定は　部長が　お決めに　なります（決めます）。

（出差的預定由部長決定。）

・先生は　部屋で　お休みに　なっています（休んでいる）。

（老師正在房間休息。）

・えっ！この　洋服、部長の　奥様が　お作りに　なったんですか（作ったんですか）。

（什麼？這衣服是部長夫人所做的嗎？）

・社員：社長、明日の　出張、どちらに　お泊まりに　なりますか（泊まります）。

（社員：社長，您明天的出差，要住哪裡呢？）

社長：グランドホテルに　泊まる　予定だ。

（社長：預計要住在圓山大飯店。）

20

📎 辨析：

同學、同事、朋友之間的對話，不需要使用「敬體」（～ます形）。但若對話當中提及上位者（上司、老師）或客戶的動作時，則必須使用「尊敬」（～（ら）れる／お～になる）的形式。也就是使用「敬語」但不使用「敬體」。

・学生Ａ：校長先生は　いつ　お帰りに　なったの（帰ったの）？

（Ａ生：校長什麼時候回家的？）

　　　学生Ｂ：確か、５分前に　お帰りに　なったよ（帰ったよ）。

（Ｂ生：我記得似乎是五分鐘前走的。）

🔖 辨析：

某些動詞，如：「見る」、「寝る」以及三類動詞「来る」、「する」等，這些去掉ます後，語幹只剩一個音節的動詞，就不可使用本項文法「～お～になる」的形式。這些動詞就只能使用第 98 項文法的「～（ら）れる」形式，或者是直接換成敬意程度更高的特殊尊敬語動詞。

× お見になる　→　○ 見られる　→　○ ご覧になる

× お寝になる　→　○ 寝られる　→　○ お休みになる

× お来になる　→　○ 来られる　→　○ いらっしゃる

× おしになる　→　○ される　→　○ なさる

🔖 辨析：

何謂「特殊尊敬語動詞」？

有些語彙本身就帶有尊敬的含義（如上個辨析的例子），它們並不是「將動詞改成的尊敬形」，而是另外一個全新的單字。也就是說，上述的「いらっしゃる」並不是「来る」這個動詞變化而來的，而是「いらっしゃる」這個字是有「來、去」的含義，同時又有尊敬的含義在。這樣的動詞，就稱作「特殊尊敬語動詞」。

特殊尊敬語動詞在 N4 範圍中會出題的並不多，同學僅需熟記下列幾個即可。（※ 註：「ご存じだ」為名詞的形式）「いらっしゃる（行く、来る、いる）」、「召し上がる（食べる、飲む）」、「おっしゃる（言う）」、「ご覧になる（見る）」、「お休みになる（寝る）」、「なさる（する）」、「ご存知だ（知っている）」。

・李先生は　研究室に　いらっしゃいます（います）。

（李老師在研究室裡。）

・どうぞ、召し上がって　ください（食べて　ください）。

（請吃。）

・A：あの　映画、もう　ご覧に　なりましたか（観ましたか）。

（那部電影，您已經看了嗎？）

　B：いいえ、まだ　観て　いません。

（沒有，我還沒看。）

・A：あの　こと、ご存知ですか（知って　いますか）。

（A：您知道那件事情嗎？）

　B：いいえ、知りません。

（B：不，不知道。）

此外，上述的「いらっしゃる、なさる、おっしゃる」以及第83項文法所學習到的「くださる」這四個動詞是屬於特殊五段活用動詞。也就是說，轉為「ます形」的時候，不是變成「いらっしゃります」，而是要變成「いらっしゃいます」。但是其他的活用形，（像是「ない形」）就又恢復正常的五段動詞活用了。

・A：山田先生は　野球を　なさいますか（しますか）。

（A：山田老師打棒球嗎？）

　B：いいえ、なさらないと（しないと）　思います。

（B：不，我想老師應該不打棒球的。）

📄 隨堂測驗：

01. 社長は　いつも　自分で　車の　運転を（　　）。
　　1.なさいます　2.いらっしゃいます
　　3.おしになります　4.おなさいになります

02. これは　山田先生が　お書きに　（　　）本です。
　　1.なさった　2.なった　3.された　4.いらしゃった

解答 01.（1）02.（2）is printed upside down

解答 01.（1）02.（2）

100. お〜ください

接続：お＋動詞~~ます~~＋ください
翻訳：請做…。
説明：「お＋動詞~~ます~~＋ください」為 N5 所學習過的指示對方做某事表現「〜て
ください」的尊敬講法。多用於公眾場合。若為漢語動詞，如「案内する、
利用する、入場する」，則使用「ご＋漢語＋ください」的形式。此形式與
第 99 項文法相同，不可用於「見る」、「寝る」、「来る」、「する」…
等去掉ます後，語幹只剩一個音節的動詞。

・危ないので、黄色い 線の 内側に お下がり ください（下がって ください）。
（很危險，請退到黃線後方。）

・マイナンバーカードを お見せ ください（見せて ください）。
（請給我看您的個人編號卡。）

・少々 お待ち ください（待って ください）。
（請稍候。）

・どうぞ、お入り ください（入って ください）。
（請進。）

・あちらの 入り口から ご入場 ください（入場して ください）。
（請從那邊的入口進場。）

・是非 弊社の ネット注文を ご利用 ください（利用して ください）。
（請多利用敝公司的網路訂購系統。）

🔗 辨析：

上個文法（第 99 項文法辨析中）所提及的「特殊尊敬語動詞」，不會使用此形式，唯有「召
し上がる→お召し上がりください」例外。此外「ご覧になる」則是改為「ご覧ください」。

🔗 辨析：

「～てください」可以使用於「要求」對方「為自己」做某事。但「～お～ください」由於屬於敬語的表現，故不可使用於「要求」對方「為自己」做某事。

- **（要求）私の作文を（○ 直してください／× お直しください）。**

  （要求的口氣：請幫我修改作文。）

📄 隨堂測驗：

01. 明日の　予定を　（　　）ください。
    1. お確かめて　2. 確かめ　3. お確かめ　4. 確かめられて

02. どうぞ、（　　）。
    1. 使われてください　2. お使われください
    3. 使いになってください　4. お使いください

解答 01.（3）02.（4）

101. お〜する（いたす）

接続：お＋動詞ます＋する
敬体：〜お〜します
説明：此為「謙讓」的表達形式。不同於第 98、99 項文法的「尊敬」用於表他人（上位者）的動作，「謙讓」用於表達自己或己方的人，做給他人（上位者）的動作。這是以「貶低自己的動作」，藉以「捧高動作接受對象（上位者）」的描述方式。此外，若動詞為「案内する、説明する、紹介する、相談する、連絡する」等漢語動詞時，必須使用「ご＋漢語＋する」的形式。（※ 例外：電話する→お電話する）

・私が　部長に　スケジュールを　お知らせ　します（知らせます）。
（由我來告知部長行程吧。）

・兄が　車で　お送り　します（送ります）。
（由家兄來開車送您。）

・重そうですね。お持ち　しましょうか（持ちましょうか）。
（看起來很重耶。我幫您拿吧。）

・館内を　ご案内　します（案内します）。こちらへ　どうぞ。
（我來為您導覽館內。這邊請。）

・今日の　予定を　ご説明　します（説明します）。
（為您說明今天的預定。）

・予定が　変わった　場合、ご連絡　します（連絡します）。
（預定如果有改變，我會跟您聯絡。）

其他型態：

〜お〜いたします

・社長の　お荷物は、私が　お持ち　いたします。
（社長的行李，就由我來搬。）

此謙讓的表達形式，比起「〜お〜します」的謙讓程度更高。

📎 辨析：

某些動詞，如：「見る」、「寝る」、以及三類動詞「来る」「する」等，這些去掉ます後，語幹只剩一個音節的動詞，就不可使用這種形式。只能直接換成後述的的特殊謙讓語動詞。

× お見する　→　○ 拝見する
× お寝する　→　○ 休ませていただく
× お来する　→　○ 参る／伺う
× おしする　→　○ いたす

📎 辨析：

何謂「特殊謙讓語動詞」？

有些語彙本身就帶有謙讓的含義，它們並不是「將動詞來改成的謙讓形」，而是另外一個全新的單字。例如下例的「伺う」並不是「行く」這個動詞變化而來的，而是「伺う」這個字是有「來、去」的含義，同時又有謙讓的含義在。這樣的動詞，就稱作「特殊謙讓語動詞」。

特殊謙讓語動詞在 N4 範圍中會出題的並不多，僅需熟記下列幾個即可。
「伺う、参る（行く、来る）」、「いただく（食べる、飲む）」、「申す、申し上げる（言う）」、「拝見する（見る）」、「いたす（する）」。

・明日、先生の　お宅へ　伺います（行きます）。
（明天，要去拜訪老師家。）

・鈴木と　申します（言います）。日本から　参りました（来ました）。
（敝姓鈴木。我從日本來的。）

・このクッキー、いただいても　よろしいでしょうか（食べても　いいですか）。
（這個餅乾，我可以拿／吃嗎？）

・A：これ、ちょっと　拝見しますね（見ますね）。
（A：這個，我稍微看一下喔。）

　B：どうぞ。ゆっくり　ご覧ください（見て　ください）。 （※註：「ご覧ください」為尊敬語）
（B：請。您請慢慢看。）

・Ａ：正直に　申し上げても　いいですか（言って　もいいですか）。

（我可以＜跟您＞說實話嗎？）

　　Ｂ：ええ。是非　正直に　おっしゃって　ください（言ってください）。

（可以。請務必老實說。）　（※註：「おっしゃる」為尊敬語）

📎 辨析：

「謙讓」的表達形式在使用上，就有如上述說明提及，一定要有「接受行為的對象」存在。若像下例這種僅有做動作的人，但沒有接受行為對象的存在時，就不會使用「謙讓」的表達形式。因為沒有對象，就無法襯托出此對象比自己更高一等。

・私は　来月　国へ　（×お帰りします／○帰ります）。

（我下個月要回國。）

・昨日、図書館に　（×伺った／○行った）。

（昨天我去了圖書館。）

上個辨析舉例出的七個謙讓語動詞中，僅有「参る」「申す」兩字，可以不需要「接受行為的對象」存在。（※註：這兩個字在文法上，被歸類為「謙讓語Ⅱ（丁重語）」。）

・明日、東京へ　（×伺います／○参ります／○行きます）。

（明天，我要去東京。）

・私は　陳と　（×申し上げます／○申します／○言います）。

（敝姓陳。）

📄 隨堂測驗：

01. 課長に　来週の予定を　（　　）しました。
　　1.お聞かれ　2.お聞き　3.伺い　4.お伺いに

02. 山田先生がお書きになった本を　（　　）ました。
　　1.お読み　2.お読みにし　3.お読みし　4.お読みになり

解答 01.（2）02.（3）

306

102. ～でございます

接続：① 名詞／ナ形容詞だ＋でございます　② 名詞＋が／に＋ございます
説明：「ございます」屬於丁寧語，用以表達「說話者禮貌的態度」。① 使用於
名詞或ナ形容詞述語句「A は B です」時，直接將「です」替換為「でご
ざいます」即可。② 使用於存在句「～に　～が　あります」或所在句「～
は　～に　あります」時，直接將「あります」替換為「ございます」即可。

① ・田中さんは　学生です。→ 田中さんは　学生でございます。
（田中先生是學生。）

・株式会社ペコスです。→ 株式会社ペコスでございます。
（這裡是沛可仕股份有限公司。）

・ここは　賑やかですね。→ ここは　賑やかでございますね。
（這裡很熱鬧耶。）

🔗 辨析：

此表達形式不可直接使用於イ形容詞。若需要使用於イ形容詞，會有ウ音便的現象產生。由於
不屬於新制 N4 考試的範圍，故請參閱本系列姐妹書『穩紮穩打！新日本語能力試驗 N1 文法』
P418。

・**今日は　暑いですね。**→ ×**今日は　暑いでございますね。**
○ **今日は　暑うございますね。**（今天很熱耶。）

② ・机の上に　本が　あります。→机の上に　本が　ございます。
（桌子上有書本。）

・電話は　あちらに　あります。→電話は　あちらに　ございます。
（電話在那裡。）

🔗 辨析：

此表達形式不可直接使用於有情物「～に～が　います」或「～は　～に　います」的句型。
有情物「います」時，必須使用「おります」一詞。

・教室に 学生が います。→ × 教室に 学生が ございます。
　　　　　　　　　　　　　○ 教室に 学生が おります。
　　　　　　　　　　（教室裡面有學生。）

・うちの猫は 部屋に います。→ × うちの猫は 部屋に ございます。
　　　　　　　　　　　　　　○ うちの猫は 部屋に おります。
　　　　　　　　　　　（我家的貓在房間裡。）

📄 隨堂測驗：

01. あまり 時間（　　） ございませんから、お急ぎ ください。
　　1. が　2. で　3. に　4. を

02. 山本は 事務室（　　）。
　　1. にございます　2. におります　3. がございます　4. がおります

103. お／ご＋名詞

接続：お＋名詞
説明：「お」與「ご」加在名詞前方，屬於美化語，用以表達「說話者優雅的氣質」。
原則上「お」加在和語名詞前方（如：お菓子、お寿司、お店、お手洗い），
「ご」加在漢語名詞前方（如：ご飯、ご馳走、ご祝儀）。但有少許例外，
是漢語名詞加上「お」的（如：お天気、お食事）。此外，除了「おトイレ、
おビール」外，一般外來語不可加上美化語「お」與「ご」。

・昼ご飯は　お寿司を　食べましょう。
（我們中餐吃壽司吧。）

・旅行の　お土産を　買って　きました。
（我買了旅行的紀念品／伴手禮。）

・今日は　いい　お天気ですね。
（今天天氣很好。）

・お手洗い（おトイレ）は　どちらでしょうか。
（廁所在哪裡呢？）

辨析：

上述例句中，「お」與「ご」作為美化語時，僅是展現出說話者的氣質優雅而已，與敬意無關。
但若像下列例子，很明顯「お名前」指的是「對方」的姓名，這時的「お」就是屬於尊敬語。
而「お電話」則是指「我」打電話給「對方（上位者）」，這時的「お」就是屬於謙讓語。

・**お名前は　何ですか。**（「您」的名字，尊敬語）

・**今晩、お電話を　します。**（「我」打電話給「您」，謙讓語）

下列詞彙一定要與美化語「お」「ご」一起使用：

おにぎり（飯糰）、おしぼり（濕毛巾）、おしゃれ（打扮）、ご飯（飯）、ご馳走（款待／盛宴）…等。

- （○おしぼり／×しぼり）をください。

（請給我濕毛巾。）

📄 隨堂測驗：

01. 昨日、家で　（　　）を　飲みました。
　　1.お茶　2.ご茶　3.茶　4.おん茶

02. 今日　どうしたの？すごい　（　　）だね。
　　1.お　2.ご馳走　3.馳走　4.馳走さま

20 單元小測驗

1. この　辞書、（　　）も　いいですか。
   1　借りられて　　　2　お借りになって　　3　お借りして　　4　借られて

2. わからない　ことが　あったら、遠慮なく　（　　）　ください。
   1　お聞き　　　　　2　お聞かれ　　　　　3　聞かれて　　　4　伺って

3. 山田先生の　電話番号を　（　　）ら、教えて　ください。
   1　ご存知した　　2　ご存知だった　　3　ご存知られた　　4　ご存知された

4. 日本の　古い　絵を　（　　）ことが　ありますか。
   1　ご覧に　なった　　　　　　　　　2　ご覧に　した
   3　お見に　なった　　　　　　　　　4　お見に　した

5. 会議の　場所が　決まりましたら、皆さんに　（　　）。
   1　お知らせ　なさいます　　　　　　2　お知らせ　くださいます
   3　お知らせ　いたします　　　　　　4　お知らせ　いただきます

6. すみません。お名前は　何と　（　　）か。
   1　申します　　　2　おっしゃいます　3　ございます　　4　おります

7. はじめまして、鈴木で　（　　）。
   1　申します　　　2　おっしゃいます　3　ございます　　4　おります

8. 先生が　紹介して　（　　）文法の　本を　買いました。
   1　いたした　　　2　なさった　　　　3　いただいた　　4　くださった

9. A：お飲み物は　何に　（　　）か。　B：緑茶に　（　　）。
   1　飲まれます／お飲みします　　　　2　なさいます／いたします
   3　お飲みになります／飲みます　　　4　いたします／なさいます

10. A：お手洗いは　どこですか。　B：エレベーターの　横に　（　　）。
   1　ございます　　2　おります　　　　3　いたします　　4　なさいます

21

第 21 單元：形容詞子句

　　本單元開始正式進入日文的複句。所謂的單句（Simple Sentence），指的就是僅有一個述語（句尾的動詞、形容詞或名詞）的句子。如：「私は　ご飯を　食べました」。而所謂的複句（Complex Sentence），指的則是擁有兩個以上的述語所組成的句子。如：「私は母が作ったご飯を食べました」（母が作った＋私はご飯を食べました）。本單元主要介紹複句當中的「形容詞子句」。

104. 名詞修飾

接続：名詞修飾形
説明：所謂的「名詞修飾」，指的就是用來修飾、補充、描述、說明某一「名詞」
的句法構造。例如：「美味しいおにぎり（好吃的飯糰）」一句中，「美味
しい（好吃的）」為形容詞，用來描述後方名詞「おにぎり（飯糰）」。這
樣的修飾關係，就稱作是「名詞修飾」（又名「連體修飾」）。而「名詞修飾」
在接續上，就是使用第 57 項文法所學習到的「名詞修飾形」。
日文中，能夠用來修飾名詞的，除了可以使用 ① イ形容詞（如上例的美味し
い）外，亦可使用②ナ形容詞修飾名詞、③ 名詞修飾名詞、④ 連體詞修飾名
詞、⑤ 單一動詞修飾名詞、或直接使用 ⑥ 一個完整的句子來修飾名詞。

① イ形容詞修飾名詞　：難しい本／重い本／懐かしい本
② ナ形容詞修飾名詞　：好きな本／貴重な本／専門的な本
③ 名詞修飾名詞　　　：私の本／図書館の本／江戸時代の本
④ 連體詞修飾名詞　　：ある本／この本／あらゆる本
⑤ 動詞修飾名詞　　　：読む本／借りた本／違う本
⑥ 完整的句子修飾名詞：昨日太郎が図書館で読んだ本

上述的第 ⑥ 項，就是本單元主要學習的修飾方式，也是 N4 考試當中的必考項目。像是
這種用一個句子來修飾一個名詞的修飾部分（底線部分），就稱作「名詞修飾節」又或
是「連體修飾句」。也因為這樣的句子，其功能就等同於一個形容詞，用來修飾一個名詞，
因此本書將這樣的修飾句，統稱為「**形容詞子句**」（Adjective Clause）。

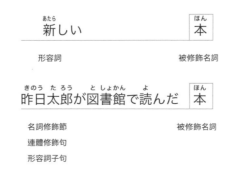

新しい　　　　　　　　　　本
形容詞　　　　　　　　　　　被修飾名詞

昨日太郎が図書館で読んだ　本
名詞修飾節　　　　　　　　　被修飾名詞
連體修飾句
形容詞子句

辨析：

會被稱作是「節」或者是「子句」，就是因為當它拿來修飾名詞後，已經變成了句子當中，用來修飾的一個成分而已，已經喪失了它原本作為獨立句子的地位，只是另一個更大句子當中的其中一個部分而已，因此屬於「從屬子句」（「子句」在日文當中稱為「節」）的一種。而它上層那個更大的句子，就稱為「主要子句」或者「母句」。

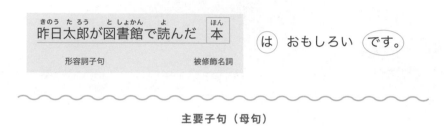

「從屬子句」依照其句法上的功能，又可以細分為本單元介紹的 1.「形容詞子句」、以及往後單元將會介紹的 2.「名詞子句」、3.「副詞子句」，以及 N5 以學習過的 4.「對等子句」（例如：「～が、～。」、「～けれども、～。」），往後的單元將會依序介紹。

隨堂測驗：

01. 排列出正確順序：（ ＿＿＿＿ ）は　美味しかったです。
　　1.山田さん　2.ケーキ　3.作った　4.が

02. 排列出正確順序：これは　（ ＿＿＿＿ ）です。
　　1.かばん　2.イタリア　3.で　4.買った

105. 形容詞子句的限制

接続：名詞修飾形

説明：日文的句子中，除了 ① 以動詞結尾的「動詞述語句」以外，亦有 ② 以名詞結尾的「名詞述語句」，以及 ③ 以イ、ナ形容詞結尾的「形容詞述語句」。這三種句子，都可以拿來作為「形容詞子句」，來修飾一個名詞。要將句子拿到名詞前方，作為名詞修飾節來修飾某名詞時，有兩個限制：1. 表動作者的「は」必須改為「が」。2. 一定要使用名詞修飾形 (不可使用です／ます)。

(※ 註：下例中，畫底線部分為子句、框框部分的名詞為被修飾的名詞。)

① 動詞述語句 修飾名詞

・昨日 太郎は 図書館で 本を 読みました。 (昨天太郎在圖書館讀了書。)

→昨日 太郎が 図書館で 読んだ 本 (昨天太郎在圖書館所讀的書。)

② 名詞述語句 修飾名詞

・田中さんは 三友商事の 社長です。 (田中先生是三友商事的社長。)

→三友商事の 社長の 田中さん (三友商事的社長田中先生。)

③ 形容詞述語句 修飾名詞

・あの店は カレーライスが 美味しいです。 (那一間店的咖哩飯很美味。)

→カレーライスが 美味しい (あの)店 (咖哩飯很美味的＜那間＞店)

・鈴木さんは 歴史に 詳しいです。 (鈴木先生對於歷史很了解。)

→歴史に 詳しい 鈴木さん (對於歷史很了解的鈴木先生)

・昔は この辺りは 静かでした。 (以前這附近很安靜。)

→この辺りが 静かだった 昔 (這附近很安靜的當時)

辨析：

關於上述兩點的限制，有以下說明：

若子句中的「は」不是表動作者，而是表對比 (⇒ #68- 辨析) 時，則即便為形容詞子句，仍可使用「は」。

- 富士山は　見えるけど、東京タワーは　見えない 部屋 。
  （看得到富士山，但卻看不到東京鐵塔的房間。）

雖說形容詞子句不可使用「です／ます」，但若是使用於廣播或服務業等的場景時，有些許例外。

- 次に　参ります 電車 は、特急、田無行きです 。
  （下一班電車，是特快車，前往田無。）

- 止まります 階 は、3階、6階と　7階でございます 。
  （< 本電梯 > 將於三樓、六樓與七樓停止。）

另外，形容詞子句中，若表主語的「が」緊接著動詞，則「が」亦可替換為「の」。若「が」與動詞間還有其他補語，則不習慣替換。

- 太郎が　買った 本
○ 太郎の　買った 本
  （太郎所買的書。）

- 昨日　太郎が　図書館で　読んだ 本
? 昨日　太郎の　図書館で　読んだ 本
  （昨天太郎在圖書館讀的書。）

隨堂測驗：

01. 山田さん（　　）　作った　ケーキを　食べました。
　　1. は　2. が　3. を　4. に

02. これは　イギリス（　　）　買った　服です。
　　1. は　2. が　3. で　4. の

106. 兩種形容詞子句

接続：名詞修飾形
説明：形容詞子句，依其構造又可分為 ①「内の関係」與 ②「外の関係」兩種。
　　　詳細請看下面說明。（※ 註：下例中，畫底線部分為子句、框框部分的名詞為被修飾的名詞。）

① 日文的動詞句，動詞擺在最後方。而主語、場所、對象、工具、目的語…等補語（車廂）
　（⇒ #78-註）則擺在動詞前方。以「A は　B で　C に　D を　動詞」…等這樣的型態呈現（依
　動詞不同，前面使用的助詞組合也不同）。上述的「A は」「B で」「C に」「D を」
　這些部分就是補語（車廂）。而這些車廂可以分別拿到後方來當作是被修飾的名詞。
　車廂移後時，原本的助詞會刪除。

・鈴木さんは　　パソコンで　　友達に　　メールを　　書きました。
　　A 車廂　　　　B 車廂　　　　C 車廂　　D 車廂　　　動詞

A 車廂移後當被修飾名詞：　　パソコンで　友達に　メールを　書いた 鈴木さん
B 車廂移後當被修飾名詞：　　鈴木さんが　友達に　メールを　書いた パソコン
C 車廂移後當被修飾名詞：　　鈴木さんが　パソコンで　メールを　書いた 友達
D 車廂移後當被修飾名詞：　　鈴木さんが　パソコンで　友達に　書いた メール

上述的翻譯依序為：
・（鈴木先生用電腦寫 E-mail 給朋友。）
A（用電腦寫 E-mail 給朋友的鈴木先生）
B（鈴木先生用來寫 E-mail 給朋友的電腦）
C（鈴木先生用電腦來寫 E-mail 所給的朋友）
D（鈴木先生用電腦寫給朋友的 E-mail）

📎 辨析：

若車廂為「～から」，則有些情況可以移後當被修飾名詞，有些情況不行。如下例第一句，語
意可以很明顯辨識「房間」為看得到東京鐵塔的起點時，就可移後當被修飾名詞。但像是第二
句，「A 市」後移當被修飾名詞時，就無法辨識鈴木到底是從 A 市來的，還是從別的地方來到
A 市。

・部屋から 東京タワーが 見えます。（從房間看得到東京鐵塔。）
→ ○ 東京タワーが 見える 部屋。（看得到東京鐵塔的房間。）

・鈴木さんは Ａ市から 来ました。（鈴木先生從Ａ市來的。）
→ ？ 鈴木さんが 来た Ａ市。（鈴木先生來的Ａ市。）

② 此外，即便某個名詞原本並不屬於句子裡的其中一個車廂，但它也依然能夠擺在後方當作被修飾名詞。

・カレーを 作る 男（做咖哩的男人）
可以還原成車廂 → 男は（が） カレーを 作ります。（那個男人做咖哩。）

・カレーを 作る 匂い（做咖哩的味道）
無法還原成車廂 → 匂い（×が／×を／×に／×で／×へ／×から） カレーを 作ります。

如上面第一例，「男」是原本句子中的主語車廂，因此可以還原為「男は」或「男が」。這樣的關係就稱作是「内の関係」。但第二句的「匂い」，它並不屬於原本句子裡面的任何一個成分（車廂）。但「匂い」這個名詞依然可以當作是被修飾的名詞。這樣的關係就稱作是「外の関係」。

以下為「外の関係」的例句。這些皆無法還原成車廂。

・英語を 教える 仕事（教英文的工作）
・電車が 走る 音（電車行走的聲音）
・あなたが ここに 来た 理由（你來到這裡的理由）

📎 辨析：

「外の関係」時，若被修飾名詞為「意見、噂、考え、ニュース」…等表達發話或思考的名詞時，名詞修飾節與被修飾名詞的中間，多半會插入「という」。（※ 註：「？」代表不通順，但不是絕對的錯誤。）

？ 真理子さんが 専務と 付き合っている 噂
○ 真理子さんが 専務と 付き合っている という 噂

（真理子小姐正在和常務董事交往的謠言。）

？ 新型コロナウイルスが　パンデミックに　なった ニュース

○ 新型コロナウイルスが　パンデミックに　なったという ニュース

（武漢肺炎已全球大流行的新聞。）

・私には、将来　歌手に　なると　いう 夢 が　あります。

（我有一個夢，就是將來想要當歌手。）

・男の子の　顔は　父親より　母親に　似ると　いう 話 を　聞いた。

（我聽到了一種說法，就是男生的臉比起父親會更像母親。）

📄 隨堂測驗：

01. 排列出正確順序：（ ＿ ＿ ＿ ＿ ）聞こえます。
　　1. 声が　2. 人が　3. 隣の　4. 喧嘩している

02. 排列出正確順序：山田さんから明日２時から（ ＿ ＿ ＿ ＿ ）がありました。
　　1. 連絡　2. と　3. いう　4. 会議だ

解答 01.（3 2 4 1）　02.（4 2 3 1）

21

107. 母句與子句

接続：名詞修飾形
説明：形容詞子句修飾名詞時，例如「先週観た映画」，整個「先週観た映画」部分就相當於一個名詞。既然相當於一個名詞的地位，那它就可以整個擺在「が、を、に、で」…等格助詞的前方，當作母句（主要子句）中的一個車廂。

・先週　観た 映画 は　面白かった。
（上個星期看的電影很有趣。）

・先週　観た 映画 が　好きです。
（我喜歡上個星期看的電影。）

・先週　観た 映画 を　友達に　紹介した。
（我把上個星期看的電影介紹給了朋友。）

・山田さんが　建てた 家 に　住んでいます。
（我住在山田先生蓋的房子。）

・山田さんが　建てた 家 で　パーティーを　した。
（我在山田先生蓋的房子辦了派對。）

・山田さんが　建てた 家 を　売りました。
（我賣掉了山田先生蓋的房子。）

・山田さんが　建てた 家 へ　行きました。
（我去了山田先生蓋的房子。）

・山田さんが　建てた 家 から　うちまで　歩いて　帰りました。
（從山田先生蓋的房子走回我家。）

換句話說，也就是凡是「一個句子當中的名詞部分，都可使用形容詞子句來修飾此名詞」。下列例句，分別在「鈴木さん」、「レストラン」、「ご飯」三個名詞前，加上形容詞子句。（※ 註：下例中，畫底線部分為形容詞子句、框框部分的名詞為被修飾的名詞、粗體助詞則為主要子句的車廂之助詞。母句的動詞，則以藍底表示。）

・昨日、鈴木さんは レストランで ご飯を 食べました。

→昨日、夜の 11時まで 働いた鈴木さんは レストランで ご飯を 食べました。
→昨日、鈴木さんは 雑誌で 紹介された レストランで ご飯を 食べました。
→昨日、鈴木さんは レストランで アルバイトの 店員が 作ったご飯を 食べました。

上述的翻譯依序為：

・（昨天鈴木先生在餐廳吃了飯。）

→（昨天工作到晚上11點的鈴木先生，在餐廳吃了飯。）

→（昨天鈴木先生在雜誌所介紹的餐廳吃了飯。）

→（昨天鈴木先生在餐廳吃了打工店員所做的飯。）

當然，亦可同時將所有的名詞前方，都加上形容詞子句，一氣呵成把話講完。

→昨日、夜の 11時まで働いた 鈴木さんは雑誌で紹介された レストランで アルバイトの店員が作った ご飯を 食べました。

（昨天，工作到晚上11點的鈴木先生，在雜誌所介紹的餐廳，吃了打工店員所做的飯。）

上述「昨日　鈴木さんは　レストランで　ご飯を　食べました。」的部分，就稱作是母句（或稱作「主要子句」），而名詞前面畫底線的「夜の 11時まで働いた」、「雑誌で紹介された」以及「アルバイトの店員が作った」的部分就是形容詞子句（名詞修飾節）。

也就是說，母句中的任何名詞前，都可分別放上形容詞子句（名詞修飾節）來修飾此名詞。換句話說，就是一個母句中，有幾個車廂，理應前方就可以有幾個形容詞子句（只要語意說得通）。

21

📄 隨堂測驗：

01. 請選出「友達と食事する」這個形容詞子句，應該擺放的正確位置。
    (1) 明日 (2) 約束 (3) が (4) あります。

02. 請選出「有名な人がデザインした」這個形容詞子句，應該擺放的正確位置。
    昨日 (1) 私は (2) 友達と一緒に行った (3) 店で、(4) 服を買いました。

108. 形容詞子句中的形容詞子句

接続：名詞修飾形

説明：形容詞子句，其本身也是由數個車廂組成。因此形容詞子句的裡面，亦可以有另一個形容詞子句。近年 N4 檢定考的重組題，特別喜歡出題這樣形式的題目，請務必特別留意。（※ 註：下例中，畫底線部分為形容詞子句、框框部分的名詞為被修飾的名詞、粗體助詞則為主要子句的車廂之助詞。母句的動詞（或述語），則以藍底表示。）

① ・　　　　　　　　　　　　　　　　　　あの 喫茶店 **が**　潰れた。
　　　　　　　　　　　　　　　　　　　　　　　↓

② ・　　　　　先週　田中さんと　行った 喫茶店 **が**　潰れた。
　　　　　　　　　　　　　　　　　　　　　　　　　　↓

③ ・先週　＜幼稚園で働いている＞田中さんと　行った 喫茶店 **が**　潰れた。

　　上述的翻譯依序為：

　　① ・（那一間咖啡廳倒掉了。）

　　② ・（上個星期和田中先生一起去的咖啡廳倒掉了。）

　　③ ・（上個星期和在幼稚園工作的田中先生一起去的咖啡廳倒掉了。）

第 ① 個句子僅有母句，是單句的構造，單純指出那間咖啡店倒閉了。第 ② 句則是在咖啡店這個名詞前，加上了另一個形容詞子句來說明，那是上星期和田中去的咖啡店。而形容詞子句「先週田中さんと行った」當中的「田中さん」也是個名詞。雖然它本身已經位處於形容詞子句當中，但仍然可以在「田中さん」的前面，再加一個形容詞子句，更近一步地詳細描述「田中さん」這個人，是在幼稚園工作的。可能說話者周邊有許多叫做田中的，因此利用這樣的方式，來說明不是別的田中，而是在幼稚園工作的那個田中。因此就會像第 ③ 句這樣，形成了形容詞子句當中，又有另一個形容詞子句（以藍字表示）。以下的例句，就是像這樣，形容詞子句裡又內包一個形容詞子句的例句：

・＜先月まで本屋があった＞場所にできた レストラン は、カレーライスが美味しいです。
（直到上個月為止，都還是書店，但現在改為餐廳的那間餐廳，它的咖哩很好吃。）

・明日＜アメリカへ出張する＞同僚を空港まで送る 約束 **を** しました。
（明天我約好要送要去美國出差的同事去機場。）

- 今度、<先生が紹介してくださった>仕事で知り合った 建築士 を、あなたにも 紹介します。

（下次我把那位在老師所介紹的工作時所認識的建築士也介紹給你。）

- 昨日鈴木さんは、<私が買った>雑誌で紹介された レストラン でご飯を食べました。

（昨天鈴木先生在我買的那本雜誌所介紹的餐廳吃了飯。）

- <中国で流行っている>新型コロナウイルスが、パンデミックになったという ニュース を 聞いて びっくりしました。

（我聽到了在中國流行的武漢肺炎已全球大流行的新聞，嚇了一大跳。）

隨堂測驗：

請按照上述例句，標出被修飾名詞（□）、形容詞子句（＿＿）、以及形容詞子句中的形容詞子句（＜＞）部分。

01. 隣に　住んで　いる　親子が　喧嘩して　いる　声が　聞こえます。

02. 山田さんから、明日　Ａ社で　行われる　プレゼンに　参加すると　いう　連絡が　ありました。（※註：「行う」為「舉行」之意）。

例 01. <隣に住んでいる>親子が喧嘩している 声 が聞こえます。

例 02. 山田さんから、明日 <A社で行われる> プレゼンに参加するという 連絡 がありました。

1. 昨日、弟が駅の ＿＿＿ ＿＿＿ ＿★＿ ＿＿＿ 面白かったです。
   1　漫画は　　　　　2　デパートで　　3　買った　　　　　4　隣にある

2. ＿＿＿ ＿＿＿ ＿★＿ ＿＿＿ 食べたくないと言っています。
   1　母が　　　　　　2　ご飯を　　　　3　作った　　　　　4　父は

3. 山田先生 ＿＿＿ ＿＿＿ ＿★＿ ＿＿＿ 買いました。
   1　本を　　　　　　2　の　　　　　　3　コンビニで　　　4　書いた

4. 山は見えるけど、＿＿＿ ＿＿＿ ＿★＿ ＿＿＿ 泊まりたくない。
   1　旅館　　　　　　2　には　　　　　3　見えない　　　　4　海は

5. 彼があの女性と ＿＿＿ ＿＿＿ ＿★＿ ＿＿＿ だった。
   1　財産のため　　　2　結婚した　　　3　本当の　　　　　4　理由は

6. 私は、家族のみんなに ＿＿＿ ＿★＿ ＿＿＿ ＿＿＿ 夢がある。
   1　父親になる　　　2　という　　　　3　愛される　　　　4　いい

7. 以前、銭湯だった ＿＿＿ ＿★＿ ＿＿＿ ＿＿＿ 美味しいです。
   1　できた　　　　　2　牛丼が　　　　3　食堂は　　　　　4　場所に

8. 田中さんは、＿＿＿ ＿★＿ ＿＿＿ ＿＿＿ 会議室で殺した。
   1　誰も　　　　　　2　中国から来た　3　いない　　　　　4　お客さんを

9. スマホで撮った ＿＿＿ ＿★＿ ＿＿＿ ＿＿＿ アプリの名前を教えて。
   1　できる　　　　　2　漫画風に　　　3　写真を　　　　　4　あの

10. 政府が、アメリカの製薬会社が ＿＿＿ ＿★＿ ＿＿＿ ＿＿＿
    ご存知ですか。
    1　新型コロナウイルスのワクチンを　　2　開発した
    3　ニュースを　　　　　　　　　　　　4　購入したという

22

第 22 單元：形式名詞「こと」

本單元介紹四個跟「こと」有關的用法。第 109 ～ 111 項文法中的「こと」，用於將一個動詞句名詞化，來作爲母句當中的其中一個車廂（分別為：「～ことが」、「～ことに」），就有如上一單元學到的形容詞子句構造 (⇒ #107)。因此，它只有文法上的功能，故翻譯時不會將其翻為「…（的）事情」。

109. 〜ことがある

接続：動詞原形／ない形＋ことがある
敬体：〜ことがあります
翻訳：有時候
説明：第 51 項文法學習到的「〜たことがある」，前方是接續動詞「た形」，而本項文法，則是前面接動詞「原形」（肯定）或者是「ない形」（否定）。用於表達「有時候會做」或者是「偶爾會發生」的事情。用於對比語境時，亦可使用「〜こともある」。（※ 註：下例中，畫底線部分為形容詞子句、框框部分的名詞為被修飾的名詞、粗體助詞則為主要子句的車廂之助詞。）

・彼は、 土曜日に 同僚と ゴルフへ 行く こと が ある。
（他星期六有時候會跟同事去打高爾夫球。）

・休みの 日には 庭で 食事を する こと が あります。
（假日時，我們有時候會在庭院吃飯。）

・私は 兄が 好きですが、たまに 兄と 喧嘩する こと も あります。
（我雖然喜歡我哥哥，但有時候也會跟他吵架。）

・父は 最近 私を 忘れて しまう こと が あります。
（近來，我父親有時候會有忘記我的情況。）

・仕事が 忙しい 時は ご飯を 食べない こと が あります。
（工作繁忙時，我有時候會不吃飯。）

・あの 生徒は、 時々 先生の 話を 聞いて いない こと が あります。
（那個學生有時候會沒有在聽老師講話。）

進階實戰例句：

・会社ではスーツを着ませんが、本社へ会議などに行く時は、着ることもあります。

（我在公司不穿西裝，但有時候去總公司開會時會穿。）

・普段、料理は私が作りますが、休みの日は夫が作ってくれることもあります。

（料理都是我在做，但有時候假日時老公會為我做。）

・土日はお席が混雑していることがございます（あります）ので、ご来店の際は

お電話でご予約ください。

（週末有可能會有客滿的狀況，請您來店前先打電話預約。）

辨析：

第 51 項文法學習到的「～たことがある」用於表「經驗」。本項文法學習到的則是表「頻率不高的偶發事情」。

・私は 仕事で 日本へ 行った ことが ある。

（我曾經因工作去過日本。）

・私は 仕事で 日本へ 行く ことが ある。

（我有時候會因為工作而去日本。）

因此，如果發生頻率或者是做此行為的頻率偏高，則不會用本句型的表現，亦不會與「いつも、よく、たいてい」…等副詞一起使用。

×私は よく 仕事で 日本へ 行く ことが ある。

○私は よく 仕事で 日本へ 行きます。

隨堂測驗：

01. いつもはスマホで支払いますが、たまにクレジットカードで（　　）こと
があります。
　　1. 支払う　2. 支払わない　3. 支払った　4. 支払わなかった

02. 大阪へ行く時はたいてい新幹線で行くが、時々飛行機で（　　）ことが
あります。
　　1. 行った　2. 行って　3. 行く　4. 行かない

110. 〜（こと）にする

接続：① 名詞＋にする　　② 動詞原形／ない形＋ことにする
敬体：〜（こと）にします
翻訳：① 我選擇…。② 我決定做…。
説明：① 前方使用名詞時，表示説話者有意志地「決定、選擇」此名詞。② 若是説話者決定的，不是一個名詞，而是一件事情，就會使用「〜ことに　する」的形式，並將這件事情放在「こと」的前方，以形容詞子句的方式來説明表達這件事。使用「ことに**する**」表示「現在當下剛剛做出的決定」。若使用「ことに**した**」表示「之前做的決定」。（※ 註：下例中，畫底線部分為形容詞子句、框框部分的名詞為被修飾的名詞、粗體助詞則為主要子句的車廂之助詞。）

① ・晩ご飯は　牛丼に　する。
（我晚餐決定要吃牛丼。）

・（レストランで）Ａ：何に　しますか？　Ｂ：私は　パスタに　します。
（在餐廳 Ａ：你要點什麼？　Ｂ：我要吃義大利麵。）

・Ｍサイズは　ちょっと　きついですから、Ｌサイズのに　します。
（Ｍ 號的有點小，我拿 Ｌ 號的。）

・次の　旅行先は　ヨーロッパに　しようと　思って　います。
（下一次旅行的目的地，我打算去歐洲。）

② ・私は　今日から　たばこを　やめる こと に　します。
（我決定從今天開始戒菸。）

・私たちは　家を　買う こと に　しました。是非　新居に　遊びに　来て
ください。
（我們決定要買房子了。請一定要來我們的新家玩喔。）

・私は　もう　彼とは　会わない こと に　しました。
（我已經決定不再跟他見面了。）

・新型コロナウイルスが 流行って いるので、連休は 出かけない ことに します。

（因為武漢肺炎還在流行，所以連假我決定不出門。）

📎 辨析：

第 81 項文法「〜く／にする」，前方接續形容詞或名詞，用於表達「變化」。意思是某人有意志地讓某物的狀態由 A 轉換為 B，句型結構為「X が（は） A を B する」，X 可為說話者或他人；

・**会長は 高橋さんを 社長に した。**

（會長讓高橋先生當上社長。）

而本項文法前方僅接續名詞（或形式名詞こと），用於表達「決定」。意思是某人有意志地「決定」要選擇某人或某事物，句型結構為「A に する」。

・**今期の 理事長は 高橋さんに します。**

（本屆的理事長就選高橋先生來擔任吧。）

進階實戰例句：

・その日から、健康のために毎日運動することにした。

（從那天起，我就為了身體健康，決定每天都運動。） （「〜ために」⇨ #132-①）

・何度やってもできなかったので、彼はその仕事を辞めることにした。

（因為試了好幾次都失敗，因此他決定要辭去那個工作。）

・この学校が一番良さそうなので、ここで勉強することにしようと思っています。

（這間學校看起來最好，因此我打算在這間學校學習。） （「〜そうだ（様態）」⇨ #142-②）

22

01. 荷物が　多いので、　タクシーで　行くこと（　　）します。
　　　1.が　2.に　3.を　4.は

02. お昼は　お寿司（　　）。
　　　1.になる　2.にする　3.くなる　4.くする

111.～（こと）になる

接続：①名詞＋になる　②動詞原形／ない形＋ことになる
敬体：～（こと）になります
翻訳：① 訂於…。定為…。② （非單方面的）決定。目前的慣例…。
説明：① 前方使用名詞時，表示與說話者的意志無關，事情「定了下來」。多半是
　　　眾人協議、自然驅使、或外界支配所產生的結果，因此不會明示出決定者。
　　　② 若是定下來的，不是一個名詞，而是一件事情，就會使用「～ことに　な
　　　る」的形式，並將這件事情放在「こと」的前方，以形容詞子句的方式，來
　　　說明表達這件事。使用「ことになった」，表示「因天時地利人和，事情自
　　　然演變致這個結果」。強調「非說話者單方面決定的結果」。若使用「こと
　　　になっている」，表示「一直以來所維持，遵循著這個慣例、規則」。強調「並
　　　非某人現在才剛做的決定，而是早就已經被決定好，(將來)是要 ... 的」。(※

註：下例中，畫底線部分為形容詞子句、框框部分的名詞為被修飾的名詞、粗體助詞則為主要子句的車廂之助詞。)

①・2020 年（令和 2 年）から、2 月 23 日が　天皇誕生日に　なります。
　　（從 2020 年（令和 2 年）開始，2 月 23 日是天皇誕生日。）

・送別会は　来月の　8 日に　なりました。
　（送別會訂於下個月的 8 號。）

・グループ名は　「シティ・ボーイズ」に　なりました。
　（團體名為「城市男孩」。）

・今日の　会議は　3 時からに　なりました。
　（今天的會議是從 3 點開始。）

②・来月　パリに　出張する こと に　なりました。
　（下個月要去巴黎出差。）

・コロナで　旅行に　行かない こと に　なった。
　（因為武漢肺炎，所以大家決定不去旅行了。）

・この　学校では　3 ヶ月に　一度　試験を　する こと に　なって　います。
　（在這間學校，＜慣例就是＞三個月會有一次考試。）

22

331

・この 部屋は 先生たちが 使う こと に なって いるから、勉強会は
あちらの 部屋で しましょう。
（這間房間一直都是老師在用的，所以我們到那間房間讀書吧。）

進階實戰例句：

・その問題については、明日の会議でヤンさんが説明することになったそうです。
（關於那個問題，聽說目前預計是由楊先生在明天的會議上說明。）

・たぶんヤンさんは来月からこの会社で働くことになるでしょう。
（大概從下個月開始，楊先生會來這間公司工作吧。）

隨堂測驗：

01. 日曜日に友達とパーティーをすること（　　）なったよ。
　　1.が　2.に　3.を　4.は

02. A：パーティー会場は　どこですか。
　　B：パーティー会場は　「プリンスホテル」（　　）なりました。
　　1.が　2.に　3.を　4.は

112. ～（という）こと

接続：普通形＋（という）こと
翻訳：（知道、學習、了解、教導…）這件事。
説明：此句型用於表達「一件事情、知識、或者言語中，所傳遞的具體內容」。母
句（主要子句）的動詞，多為「わかる、知る、教える、習う、決まる」…
等「情報傳達」語意的動詞，而形式名詞「～こと」前方的形容詞子句，則
為這些情報表達動詞所欲傳達的內容。基本上，「こと」的前方不一定要加
上「という」，但此形容詞子句若為「～（名詞／ナ形容詞）だ」的時候，
則「という」不可省略。（※ 註：下例中，畫底線部分為形容詞子句、框框部分的名詞為被修飾的名詞、粗體
助詞則為主要子句的車廂之助詞。母句的動詞，則以藍底表示。）

・鈴木さんが　先月　会社を　辞めた（という）こと**を**　今日　初めて　知った。
（我今天才知道鈴木先生上個月就辭掉公司的這件事。）

・あなたが　元気に　なった　（という）こと**を**　知って、安心しました。
（知道你恢復健康了，我也就安心了。）

・来年から　消費税が　増税される（という）こと**が**　正式に　決まった。
（從明年開始消費稅要增稅這件事，正式確定了。）

・実験で　この　ウイルスは　熱に　弱い（という）こと**が**　わかった。

（在實驗當中，我們了解到了這個病毒不耐熱／對於高溫很脆弱。）

・学校で　病気は　治療より　予防の　ほうが　重要だという こと**を**　習いました。

（在學校，我們學習到了在疾病上，比起治療，預防更重要。）

・先生**が**　日本人の　家へ　行く　時は、靴を　脱がなければ　ならない（という）
こと**を**　教えて　くれた。

（老師告訴了我們，到日本人家的時候必須要脫鞋子。）

進階實戰例句：

・このウイルスは、かかっても死なないという こと がわかった。

（我們瞭解到了，即便是感染這個病毒也不會死亡。）

・地球は丸い、という こと がわかったのはいつ頃ですか。

（我們人類是什麼時候才瞭解到地球是圓的？）　（「～のは～だ（強調句）」⇒ #125）

・語尾に「～ ly」がつくのは副詞だという こと を、英語の授業で習いました。

（我在英文課上，學習到了字尾有「～ ly」的就是副詞這個概念。）

（「～のは～だ（強調句）」⇒ #125）

📄 隨堂測驗：

01. 東京オリンピックは延期されたという（　　）知っていますか。
　　1. ことが　2. ことを　3. ものが　4. ものを

02. 現金払いよりモバイル決済のほうが（　　）ことを孫が教えてくれた。
　　1. 便利な　2. 便利だ　3. 便利という　4. 便利だという

解 01.（2）02.（4）

22

1. いつも　一人で　旅行しますが、恋人と　二人で　旅行する　こと（　　）。
   1　にない　　　　　2　がした　　　　　3　もある　　　　　4　はする

2. 太って　しまったので、今日から　甘い物を　食べない　（　　）に　する。
   1　という　　　　　2　こと　　　　　　3　もの　　　　　　4　ため

3. ここには　高層マンションが　建つ　こと（　　）。
   1　になった　　　　2　をなった　　　　3　をした　　　　　4　がした

4. A：何　食べる？　B：そうですね。私は　魚（　　）。
   1　になる　　　　　2　にする　　　　　3　がなる　　　　　4　をする

5. 私は　以前、エジプトへ　旅行に　行った時、ピラミッドに　（　　）。
   1　入った　ことに　なる　　　　　　2　入った　ことが　ある
   3　入る　ことに　する　　　　　　　4　入る　ことが　ある

6. 彼は　実は　外国人だったと　（　　）を　今日　初めて　知りました。
   1　思ったこと　　2　いったこと　　　3　思うこと　　　　4　いうこと

7. 田中さんは　来年　＿＿＿＿　＿＿＿＿　★　＿＿＿＿　なりました。
   1　する　　　　　　2　ことに　　　　3　沖縄へ　　　　　4　引っ越し

8. 不景気で　給料が　＿＿＿＿　★　＿＿＿＿　＿＿＿＿　ことに　した。
   1　辞める　　　　　2　から　　　　　3　仕事を　　　　　4　減った

9. 土曜日に買い物に　＿＿＿＿　＿＿＿＿　★　＿＿＿＿　連絡をください。
   1　来る前に　　　　2　ありますから　　3　行くことが　　4　家に

10. スミスさんが　＿＿＿＿　★　＿＿＿＿　＿＿＿＿　教えてくれた。
    1　靴を脱がなくてもいい　　　　　　2　ことを
    3　アメリカ人の家へ行った時　　　　4　という

23

第 23 單元：形式名詞「よう」

　本單元介紹四個跟「よう」有關的用法。第 113 項文法「ようにする」是與「說話者意志有關」的表現。學習時要注意「する」後方的型態。第 114 項文法「ようになる」則是與「說話者意志無關」的轉變。學習時要留意「なる」前方動詞的種類。

113. 〜ようにする

接続：動詞原形／ない形＋ようにする
敬体：ようにします
翻訳：盡量…；設法…。
説明：表「盡可能地朝這方面做努力…」。① 使用「ようにする」，表示「說話者
　　　目前剛下了決定」，今後將會注意朝此方面努力。② 使用「ようにしてくだ
　　　さい」，表示「說話者請求聽話者」盡量朝此方面努力。③ 使用「ようにし
　　　ている」，表示「說話者之前就決定」將會盡量，盡最大努力這麼做，並且
　　　至目前為止，仍然持續著這樣的努力。

①・明日から　5分早く　家を　出る　ように　します。
　（從明天起，我會盡量提早五分鐘出門。）

　・今後、　会社の　食事会には　できるだけ　参加する　ように　します。
　（我會盡量參加往後公司的聚餐。）

②・学校を　休む　時は、必ず　担任の　先生に　連絡する　ように　してください。
　（如果不來學校，請務必要跟級任老師聯絡。）

　・無駄な　物は　買わない　ように　してください。
　（請盡量不要亂買東西。）

③・体に　いいので、なるべく　野菜を　たくさん　食べる　ように　しています。
　（因為對身體很好，因此我都盡量吃很多蔬菜。）

　・午後　5時以降は　コーヒーを　飲まない　ように　しています。
　（下午五點以後，我盡量都不喝咖啡。）

01. 仕事で 忙しいですが、毎日 スポーツを （　　） ように しています。
　　1.する　2.した　3.しよう　4.している

02. 熱が ある時は、お風呂に （　　） ように してください。
　　1.入らないで　2.入らない　3.入るな　4.入ってない

114. ～ようになる

接続：動詞原形＋ようになる　動詞ない形＋なくなる
敬体：ようになります／なくなります
翻訳：① 經努力，終於會…。② 已經會…。開始做…。③ 變得無法…。
説明：表「轉變」。可用於下列三種情況：① 表「能力的轉變」。意思是「原本不會的，但經過努力後，有了這樣的能力」。前面動詞使用可能形 (⇒ #67) 或「わかる」、「できる」等表能力的詞彙。② 表「狀況或習慣的改變」。意思是「原本不是這個狀況／沒有這個習慣的，但由於某個契機，現在狀況／習慣已與以前不一樣了」。③ 否定講法為「～なくなる」。表示轉變的方向「由會轉為不會／由可轉為不可／由有轉為無」。此外，否定的講法亦有「～ないようになる」的形式，但較少見。

① ・香奈ちゃんは　一人で　学校へ　行けるように　なりました。
（香奈小妹妹已經能夠獨自一人去學校了。）

・日本語の　新聞が　読めるように　なりました。
（我＜經努力後＞終於讀得懂日文的報紙了。）

・テレビの　英語が　わかるように　なりました。
（我現在可以聽得懂電視上的英文了。）

・着替えは　一人で　できるように　なりましたか。
（你現在有辦法自己換穿衣服了嗎？）

② ・うちの　庭に　リスが　来るように　なりました。
（我家的庭院，現在會有松鼠來造訪了／以前不會來，現在會來。）

・先月から、この駅に　急行が　止まるように　なりました。
（從上個月起，這個車站快車也會停了／以前不會停，現在會停。）

・あの　事件以来、妹は　ニュース番組を　見るように　なりました。
（自從那個事件發生以後，妹妹就會關注新聞節目了／以前不看，現在會看。）

・彼は　社会人に　なって　から、お酒を　飲むように　なった。
（他出社會後，就開始會喝酒了／以前不喝，現在會喝。）

③< 能力轉變的否定 >

・母は　病気で　歩けなく　なりました。

（媽媽因為生病，現在無法行走了。）

・年を　取りましたから、新聞の　字が　読めなく　なりました。

（因為上了年紀，所以現在報紙上的字都看不清楚了。）

< 狀況／習慣改變的否定 >

・家の　前に　高い　マンションが　できたから、富士山が　見えなく　なった。

（我家前面蓋了一棟新的住宅大樓，所以看不見富士山了／富士山被擋到了。）

・彼は　宝くじに　当たってから、貯金しなく　なりました。

（自從他中了樂透後，就不再存錢了。）

・私は　兄弟が　いないので、ずっと　寂しかったですが、犬を　飼って

からは　寂しく　なく　なりました。

（因為我沒有兄弟姊妹，因此一直都很寂寞。但自從養了小狗以後，就不寂寞了。）

📄 隨堂測驗：

01. 英語で　手紙が（　　）ように　なりました。
　　　1. 書けれる　2. 書ける　3. 書けられる　4. 書かれる

02. 運動は、最初は　やって　いたが、だんだん　（　　）。
　　　1. やるようになった　2. やらないようになかった
　　　3. やらなくなった　4. やるようにならなかった

解答 01.（2）02.（3）

115. ～ように言ってください

接続：動詞原形／ない形＋ように言ってください
常体：ように言って（くれ）
翻訳：請叫某人（做某事／別做某事）…。
説明：此句型用於「說話者叫聽話者去請求、命令或禁止第三者做某事」。因此語
境中，會牽扯三個人。發號施令者為說話者；轉述者為聽話者；實行動作者
為第三者（～「に」）。（※ 註：底線部分為轉述的內容。）

・鈴木さんに　すぐ　社長室へ　来るように　言ってください。
（請你去叫鈴木先生立刻到社長室來。）

・井上さんに　今週中に　私に　お金を　返すように　言って。
（你去告訴井上先生，叫他本週內要還我錢。）

・翔太君に　会議室で　待つように　言ってくれ。
（請去跟翔太講，叫他在會議室等。）

・あの人に　心配しないように　言ってください。
（請你告訴他，叫他別擔心。）

・井上さんに　給料を　もらったら、私に　お金を　返すように　言ってください。
（請告訴井上先生，叫他領薪水後，要還我錢。）

・翔太君に　先生が　いなくても、会議室で　待つように　言ってください。
（請告訴翔太，告訴他即便老師不在，也要在會議室等待。）

隨堂測驗：

01. 椋太君（　　）　もっと　勉強するように　言って　ください。
　　　1. が　2. を　3. に　4. で

02. あのお客さんに　館内で　たばこを　（　　）ように　言って　ください。
　　　1. 吸う　2. 吸うな　3. 吸わない　4. 吸ってはいけない

解答 01.（3）02.（3）

341

116. ～ように

接続：動詞原形／ない形＋ように
翻訳：希望達到…。為了…。
説明：表「目的」。前方動詞需接續非意志表現（常使用動詞可能形），表示說話
　　　者期盼前述事項能夠實現，而去做了後述的動作。

・漢字が　読めるように、毎日　練習して　います。
（為了可以讀懂漢字，每天都在練習。）

・先生の　話が　聞こえるように、教室の　一番前の　席に　座りました。
（為了可以聽清楚老師講的話，我坐到了教室最前排的位置。）

・風が　入らないように、窓を　閉めました。
（為了不讓風吹進來，我關上了窗戶。）

・遅刻しないように、明日から　5分　早く　家を　出るように　します。
（為了不遲到，我從明天開始，會提早五分鐘出家門。）

📎 辨析：

所謂的「意志表現」（⇒ #26- 辨析、#95- 辨析），指的就是「說話者可控制要不要做」的動作。而「非意志表現」指的就是「說話者無法控制會不會發生」的動作。

「動詞可能形」用於表達能力。能力這種東西並不是你想有，就可以有的，需要經過長時間的培養才可獲得，因此「動詞可能形」屬於「非意志表現」。

・英語が　上手に　話せるように、毎日　練習して　います。
（為了英文可以講得好，我每天都練習。）

另外，像是自然現象（雨が降る…等）、描述事物狀態的自動詞（荷物が届く…等）、人的生理狀態（病気が治る…等）、心理現象（困る…等），亦屬於「非意志表現」。

・雨が　降らないように、てるてる坊主を　吊るしました。
（希望可以不要下雨，所以掛上了晴天娃娃。）

・荷物が　早く　届くように、速達で　出しました。

（希望包裹可以早點寄達，因而用限時專送寄出了。）

・病気が　早く　治るように、毎日　薬を　飲んでいる。

（希望病可以早點痊癒／為了讓病早點好，所以每天都吃藥。）

・将来　お金に　困らないように、一生懸命　貯金しています。

（希望將來可以不為錢所苦／為了將來不會沒錢，所以現在努力存錢。）

若前句為第三人稱的動作（非命令、禁止、請求、邀約）時，由於也是說話者無法控制他人要不要做這個行為，因此也屬於「非意志表現」。（※ 註：後句仍是說話者的動作）

・子供が　よく　勉強するように、書斎の　ある　家を　買いました。

（希望小孩可以好好讀書，所以我買了有書房的房子。）

・家族が　心配しないように、毎日　連絡して　います。

（希望家人可以不要擔心／為了不讓家人擔心，我每天都會聯絡家裡。）

・たくさんの　お客様が　買い物に　来られるように、売り場を　もっと　広くした。

（希望客戶會來買東西，所以我們把賣場面積拓寬了。）

如為「意志性」的表現，則不可使用本文法，必須改用第 132 項文法即將學習到的「～ために」。

× アメリカに　いる　彼女に　会うように、飛行機代を　貯金して　います。
○ アメリカに　いる　彼女に　会うために、飛行機代を　貯金して　います。

（為了去見住在美國的女朋友，我正在存機票錢。）

📄 **隨堂測驗：**

01. 約束を　（　　）ように、予定を　手帳に　書きました。
　　　1. 忘れる　2. 忘れない　3. 忘れた　4. 忘れて

02. 早く　（　　）ように、毎日　練習しています。
　　　1. 泳ぐ　2. 泳げる　3. 泳がない　4. 泳げない

解答 01. (2)　02. (2)

23 單元小測驗

1. 約束を　忘れないように、　予定を　手帳に　（　　）ように　して　います。
   　1　書く　　　　　　2　書いた　　　　　3　書き　　　　　　4　書

2. 山田さんに　教えて　もらったので、スマホが　（　　）　なりました。
   　1　使えたように　2　使えるように　　3　使われるように　4　使うように

3. 日曜日に　友達と　海へ　行く　予定だったが、風邪を　引いて
   しまったので、（　　）なった。
   　1　行けなくように　　　　　　　　　2　行かなくように
   　3　行けなく　　　　　　　　　　　4　行かれなく

4. 明日の　会議は　大切ですから、遅れないように　（　　）。
   　1　してください　2　なってください　3　しなくなった　　4　なりました

5. 山田君、クラスの　みんなに　教室で　静かに　（　　）ように　言って　ください。
   　1　勉強しろ　　　2　勉強しよう　　3　勉強して　　　　4　勉強する

6. 風邪が　早く　（　　）ように、今日は　うちで　ゆっくり　休みます。
   　1　治す　　　　　2　治る　　　　　3　治される　　　　4　治られる

7. 日本に　来た時は、漢字が　全然　＿＿＿　＿＿＿　＿＿★＿＿　＿＿＿　なった。
   　1　読める　　　　2　読めなかったが　3　ように　　　　4　今は

8. 娘に　彼氏が　できた　＿＿＿　＿＿★＿＿　＿＿＿　＿＿＿　なりました。
   　1　家族と　一緒に　　　　　　　　2　から
   　3　最近は　私たち　　　　　　　　4　出かけなく

9. 山田君、クラスの　＿＿＿　＿＿＿　＿＿★＿＿　＿＿＿　ように　言って　ください。
   　1　教室で静かに　　　　　　　　　2　グループ作業が終わったら
   　3　みんなに　　　　　　　　　　　4　自習する

10. コロナが　一日も　早く　＿＿＿　＿＿★＿＿　＿＿＿　＿＿＿　入国を
    禁止しました。
    　1　外国人の　　　2　ように　　　3　政府は　　　　4　終息する

24

第 24 單元：其他形式名詞

　　本單元介紹三個 N4 範圍的形式名詞。「ところだ」用來表示與「動作」施行時間點的關聯，因此前方僅能接續「動詞」。學習時，必須留意前方動詞的時制。「はずだ」則是用於表達說話者對於某件事情的推論與判斷，因此前方可以有各種不同的品詞。學習時，除了留意前方的接續外，亦要留意其否定的兩種不同型態「〜ないはずだ」與「〜はずがない」的差異。

117. ～ところだ

接続：動詞原形／動詞ている／動詞た形＋ところだ

敬体：～ところです

翻訳：① 正要…。② 正在…。③ 剛剛…。

説明：此文法用於表示「說話當下」，正處於某個動作的哪個時間點（動作即將要
　　　發生的場面、動作進行到一半的場面、動作剛結束的場面）。「ところ」後
　　　方的斷定助動詞為現在肯定「だ／です」。隨著「ところ」前方動詞時制不同，
　　　所表達的時間點也不同。如下：①「動詞原形＋ところだ」，表示「說話時，
　　　正處於某動作要發生的前一刻」。②「動詞ている形＋ところだ」，表示「說
　　　話時，某動作正進行到一半」。③「動詞た形＋ところだ」，表示「說話時，
　　　某動作剛結束」。

①・A：晩ご飯は　もう　食べましたか。

　（A：你晚餐吃了嗎？）

　B：まだです、これから　食べる　ところです。

　（B：還沒，現在正要吃。）

・A：これから、遊びに　行っても　いい？

　（A：我現在／待會兒可以去＜你家＞玩嗎？）

　B：ごめん。ちょうど　今から　出かける　ところなんだ。

　（B：不好意思，我剛好現在正要出門。）

②・課長：鈴木、K社の　見積書、もう　出したか？

　（鈴木，K公司的估價單提交出去了嗎？）

　鈴木：まだです。今　作成している　ところです。

　（還沒，現在正在做。）

・母親：翔太、宿題は　もう　終わった？

　（翔太，你功課做完了嗎？）

　翔太：今　やっている　とこ。　（※註：「とこ」為「ところ」的口語表現）

　（現在正在做。）

③・父：椋太は　もう　帰ってきたのか？

（父：椋太已經回家了嗎？）

　母：はい、たった今　帰ってきた　ところです。

（母：對，剛剛回來。）

・（電話で）山田：もしもし、山田ですが、椋太君　いますか。

（您好，我是山田。請問椋太在嗎？）

　母親：椋太は、たった今　お風呂に　入った　ところなんです。
　　　　後で、電話させますね。

（椋太正好剛跑去洗澡了，我請他晚點打給你喔。）

📎 辨析：

此表現是用來「回應對方的發話詢問」，告知對方目前「說話當下」所處的狀況、場面。因此，單純描述「自然現象」、「某物品的狀態」、或是「無法特定出某個動作剛完成時點」的動作，就不會使用此表現。

× まもなく　雨が　降る　ところです。（自然現象）
○ まもなく　雨が　降ります。

（即將要下雨。）

× あっ、雨が　降って　いる　ところだ。（自然現象）
○ あっ、雨が　降って　いる。

（啊，下雨了／正在下雨。）

× 服が　破れた　ところだ。（某物品的狀態）
○ 服が　破れた。

（衣服破掉了。）

× 駅前に　新しい　ビルが　建った　ところだ。（無法特定出剛完成的時間點）
○ 駅前に　新しい　ビルが　建った。

（車站前蓋好了一棟新的大樓。）

辨析：

另有一個表現「〜たばかりだ」。其語意與「〜たところだ」類似，都用於表示「說話時，動作剛結束」。兩者的差異在於「〜たところだ」為真實時間剛結束的那一瞬間，而「〜たばかりだ」則是說話者「心態上」認為剛結束。因此，即便是兩個月前、兩年前，只要說話者「心態上」認為是剛結束，就可使用「〜たばかりだ」。

○ 今、駅に　着いた　ところだ。（現在剛到車站。）

○ 今、駅に　着いた　ばかりだ。（現在剛到車站。）

× 彼は、2ヶ月前に、日本に　来た　ところなので、まだ　日本語が　うまく
話せません。

○ 彼は、2ヶ月前に、日本に　来た　ばかりなので、まだ　日本語が　うまく
話せません。

（他兩個月前才剛到日本，所以日文還說得不順暢。）

隨堂測驗：

01. A：山本さんは　いますか。　B：いいえ、今　（　　）ところです。
    1. 帰る　2. 帰った　3. 帰っている　4. 帰っていた

02. A：小島さん、レポートできた？　B：まだです。今　（　　）ところです。
    1. 書いている　2. 書いた　3. 書いて　4. 書きます

118. 〜はずだ

接続：動詞原形／動詞ない形／動詞た形／イ形容詞い／ナ形容詞な／
　　　名詞の＋はずだ
敬体：〜はずです
翻訳：應該（說話者的判斷）。
説明：表「說話者依據某些客觀的事實，來進行客觀的判斷」，認為…的可能性
　　　很高。因此也經常與「たぶん、きっと…」等表推測的副詞一起使用。

・3時の　新幹線ですから、彼は　今　まだ　電車の　中に　いる　はずです。
（因為是搭三點那班新幹線，所以他現在應該還在＜轉乘的＞電車裡。）

・今日は　日曜日ですから、会社に　誰も　いない　はずです。
（因為今天是星期天，所以公司應該沒有人。）

・彼は　もう　出かけた　はずだ。そう　じゃないと　間に　合わない。
（他應該已經出門了。如果不是的話，就會趕不上。）

・有名な　レストランだから、美味しい　はずだ。
（那間餐廳很有名，所以應該很好吃才對。）

・10年前に　会った時、彼は　小学生でしたから、今は　高校生の　はずです。
（十年前見到他的時候，他還是小學生，所以現在應該已經是高中生了。）

進階實戰例句：

・彼は日本語の先生だから、日本語の新聞が読めるはずなのに、どうやら内容が
わからないようだね。
（因為他是日文老師，所以應該讀得懂日文的報紙，但看樣子他應該看不太懂內容
在講什麼。）　（「〜のに」⇒ #66）

24

01. 明日の　食事会には　陳先生も　（　　）はずです。
　　1. 出席　2. 出席した　3. 出席する　4. 出席し

02. 今日の　会議は　5時に　終わる（　　）から、その後　一緒に
　　食事しよう。
　　1. はず　2. はずな　3. はずの　4. はずだ

119. 〜はずがない

接続：動詞原形／動詞ない形／イ形容詞い／ナ形容詞な／名詞の＋はずがない
敬体：〜はずが（は）ありません
翻訳：不可能。
説明：表示「根據邏輯或某些依據，完全否定前述事項的可能性」。中文翻譯為「不
　　　可能…！」。口氣上較為主觀。若前面使用否定句，構成「〜ないはずがない」
　　　的形式，則表示「強烈的肯定」。中文翻譯為「不可能不…！」。

・彼は　ここに　いる　はずが　ない。アメリカへ　行ったんだから。
（他不可能在這裡。因為他已經去了美國啊。）

・彼が　死んだ　はずが　ありません。昨日　会った　ばかりですから。
（他怎麼可能死掉了。我們昨天才剛見面啊。）

・今　沖縄は　夏だよ。寒い　はずが　ない。
（現在沖繩是夏天喔。怎麼可能會冷。）

・あの　マンションは　駅から　近いから、不便な　はずが　ない。
（那棟住宅大樓離車站很近，怎麼可能不方便。）

進階實戰例句：

・彼は奈々ちゃんに会いたがっているから、パーティーに来ないはずがない。
（因為他很想要見到奈奈小姐，所以怎麼可能不來參加派對。）　（「〜たがる」⇒#147- ①）

🔗 辨析：

「はず」的否定句，可以使用第 118 項文法當中的「〜ないはずだ」，亦可使用本項文法「〜は
ずがない」兩種形式。但兩者在口氣上有所不同。

「〜ないはずだ」：對於否定句的推測，口氣上還是稍有遲疑。

・**彼は　私の家を　知らない　はずです。**
（他應該不知道我家吧。）

「〜はずがない」：完全否定一句話的可能性，口氣較強。

・彼は　私の家を　知って　いる　はずが　ない。
（他不可能知道我住哪裡。）

📄 **随堂測驗：**

01. 彼が　こんな　簡単な　問題を　間違える（　　）。
　　1. はずではない　2. はずがない　3. ないはずだ　4. はずはなくない

02. 明日は　試験だから、彼は　（　　）はずがありません。
　　1. 暇な　2. 暇の　3. 暇　4. 暇だ

120. ～つもりだ

接続：動詞原形／動詞ない形＋つもりだ
敬体：～つもりです
翻訳：打算…／打算不…
説明：本句型用於表達「說話者（先前就已決定好的）堅決意志或計畫」。此外，
　　　若說話者很明確地知道第三者的意志時，亦可用來表達第三人稱的意志。

・今度の　連休は　ヨーロッパへ　旅行に　行く　つもりです。
（這次的連假，我打算去歐洲旅行。）

・今年の　11月に　彼女と　結婚する　つもりです。
（今年 11 月，我打算跟女朋友結婚。）

・コロナのため、　今度の　連休は　田舎に　帰らない　つもりです。
（因為武漢肺炎疫情，所以這次的連假我打算不回鄉下了。）　（「～ため」⇒ #132- ③）

・子供が　嫌いですから、将来　子供は　産まない　つもりです。
（因為我討厭小孩子，所以我將來打算不生小孩。）

・松本さんは　明日　学校を　休む　つもりです。
（松本先生明天打算要請假不來學校。）

・王さんは　今年の　忘年会に　参加しない　つもりです。
（王先生打算不參加今年的歲末尾牙。）

・コロナが　収束したら、ヨーロッパへ　旅行に　行く　つもりです。
（等到武漢肺炎疫情停歇後，我打算要去歐洲旅行。）

・親に　反対されても、彼女と　結婚する　つもりです。
（即便被雙親反對，我也打算和她結婚。）

・お金が　ないから、新しい　iPhone が　出ても　買わない　つもりです。
（因為我沒有錢，所以就算出了新的 iPhone，我也打算不買。）

📎 辨析：

第 75 項文法「〜（よ）う」的第②項用法所表達的「意志」，為說話當下所做的決定。而本文法「〜つもりだ」所表達的「意志」，則是說話前，老早就決定要做的事。因此像下列這種當場決定的事情，就不可以使用「〜つもりだ」。

× あっ、雨が降り出した。傘を　持って　いくつもりです。

○ あっ、雨が降り出した。傘を　持って　いこう。（自言自語時）

（啊，開始下雨了。帶傘出門吧。）

○ あっ、雨が降り出した。この傘　持って　いくよ。（有說話對象時）

（啊，開始下雨了。我拿這把傘出去喔。）

📎 辨析：

第 76 項文法「〜（よ）うと思っている」的第②項用法，與本項文法一樣，都是「說話者先前」就已經下好的決定。兩者的差別在於「〜つもりだ」的堅定程度較高。此外，本項文法「〜つもりだ」前方可以接續肯定句或否定句，而「〜（よ）うと思っている」前方僅能使用肯定句。（※註：「〜（よ）うと思っている」的否定型態為「〜（よ）うとは思っていない」，不屬於 N4 考試範圍。）

📄 隨堂測驗：

01. これからも　ずっと　日本で　（　　）つもりです。
　　1. 暮らす　2. 暮らそう　3. 暮らさない　4. 暮らそうと思っている

02. 体に悪いから、明日から　たばこは　（　　）つもりだ。
　　1. 吸うない　2. 吸いない　3. 吸わない　4. 吸えない

解 01.（1）　02.（3）

24 單元小測驗

1. あ、試合が　（　　）　ところですよ。早く、早く！
　　1　始まる　　　　　　2　始まらない　　　3　始まろう　　　　　4　始まって

2. この　スマホ、先月　買った（　　）なのに、もう　壊れて　しまった。
　　1　ところ　　　　　　2　ばかり　　　　　3　はず　　　　　　4　つもり

3. 雨が　（　　）から、タクシーで　行きましょう。
　　1　降った　ところです　　　　　　2　降って　います
　　3　降って　いる　ところです　　　4　降って

4. 先生が　（　　）、教室を　きれいに　片付けた　ほうが　いいです。
　　1　来る　までに　2　来る　ところ　3　来た　までに　4　来た　ところ

5. 廊下を　走るな。怪我を　する（　　）から。
　　1　はずだ　　　　2　かもしれない　　3　つもりだ　　　　4　のに

6. 会議は　6時に　終わる（　　）から、その後　一緒に　食事に　行こう。
　　1　はずだ　　　　　2　ところだ　　　　3　つもりだ　　　　4　はずがない

7. 英語が　上手に　なったら、アメリカへ　留学に　（　　）つもりです。
　　1　行く　　　　　　2　行こう　　　　　3　行った　　　　　4　行き

8. A：Bさん、明日の　会議に　出席しますか。B：ええ、出席（　　）。
　　1　しよう　　　　　　　　　　2　する　つもりです
　　3　しない　はずです　　　　　4　しようと　言って　いました

9. あっ、雨だ。タクシーで　（　　）。
　　1　行こう　　　　　　　　　　2　行く　つもりだ
　　3　行こうと　思って　いる　　4　行く　ところだ

10. 彼が殺人事件の犯人の（　　）。昨日はずっと私と一緒にいたんだから。
　　1　つもりではない　　　　　　2　はずではない
　　3　つもりが　ない　　　　　　4　はずが　ない

25

第 25 單元：名詞子句

我們在第 21 單元，介紹了從屬子句的一種：「形容詞子句」。由於其子句的位置以及文法功能相當於一個形容詞，故名為「形容詞子句」。本單元，則是介紹另一種從屬子句：「名詞子句」。也是因為這個子句的位置以及文法功能相當於一個名詞，故名為「名詞子句」。

第25單元： 名詞子句

121. ～のが

接続：名詞修飾形＋のが

説明：此用法為將一動詞句置於表對象的「が」前方，來表達此動詞句為喜好、能力等對象。原則上，助詞「が」的前方必須使用名詞，若因語意上需要，必須使用動詞時，就必須加個「の」將前方的動詞給名詞化。例如：我喜歡錢，日文為「私は お金 が 好きです」。此時話題中說話者喜歡的對象物為「お金」，同時它也是個名詞。但若要表達我喜歡的，不是東西，而是像「看電影」這樣的一個動作，就將「映画を観る」擺在「が」的前方，並加上「の」將其名詞化即可：「私は 映画を観るの が好きです」。由於映画を観るの這個部分原本是放置「名詞」的，因此這個子句就稱作是「名詞子句」。

私は　お金　が　好きです。
　　　　名詞

私は　映画を観るの　が　好きです。
　　　　名詞子句

此句型後接的詞彙多為：①「好き、嫌い、上手、下手、早い、遅い」等表達「喜好」、「能力」的形容詞，或②「見える、聞こえる」等自發動詞。（※ 註：下例中，畫底線部分為名詞子句、粗體助詞則為主要子句的車廂之助詞，母句的動詞／述語，則以藍底表示。）

①・私は　一人で　散歩するのが　好きです。
（我喜歡一個人散步。）

・私は　絵を　描くのが　下手です。
（我畫畫技巧不好。）

・彼は　病気ですから、歩くのが　遅いです。
（因為他生病了，所以走路很慢。）

② ・公園で　子供たちが　走って　いるのが　見えます。

（我看到小孩子在公園跑。）

・誰かが　泣いて　いるのが　聞こえます。

（我聽見有人在哭。）

📎 辨析：

此文法的第 ① 種用法，主要子句（最後面）的詞彙為「好き、嫌い、上手、下手、早い、遅い」等表達「喜好」、「能力」的形容詞，亦可將「の」改為「こと」。

○ 私は　一人で　散歩することが　好きです。

（我喜歡一個人散步。）

○ 私は　絵を　描くことが　下手です。

（我畫畫技巧不好。）

○ 彼は　病気ですから、歩くことが　遅いです。

（因為他生病了，所以走路很慢。）

但此文法第 ② 種用法，主要子句（最後面）的詞彙為「見える、聞こえる」等自發動詞，則不可將「の」改為「こと」。

× 公園で　子供たちが　走っていることが　見えます。

× 誰かが　泣いていることが　聞こえます。

📄 隨堂測驗：

01. 春日さんは　（　　）のが　大嫌いだと　言っています。
　　1. 負ける　2. 負けて　3. 負けた　4. 負けます

02. ほら、あそこで　子供たちが　遊んでいる（　　）　見えますね。
　　1. ことが　2. のが　3. ことを　4. のを

解 01.（1）02.（2）

122. ～のを

接続：名詞修飾形＋のを

説明：此用法為將一動詞句置於表目的語（受詞）的「を」前方，來表達此動詞句為句中的目的語（受詞）。原則上，助詞「を」的前方必須使用名詞，若因語意上需要，必須使用動詞時，就必須加個「の」將前方的動詞給名詞化。例如：我忘了錢包，日文為「私は 財布 を忘れました」。此時動詞「忘記」的目的語（受詞）為「財布」，同時它也是個名詞。但若要表達忘記的是「帶錢包來」這樣的一個動作，就將「財布を持ってくる」擺在「を」的前方，並加上「の」將其名詞化即可：「私は 財布を持ってくるの を忘れました」。由於 財布を持ってくるの 這個部分原本是放置「名詞」的，因此這個子句就稱作是「名詞子句」。

私**は** 財布 **を** 忘れました。
　　　　　名詞

私**は** 財布を持ってくるの **を** 忘れました。
　　　　　名詞子句

此句型後接的動詞，多為：①「忘れる、知る、心配する」等「認知」、「感情」語義的動詞，或 ②「見る、聞く、感じる」等表「知覺」的動詞，或 ③「手伝う、待つ、邪魔する、やめる、とめる」等表達「配合前述事態進行」、「阻止前述動作進行」的動詞。（※ 註：下例中，畫底線部分為名詞子句、粗體助詞則為主要子句的車廂之助詞，每句的動詞／述語，則以藍底表示。）

① ・私**は** 薬を 飲むの**を** 忘れました。
　　（我忘了吃藥。）

・（あなたは）田中さんが 結婚したの**を** 知って いますか。
　（你知道田中先生結婚了嗎？）

・先生**は** 鈴木君から 連絡が ないのを 心配して いる。
　（老師很擔心鈴木，因為他都沒有來訊聯絡。）

② ・私**は** 知らない 男が 由美ちゃんの 部屋に 入ったの**を** 見た。
　　（我看到一個陌生男子進去由美的房間。）

・彼女が　部屋で　歌を　歌っているのを　聞いた。

（我聽見她在房間裡面唱歌＜的聲音＞。）

・ビルが　揺れているのを　感じた。地震かな？

（我感覺到大樓在搖。是地震嗎？）

③・これを　運ぶのを　手伝って　ください。

（請幫忙我搬這個。）

・友達が　来るのを　待って　います。

（我正在等朋友來。）

・勉強するのを　邪魔しないで　ください。

（請不要打擾我讀書。）

・今日から　仕事を　頑張るのを　やめます。毎日　遊んで　暮らします。

（我從今天起不再努力工作。要每天玩耍度日。）

・彼が　この　部屋に　入るのを　止めて　ください。

（請你阻止他進入這個房間。）

🖇 辨析：

此文法第 ① 種用法，主要子句（最後面）的詞彙為「忘れる、知る、心配する」等「認知」、「感情」語義的動詞，則亦可將「の」改為「こと」。

○ 私は　薬を　飲むことを　忘れました。

（我忘了吃藥。）

○ （あなたは）田中さんが　結婚したことを　知って　いますか。

（你知道田中先生結婚了嗎？）

○ 先生は　鈴木君から　連絡が　ないことを　心配して　いる。

（老師很擔心鈴木，因為他都沒有來訊聯絡。）

但此文法第 ② 種用法，主要子句（最後面）的詞彙為「見る、聞く、感じる」等表「知覺」的動詞；以及第 ③ 種用法，主要子句（最後面）的詞彙為「手伝う、待つ、邪魔する、やめる、止める」等表達「配合前述事態進行」、「阻止前述動作進行」的動詞，則不可將「の」改為

「こと」。

× 私は 知らない 男が 由美ちゃんの 部屋に 入ったことを 見た。
× 彼女が 部屋で 歌を 歌っていることを 聞いた。
× ビルが 揺れていることを 感じた。地震かな？

× これを 運ぶことを 手伝って ください。
× 友達が 来ることを 待って います。
× 勉強することを 邪魔しないで ください。
× 今日から 仕事を 頑張ることを やめます。毎日 遊んで 暮らします。
× 彼が この 部屋に 入ることを 止めて ください。

📄 **隨堂測驗：**

01. 教室を 出た時、電気を （　　）のを 忘れた。
    1.消し　2.消します　3.消して　4.消す

02. 姉は 毎日 母が お皿を 洗う （　　） 手伝って います。
    1.のを　2.ことを　3.のが　4.ことが

解 01.（4）02.（1）

123. ～のに

接続：動詞原形＋のに／動作性名詞＋に
翻訳：① 用於 ...。② 於 ... 需花費。③ 用於…很有用
説明：此用法為將一動詞句或動作性名詞置於格助詞「に」的前方，來表達花費、用途及評價。原則上，助詞「に」的前方必須使用名詞，若因語意上需要，必須使用動詞句時，就必須加個「の」將前方的動詞給名詞化。此用法後面使用的詞彙，有相當大的限制，共有下述三種用法：① 表「用途」。後面動詞會使用「～に使う」等表示用途的語詞。② 表「為達目的所需的耗費…」。意思是「說話者研判，若要達到前面這個目的，需要耗費…」。後面動詞會使用「かかる、いる（要る）」等花費時間、金錢類字眼。需要耗費的量（時間、金錢），會加上助詞「は」，來表示說話者認為「至少」的口氣。③ 表示「評價」。後面會使用表示「～に役に立つ／便利／不便／ちょうどいい」等評價性語詞。（※ 註：下例中、重底線部分為名詞子句、粗體助詞則為主要子句的車廂之助詞，母句的動詞／述語，則以藍底表示。）

① ・この はさみ**は** 花を 切るの**に** 使います。
（這個剪刀用來剪花。）

・ペーパーナイフ**は** 封筒を 開けるの**に** 使います。
（裁紙刀用來剪開信。）

・この 長財布**は** パスポートを 入れるの**にも** 使えます。
（這個長皮夾也可以用來裝護照。）

② ・スマホを 修理するの**に** 5万円**は** かかります。
（要修理智慧型手機，少說也要花五萬日圓。）

・運転免許を 取るの**に** 3ヶ月**は** 必要です。
（想要考取駕照，至少也要三個月。）

・東京で 3LDKの 家を 買うの**に**、7000万円**は** 要ります。
（要在東京買一間三房的房子，至少也要花七千萬日圓。）

③ ・この ナイフ**は** 果物の 皮を 剥くの**に** 便利です。
（這個刀子用來削水果皮很方便。）

・文型辞典は　文型の　使い方を　調べるのに　役に　立ちます。

（句型字典用來查詢句型的用法很有用。）

・この　近くには　公園が　あって、子供を　育てるのに　いいです。

（這附近有公園，對於養兒育女很棒。）

・この　かばんは　軽くて、旅行に　便利です。

（這個包包很輕，用於旅行很方便。）

🔗 辨析：

此文法第 ① 種用法，主要子句（最後面）的詞彙為「〜に使う」等表示用途的動詞，則亦可將「の」改為「こと」。

○この　はさみは　花を　切ることに　使います。

（這個剪刀用來剪花。）

○ペーパーナイフは　封筒を　開けることに　使います。

（裁紙刀用來剪開信。）

○この　長財布は　パスポートを　入れることにも　使えます。

（這個長皮夾也可以用來裝護照。）

但此文法第 ② 種用法，主要子句（最後面）的詞彙為「かかる、いる（要る）」等花費時間、金錢類的動詞；以及第 ③ 種用法，主要子句（最後面）的詞彙為「〜に役に立つ／便利／不便／ちょうどいい」等評價性語詞，則不可將「の」改為「こと」。

×スマホを　修理することに　5万円は　かかります。
×運転免許を　取ることに　3ヶ月は　必要です。
×東京で　3LDKの　家を　買うことに、7000万円は　要ります。

×この　ナイフは　果物の　皮を　剥くことに　便利です。
×文型辞典は　文型の　使い方を　調べることに　役に　立ちます。
×この　近くには　公園が　あって、子供を　育てることに　いいです。

📄 **隨堂測驗：**

01. 風呂敷は　物を　（　　）のに　使います。
　　1. 包む　2. 包み　3. 包んで　4. 包んだ

02. 1つの　言語を　習得するのに　2年（　）　かかります。
　　1. を　2. は　3. が　4. で

（2）.20　（1）.10 答解

364

124. 〜のは

接続：動詞原形＋のは

翻訳：…（這件事），是…

説明：此用法為將一動詞句置於表主題的「は」前方，來表達此動詞句為話題中的
主題。原則上，助詞「は」的前方必須使用名詞，若因語意上需要，必須使
用動詞時，就必須加個「の」將前方的動詞給名詞化。例如：這部電影很有趣，
日文為「この 映画 は面白いです」。這句話的主題為「この映画」，同時它
也是個名詞。但若要表達「看電影」這個動作很有趣，就將「映画を観る」
擺在「は」的前方，並加上「の」將其名詞化即可：「映画を観るの は面白
いです」。由於 映画を観るの 這個部分原本是放置「名詞」的，因此這個子
句就稱作是「名詞子句」。

映画 **は** 面白いです。
名詞

映画を観るの **は** 面白いです。
名詞子句

此句型後方多半為表達「感想」、「評價」的形容詞，如「難しい、易しい、面白い、楽しい、
気持ちがいい、危険です、大変です」等。（※ 註：下例中，畫底線部分為名詞子句、粗體助詞則為主要子句的車廂之助詞，
母句的動詞／述語，則以藍底表示。）

・彼女と いるのは 楽しいです。
（跟她在一起，很快樂。）

・朝早く 起きるのは 気持ちが いいです。
（早起很舒服。）

・たばこを 吸うのは 体に よくないです。
（抽煙對身體不好。）

・女の子が 一人で 旅行するのは 危ないです。
（女性單獨一人旅行很危險。）

25

・歩きながら　スマホを　見るのは　危険です。

（邊走邊看智慧型手機很危險。）

・答えを　見て　問題集を　解くのは　無意味です。

（看著解答寫題目，一點意義也沒有。）

📎 辨析：

此文法主要子句（最後面）的詞彙皆為形容詞，亦可將「の」改為「こと」。

○彼女と　いることは　楽しいです。

（跟她再一起，很快樂。）

○朝早く　起きることは　気持ちが　いいです。

（早起很舒服。）

○たばこを　吸うことは　体に　よくないです。

（抽煙對身體不好。）

○女の子が　一人で　旅行することは　危ないです。

（女性單獨一人旅行很危險。）

○歩きながら　スマホを　見ることは　危険です。

（邊走邊看智慧型手機很危險。）

○答えを　見て　問題集を　解くことは　無意味です。

（看著解答寫題目，一點意義也沒有。）

📄 隨堂測驗：

01. 毎日　電車で　会社に　（　　）のは　大変です。
　　1.通った　2.通い　3.通う　4.通って

02. 風邪の　時、お風呂に　入る（　　）　体に　悪いです。
　　1.のを　2.のは　3.のに　4.ので

解答 01. （3） 02. （2）

125. 〜のは〜です（強調句）

接続：名詞修飾形＋のは
翻訳：的是…
説明：「強調句」，又稱作「分裂文」。顧名思義，就是將一個句子中欲強調的部分，移至後方當述語，以「〜のは X です」的結構來強調 X 的部分。不同於上一項（第 124 項）文法以「形容詞」結尾，用以表達說話者的感想、評價；本項文法以「名詞」結尾，且此名詞是原始句中的其中一個補語（車廂）。此外，由於此形式屬於特殊構句，故一定要使用固定形式「〜のは〜です（だ）」，不可將「の」改為「こと」。

（原始句）陳さんは　台湾南部の　小さな　町で　生まれました。

（強調句）陳さんが　生まれたのは　台湾南部の　小さな　町　です。

如上例，原始句為「陳さんは　台湾南部の小さな町で　生まれました」。說話者若要強調「台湾南部の小さな町で」這個部分，只要將這部分的助詞「で」刪除後，移至「〜のは X です」的 X 位置。接下來，再把原句剩下的其他成分，往前移至「のは」前方即可。此外，由於「の」為形式名詞，用於將動詞句名詞化，因此前移的部分，必須比照形容詞子句的規定，使用常體，並將主語部分的助詞「は」改為「が」 (⇒ #105)。

（原始句）昨日　新宿へ　行きました。（昨天去了新宿。）

（強調句）昨日行ったのは　新宿　です。（昨天去的是新宿。）

・A：昨日、池袋へ行った時、駅前の新しいデパートへ行きましたか。
（A：昨天去池袋的時候，你有去車站前的新百貨公司嗎？）
　B：私が昨日行ったのは、池袋じゃなくて新宿です。
（B：我昨天去的不是池袋，而是新宿。）

（原始句）私は　iPhone が　欲しいです。（我想要 iPhone。）

（強調句）私が欲しいのは iPhone です。（我想要的是 iPhone。）

25

・A：HUAWEI の新しいスマホ、買います？

（A：你要買華為的新手機嗎？）

B：いいえ、買いません。私が欲しいのは iPhone ですから。

（B：不要，我不買。因為我想要的是 iPhone。）

（原始句）彼は　男の人が　好きです。（他喜歡男人。）

（強調句）彼が好きなの　は　男の人　です。（他喜歡的是男人。）

・A：涼平君、いつもリサちゃんと一緒ですね。
　　リサちゃんのことが好きなんでしょうか。

（A：涼平一天到晚都跟莉莎在一起耶，他是不是喜歡莉莎？）

B：涼平君が好きなのは男性ですから、たぶん彼女とはただの友達だと思いますよ。

（B：涼平喜歡的是男人，我想他和莉莎大概就只是普通的朋友吧。）

📎 辨析：

強調句中的助詞

強調句中，所有的補語（車廂）成分，皆可後移至後方作強調。如下例中的 A. ～ D. 句，則是分別將「林さんが」「この雑誌を」「コンビニで」「先週」等部分分別移至後方作強調的講法。原則上，格助詞必須刪除。

（原始句）**先週　林さんは　コンビニで　この雑誌を　買いました。**

（強調句）**A. ～ D.**

A. 先週この雑誌をコンビニで買った　の は　　　林さんが です。
B. 先週林さんがコンビニで買った　の は この雑誌を です。
C. 先週林さんがこの雑誌を買った　の は コンビニで です。
D. 林さんがこの雑誌をコンビニで買った　の は　　　先週 です。

上述的翻譯依序為：

・原始句（上個星期林先生在便利商店買了這本雜誌。）

A（上個星期在便利商店買這本雜誌的，是林先生。）

B（上個星期林先生在便利商店買的，是這本雜誌。）

C（上個星期林先生買這本雜誌＜的地方＞，是在便利商店。）

D（林先生在便利商店買這本雜誌＜的時間＞，是上個星期。）

但若後移的部分為「から」或「まで」，則不可刪除。

（原始句）山崎さんは　名古屋から　来ました。（山崎先生從名古屋來的／來自名古屋。）

（強調句）山崎さんが 来たの は 名古屋 から です。（山崎先生出發的地方，是名古屋。）

（原始句）六本木ヒルズのイルミネーションは　クリスマスまで　見られます。

（六本木之丘的燈飾點燈，一直到聖誕節都還有／看得到。）

（強調句）六本木ヒルズのイルミネーションが 見られるの は クリスマスまで です。

（可以看到六本木之丘的燈飾點燈的＜期間＞，是一直到聖誕節。）

此外，若後移的部分含有副助詞，如「だけ」、「ぐらい」、「ほど」…等，則副助詞亦不可刪除。

（原始句）2日ぐらい　旅行に　行きました。

（我去旅行了兩天左右。）

（強調句）旅行に行ったの は 2日ぐらい です。

（我去旅行＜所花費的時間＞，大約是兩天左右。）

進階實戰例句：

表原因理由的「〜から」，亦可後移至 X 的部分，來作為強調句。此時「〜から」不可刪除。

（原始句）電車の事故がありましたから、彼は会議に遅れました。

（因為發生了電車事故，所以他會議遲到了。）

（強調句）彼が会議に遅れたの は 電車の事故があった から です。

（他之所以會議遲到了，是因為發生了電車事故。）

隨堂測驗：

01. 万有引力を　発見した（　　）　ニュートンです。
　　1. のか　2. ことが　3. のは　4. ことは

02. 彼が　旅行に　行かないのは　お金が　（　　）。
　　1. ありません　2. ないです　3. ないですから　4. ないからです

解答 01.（3）02.（4）

126. 〜か／かどうか

接続：動詞普通形／イ形容詞い／ナ形容詞だ／名詞だ＋か／かどうか

翻訳：呢…？

説明：第 121 〜 124 項文法，是將一個「肯定句」或「否定句」作為名詞子句，放入助詞的前方（作為一個車廂）；而本項文法則是將一個「疑問句」作為名詞子句，放入助詞的前方（作為一個車廂）。①使用「〜か」，為將「含有疑問詞」的疑問句，放入名詞子句的位置。②使用「〜かどうか」，則是將「不含疑問詞」的疑問句，放入名詞子句的位置。無論哪種用法，句尾（主要子句）的語彙多為「わかる、考える、調べる、教える、聞く…」等表思考、知覺及言語活動的動詞，或者是「重要だ、大事だ、大切だ…」等表說話者評價的形容詞。（※ 註：下例中，畫底線部分為名詞子句。）

①有疑問詞〜か

辞書 **を** 調べてください。
名詞

新幹線は**何時**に着く**か** **を** 調べてください。
名詞子句

・忘年会は　どこで　やりますか。知って　いますか。
→忘年会は　**どこで**　やる**か**、知って　いますか。

（你知道歲末尾牙在哪裡辦嗎？）

・あの　人は　誰ですか。わかりません。
→あの　人は　**誰か**、わかりません。

（我不知道那個人是誰。）

・お土産は　何が　いいですか。夫と　相談して　みます。
→お土産は　**何が**　いい**か**、夫と　相談して　みます。

（我和老公商量看看，看伴手禮什麼東西比較好。）

・犯人は　どこに　いますか。彼は　知って　いる　はずです。
→犯人は　**どこに**　いる**か**、彼は　知って　いる　はずです。

（他應該知道犯人在哪裡。）

・この　雑誌は　いつ　買いましたか。教えて　ください。
→この　雑誌は　**いつ**　買った**か**、教えて　ください。

（請告訴我這本雜誌是什麼時候買的。）

・この　雑誌を　買った　のは　いつですか。覚えて　いますか。
→この　雑誌を　買った　のは　**いつか**、覚えて　いますか。

（你還記得這本雜誌是什麼時候買的嗎？）

②無疑問詞〜かどうか

日本語　　　　　　　　　**が**　わかりません。
　　　名詞

その話は本当**かどうか** **が**　わかりません。
　　名詞子句

・彼が　パーティーに　来ますか。わかりません。
→彼が　パーティーに　来る**かどうか**、わかりません。

（我不知道他會不會來派對。）

・間違いが　ありませんか。もう　一度　検査して　みて　ください。
→間違いが　ない**かどうか**、もう　一度　検査して　みて　ください。

（請再檢查一次看看有沒有錯誤。）

・これは　自分で　作った　クッキーです。美味しいですか。食べて　みて　ください。
→これは　自分で　作った　クッキーです。美味しい**かどうか**、食べて　みて
　ください。

（這是我自己做的餅乾。請吃吃看，看好不好吃。）

・アメリカへ　行った　ことが　ないので、人が　親切ですか。わかりません。
→アメリカへ　行った　ことが　ないので、人が　親切**かどうか**、わかりません。

（因為我沒有去過美國，所以我不知道那裡的人親不親切。）

・太郎ちゃんが漢字が書けるようになりましたか。あの子の母親に聞いてみてください。
→太郎ちゃんが漢字が書けるようになった**かどうか**、あの子の母親に聞いて
　みてください。

（你去問太郎的媽媽，看太郎現在會不會寫漢字了。）

25

・ホテルの　部屋<ruby>へや</ruby>で　インターネットに　繋<ruby>つな</ruby>がりますか。重要<ruby>じゅうよう</ruby>です。
→ホテルの　部屋<ruby>へや</ruby>で　インターネットに　繋<ruby>つな</ruby>が**るかどうか**、重要<ruby>じゅうよう</ruby>です。

（飯店的房間能不能連上網路，很重要。）

📎 辨析：

第 121 ～ 124 項「のが」「のを」「のに」「のは」的情況，助詞「が、を、に、は」一般不會省略，僅有口語時，偶會省略「が、を、は」，但「に」不可省略。且一定需要形式名詞「の」。

○ 私<ruby>わたし</ruby>は映画<ruby>えいが</ruby>を観<ruby>み</ruby>る<u>の**が**</u>好<ruby>す</ruby>きです。
○ 私<ruby>わたし</ruby>は映画<ruby>えいが</ruby>を観<ruby>み</ruby>る<u>の</u>、好<ruby>す</ruby>きです。

（我喜歡看電影。）

○ 私<ruby>わたし</ruby>は財布<ruby>さいふ</ruby>を持<ruby>も</ruby>ってくる<u>の**を**</u>忘<ruby>わす</ruby>れました。
○ 私<ruby>わたし</ruby>は財布<ruby>さいふ</ruby>を持<ruby>も</ruby>ってくる<u>の</u>、忘<ruby>わす</ruby>れました。

（我忘記帶錢包來。）

○ このはさみは花<ruby>はな</ruby>を切<ruby>き</ruby>る<u>の**に**</u>使<ruby>つか</ruby>います。
× このはさみは花<ruby>はな</ruby>を切<ruby>き</ruby>る<u>の</u>、使<ruby>つか</ruby>います。

（這剪刀用來剪花。）

○ 映画<ruby>えいが</ruby>を観<ruby>み</ruby>る<u>の**は**</u>楽<ruby>たの</ruby>しいです。
○ 映画<ruby>えいが</ruby>を観<ruby>み</ruby>る<u>の</u>、楽<ruby>たの</ruby>しいです。

（看電影很開心。）

本項文法則多會省略助詞（亦可不省略），且不使用形式名詞「の」。此文法將原始句放入名詞子句的位置時，一樣需要使用常體。但由於沒有形式名詞「の」，故不需要比照形容詞子句修飾名詞時的規則，不需將「は」改為「が」。

○ 新幹線<ruby>しんかんせん</ruby>は何時<ruby>なんじ</ruby>に着<ruby>つ</ruby>く<u>か</u>を調<ruby>しら</ruby>べてください。
○ 新幹線<ruby>しんかんせん</ruby>は何時<ruby>なんじ</ruby>に着<ruby>つ</ruby>く<u>か</u>、調<ruby>しら</ruby>べてください。

（請查一下看新幹線幾點會到。）

○ **その話は本当かどうかがわかりません。**
○ **その話は本当かどうか、わかりません。**

（我不知道那件事情是不是真的。）

📄 隨堂測驗：

01. 授業が　いつ　（　　）か、先生に　聞きましたが、教えて
　　くれませんでした。
　　　１.終わり　２.終わる　３.終わります　４.終わって

02. サイズが　合う（　　）、この　服を　着て　みても　いいですか。
　　　１.か　２.かどうか　３.のは　４.のが

127. 名詞子句中的名詞子句

説明：就有如第 108 項文法，形容詞子句中，還可以包含著一個更小的形容詞子句一樣。名詞子句中，也可以包含另一個更小的名詞子句。近年 N4 檢定考的重組題，特別喜歡出題這樣形式的題目，請務必特別留意。（※ 註：下例中，畫 ⬜ 部分為名詞子句、〜〜〜〜 的部分則為名詞子句中的名詞子句。）

範例一：

彼	を 待つ。

名詞

恋人が来るの	を 待つ。

名詞子句

恋人が来るの を 待つの	は 楽しい。

名詞子句中的名詞子句

名詞子句

範例二：

旅行	に 役に立つ。

名詞

単語を調べるの	に 役に立つ。

名詞子句

単語を調べるの に 役に立つかどうか、	先生に聞いてください。

名詞子句中的名詞子句

名詞子句

① 「〜のを　〜のは」、「〜のに　〜のを」

・人が勉強するのを邪魔するの は　よくないですよ。

（去打擾人家讀書不太好喔。）

・彼が彼女に会うのを止めるの は　無理です。

（沒辦法阻止他去見她。）

374

・親を説得する**に**時間がかかるの**を** 知っています。

（我知道要去說服雙親要花時間。）

・東京で 3LDK の家を買うの**に**、7000 万円いるの**を** 知っていますか。

（你知道要在東京買一間三房的房子要七千萬日幣嗎？）

②「のが／のに／のは」＋「か／かどうか」

・私は、彼女がどんな映画を観るの**が**好きか、わかりません。

（我不知道她喜歡看哪一種電影。）

・彼女に、映画を観るの**が**好きかどうか、聞いて みて ください。

（你去問她看看，看她喜不喜歡看電影。）

・運転免許を取るの**に**何ヶ月かかったか、直接 彼に 聞いて みて ください。

（你直接去問他，看他為了考取駕照花了幾個月。）

・これは本当に花を切るの**に**使うかどうか、もう 一度 先生に 確認して

ください。

（你再去跟老師確認一次，看這是不是真的是要拿來剪花用的。）

・昨日彼がデパートで買ったの**は**何か、知って いますか。

（你知道他昨天在百貨公司買的東西是什麼嗎？）

③「か／かどうか」＋「のを／のは」

・プレゼントは何が欲しいか、彼に聞くの**を** 忘れた。

（我忘記問他想要什麼禮物了。）

・彼がゲイかどうか、直接聞くの**は** 失礼です。

（直接去問他是不是同志，很沒禮貌。）

01. 私は　YouTube で　人が　食事を　（＿＿＿）　好きです。
 1.見る　 2.している　 3.のが　 4.のを

02. 今度の　連休に　一緒に　旅行に　（＿＿＿）　忘れた。
 1.彼に聞く　 2.かどうか　 3.行きたい　 4.のを

1. 働きながら、大学に　通う（　　）　大変です。
　　1　のを　　　　　　2　のは　　　　　　3　のに　　　　　　4　のと

2. A：会社を　設立するのに　50万円（　　）　必要だと　思います。
　　B：えっ？そんなに？50万円（　　）　必要なんですか。（⇒ 12-④）
　　1　は／も　　　　　2　も／は　　　　　3　を／を　　　　　4　か／かどうか

3. あの　人の　話は　（　　）、わかりません。
　　1　本当か　　　　　2　本当かどうか　　3　本当ですか　　　4　本当なのは

4. 隣の　部屋の　夫婦が　喧嘩して　いる（　　）　聞こえます。
　　1　のが　　　　　　2　のに　　　　　　3　のを　　　　　　4　ので

5. さっき　食べた（　　）　自分で　作った　アップルパイです。
　　1　のを　　　　　　2　ことを　　　　　3　のは　　　　　　4　ことは

6. どうして　昨日　学校へ　来なかった（　　）ですか。
　　1　こと　　　　　　2　の　　　　　　　3　か　　　　　　　4　かどうか

7. 彼が　私たちと　一緒に　旅行に　＿＿＿＿　＿＿＿＿　＿★＿＿　＿＿＿＿　だ。
　　1　行かない　　　　2　から　　　　　　3　お金がない　　　4　のは

8. 彼らが　楽しそうに　＿＿＿＿　＿★＿＿　＿＿＿＿　＿＿＿＿　悪いから、先に
　　帰って　しまった。
　　1　のは　　　　　　2　のを　　　　　　3　話している　　　4　邪魔する

9. ＿＿＿＿　＿＿＿＿　＿★＿＿　＿＿＿＿　かどうか　わかりません。
　　1　サービスが　いい　　　　　　　　　2　あの　店では
　　3　ことが　ないので　　　　　　　　　4　買い物した

10. 田中さんが　＿＿＿＿　＿★＿＿　＿＿＿＿　＿＿＿＿　教えて　ください。
　　1　知って　いたら　　　　　　　　　　2　のは
　　3　好きな　　　　　　　　　　　　　　4　誰か

26

第 26 單元：「～て」與它的否定

　　本單元彙整 N4 範圍中，「～て」的各種用法，以及其兩種否定型態「～ないで」與「なくて」。有別於第 9 單元以及第 10 單元所介紹的，使用到「～て形」的「文末表現」，本單元所介紹的，是以「て形」來串聯起前後兩個句子的「接續表現」。會隨著前後兩句的語意關係不同，而會有不同的文法限制。

128. ～て

接続：動詞て形＋て／イ形容詞<del>い</del>＋くて／ナ形容詞＋で／名詞＋で

翻訳：① 著（的狀態下），做某事。② 做／發生了…之後，發生／做…。
③ 因為…所以…。④ 而…、而且…。

説明：將句子改為「～て」形，以「A 句て、B 句」的形式，可用來串連兩個以上的句子。例如在 N5 學習到的：「朝起きます」＋「新聞を読みます」＝「朝起きて、新聞を読みます」。像是這樣的句子，就稱之為「複句」。A 句為「從屬子句」 (⇒ #104- 辨析)、B 句為「主要子句」。而 A 句（前句）與 B 句（後句），依照前後文的語意關係不同，又可分為下列四種用法，分別為：① 附帶狀況（同時發生・意志性動作）、② 繼起（先後發生・有無意志皆可）、③ 原因・理由（先後發生・無意志動作）、④ 並列（無關順序，多為狀態）。「～て」依照用法的不同，亦有不同的文法限制，詳細會在下列各項加以說明。（※ 註：下例中，畫底線部分為從屬子句＜此為副詞子句，將於第 28 單元詳述＞，粗體助詞則為主要子句的車庙之助詞，母句的動詞／述語，則以藍底表示。第一次閱讀本書時，可先忽略這些標誌。）

① ・立って、おしゃべりを した。（⇒立ったまま）
（站著講話。）

・窓を 開けて、寝ました。（⇒窓を開けたまま）。
（開著窗睡覺。）

・手を 上げて、横断歩道を 渡りましょう。
（舉著手過馬路。）

・お寿司は 醤油を つけて、食べます。
（壽司要沾＜著＞醬油吃。）

・教科書を 見て、答えて ください。（⇒教科書を見ながら）
（請看著教科書，回答問題。）

・首相<ruby>首相<rt>しゅしょう</rt></ruby>は 手を 振って、去って いきました。（⇒手を振りながら）
（首相揮著手，遠離去了。）

・タクシーに 乗って、会社へ 行きました。
（搭計程車去公司。）

・包丁を 使って、料理を しました。
（使用菜刀做料理。）

🔖 辨析：

所謂的「附帶狀況」，指的就是 A、B 兩句的動作，是同時發生、同時進行的，且 A 動作是附隨著 B 動作而施行的。A 句與 B 句的動作主體為同一人，且為意志性的動作。若 A 的動作是像前兩個例句這樣，「做了一次 A 動作之後就保持狀態」的，則依語境亦可替換為第「～たまま」⁽⇒ #53-⁾ ；若 A 的動作是像第五、六個例句這樣，「一直重複做 A 動作」的，則亦可替換為 N5 所學習到的「～ながら」。

② ・昨日は 夜の 8時に 家に 帰って、夕食を 食べた。
（昨天晚上八點回家吃了晚餐。）

・新宿へ 行って、買い物を しました。
（去新宿，買東西。）

・朝 起きて、シャワーを 浴びて、会社へ 行きました。
（早上起床，淋浴，然後去公司。）

・突然、地震が 起きて、町中の 電気が 消えました。
（突然，發生了地震，城市中的電燈都暗掉了。）

・バスが 来て、子供たちが 一斉に 乗り込んだ。
（巴士來了，小孩們全部一起搭上去。）

🔖 辨析：

所謂的「繼起」，指的就是 A、B 兩句的動作，是相繼而起（先後發生）的。先發生／施行 A 動作，後發生／施行 B 動作。A 句與 B 句的動作主體不見得為同一人，亦可用於描述自然現象，且意志性動作或無意志動作皆可。

- 太郎は　次郎を　殴って、次郎は　泣き出した。（太郎打次郎，次郎哭了出來。）
→ 太郎に　殴られて、次郎は　泣き出した。
→ 次郎は　太郎に　殴られて、泣き出した。（※ 註：主體「次郎は」移至句首）

（次郎被太郎打，然後哭了出來。）

此外，若像上例Ａ、Ｂ兩句的動作主體不同，日文會習慣將「視點」統一，以Ｂ句（主要子句）的動作主體為主語，將Ａ句改為被動（⇒ #89）。

③・その　ニュースを　聞いて、驚きました。（⇒聞いたから／ので）

（聽到那個新聞，我嚇了一大跳。）

・息子の　メールを　読んで、安心しました。（⇒読んだから／ので）

（因為讀了兒子的信，所以我放下了一顆心。）

・犬が　突然　飛び出して　きて、びっくりしました。
（⇒飛び出してきたから／ので）

（因為小狗突然衝出來，所以我嚇了一大跳。）

・地下鉄が　できて、便利に　なりました。（⇒できたから／ので）

（地下鐵通車了，所以變得很方便了。）

・今年の　試験は　難しくて、合格できませんでした。（⇒難しかったから／ので）

（因為今年的考試很難，所以我沒能合格。）

・この　箱は　重くて、一人では　持てません。（⇒重いから／ので）

（這個箱子太重了，我一個人搬不動。）

・この　地図は　複雑で、わかり　にくいです。（⇒複雑だから／なので）

（這個地圖太複雜了，很難懂。）

📎 辨析：

所謂的「原因・理由」，指的就是Ａ句為Ｂ句的原因・理由。Ａ、Ｂ兩句的動作，是先後發生的（前因、後果）。Ａ句與Ｂ句的動作主體可以是同一人，也可以是不同人。Ａ句與Ｂ句兩句當中，其中一句會是無意志動作，或者兩句都是無意志動作（「意志／無意志」⇒ #26- 辨析、#95- 辨析）。Ａ句部分的原因・理由，可以是動詞，亦可以是形容詞。此用法亦可替換為 N5 學習到的「～から」或「～ので」（⇒ #65）。

26

○ この　コーヒーは　苦くて、飲めません。

× この　コーヒーは　苦くて、砂糖を　入れます／入れましょう／入れてください。

此外，表原因・理由的「～て」，其B句後面不可使用命令、請求、邀約、許可，或是說話者的意志表現。但N5學習到的「～から」或第65項文法「～ので」並無這個限制，因此若使用到命令、請求、邀約、許可，或是說話者的意志表現時，可改為「～から」或「～ので」。

○ この　コーヒーは　苦いから／ので、砂糖を　入れます／入れましょう
／入れてください。

④・おじいちゃんは　山へ　行って、おばあちゃんは　川へ　行きました。
（爺爺去了山上，而奶奶去了河邊。）

・高校卒業後、太郎は　大学に　行って、次郎は　就職しました。
（高中畢業後，太郎上了大學，而次郎去工作了。）

・鈴木さんは　背が　高くて、頭が　いいです。
（鈴木先生身高很高，而且頭腦又好。）

・東京は　賑やかで、便利な　町です。
（東京很熱鬧，而且很方便／東京既熱鬧又方便。）

・台湾の　首都は　台北で、日本の　首都は　東京です。
（台灣的首都是台北，而日本的首都是東京。）

🔗 辨析：

所謂的「並列」，指的就是單純羅列敘述Ａ、Ｂ兩句的動作或狀態。兩句是對等的，無關於先後順序或者原因・理由，因此即便Ａ、Ｂ兩句的順序替換，語意也不會改變。Ａ句與Ｂ句的主體可以是同一人，也可以是不同人。此用法多是在描述狀態，因此Ａ、Ｂ兩句，除了使用動詞以外，亦可使用形容詞與名詞。

01. 風邪を　（　　）、学校を　休みました。
　　　1. 引きて　　2. 引いて　　3. 引いくて　　4. 引くので

02. この　紅茶は　熱くて、（　　）。
　　　1. 飲みません　　2. 飲めません　　3. 飲みたく　ありません　　4. 飲むな

26

129. 〜ないで

接続：動詞ない形＋ないで
翻訳：① 在不／沒有Ａ的狀況之下，做Ｂ。② 不做Ａ，取而代之，做Ｂ。
説明：「〜ないで」有兩種用法：① 為「附帶狀況」的否定。也就是第 128 項文法
　　　「〜て」的第 ① 種用法的否定講法。其意思為「在不做Ａ的狀況之下，做Ｂ；
　　　做Ｂ時，沒有附帶著Ａ這個狀況」。② 為「二選一／取而代之」。其意思為「不
　　　做Ａ，取而代之，（選擇）做了Ｂ」。

① ・窓を　閉めないで、寝ました。
　　（不關窗睡了覺。）

　・手を　上げないで、横断歩道を　渡るのは　危ないです。
　　（沒有舉著手過馬路，很危險。）

　・私は　お寿司は　醤油を　つけないで、食べるのが　好きです。
　　（我壽司喜歡不沾醬油＜的狀態下＞吃。）

　・教科書を　見ないで、答えて　ください。
　　（請不要看著教科書回答問題／在沒看教科書的狀態下，回答問題。）

　・包丁を　使わないで、料理を　しました。
　　（我做料理不用菜刀／在沒有使用菜刀的狀況下，做了料理。）

② ・電車に　乗らないで、歩いて　行きましょう。
　　（不要搭電車，＜取而代之＞走去吧。）

　・ゆうべは　寝ないで、仕事を　していました。
　　（昨晚不睡覺，而是做了工作。）

　・休日は　どこへも　行かないで、家に　います。
　　（假日我哪都不去，＜而是＞待在家裡。）

　・プレゼントは　買わないで、自分で　作るように　して　います。
　　（禮物我都不用買的，都盡量自己做。）

・息子は　勉強しないで、毎日　遊んで　ばかり　います。
（我兒子不讀書，每天都在玩。）

📄 隨堂測驗：

01. 昨日は　朝ご飯を（　　）、会社へ　行きました。
　　　1.食べてなく　　2.食べないで　　3.食べない　　4.食べらないで

02. コロナのため、　今度の　連休は　旅行に　（　　）、家に　います。
　　　1.行って　　2.行く　　3.行かないで　　4.行かない

解 01.（2）02.（3）

130. 〜なくて

接続：① 動詞ない形＋なくて／イ形容詞い＋くなくて／ナ形容詞だ＋でなくて／
　　　　名詞＋でなくて
　　　② 名詞＋ではなくて
連用：〜なく
翻訳：① 由於不…而感到／以致於無法…。② 不是…而是…。
説明：「〜なくて」有兩種用法：① 為「原因・理由」的否定。也就是第 128 項文
　　　法「〜て」的第 ③ 種用法的否定講法。前句除了可以是動詞以外，亦可使用
　　　形容詞或名詞。後句多為表達說話者的感情、狀態、以及可能動詞的否定。
　　　② 為「非Ａ，而是Ｂ」的意思。前面僅可接續名詞。經常於「で」的後方加
　　　入表對比的副助詞「は」。

① ・1 時間　待っても　彼が　来なくて、心配した。
　　（等了一小時他都沒來，我很擔心。）

　・私が　小さい　頃は、親が　側に　いなくて、苦労しました。
　　（當我還小的時候，雙親不在我身邊，因此我當初很辛苦。）

　・この　夏は　ちっとも　雨が　降らなくて、困って　います。
　　（這個夏天一點兒雨都沒下，所以我感到很困擾。）

　・コロナで　国へ　帰れなくて、悲しいです。
　　（因為武漢肺炎疫情回不了國，所以我很難過。）

　・仕事が　うまく　できなくて、悩んで　います。
　　（工作做得不順利，我感到很煩惱。）

　・せっかく　パリまで　来たのに、都市封鎖で　エッフェル塔に　登れなくて、
　　がっかりしました。
　　（難得來到了巴黎，但卻因為封城，而無法登上艾菲爾鐵塔／巴黎鐵塔，
　　我感到很失望。）

　・お金が　なくて、旅行に　行けませんでした。
　　（因為沒有錢，所以無法去旅行。）

・北海道は、 夏でも 暑くなくて 快適です。
（北海道即便是夏天，也不熱，很舒服。）

・子供の 頃は、 体が 丈夫でなくて 大変でした。
（我小時候身體不怎麼健康，生活很不容易。）

・検査の 結果、コロナでなくて 安心した。
（檢查的結果，並不是武漢肺炎，因此我放心了。）

② ・彼は、 先生ではなくて 学生です。
（他不是老師，而是學生。）

・南半球は 今、 夏ではなくて 冬です。
（南半球現在不是夏天，而是冬天。）

・アメリカの 首都は、 ニューヨークではなくて ワシントンです。
（美國的首都不是紐約，而是華盛頓。）

・駅前の 新しい 建物は、 商業ビルではなくて マンションです。
（站前的新建築物並不是商業大樓，而是住宅大樓。）

🔗 辨析：

第 129 項文法「～ないで」的前面只能接續動詞，而本項文法「～なくて」的前面除了可以接續動詞以外，亦可接續名詞、形容詞。此外，兩者能夠使用的語境也不同。少數兩者能夠替換的情況，不屬於 N4 考試的範圍，因此本書省略。

📄 隨堂測驗：

01. 昨日は 寒かったが、暖房を （ ）寝ましたから、風邪を 引いて
しまい ました。
　　1. つけて　2. つけないで　3. つけなくて　4. つけてない

02. せっかく 東京に 来たのに、富士山が （ ）、残念ですね。
　　1. 見えなくて　2. 見えないで　3. 見なくて　4. 見ないで

解答 01.（2）02.（1）

131. ～ずに

接続：動詞ない形＋ずに　する→せずに
翻訳：① 沒…就…。② 不做…而做…。
説明：本句型「～ずに」為第 129 項文法「～ないで」的文言表達方式，兩者意思
　　　大致上相同，都有兩種用法：① 表「附帶狀況的否定」。意思為「在不做 A
　　　的狀況之下，做 B；做 B 時，沒有附帶著 A 這個狀況」。② 表「二選一／取
　　　而代之」。其意思為「不做 A，取而代之，（選擇）做了 B」。另外，需特
　　　別注意的是動詞「する」，必須改成「せずに」。

① ・窓を　閉めずに、寝ました。
　　（不關窗睡了覺。）

　・料理は　何も　つけずに、食べるのが　いいです。
　　（料理就是要什麼都不沾，就這樣吃＜原味＞，是最好的。）

　・包丁を　使わずに、料理を　した。
　　（我做料理不用菜刀／在沒有使用菜刀的狀況下，做了料理。）

　・彼は　何も　言わずに、家を　出て　いった。
　　（他什麼都沒說，就離家出走了。）

② ・ゆうべは　寝ずに、仕事を　して　いた。
　　（昨晚不睡覺，而是做了工作。）

　・休日は　どこへも　行かずに、家に　いるのが　好きだ。
　　（假日我喜歡哪都不去，就待在家裡。）

　・プレゼントは　買わずに、自分で　作るように　しています。
　　（禮物我都不用買的，都盡量自己做。）

　・息子は　勉強せずに、毎日　遊んで　ばかり　います。
　　（我兒子不讀書，每天都在玩。）

01. ２時間、（　　　）　立って　友人と　話を　しました。
　　１. 座らなくて　２. 座らずに　３. 座らずで　４. 座らないのに

02. 彼は　あいさつも　（　　　）　いきなり　入って　きた。
　　１. しなくに　２. さずに　３. せずに　４. しずに

26 單元小測驗

1. 自転車に　（　　）　学校へ　行きます。
　　1　乗りながら　　2　乗って　　　　3　乗ったまま　　　4　乗らないで

2. 薬局へ　行って、（　　）。
　　1　薬を　もらいます　　　　　　　2　風邪ですから
　　3　薬が　ありません　　　　　　　4　頭が　痛いんです

3. 雨が　降って　いるのに、彼は　傘を　（　　）　出かけました。
　　1　持って　　　　2　持ちながら　　3　持たなくて　　　4　持たないで

4. コンビニへ　行った時、お金が　（　　）、たばこを　買えませんでした。
　　1　足りて　　　　2　足りないで　　3　足りなくて　　　4　足りたまま

5. 鈴木さんが　会社を　辞めたのを　聞いて、（　　）。
　　1　一緒に　やめましょう　　　　　2　びっくりしました
　　3　山田さんでした　　　　　　　　4　信じません

6. 選挙に　勝ったのは　バイデン氏（　　）、自分だと　トランプ氏が　言っています。
　　1　ではないで　　2　ではなくて　　3　じゃなくで　　　4　せずに

7. 時間が　＿＿＿　＿＿＿　＿★＿　＿＿＿　ずに　会社へ　行く。
　　1　食べ　　　　2　ない　　　　3　いつも朝ご飯を　4　ので

8. コーヒーは　＿＿＿　＿★＿　＿＿＿　＿＿＿　。
　　1　好きです　　　　　　　　　　　2　砂糖を入れないで
　　3　のが　　　　　　　　　　　　　4　飲む

9. コロナで　＿＿＿　＿＿＿　＿★＿　＿＿＿　たくさんいます。
　　1　留学生は　　2　困っている　　3　国へ　　　　　4　帰れなくて

10. 昨日　窓を　開けたまま　寝た　＿＿＿　＿＿＿　＿★＿　＿＿＿。
　　1　暑かった　　2　です　　　　3　から　　　　　4　のは

27

第 27 單元：原因・目的・並列・条件

　　本單元學習表目的或利益的「〜ために」、表原因的「〜ために」、表並列的「〜し」、表理由的「〜し」、表條件的「〜ば」以及表前後句一致的「〜とおり」。這些句型（前句部分）都屬於「副詞子句」。研讀本單元時，可先不理會何謂副詞子句，僅專注於各個句型的用法即可，關於副詞子句的構造，將會於第 28 單元詳細說明。

132. 〜ために

接続：名詞修飾形＋ために
活用：ためだ。（句尾）　ための＋名詞
翻訳：① ② 為了。③ 因為。
説明：此句型會因為前接的詞彙語意以及動詞時制的不同，意思也不同。總共有三
　　　種用法：① 表「目的」。前接「動詞原形」或「名詞」，表「為了達到某目的，
　　　而做了後述事項」。② 表「利益」。前接表「機關團體」或「某人」的「名
　　　詞」，表「為了此人／該團體的利益」。③ 表「原因」。前接「動詞た形」
　　　或「名詞、形容詞」，表「造成後述事項結果的原因」。

① ・彼は　いい　大学に　入るために、毎日　一生懸命　勉強して　います。

（他為了進入好大學，每天都很認真地讀書。）

・孫と　ビデオ通話を　するために、スマホを　買いました。

（我為了和孫子視訊電話，而買了智慧型手機。）

・健康の　ために、毎朝、ジョギングを　しています。

（為了健康，我每天早上都慢跑。）

・健康の　ための　運動は、「ほどほど」が　大切ですから、

無理を　しないで　ください。

（為了健康的運動，「適可而止」很重要，所以請不要太勉強自己。）

🔗 辨析：

本項文法「ために」的第 ① 項用法，與第 116 項文法「ように」用法 ①，兩者皆可用於表達「目的」。原則上，「ために」前接意志動詞；「ように」前接非意志動詞（「意志／無意志」⇒ #26- 辨析、#95- 辨析、#116- 辨析），兩者不可替換。下例中，「乾かす」為他動詞，且為意志動詞、「乾く」為自動詞，且為非意志動詞。（「自他動詞」⇒ #78、#79）

・大学に　合格するために、毎日　勉強して　います。

（為了考上大學，我每天都用功讀書。）

・洗濯物を　乾かすために、外に　干して　います。

（為了把衣物曬乾，我把它曬在外面。）

・洗濯物が　早く　乾くように、外に　干して　います。

（為了讓衣物早點乾，我把它曬在外面。）

此外，「ために」的前後句主語必須為同一人，但「ように」的前後句主語可為不同人。

〇子供が　よく　勉強するように、私は　書斎の　ある　家を　買いました。

（希望小孩可以好好讀書，所以我買了有書房的房子。）

×子供が　勉強するために、私は　書斎の　ある　家を　買いました。

〇私は　勉強するために、（私は）　書斎の　ある　家を　買いました。

（我為了要讀書，所以我買了有書房的房子。）

②・家族の　ために、一生懸命　働いて　います。

（我為了家人，努力工作。）

・会社の　ために、そこまで　頑張る　必要は　ありません。

（沒必要為了公司，拼死拼活到那個地步。）

・留守番をして　いる　犬のために、エアコンを　つけて　います。

（我為了在家看家的小狗，而開了空調。）

・私が　大統領に　選ばれたら、国民のための　政治を　行う　つもりです。

（我如果選上總統，一定會施行為全民著想的政治。）

③・ダイエットを　しすぎたために、免疫力が　低く　なって、風邪を
　引きやすく　なった。

（因為＜減肥＞節食過度，而導致免疫力下降，變得動不動就感冒。）

・価格競争が　激しいために、利益を　上げる　ことが　できませんでした。

（因為＜各家廠商＞削價競爭激烈，因此無法提升獲利。）

27

・大地震の　ために、大勢の　人が　亡くなりました。
（因為大地震，因而死了很多人。）

・コロナの　ために、海外へ　旅行に　行く　ことが　できなく　なりました。
（因為武漢肺炎疫情，導致無法出國旅行。）

進階實戰例句：

・あなたがこんなに風邪を引きやすくなったのは、ダイエットをしすぎて、
免疫力が低くなったためだと思う。（「強調句」⇒ #125）
（你會變得那麼容易感冒，我想是因為你節食過度，導致免疫力下降的緣故。）

隨堂測驗：

01. 大きな　地震が　（　　）ために、電車が　止まって　しまい　ました。
　　1. あって　2. あった　3. ある　4. あるの

02. いい　写真が　撮れる（　　）、新しい　スマホを　買いました。
　　1. ように　2. ために　3. のよう　4. のため

133. 〜し

接続：普通形＋し

翻訳：① 既…又…。② 因為…所以…。

説明：此句型有兩種用法：①「並列」。用於列舉出主語的特點，或是列舉出所做過的動作。② 列舉出「理由」。有別於第 ① 種只是羅列出優缺點或做的動作，第 ② 種用法「〜し」的部分則是後句（主要子句）部分的理由。意思接近「〜から」（最後一個「〜し」可替換為「〜から」）。此外，如果後句（主要子句）使用敬體，則前句「〜し」的部分亦可使用敬體（但非必須）。

① ・山田先生は　親切だし、熱心だし、それに、経験も　豊富です。

（山田老師既親切、又熱心，而且還很有經驗。）

・椋太君は　かっこいいし、スポーツも　できるし、それに、お金持ちです。

（椋太長得又帥、又很會運動，而且還很有錢。）

・伊豆では、温泉にも　入ったし（○入りましたし）、美味しい　料理も
食べました。

（在伊豆，我泡了溫泉、也吃了美味的食物。）

・これも　欲しいし、あれも　買いたいです。

（我這個也想要、那個也想買。）

② ・もう　７時ですし（○ですから）、そろそろ　帰りましょう。

（也已經七點了，也差不該回去了。）

・駅から　近いし、車でも　来られるし（○来られるから）、いつも　この
店で　買い物を　して　います。

（因為離車站很近，也可以開車來／也有停車場，因此我總是在這間店買東西。）

・頭が　痛いですし、熱も　ありますし（○ありますから）、今日は　学校を
休みます。

（頭痛，而且也有發燒，所以我今天請假不去學校。）

・Ａ：Ｂさん、息子に 日本語を 教えて いただけませんか。

（Ａ：Ｂ先生，你能不能教我兒子日文呢？）

　Ｂ：…うーん、会社が 忙しいし、司法書士の 勉強も <u>しなければならないし</u>

（○しなければならないから）…。

（Ｂ：嗯…，不過因為我最近公司很忙，而且我還得要準備考司法書士…。）

辨析：

「～し」與「～から」兩者語感上稍有不同。「～から」只是舉出這個理由，但「～し」感覺上則是暗示「除了這個理由以外，還有其他更多林林總總的理由在，（只是沒講出來…）」。

隨堂測驗：

01. 翔太君は よく 運動（　　）し、よく 寝るので、病気に なる
　　ことは 少ないです。
　　　1.して　2.する　3.しよう　4.するの

02. 大川さんは　（　　）し、仕事も よく できる。
　　　1.真面目な　2.真面目の　3.真面目に　4.真面目だ

解 01.（2）02.（4）

134. 条件形

接続：条件形

説明：現今的日語教育上，教學分成兩派。一派為先教導動詞的原形，再由
動詞原形做動詞變化轉換為條件形；另一派則是先教導動詞的「～ます」形，
再由「～ます」形做動詞變化轉換為條件形。本書兩種方式並列，請讀者挑
選自己習慣的方式學習即可。此外，N4 考試當中，除了要學習動詞的條件形
以外，亦要學習形容詞與名詞的條件形，請特別留意這一部分。

【動詞原形轉條件形】

a. 動詞為上一段動詞或下一段動詞（グループⅡ／二類動詞），則僅需將動詞原形的語尾～る去掉，
再替換為～れば即可。

寝る　（　　neる）　→　寝る+れば
食べる（tabeる）　→　食べる+れば
起きる（　okiる）　→　起きる+れば

b. 若動詞為カ行變格動詞或サ行變格動詞（グループⅢ／三類動詞），由於僅兩字，因此只需死背替換。

来る　　　　→　来れば

する　　　　→　すれば
運動する　→　運動すれば

c. 若動詞為五段動詞（グループ I ／一類動詞），由於動詞原形一定是以（～u）段音結尾，
因此僅需將（～u）段音改為（～e）段音，再加上「～ば」即可。

行く（　　iku）→行け（　　ike）+ば＝行けば
飲む（　nomu）→飲め（　nome）+ば＝飲めば
帰る（kaeru）→帰れ（kaere）+ば＝帰れば
買う（　　kau）→買え（　　kae）+ば＝買えば
会う（　　au）→会え（　　ae）+ば＝会えば

27

五段動詞（一類動詞）：

將語尾「～u」段音轉為「～e」段音，再加上「ば」即可。

- 買^かう　→　買^かえば
- 書^かく　→　書^かけば
- 泳^{およ}ぐ　→　泳^{およ}げば
- 貸^かす　→　貸^かせば
- 待^まつ　→　待^まてば
- 死^しぬ　→　死^しねば
- 呼^よぶ　→　呼^よべば
- 読^よむ　→　読^よめば
- 取^とる　→　取^とれば

上、下一段動詞（二類動詞）：

將語尾「る」改為「れば」即可。

- 見^みる　→　見^みれば
- 着^きる　→　着^きれば
- 起^おきる　→　起^おきれば
- できる　→　できれば

- 出^でる　→　出^でれば
- 寝^ねる　→　寝^ねれば
- 食^たべる　→　食^たべれば
- 捨^すてる　→　捨^すてれば
- 教^{おし}える　→　教^{おし}えれば

カ行變格動詞（三類動詞）：

- 来^くる　→　来^くれば

サ行變格動詞（三類動詞）：

- する　→　すれば
- 掃除^{そうじ}する　→　掃除^{そうじ}すれば

【動詞ます轉條件形】

a. 動詞為二類動詞，則僅需將動詞ます形的語尾～ます去掉，再替換為～れば即可。

寝ます（　　　　 neます）　→寝~~ます~~＋れば
食べます（tabeます）　→食べ~~ます~~＋れば
起きます（　okiます）　→起き~~ます~~＋れば

b. 若動詞為三類動詞，由於僅兩字，因此只需死背替換。

来ます　　　　→　来れば

します　　　　→　すれば

運動します　→　運動すれば

c. 若動詞為一類動詞，由於動詞ます形去掉ます後，語幹一定是以（～i）段音結尾，因此

　僅需將（～i）段音改為（～e）段音，再加上「～ば」即可。

行き（　　iki）~~ます~~ →行け（　　ike）＋ば＝行けば
飲み（　nomi）~~ます~~ →飲め（　nome）＋ば＝飲めば
帰り（kaeri）~~ます~~ →帰れ（kaere）＋ば＝帰れば
買い（　　kai）~~ます~~ →買え（　　kae）＋ば＝買えば
会い（　　ai）~~ます~~ →会え（　　ae）＋ば＝会えば

五段動詞（一類動詞）：	上、下一段動詞（二類動詞）：
去掉語尾「ます」後，將語幹「～i」段音轉為「～e」段音，再加上「～ば」即可。	將語尾「ます」改為「れば」即可。
・買います　→　買えば	・見ます　→　見れば
・書きます　→　書けば	・着ます　→　着れば
・泳ぎます　→　泳げば	・起きます　→　起きれば
・貸します　→　貸せば	・できます　→　できれば
・待ちます　→　待てば	
・死にます　→　死ねば	・出ます　→　出れば
・呼びます　→　呼べば	・寝ます　→　寝れば
・読みます　→　読めば	・食べます　→　食べれば
・取ります　→　取れば	・捨てます　→　捨てれば
	・教えます　→　教えれば
カ行變格動詞（三類動詞）：	サ行變格動詞（三類動詞）：
・来ます　→　来れば	・します　→　すれば
	・掃除します　→掃除すれば

27

399

【形容詞與名詞的條件形】

a. イ形容詞轉條件形，僅需去掉語尾「～い」，再加上「～ければ」即可。（※ 註：例外「いい」→「よければ」）。

暑い → 暑い ~~い~~ ＋ければ ＝暑ければ

美味しい → 美味し ~~い~~ ＋ければ ＝美味しければ

b. ナ形容詞轉條件形，則是語幹部分直接加上「～なら」即可。

暇だ → 暇 ~~だ~~ ＋なら ＝暇なら

きれいだ → きれい ~~だ~~ ＋なら ＝きれいなら

c. 名詞轉條件形，則是直接加上「～なら」即可。

雨 → 雨＋なら ＝雨なら

学生 → 学生＋なら ＝学生なら

d. 否定的型態，無論是動詞、形容詞還是名詞，由於都是以「～ない」結尾，因此皆比照イ形容詞改法，去掉語尾「～い」，再加上「～ければ」。（※ 註：ナ形容詞與名詞若為「～ではない」形式時，則會改為「～でなければ」。）

(動詞)	行かない	→ 行かな ~~い~~ ＋ければ	＝ 行かなければ
(イ形容詞)	暑くない	→ 暑くな ~~い~~ ＋ければ	＝ 暑くなければ
(ナ形容詞)	暇ではない	→ 暇で ~~は~~ な ~~い~~ ＋ければ	＝ 暇でなければ
	暇じゃない	→ 暇じゃな ~~い~~ ＋ければ	＝ 暇じゃなければ
(名詞)	社長ではない	→ 社長で ~~は~~ な ~~い~~ ＋ければ	＝ 社長でなければ
	社長じゃない	→ 社長じゃな ~~い~~ ＋ければ	＝ 社長じゃなければ

イ形容詞	・暑い　　→　暑ければ ・寒い　　→　寒ければ ・安い　　→　安ければ ・高い　　→　高ければ	・正しい　　→　正しければ ・美味しい　→　美味しければ ・いい　　　→　よければ（例外）
ナ形容詞	・暇だ　　→　暇なら ・静かだ　→　静かなら ・安全だ　→　安全なら	・賑やかだ　→　賑やかなら ・真面目だ　→　真面目なら ・きれいだ　→　きれいなら
名詞	・雨　　→　雨なら ・曇り　→　曇りなら ・学生　→　学生なら	・社長　→　社長なら ・休み　→　休みなら
否定	**（動詞）** ・行かない　→　行かなければ　　・言わない　→　言わなければ ・飲まない　→　飲まなければ　　・食べない　→　食べなければ **（イ形容詞）** ・暑くない　→　暑くなければ　　・正しくない　→　正しくなければ ・寒くない　→　寒くなければ　　・暖かくない　→　暖かくなければ **（ナ形容詞）** ・暇ではない　→　暇でなければ　　　・有名ではない　→　有名でなければ 　暇じゃない　→　暇じゃなければ　　　有名じゃない　→　有名じゃなければ **（名詞）** ・雨ではない　→　雨でなければ　　　・社長ではない　→　社長でなければ 　雨じゃない　→　雨じゃなければ　　　社長じゃない　→　社長じゃなければ	

27

01. 急ぎます→条件形：（　）。
    1. 急げれば　2. 急げば　3. 急なら　4. 急ぐば

02. 悪い→条件形：（　）。
    1. 悪いければ　2. 悪くなら　3. 悪ければ　4. 悪ば

解 01.（2） 02.（3）

135. ～ば

接続：条件形＋ば　ナ形容詞／名詞＋なら（ば）
翻訳：① 做了…就…。② …如果，就…。
説明：條件形「～ば」，會隨著前接的品詞不同，而有不同的意思與文法限制。①
　　　前接動詞肯定時，用來表達「為了要讓後述事項成立，前面的動作是必要條
　　　件」。例如例句一，意思就是「想要考上，只要好好讀這本書就能合格」。
　　　② 前接名詞、形容詞、狀態性動詞（ある、いる、できる…等）、或者動詞
　　　否定形「～なければ」時，用來表達假設的條件句。意思與表假設條件的「～
　　　たら」 (⇒ #54- ①) 類似。

① ・この　本を　よく　読めば、試験に　受かりますよ。
　　（只要好好讀這本書，考試就會合格喔。）

　　・この　薬を　飲めば、病気が　治ります。
　　（只要吃了這個藥，病就會痊癒。）

　　・鈴木さんに　聞けば、答えを　教えて　くれますよ。
　　（你去問鈴木先生，他就會告訴你答案了。）

　　・急げば、閉店時間に　間に　合う　はずです。
　　（稍微趕一下，應該還來得及在關門之前到。）

　　・ワクチンが　発明されれば、コロナが　終息して　いくでしょう。
　　（只要疫苗被研發出來，應該武漢肺炎疫情就會平息吧。）

　　・A：もう　春なのに、寒いですね。
　　（A：都已經春天了，怎麼還這麼冷。）
　　　B：そうですね。来週に　なれば、暖かく　なると　思いますよ。
　　（B：是啊。大概到了下星期，就會變暖和吧。）

📎 辨析：

「動詞肯定＋ば」的後句，都是說話者想要它成立的。例如第一句的意思是，說話者想要「考過」
這個考試，所以讀這本書。如果後句並不是說話者希望達到的結果，則不太適合使用「～ば」。

× これを 食べれば、死にますよ。

如上例，說話者想表達的，並不是「希望死掉」，而是要給對方警告。因此這句話較適合改成「～と」 (⇒ #60- ①) 或「たら」 (⇒ #54- ①) 。

○ これを 食べると／食べたら、死にますよ。

② ・お金が あれば、家を 買いたいです。
（如果我有錢的話，我想要買房子。）

・日本語が 話せなければ、この ファンクラブに 入会する ことは
できません。
（如果不會說日文，就沒有辦法入會這個粉絲會。）

・明日、修理の 者が 伺います。行かなければ、この 電話に 連絡して
ください。
（明天修理的師傅會過去。如果他沒去的話，請打這支電話聯絡。）

・寒ければ、暖房を つけても いいですよ。
（如果冷，你要開暖氣也可以喔。）

・暑くなければ、エアコンを 消しますよ。
（如果你不熱的話，我就要關冷氣喔。）

・よければ、これを 使って ください。
（不嫌棄的話，這個你請用。）

・明日、暇なら 一緒に ディズニーランドへ 行かない？ 暇じゃないなら
いいんだけど。
（你明天如果有空，要不要一起去迪士尼樂園。如果沒空的話就算了。）

・明日 雨なら、家に います。
（如果明天下雨，我就待在家裡。）

📎 辨析：

「動詞肯定＋ば」的使用規則較繁複，它跟「～と」一樣，後句不可以有「意志、命令、勸誘、許可、希望…」等表現。但若前方為名詞、形容詞、狀態性動詞或者是所有動詞否定形，以及前後主語不同時，則沒有這個規則的制約（可以使用意志等表現）。

1. 前方為形容詞時，後句則可使用意志等表現：

　　例：安ければ、買いたいです。

　　　　（便宜的話，我想要買。）

2. 前方動詞為「狀態性」述語（ある、いる、できる）時，後句亦可使用意志等表現：

　　例：お金が　あれば、買いたいです。

　　　　（如果有錢的話，我想要買。）

3. 前句跟後句主語不同時，後句亦可使用意志等表現：

　　例：あなたが　行けば、私も　行きたいです。

　　　　（如果你去，我也想去。）

因為前接的詞性不同，會導致不同的文法規則，因此本書將前接一般動作動詞的用法歸類在用法①，前接名詞、形容詞、狀態性動詞以及動詞否定形的用法歸類在用法②。

📄 隨堂測驗：

01. おじいちゃんに　（　　）、昔の　ことが　わかりますよ。
　　　1.聞くば　2.聞いてば　3.聞けば　4.聞けなら

02. （　　）、窓を　閉めて　ください。
　　　1.寒いければ　2.寒ければ　3.寒なら　4.寒くば

解 01.（3）02.（2）

27

136. 〜とおりに

接続：動詞原形／た形／名詞の＋とおりに
翻訳：按照…。
説明：此句型用於表後句與前句一致。① 前接動詞原形時，表「尚未做動作，接下來會做」。多會與「〜てください」等請求、命令的語態一起出現，來要求聽話者按照展示跟著一起做。② 前接動詞た形時，表「已做完動作」。③ 前方亦可接續動作性名詞。請注意，「〜とおりに」前方的主語必須使用「が」。

① ・私が これから やる とおりに やって みて ください。
（請跟著我等一下要做的方式／動作，試著做做看。）

・私が 今から 言う とおりに 書いて ください。
（請照著我等一下說的，寫下來。）

② ・私が さっき 説明した とおりに やって みて ください。
（請按照我剛剛說明的方式，做做看。）

・コーチが 教えた とおりに 練習して います。
（我按照教練教的方式練習。）

・昨日 殺人現場で 見た とおりに 警察官に 話しました。
（我將昨天在殺人現場所看到的一切，照實跟警察說了。）

・先生が やった とおりに やって みましたが、失敗して しまいました。
（我照著老師做的方式，嘗試做了一遍，但卻失敗了。）

③ ・説明書の とおりに 操作して ください。
（請按照說明書上＜寫的＞來操作。）

・この レシピの とおりに 料理を 作りました。
（我按照食譜，做了料理。）

・この 地図の とおりに 行きましたが、迷子に なりました。
（我照著地圖去了，但卻迷路了。）

進階實戰例句：

・本に書いてあるとおりにやってみても全然うまくいかなかったから、諦めました。
（我按照書上所寫的方式去做了，但一點都不順利，因此我放棄了。）

・言われたとおりにやらないで、自分で考えた方法でやってみてください。
（不要按別人說的去做／不要別人說什麼你就做什麼，請你用自己想到的方式
做做看。）

隨堂測驗：

01. 私（　　）さっき　言った　とおりに　やって　ください。
　　1.は　2.が　3.に　4.を

02. 母に　（　　）　とおりに　料理を　作りました。
　　1.習った　2.習って　3.習う　4.習の

解 01.（2） 02.（1）

1. 病気（　　）、2週間ほど　入院しました。
   1　ために　　　　2　なために　　　3　のために　　　4　するために

2. 留学に　行く　（　　）、一生懸命　貯金して　います。
   1　ために　　　　2　ように　　　　3　のに　　　　　4　ことに

3. よく　（　　）、新しい　眼鏡を　買いました。
   1　見えるために　2　見えるように　3　見るように　　4　見たために

4. この　川は　（　　）し、水も　きれいだし、いつも　ここで　泳いで　います。
   1　深くないで　　2　深くなくて　　3　深くせずに　　4　深くない

5. 荷物も　（　　）、雨も　（　　）、タクシーで　行きましょう。
   1　多かったり／降ったり　　　　　　2　多いし／降っているし
   3　多くて／降って　　　　　　　　　4　多ければ／降る

6. 休み　の日は　いつも　テレビを　（　　）　音楽を　（　　）　して　います。
   1　見たり／聴いたり　　　　　　　　2　見るし／聴くし
   3　見て／聴いて　　　　　　　　　　4　見れば／聴く

7. 早く　国へ　（　　）、母親の　料理を　食べたり、友達に　会ったり　したい。
   1　帰ったり　　　　2　帰るし　　　　3　帰って　　　　4　帰るのは

8. いい　アイディアが　（　　）、教えて　ください。
   1　あると　　　　2　あれば　　　　3　あって　　　　4　あるとおりに

9. 説明書を　よく　読めば、（　　）。
   1　使い方を　教えて　ください　　　2　使い方が　わかりますよ
   3　複雑で　わかりませんでした　　　4　使い方を　教えましょう

10. 先生（　　）　説明した　とおりに　やって　みて　ください。
    1　が　　　　　　2　は　　　　　　3　を　　　　　　4　なら

28

第 28 單元：副詞子句

　　延續先前學習的形容詞子句、名詞子句，本單元將詳細介紹副詞子句的構造。由於新制考題會考重組，即便是 N4，仍會出現兩種子句以上的複合表現，也就是至少兩個以上的從屬子句與一個主要子句的多層次結構。本單元在介紹完副詞子句後，將會於第 139 ～ 141 項文法，介紹不同種類子句互相搭配的例子。學習時，僅需要稍微瞭解這些句子的結構以及其正確語意即可。考試僅會出題重組，並不要求考生造句，因此不需要過度鑽研句法結構的問題。此外，從本單元起，例句不再以「分かち書き（以文節為單位，中間空格）」的方式呈現。

137. 副詞子句

説明：本書第 21 單元，介紹了「形容詞子句」。說明了若將一個從屬子句放在形
　　　容詞的位置，用來修飾後方的「名詞」，那這個從屬子句的功能由於跟形容
　　　詞一樣，因此就稱作「形容詞子句」；第 25 單元，則是介紹了「名詞子句」。
　　　說明了若將一個從屬子句放在名詞的位置（格助詞等的前方），那這個從屬
　　　子句的位置由於跟名詞一樣，因此就稱作「名詞子句」；本單元，則是要告
　　　訴讀者，若將一個從屬子句放在副詞的位置，用來修飾後方的「動詞」或「形
　　　容詞」或「整個主要子句」部分，那這個從屬子句的功能由於跟副詞一樣，
　　　因此就稱作「副詞子句」。

首先，我們先來看看，日文中有哪幾種「副詞」以及「與副詞功能相當的」型態，可以
來修飾後方的「動詞」、「形容詞」或「副詞」。

① 副詞修飾動詞　　　　　　：ゆっくり食べる／へらへら笑う／たぶん来ない
② イ形容詞副詞形修飾動詞　：早く来て／楽しく遊ぼう／暑くなる
③ ナ形容詞副詞形修飾動詞　：静かに寝る／有名になった／上品に歩く
④ 格成分（車廂）修飾動詞　：バスで行く／ご飯を食べる／雨が降る
⑤ 動詞て形修飾動詞　　　　：歩いて行く／連れて来る／立って寝る
⑥ 副詞子句修飾動詞　　　　：眼鏡をかけて出かける

⑦ 副詞修飾イ形容詞　　　　：すごく美味しいです。
⑧ 副詞修飾ナ形容詞　　　　：とても静かです。

上述的第 ⑥ 項，就是本單元主要學習的修飾方式，也是 N4 考試當中的必考項目。像是
這種用一個句子（底線部分）來修飾一個動詞或形容詞的修飾部分，就稱作「副詞節」
又或是「連用修飾句」。也因為這樣的句子，其功能就等同於一個副詞，用來修飾一個
動詞或形容詞，因此本書將這樣的修飾句，統稱為「**副詞子句**」（Adverb Clause）。

すぐ ｜ 出かける

副詞　　　　被修飾名詞

眼鏡をかけて ｜ 出かける

副詞節　　　　被修飾名詞
連用修飾句
副詞子句

「副詞」除了可用來修飾「動詞」以及「形容詞」以外，亦可用來修飾「副詞」或「名詞」，
但數量不多，僅需稍微了解即可。

⑨副詞修飾副詞　　　：もっと楽しく／ちょっと静かに
⑩副詞修飾名詞　　　：すぐ右／少し左／もっと上

關於「副詞子句」，除了上述第⑥項所提到的「〜て（⇒#128）」以外，可作為「副詞子句」
用來修飾「後方動詞」或者修飾「整個主要子句」的從屬子句者，目前已學習到的有下
列幾種：

・表條件的「〜と（⇒#60）、〜ば（⇒#135）、〜たら（⇒#54）、〜なら（⇒#135）」
・表原因理由的「〜から（⇒N5）、〜ので（⇒#65）、〜ために（⇒#132）」
・表逆接的「〜が（⇒N5）、〜ても（⇒#48）、〜のに（⇒#66）」
・表時間關係的「〜時（⇒N5）、〜てから（⇒N5）、〜まえに（⇒N5）、〜あとで（⇒N5）」
・表樣態等的「〜ながら（⇒N5）、〜たまま（⇒#53）、とおりに（⇒#136）、〜ほど（⇒#19）」

※ 註 1：由於篇幅關係，下列僅挑選其中 8 項文法／ a.~n. 句舉例。例句中，畫底線部分為副詞或副詞子句，框框的部分為被副詞或副詞子句修飾的部分，粗體助詞
則為主要子句的車廂之助詞。
※ 註 2：文法學術上，將「〜が、〜けれども、〜ので、〜たり（⇒#52）、〜し（⇒#133）」以及「〜て」的第④種用法歸類為「對等子句／並列子句」。但由於本書
的目的不在於鑽研文法，因此採便宜之計，暫且將這些視為「副詞子句」。此外「〜と（思う／言う）（⇒#59、60）」以及「〜ように（言う）（⇒#115）」文法學術
上稱為「引用節」，因程度上的考量，本書不納入解說。

a.

今すぐ ｜ 食べます。（現在立刻吃。）

副詞　　　　被修飾部分

手を洗ってから ｜ 食べます。（洗手之後再吃。）

副詞子句　　　　被修飾部分

b.

昨日（きのう）　　　寝（ね）ました。　（昨天睡了。）

副詞　　　　　被修飾部分

窓（まど）を開（あ）けたまま　寝（ね）ました。　（開著窗戶睡了。）

副詞子句　　　　被修飾部分

---

c.

もうすぐ　　　暖（あた）かくなります。　（快要變暖和了。）

副詞　　　　被修飾部分

春（はる）になると　暖（あた）かくなります。　（一到了春天，就會變暖和。）

副詞子句　　　　被修飾部分

---

d.

そろそろ　　　　　　行（い）きましょう。　（差不多該走了。）

副詞　　　　　　　　被修飾部分

明日（あした）、もし天気（てんき）がよかったら、ディズニーランドへ 行（い）きましょう。

副詞子句　　　　　　　　　　被修飾部分

（明天，如果天氣不錯的話，就去迪士尼樂園吧。）

---

e.

彼（かれ）は、　　　一生懸命（いっしょうけんめい）　勉強（べんきょう）しています。　（他努力讀書。）

副詞　　　　　被修飾部分

彼（かれ）は、いい大学（だいがく）に入（はい）るために、一生懸命勉強（いっしょうけんめいべんきょう）しています。

副詞子句　　　　被修飾部分

（他為了考上好大學，努力讀書。）

---

f.

彼（かれ）は、　　　全然（ぜんぜん）　　太（ふと）りません。　（他都不會發胖。）

副詞　　　　被修飾部分

彼（かれ）は、いつもいっぱい食（た）べるのに　全然太（ぜんぜんふと）りません。

副詞子句　　　　被修飾部分

（他明明就都吃一堆東西，但卻都不會胖。）

412

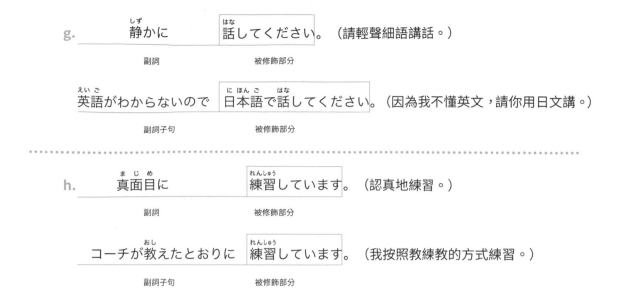

g.　静かに（しず）｜話（はな）してください。　（請輕聲細語講話。）
　　副詞　　　　被修飾部分

　　英語（えいご）がわからないので｜日本語（にほんご）で話（はな）してください。（因為我不懂英文，請你用日文講。）
　　　　　副詞子句　　　　　　　　　被修飾部分

- -

h.　真面目（まじめ）に｜練習（れんしゅう）しています。　（認真地練習。）
　　副詞　　　　　被修飾部分

　　コーチが教（おし）えたとおりに｜練習（れんしゅう）しています。（我按照教練教的方式練習。）
　　　　　副詞子句　　　　　　　　被修飾部分

📎 辨析：

以下分別針對 c.~ f. 的構造詳細說明：

c.

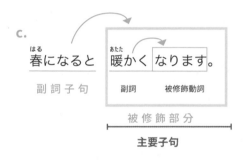

「暖かく」為副詞，修飾動詞「なります」。而「暖かくなります」整個部分，就是主要子句。
副詞子句「春になると」則是用來修飾主要子句「暖かくなります」整個部分。

d.

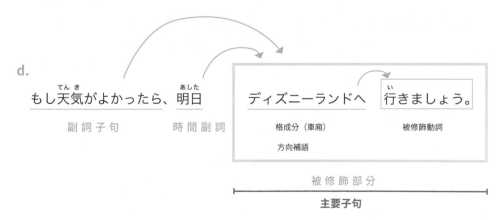

「明日」為表時間的副詞，「ディズニーランドへ」則為表方向的補語。「ディズニーランドへ」用來修飾動詞「行きましょう」，而時間副詞「明日」用來修飾「ディズニーランドへ行きましょう」這個部分。

而這句話當中的副詞子句部分「もし天気がよかったら」，用來修飾動詞「ディズニーランドへ行きましょう」這一個部分：「もし天気がよかったら、ディズニーランドへ行きましょう」。因此副詞子句「もし天気がよかったら」，其位階等同於時間副詞「明日」。

我們可以將副詞子句「もし天気がよかったら」、以及時間副詞「明日」這兩個成分的位置互相調換，就可得知並不會影響語意，因而可證明這兩者位階相當。

・もし天気がよかったら　明日　｜ ディズニーランドへ　行きましょう。｜

・明日　もし天気がよかったら　｜ ディズニーランドへ　行きましょう。｜

此句的構造與 d. 句類似。先由副詞「一生懸命」來修飾動詞「勉強しています」，再由副詞子句「いい大学に入るために」來修飾「一生懸命勉強しています」整個部分。

「彼は」則是用來表示整個句子的「主題」，它同時是主要子句的「動作主體」，也是副詞子句的「動作主體」。也就是說，副詞子句「進大學」的動作主體是「彼」；主要子句「努力讀書」的動作主體也是「彼」。日文中，一般習慣將主題「～は」的部分移至最前方，因此看起來才會像上圖這樣，主要子句看似被拆成了兩半。

但即便將「彼は」移到副詞子句的後方，文法上以及語意上仍是正確、不影響的。

・彼は　いい大学に入るために　｜ 一生懸命勉強しています。｜

・いい大学に入るために　彼は　｜ 一生懸命勉強しています。｜

414

f.

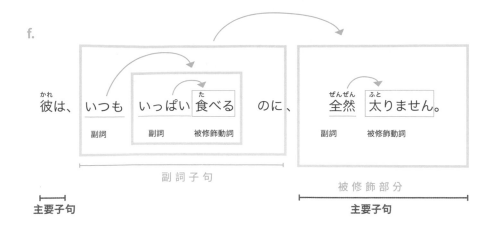

這句話的主要子句部分，與前三句類似。都是由一個副詞來修飾一個動詞。這裡要請讀者們注意的是副詞子句的部分。

副詞子句「いつもいっぱい食べるのに」用來修飾「全然太りません」。而這個副詞子句本身的內部結構，則是多層的副詞修飾結構。先是由副詞「いっぱい」來修飾動詞「食べる」，再由副詞「いつも」來修飾整個「いっぱい食べる」部分。

綜合這上面四個例句的修飾構造，我們可以得知副詞以及副詞子句的修飾構造，是具有「階層性」的，就像上圖這樣一層包著一層。這點，在更複雜的句子構造中相當重要。一個副詞修飾動詞的結構，可以被副詞子句包起來，當然，也就可以有另一個更大的副詞子句，來包住另一個更小的副詞子句。我們將在下個文法項目仔細探討這樣的結構。

📄 **隨堂測驗：**

01. 排列出正確順序：私が今から（ ＿ ＿ ＿ ＿ ）。
　　 1.ください　2.とおりに　3.書いて　4.言う

02. 排列出正確順序：旅行に（ ＿ ＿ ＿ ＿ ）おきます。
　　 1.行く　2.読んで　3.案内書を　4.前に

解01（4 2 3 1）02.（1 4 3 2）

138. 副詞子句中的副詞子句

說明：上一個文法項目我們學習到了何謂副詞子句，本文法項目我們要介紹副詞子句當中，還可以包含著個另一個副詞子句的結構。① 由左向右擴張。② 由右向左擴張。

① **由左向右擴張：**

第一層

・テレビを見ながら、ご飯を食べている。
（一邊看電視一邊吃飯。）

「テレビを見ながら」為副詞子句，修飾主要子句「ご飯を食べている」。到目前為止，這是在上一項文法就學習到的，典型的副詞子句構造。

第二層

・テレビを見ながら、ご飯を食べている時、地震が起こった。
（當我一邊吃飯一邊看電視的時候，發生了地震。）

接下來，我們可以將第一層當中的「テレビを見ながら、ご飯を食べている」整個句子當作一個說明發生時點的副詞子句，用來修飾主要子句「地震が起こった」。這樣一來，「テレビを見ながら、ご飯を食べている時」整個部分，就又變成了一個副詞子句，用來修飾主要子句的動詞「起こった」。

第三層

・テレビを見ながら、ご飯を食べている時、地震が起こったから、慌てて逃げ出した。
（當我一邊吃飯一邊看電視的時候，發生了地震，所以我就很慌張地逃了出去。）

當然，即便上述已經包含了兩層的副詞子句，我們依然可以在最外層，再放一個更大的主要子句，把第二層的主要子句包起來，變成另一個副詞子句。「慌てて逃げ出した」則是最外層的主要子句，而「テレビを見ながら、ご飯を食べている時、地震が起こったから」整個部分，就變成了它的副詞子句。

這三層的圖示如下：

以下例句皆與上圖構造相同（部分例句為兩層構造，部分例句為三層構造）：

・パジャマを着る。
→パジャマを着て、学校へ行く。
→パジャマを着て、学校へ行ったら、先生に叱られました。
（穿著睡衣，去學校，結果被老師罵了。）

・一生懸命考えた。
→一生懸命考えても、答えがわからない。
→一生懸命考えても、答えがわからないから、先輩に教えてもらった。
→一生懸命考えても、答えがわからないから、先輩に教えてもらったが、間違いだった。
（努力想破頭，還是不知道答案，所以去請前輩教我，但結果他教的是錯的。）

・先週買ったばかりだ。
→先週買ったばかりなのに、壊れてしまった。
→先週買ったばかりなのに、壊れてしまったから、新しいのを買いました。
（這明明就上個星期才剛買，就已經壞掉了，所以又買了一個新的。）

・先生が説明した。
→先生が説明したとおりに、やってみた。
→先生が説明したとおりに、やってみたが、失敗してしまった。
→先生が説明したとおりに、やってみたが、失敗してしまったから、
　今後あの先生の言うことはもう信じません。
（我按照老師的說明去做了，但還是失敗了，所以從今以後我不會再相信那個老師
　講的話。）

28

・ここに来る。

→ここに来る前に、ご飯をいっぱい食べました。

→ここに来る前に、ご飯をいっぱい食べたのに、もうお腹が空いたんですか。

（你來這裡之前，明明才剛吃了一堆飯，怎麼現在肚子又餓了嗎？）

・毎日エアコンをつける。

→毎日エアコンをつけたまま、出かけた。

→毎日エアコンをつけたまま、出かけても、電気料金はそんなにかかりません。

→毎日エアコンをつけたまま、出かけても、電気料金はそんなにかかりませんから、気にしなくてもいいですよ。

（即便每天開著冷氣不關就出門，電費也不會貴到哪裡去，所以你不用太在意電費喔。）

② **由右向左擴張：**

第一層

・<u>テレビを見ながら</u>、 ご飯を食べる 。

（一邊看電視一邊吃飯。）

「テレビを見ながら」為副詞子句，修飾主要子句「ご飯を食べる」。

第二層

・忙しかったら、 テレビを見ながら、ご飯を食べてもいいです 。

（如果忙的話，我就會一邊看電視一邊吃飯。）

接下來，我們提出一個說明發生條件的副詞子句「忙しかったら」，來修飾第一層當中的「テレビを見ながら、ご飯を食べてもいいです」整個句子。意旨在「忙碌」這個條件之下，就會一邊看電視一邊吃飯。

第三層

・時間の節約になりますから、 忙しかったら、テレビを見ながら、ご飯を食べてもいいです 。

（因為這樣比較節省時間，所以如果忙的話，我就會一邊看電視一邊吃飯。）

當然，即便上述已經包含了兩層的副詞子句，我們依然可以在最外層，再放一個副詞子句，來修飾後面一整段句子。意旨之所以「忙碌，就會一邊看電視一邊吃飯」，是因為「可以節約時間」。用這個最外層的副詞子句，來說明這個行動的原因・理由。

這三層的圖示如下：

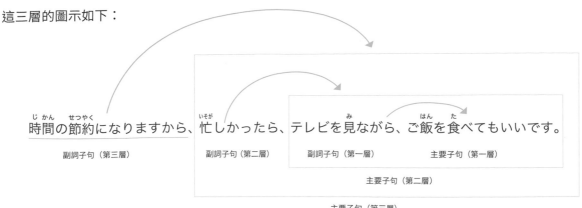

時間の節約になりますから、忙しかったら、テレビを見ながら、ご飯を食べてもいいです。
副詞子句（第三層）　　　　　副詞子句（第二層）　副詞子句（第一層）　　主要子句（第一層）
　　　　　　　　　　　　　　　　　　　　　　　　　　主要子句（第二層）
　　　　　　　　　　　　　　　　　　　　主要子句（第三層）

以下例句皆與上圖構造相同（部分例句為兩層構造，部分例句為三層構造）：

・　　　　　　　　　　　　　　　　学校へ行った。
→　　　　　　　　　　　　パジャマを着て、学校へ行った。
→ 制服を洗濯してしまったから、パジャマを着て、学校へ行った。
　（因為我＜不小心＞把制服拿去洗了，所以穿著睡衣去學校。）

・　　　　　　　　　　　　　　　大学に通っています。
→　　　　　　　　　　　働きながら、大学に通っています。
→ お金がないので、働きながら、大学に通っています。
　（因為我沒有錢，所以一邊工作一邊上大學。）

・　　　　　　　　　　　　　　　　　　　　　やらなければなりません。
→　　　　　　　　　　　　上司が言ったとおりに、やらなければなりません。
→　　　　　やりたくなくても、上司が言ったとおりに、やらなければなりません。
→ 仕事ですから、やりたくなくても、上司が言ったとおりに、やらなければなりません。
　（因為這是我的工作，所以即便我不想做，我還是得按照上司說的去做。）

・　　　　　　　　　　　　　　　　　　　　　　　　　買う。
→　　　　　　　　　　　　　　友人からお金を借りて、買う。
→　　　　　　　　　新しいスマホが出たら、友人からお金を借りて、買う。
→ あの人はお金がなくても、新しいスマホが出たら、友人からお金を借りて、買う。
　（那個人就算沒有錢，他還是只要一出新手機，就會跟朋友借錢來買。）

28

419

01. 請組合出正確順序：（ _ _ ）。
　　1.間に合うかもしれないから　2.今すぐタクシーに乗れば
　　3.タクシーで行こう

02. 請組合出正確順序：（ _ _ ）。
　　1.太りますよ　2.何もしないで　3.家でごろごろしていたら

139. 副詞子句×形容詞子句

說明：我們在第 108 項文法中學習到，形容詞子句內，可以再包含另一個形容詞子句；也在第 127 項文法中學習到，名詞子句內，也可以再包含另一個名詞子句；上一項文法則是學習到副詞子句內，一樣可以包含另一個副詞子句。除了上述相同種類的子句，可以互相內外夾包以外，「形容詞子句」、「名詞子句」與「副詞子句」這三種不同種類的從屬子句，亦可以互相內外相包。接下來的三項文法，就是不同子句互相包含的例句。① 為「形容詞子句中的副詞子句」（形容詞子句內包一個副詞子句）。② 則為「副詞子句中的形容詞子句」（副詞子句內包一個形容詞子句）。

① 形容詞子句中的副詞子句 （※ 註：下例中，畫底線部分為形容詞子句、框框部分的名詞為被修飾的名詞。粗體部分則為內包在形容詞子句中的副詞子句。）

・**目的を達成するために、**一生懸命頑張る 人 が大好きです。

（我最喜歡為了達到目的而拼死拼活／努力的人。）

・**忙しい時に、**ご飯を作ってくれる 男性 と結婚したい。

（我想要和當我在忙碌的時候會做飯給我的男人結婚。）

・**家賃は高いし、**駅からも遠い 所 に住みたくないです。

（我可不想住在房租既貴、又離車站很遠的地方。）

・**駅へ行かなくても、**新幹線の予約ができる アプリ の名前を知っていますか。

（你知道那個不用去車站也可以預訂新幹線車票的 APP 的名字嗎？）

・私の本棚には、**買ったまま**読んでいない 本 がたくさんあります。

（我的書架上，有很多買了就丟在那裡沒讀的書。）

② 副詞子句中的形容詞子句 （※ 註：下例中，畫底線部分為形容詞子句、框框部分的名詞為被修飾的名詞。粗體部分則為整個句子的副詞子句。）

・**兄はよく**海が見える 公園 **で運動しているので、**その近くに家を買いました。

（哥哥總是在可以清楚看得見海的公園運動，所以他買了那附近的房子。）

・**新しくできた大阪支店へ行けば、**そこでしか売ってない 限定グッズ が買えますよ。

（如果你去剛開幕的大阪支店，就可以買到只有那裡才有賣的限定商品喔。）

28

421

・ここにある<ruby>本<rt>ほん</rt></ruby>を<ruby>全部暗記<rt>ぜんぶあんき</rt></ruby>しても、<ruby>試験<rt>しけん</rt></ruby>には<ruby>合格<rt>ごうかく</rt></ruby>できませんよ。

（就算你把這裡全部的書都死背起來，考試也不會合格喔。）

・<ruby>香奈<rt>かな</rt></ruby>ちゃんが<ruby>作<rt>つく</rt></ruby>ってくれたケーキを<ruby>食<rt>た</rt></ruby>べたら、<ruby>家<rt>いえ</rt></ruby>へ<ruby>帰<rt>かえ</rt></ruby>ります。

（等我吃完香奈做給我的蛋糕後，我就回家。）

📄 隨堂測驗：

01. 排列出正確順序：社長になる（ ＿＿＿＿ ）、大嫌いです。
　　　1. 人が　　2. 悪口を言う　　3. 他人の　　4. ために

02. 先週先生が（ ＿＿＿＿ ）、来週の予習をします。
　　　1. 復習して　　2. 教えた　　3. 部分を　　4. から

解 01（4321）02.（2314）

422

140. 副詞子句 × 名詞子句

説明：本項文法繼續上一項文法。① 為「名詞子句中的副詞子句」（名詞子句內包一個副詞子句）。② 則為「副詞子句中的名詞子句」（副詞子句內包一個名詞子句）。

① 名詞子句中的副詞子句（※ 註：下例中，畫底線部分為名詞子句、框框部分為附加於名詞子句後的助詞。粗體部分則為內包在名詞子句中的副詞子句。）

・**テレビを見ながら**おやつを食べるの が 好きです。

（我喜歡一邊看電視，一邊吃零食。）

・**鍵を持って**出かけるの を 忘れました。

（我忘記帶鑰匙出門了。）

・妹は、**変な男が家の前を行ったり来たり**しているの を 見た。

（妹妹看到有一個怪異男子在家門前走來走去。）

・昨日の夜、**うちに帰ってから**鍵をどこに置いたか を 、覚えていません。

（我不記得昨天晚上回家之後，把鑰匙放到哪兒去了。）

・**あの子が、コーチが教えたとおりに**練習しているかどうか を 、見に行ってきて。

（你去看看那個孩子有沒有按照教練教的 < 方式 > 在練習。）

② 副詞子句中的名詞子句（※ 註：下例中，畫底線部分為名詞子句、框框部分為附加於名詞子句後的助詞。粗體部分則為整個子句的副詞子句。）

・**恋人が来るの を** 忘れていたので、怒られた。

（因為我忘記女朋友要來訪這件事，所以被罵了。）

・この本は**文型を調べるの に** 役に立つし、単語を覚えるの にも 最適です。

（這本書用來查句型很派得上用場，而且拿來背單字／當作單字書來背也很合適。）

・私は**ピアノを弾くの が** 好きですが、最近忙しくて弾く時間がありません。

（我喜歡彈鋼琴，但最近因為很忙，沒時間彈。）

・**美味しいかどうか が** わからないから、買わないほうがいいですよ。

（因為不知道這好不好吃，所以最好不要買喔。）

・**犯人がどこにいるかを**、**彼は知っているはずなのに**、警察には話しませんでした。

（他應該知道犯人在哪裡，但他卻不告訴警方。）

📄 **隨堂測驗：**

01. 排列出正確順序：あの新入社員が、部長の（ ＿ ＿ ＿ ＿ ）、見てきて。
    1. やっている　2. とおりに　3. 言う　4. かどうか

02. 排列出正確順序：私はテレビを（ ＿ ＿ ＿ ＿ ）ことができません。
    1. 見るのが　2. 見る　3. 今は仕事が大変で　4. 好きですが

解答 01.（3 2 1 4）02.（1 4 3 2）

141. 形容詞子句 × 名詞子句

説明：本項文法繼續上一項文法。① 為「名詞子句中的形容詞子句」（名詞子句內包一個形容詞子句）。② 則為「形容詞子句中的名詞子句」（形容詞子句內包一個名詞子句）。

① 名詞子句中的形容詞子句（※ 註：下例中，畫底線部分為形容詞子句、框框部分的名詞為被修飾的名詞。粗體部分則為整個句子的名詞子句，藍底字部分則為附加於名詞子句後的助詞。）

・**スミスさんが買った包丁で管理人さんを殺したのは**、高田さんだった
　かもしれない。

　（拿著史密斯先生買的菜刀，殺了管理員的人，搞不好是高田先生。）

・**弟に壊されたゲーム機を修理するのに**５万円かかりました。

　（為了修理被弟弟弄壞的遊戲機，我花了五萬元。）

・**会社のみんなにあげるお土産は何がいいか** Ø、夫に聞いてみます。

　（我來問問我老公，看要送給公司同事的伴手禮，什麼東西比較好。）

・**プレゼンが行われる会議室には、プロジェクターがあるかどうかを**、
　確認してください。

　（請去確認一下，要舉辦發表會的會議室裡，有沒有設置投影機。）

② 形容詞子句中的名詞子句（※ 註：下例中，畫底線部分為形容詞子句、框框部分的名詞為被修飾的名詞。粗體部分則為內包在形容詞子句中的名詞子句，藍底字部分則為附加於名詞子句後的助詞。）

・**花を切るのに使う**はさみを取ってきてください。

　（請把那個用來剪花的剪刀拿來給我。）

・あの**文型を調べるのに役に立つ**本を、貸してもらえますか。

　（那本用來查句型很好用的書，能不能借我？）

・**映画を観るのが好きな**人と友達になりたいです。

　（我想要和喜歡看電影的人當朋友。）

・**電車がいつ来るかを教えてくれる**このアプリは、とても便利です。

　（能夠告訴我電車何時到來的 APP，非常方便。）

01. 排列出正確順序：授業で（ ＿ ＿ ＿ ＿ ）忘れた。
    1. 道具を　2. 持ってくる　3. のを　4. 使う

02. 排列出正確順序：この家には、バルコニーがありますから、（ ＿ ＿ ＿ ＿ ）
    ぴったりです。
    1. 好きな　2. 人に　3. 見るのが　4. 星を

28 <u>單元小測驗</u>

1. 先週の授業で ＿＿＿ ＿＿＿ ＿★＿ ＿＿＿ から、もう一度先生に教えて
   もらった。
   　　1　もう忘れて　　2　習った　　　　3　しまった　　　　4　ばかりなのに

2. 大事な ＿＿＿ ＿＿＿ ＿★＿ ＿＿＿ 痛くても、行かなければなりません。
   　　1　会議ですから　　2　と言ったら　　3　上司が来い　　4　頭が

3. お金が ＿＿＿ ＿★＿ ＿＿＿ ＿＿＿ たぶんいないでしょう。
   　　1　くれる　　　　2　女性は　　　　3　結婚して　　　　4　なくても

4. ドラえもんが未来から ＿＿＿ ＿★＿ ＿＿＿ ＿＿＿ 簡単にお嫁さんが
   見つかるよ。
   　　1　きた　　　　　2　道具を　　　　3　持って　　　　　4　使えば

5. 音楽を ＿＿＿ ＿＿＿ ＿★＿ ＿＿＿ 好きです。
   　　1　のが　　　　　2　本を　　　　　3　聴きながら　　　4　読む

6. 恋人が ＿＿＿ ＿＿＿ ＿★＿ ＿＿＿ 明日のパーティーには参加しません。
   　　1　手伝わなければならない　　　　2　のを
   　　3　引っ越しする　　　　　　　　4　ので

7. 学校で ＿＿＿ ＿★＿ ＿＿＿ ＿＿＿ 10万円も必要なんですか。
   　　1　買う　　　　　2　のに　　　　　3　着る　　　　　　4　制服を

8. 将来、料理を ＿＿＿ ＿★＿ ＿＿＿ ＿＿＿ 結婚したい。
   　　1　好きな　　　　2　のが　　　　　3　作る　　　　　　4　人と

9. せっかく ＿＿＿ ＿＿＿ ＿★＿ ＿＿＿ 陳さんに伝えてください。
   　　1　のに　　　　　2　残念だと　　　3　会えなくて　　　4　日本に来た

10. この世界で ＿＿＿ ＿★＿ ＿＿＿ ＿＿＿ と彼女に聞かれた。
   　　1　は　　　　　　2　誰か　　　　　3　一番　　　　　　4　きれいな女性

29

第 29 單元：助動詞

本單元學習五個助動詞。第 142 項「～そうだ（様態）」與第 143 項「～そうだ（伝聞）」兩者雖長得一樣，但前方的接續完全不同，使用的情況也截然不同。第 144 項「～ようだ」與第 145 項「～みたいだ」則是用法上幾乎一樣，但要留意前方的接續方式不同。而第 156 項「～らしい」較為特殊，它除了有助動詞的用法外，亦有接尾辞的用法，本書兩者都會介紹。此外，本單元僅介紹這些助動詞在 N4 範圍中會出題的部分，其他更進階的用法，可參考姐妹書《穩紮穩打！新日本語能力試驗 N3 文法》一書。

142. ～そうだ（様態）

接続：① 動詞ます＋そうだ　② イ形容詞い＋そうだ／ナ形容詞だ＋そうだ
　　　いい→良さそうだ　　ない→なさそうだ
敬体：～そうです
活用：そうな＋名詞　そうに＋動詞
翻訳：看起來似乎…。好像…。
説明：本項文法的「そうだ」為「樣態助動詞」。用於表達「可以從外觀上推測、
　　　判斷出的性質」。依照前接的品詞不同，會有不同的意思：① 前接「動詞」
　　　時，表說話者「看到事物時，自己判斷某事即將要發生」，也就是有事情即
　　　將要發生的徵兆。② 前接「形容詞」時，表說話者「看到某人或者某物時，
　　　那事物給說話者感受到的直接印象」，也就是說話者根據自己親眼看到的印
　　　象所做出的推測。（例如第一句：他只是看起來很忙，並不見得就真的很忙。
　　　忙，只是說話者根據自己看到的第一印象所推測出來的推論而已）。

①・あっ、荷物が落ちそうです。
　（啊，行李好像要掉下來了。）

・地震で、あのビルが倒れそうだ。
　（因為地震，那個大樓好像快要倒塌了。）

・今にも雨が降りそうですから、傘を持っていったほうがいいですよ。
　（因為現在看似快下雨了，所以你最好帶傘去。）

・物が多いので、片付けるのに、時間がかかりそうです。
　（因為東西很多，看樣子需要花一點時間整理。）

・A：このフードコート、空いている席がありませんね。
　（A：這個飲食區，都沒有空著的位置耶。）
　B：あ、あそこの席が空きそうですよ。もう少し待ちましょう。
　（B：啊，那裡的位置好像快要空了，在等一下吧。）

② ・忙^{いそが}しそうですね、手伝^{てつだ}いましょうか。

（你很忙的樣子耶。我來幫你忙吧。）

・美味^{おい}しそう**な**リンゴですね。１つ^{ひと}ください。

（看起來好好吃的蘋果喔。請給我一個。）

・子供^{こども}たちは公園^{こうえん}で楽^{たの}しそう**に**遊^{あそ}んでいます。

（小孩們在公園快樂地玩耍著。）

・このかばん、良^よさそうですね。

（這個包包看起來不錯耶。）

・王^{ワン}さんは服^{ふく}のセンスがなさそうですね。

（王先生好像沒什麼衣著的品味。）

📎 辨析：

「～そうだ（樣態）」不可用於「可愛い／背が高い」等一目瞭然的事情。

✕ あの子^こは　可愛^{かわい}そうです。
○ あの子^こは　可愛^{かわい}いです。（那孩子很可愛。）

✕ 彼^{かれ}は　背^せが　高^{たか}そうです。
○ 彼^{かれ}は　背^せが　高^{たか}いです。（他身高很高。）

📄 隨堂測驗：

01. 袋が（　　）そうですから、新しいのをください。
　　1. 破れます　2. 破れる　3. 破れ　4. 破れて

02. あの荷物は重そう（　　）から、ベッドの上に置かないで。
　　1. な　2. に　3. だ　4. で

（3）. 02 （3）. 01 案答

143. 〜そうだ（伝聞）

接続：普通形＋そうだ
敬体：〜そうです
翻訳：聽說…。
説明：本項文法的「そうだ」為「傳聞助動詞」。用於表達述說的內容為「從別人那裏得到的情報」，也就是「二手資訊」。因此常常與「〜によると／よりますと（根據）」、「〜（話）では」等詞語併用。此用法與第 142 項樣態助動詞「〜そうだ」在用法上、接續上、意思上截然不同，學習時請留意。

・天気予報によると、明日は大雪になるそうです。
（根據天氣預報，明天聽說會下大雪。）

・新聞によりますと、アメリカの大統領は日本には来ないそうです。
（根據新聞報導，美國的總統不會來日本。）

・あの有名な映画スターが、コロナで亡くなられたそうです。
（那個有名的電影明星，聽說因為武漢肺炎死掉了。）　（「〜（ら）れる（尊敬）」⇒ #98）

・昨日予約していたお客様、結局来なかったそうですね。何かあったのでしょうか。
（昨天預約的客人，聽說到最後沒來。發生了什麼事呢？）

・あのレストランの料理はとても美味しいそうですよ。今度一緒に食べに行きませんか。
（聽說那間餐廳的料理很好吃。下次要不要一起去吃呢？）

・今年能力試験を受けた友達の話では、今年の問題は去年より難しかったそうです。
（根據今年有去考檢定考的朋友說，今年的考題比去年還要難。）

・アメリカへ引っ越した友達の手紙によると、アメリカは今コロナで大変だそうです。
（搬到美國的朋友來信寫道，現在美國因為武漢肺炎的疫情，很慘。）

・兄の話によると、昨日生まれた赤ちゃんの名前は「翔太」だそうです。
（聽哥哥說，昨天新出生的小孩，名叫「翔太」。）

・ジャム工場の鈴木さんから電話がありました。来週工場見学ができるのは、木曜日の午後だそうです。見学の時間が決まったら、電話をくださいって言っていました。行く人の数も教えてもらいたいそうです。

（果醬工廠的鈴木先生來電。他說下星期可以去工廠參觀的日子，是星期四的下午。
等參觀的時間確定後，再請聯絡他。他也說想要知道去參觀的總人數。）

・昨日、店で黒いマスクを見かけました。レジの人が「白いのは、みんなと同じだから嫌だという人が多いから、黒いのを作ったそうですよ。」と教えてくれました。

（昨天，在店裡看到了黑色的口罩。櫃檯的人告訴我說：「因為有很多人，覺得白色的
＜口罩＞跟大家都一樣，不喜歡，所以據說才生產了黑色的口罩」。）

📎 辨析：

傳聞助動詞「そうだ」本身不可改否定或過去。

× **雨が降るそうでした。**
○ **雨が降ったそうです。**（聽說下了雨。）

× **雨が降るそうじゃありません。**
○ **雨が降らないそうです。**（聽說不會下雨。）

📄 隨堂測驗：

01. ニュースによると、昨日大阪で地震が（　　）そうです。
　　１．あり　２．ある　３．あった　４．あって

02.（クッキーを見て）わあ、このクッキー（　　）ですね。１つ食べてもいいですか。
　　１．美味しい　２．美味しそう　３．美味しく　４．美味しそうに

解 01（3）。02（2）

144. 〜ようだ

接続：① 名詞の＋ようだ　　② 名詞修飾形＋ようだ
敬体：〜ようです
活用：ような＋名詞　ように＋動詞／形容詞
翻訳：① 有如…一般。② 好像…。似乎…。看來…。
説明：本項文法的「ようだ」為「比況助動詞」。用來表達 ①「比況、比喻」，意思是「將某事物或狀態比喻成其他不同的事物」。前面經常配合著副詞「まるで」使用。由於是用來將某人或某物，比喻成另一種人或物品，因此本用法的前方多為名詞。② 表「推量、推測」。說話者綜合視覺、聽覺、嗅覺、味覺、觸覺等五感的感受所做出的推論。不同於第 143 項文法的「二手資訊」，本用法所推導出來的結論都是說話者觀察而來的「一手資訊」。由於是用來推測一件事情，因此本用法的前方可接續各種品詞。

① ・兄はアニメが大好きで、まるで子供のようです。
　　（哥哥很喜歡動漫，好像是個小孩一般。）

・星野さんの娘さんはとても可愛くて、お姫様のようです。
　　（星野先生的女兒很可愛，有如公主一般。）

・あの鬼のような顔の人は誰？
　　（那個臉長得像鬼的人是誰？）

・日本人は、みんなアリのように一生懸命働いています。
　　（日本人都有如螞蟻一般辛勤地工作。）

② ・空が暗くなっています。夕方から雨が降るようです。
　　（天空暗暗的，看來傍晚應該會下雨。）

・電気が消えていますね。事務室には誰もいないようです。
　　（燈沒亮耶，辦公室裡面似乎沒人。）

・外がうるさいですね。誰か来たようです。
　　（外面好吵。好像有人來了。）

・王さんは試験に合格しなかったようです。落ち込んでいるようだから。
　　（王先生似乎考試沒及格。因為他看起來情緒低落的樣子。）

433

29

・Ａ：外にいる人はみんな傘をさしていますね。

（Ａ：外面的人，每個人都撐傘耶。）

　Ｂ：ええ、雨が降っているようですね。

（Ｂ：對啊，似乎在下雨。）

・この肉は少し古いようです。変な匂いがします。

（這個肉似乎放有點久了。味道怪怪的。）

・山田さんはあの人がお好きなようですね。いつもあの人と一緒だから。

（山田先生似乎喜歡那個人。因為他總是和那個人在一起。）

・彼が会社をクビになったのは、本当のようです。

（他被公司開除了這件事，看來是真的。）

📄 **隨堂測驗：**

---

01. 彼はサラリーマン（　　）ですね。いつもスーツを着ていますから。
　　1. だよう　2. のよう　3. なよう　4. によう

02. 頭が痛い。どうも風邪を（　　）です。
　　1. 引いたよう　2. 引いたそう　3. 引きよう　4. 引くそう

答 01.（2）02.（1）

145. ～みたいだ

接続：① 名詞＋みたいだ
　　　② 動詞普通形／名詞／イ形容詞い／ナ形容詞な＋みたいだ
敬体：～みたいです
活用：みたいな＋名詞　　みたいに＋動詞／形容詞
翻訳：① 有如…一般。② 好像…。似乎…。看來…。
説明：「みたいだ」與「ようだ」一樣，用法有兩種：①表「比況、比喻」。②表「推量、推測」。解釋請參照 144 項的説明。兩者大部分的情況可以替換（但接續方式不同，學習時必須特別留意）。兩者的差異在於「ようだ」較為書寫、正式用語，而「みたいだ」則較為口語。

① ・兄はアニメが大好きで、まるで子供みたいです。
（哥哥很喜歡動漫，好像是個小孩一般。）

・星野さんの娘さんはとても可愛くて、お姫様みたいです。
（星野先生的女兒很可愛，有如公主一般。）

・あの鬼みたいな顔の人は誰？
（那個臉長得像鬼的人是誰？）

・日本人は、みんなアリみたいに一生懸命働いています。
（日本人都有如螞蟻一般辛勤地工作。）

② ・夕方雨が降るみたいです。
（看來傍晚應該會下雨。）

・事務室には誰もいないみたいです。
（辦公室裡面似乎沒人。）

・誰か来たみたいです。
（好像有人來了。）

・王さんは試験に合格しなかったみたいです。落ち込んでいるみたいだから。
（王先生好像考試沒及格。因為他看起來情緒低落的樣子。）

・A：外にいる人はみんな傘をさしていますね。

（A：外面的人，每個人都撐傘耶。）

B：ええ、雨が降っているみたいですね。

（B：對啊，似乎在下雨。）

・この肉は少し古いみたいです。変な匂いがします。 （〜「がする」⇨ #149）

（這個肉很好像放有點久了。味道怪怪的。）

・山田さんはあの人がお好きみたいですね。いつもあの人と一緒だから。

（山田先生好像喜歡那個人。因為他總是和那個人在一起。）

・彼が会社をクビになったのは、本当みたいです。

（他被公司開除了這件事，看來是真的。）

📄 **隨堂測驗：**

---

01. 田村さんはいつもお酒の話をしていますから、お酒が好き（　　）ですね。
    1. なみたい　2. みたい　3. だよう　4. よう

02. 子供（　　）こと、やめてください。
    1. なみたい　2. みたいな　3. のみたい　4. みたいの

146. ～らしい

接続：① 名詞＋らしい
　　　② 動詞普通形／名詞／イ形容詞い／ナ形容詞な＋らしい
敬体：～らしいです
活用：① らしい＋名詞（名詞修飾）；らしくない（否定）
翻訳：① 有…特點的。② 好像…。
説明：「～らしい」有兩種詞性，一為「接尾辞」、一為「推定助動詞」。① 作為
　　　「接尾辞」使用時，前面僅能接名詞，用於表達「具有某種特徵、性質、風
　　　度及氣質」。加上「～らしい」後相當於一個イ形容詞，可改為否定形「～
　　　らしくない」或者修飾名詞「～らしい＋名詞」。
　　　② 作為「助動詞」使用時，前面可接續各種品詞（包含「から、まで、ぐら
　　　い、ほど、だけ」等少數助詞及代名詞「の」），用於表達「說話者基於從
　　　外部獲得的情報來做判斷，並非單純的想像」。不可改為否定形「～らしく
　　　ない」，只可接續於否定句，使用「～ないらしい（です）」的形式。

① ・あの人は勇敢で、男らしい。
　　（那個人很勇敢，很有男子氣概。）

　・彼女は言葉遣いが乱暴で、女らしくないです。
　　（她講話用詞很粗暴，一點都沒有女性該有的氣質。）

　・今日は涼しくて、やっと秋らしい天気になりました。
　　（今天很涼爽，總算變得有點像是秋天的天氣了。）

　・大学生になったんだから、大学生らしい態度で生活しなさい。
　　（你都已經上了大學，請用大學生應該有的態度來過生活。）

② ・噂では、あの山には幽霊がいるらしいよ。
　　（謠傳說，那個山上好像有幽靈。）

　・静かですね。誰もいないらしいですね。
　　（好安靜喔。好像沒有人。）

　・みんなが言っていますが、誘拐された女の子は殺されたらしいです。
　　（大家都在說，那個被綁架的女孩好像被殺了。）

・アメリカでは、コロナの感染者が多いらしいです。

（美國的武漢肺炎感染者好像很多。）

・Ａ社の新しいスマホはアプリがいっぱい入っていて、便利らしいです。

（Ａ公司新的智慧型手機，內建很多APP，好像很方便。）

・あの本の作者は、天才科学者らしいですが、本当ですか。

（那本書的作者，好像是個天才科學家。是真的嗎？）

・午後の会議は３時かららしいです。

（下午的會議好像是從三點開始的樣子。）

・時間通りに来たのは鈴木さんだけらしいです。

（準時到來的人，好像只有鈴木先生。）

・あの赤いかばんは奈々ちゃんのらしいです。

（那個紅色的包包好像是奈奈小姐的。）

🔖 辨析：

表判斷的「らしい」與表推量的「ようだ／みたいだ」。

第144、145項文法「ようだ／みたいだ」的第②種用法：「推量、推測」比較像是「基於自己看到、聽到、聞到…等五感的感受，進而進行合理推測」時使用。但本項文法「らしい」的第②種用法聽起來就比較帶有「較不負責任地去判斷，推測」時使用。如下例：

・山田さんは咳をしている。風邪を引いているようだ。

→看到山田咳嗽，便依據自己的醫學常識跟經驗，來合理地判斷。

・山田さんは咳をしている。風邪を引いているらしい。

→只看到山田咳嗽的樣子，便以隨性、不負責任的態度作出判斷。

因此，去看醫生時，醫生用專業判斷後，會對患者說「風邪のようですね」。不會講「風邪らしいですね」。

01. 私は男（　　）男性が好きです。
　　1.らしい　　2.みたい　　3.ような　　4.だそうな

02. 噂によると、あの店の料理はあまり（　　）よ。
　　1.美味しいらしい　　2.美味しくないらしい
　　3.美味しいらしくない　　4.美味しくらしくない

29 單元小測驗

1. わあ！この犬、（　　　）ですね。何という種類の犬ですか。
    1　可愛そう　　　　2　可愛いそう　　　3　可愛いみたい　　　4　可愛い

2. わあ！（　　　）ケーキ。食べてもいい？
    1　美味しそうな　　　　　　　　　2　美味しいそうな
    3　美味しいみたいな　　　　　　　4　美味しいらしい

3. ああ、苦しい。呼吸ができない。もう（　　　）です。助けてください。
    1　死ぬそう　　　　2　死にそう　　　3　死ぬよう　　　　4　死ぬみたい

4. 天気予報によると、明日、雨が（　　　）。
    1　降りそうです　　　　　　　　　2　降ると言いました
    3　降るそうです　　　　　　　　　4　降ると言っていました

5. ローマのコロッセオは、2000年近く前に（　　　）。
    1　建てられるそうです　　　　　　2　建てられるそうでした
    3　建てられたそうです　　　　　　4　建てられたそうでした

6. 春日さんは、さっき電話で今晩のパーティーには参加しない（　　　）。
    1　ようです　　　　2　みたいです　　　3　と言っていました　4　そうです

7. 奈々ちゃん、どうしたの。大丈夫？元気がない（　　　）ね。
    1　みたいです　　　2　はずです　　　3　かもしれないです　4　と思います

8. 泣くな！（　　　）。
    1　男じゃないらしい　　　　　　　2　男らしくない
    3　男じゃなさそう　　　　　　　　4　男そうじゃない

9. A：吉田さん、遅いですね。もう来ない（　　　）。
    1　そうですね　　　2　かもしれないね　3　はずですね　　　　4　だろうね

10. B：昨日、吉田さんは絶対来ると言っていましたから、来る（　　　）。
    1　そうですよ　　　2　かもしれないよ　3　はずですよ　　　　4　だろうよ

30

第 30 單元：其他重要文法

本單元學習前面的單元沒介紹到的，但 N4 考試中會考出來的五個重要文法及表現。相信只要融會貫通本書的 151 項文法句型，除了可以經鬆考過 N4 以外，也必定可以徹底打穩日文的基礎根基。日後進階至中級 N3、N2，甚至高級 N1 時，必能得心應手。本系列叢書《穩紮穩打！新日本語能力試驗 文法》系列的 N3 至 N1 皆已出版，也期盼各位讀者繼續支持，選購本系列。謝謝閱讀。

147. ～たがる／欲しがる

接続：① 動詞た~~い~~＋がる 　　② 欲し~~い~~＋がる

敬体：～欲しがります

活用：① ～たがっている／～たがらない 　② 欲しがっている／欲しがらない

翻訳：① 他／她想要做…。② 他／她想要（某樣東西）。

説明：在 N5 時，我們學習到以「～を／が　動詞~~ます~~＋たい」，來表達「說話者想做某動作」的願望，也學習到以「～が　欲しい」來表達「說話者想獲得某物品」的願望。然而，這兩項文法都只能用在表達「說話者（第一人稱）」的願望（第二人稱時多為疑問句「～たいですか／欲しいですか」）。若要表達「第三人稱」的願望時，則必須使用本項文法的「（～を）　たがる」或是「（～を）　欲しがる」的表達方式。也由於「～たい」或「欲しい」在加上接尾辞「～がる」後，就會轉品為動詞，因此於後方加上「～ている」時，會依五段動詞（一類動詞）的活用方式，分別變為「～たがっている」及「～欲しがっている」。一般來說，用來表達第三人稱的願望時，都會加上「～ている」，以「～たがっている」、「～欲しがっている」的形式來做表達。僅有在使用於講述「恆常性的、反覆性的、或某種一定的傾向」的願望時，才會使用動詞原形「～たがる」、「～欲しがる」的型態。

①～たがっている／～たがる

・私は新宿へ行きたいですが、妻は渋谷へ行きたがっています。

（我想去新宿，但老婆想去澀谷。）

・妹は、昨日デパートで見た洋服を買いたがっている。

（妹妹想買昨天在百貨公司看到的那件衣服。）

・うちの犬は、午後になると散歩に行きたがる。

（我家的小狗，只要到了下午，就會想去散步。）

・あんな寒いところへは誰も行きたがらないだろう。

（那麼冷的地方，任誰也不想去吧。）

② 〜欲しがっている／欲しがる

・佐藤さんは誕生日に時計を欲しがっている。
（佐藤小姐生日禮物想要手錶。）

・妻は自分専用の車を欲しがっています。
（我老婆想要自己專用的車子。）

・子供は友達が持っている物を欲しがる。
（小孩子總是想要朋友擁有的東西／看到朋友有什麼，就想要什麼。）

・日本の田舎の土地は、ただでも誰も欲しがらない。
（日本鄉下的土地，就算不用錢，也沒人想要。）

辨析：

若將上述表第三人稱願望的句子，放到名詞的前方，作為形容詞子句來修飾名詞時，則亦可只使用「〜たい」或「〜欲しい」的形式。

〇 妹が買いたがっている洋服は、もう売れてしまいました。
〇 妹が買いたい洋服は、もう売れてしまいました。
（妹妹想要的衣服，已經賣掉了。）

〇 彼が欲しがるものは、ノートパソコンではなくて、タブレットです。
〇 彼が欲しいものは、ノートパソコンではなくて、タブレットです。
（他想要，並不是筆記型電腦，而是平板電腦。）

隨堂測驗：

01. 外国へ留学に（　　）たがる高校生は増えています。
　　1. 行って　2. 行く　3. 行き　4. 行っ

02. 夫は新しいパソコン（　　）欲しがっている。
　　1. を　2. が　3. に　4. の

解答 01（3）．02（1）．

148. ～さ

接続：イ形容詞~~い~~＋さ　ナ形容詞~~だ~~＋さ
翻訳：…程度。
説明：「～さ」為「接尾辞」，接續於イ形容詞以及少數ナ形容詞的後方，用來表達「可以計算、衡量的尺度，或是可以感覺出來的程度」。而當形容詞後接「～さ」之後，即從形容詞轉品為名詞，因此可直接擺在助詞的前方。

・海の深さはどうやって測るか、教えてください。
（請告訴我海的深度如何測量。）

・リニアモーターカーの速さは、時速 600 キロ以上だそうです。
（磁浮列車的速度，聽說高達時速 600 公里以上。）

・北海道に 10 年住んでいましたので、寒さには慣れています。
（我在北海道住了十年，所以對於寒冷很習慣。）

・ペットを飼うことは、命の大切さを学ぶいい機会だと思います。
（我覺得，養寵物是學習生命價值＜生命的重要程度＞的好機會。）

📑 隨堂測驗：

01. 富士山の（　　）は何メートルか、教えてください。
　　1. 高い　2. 高く　3. 高さ　4. 高

02. 君はその漫画の（　　）がわからないの？残念だ。
　　1. 面白い　2. 面白　3. 面白さ　4. 面白がる

解 01. (3) 02. (3)

149. 〜がする

接続：名詞＋がする
敬体：〜がします
翻訳：有…的聲音、味道等
説明：用於表達「有…的感覺」。前面可接續的詞彙有限，大多是「匂い（氣味）、
香り（香味）、味（味道）、音（聲音）…」等聲音、味道的名詞。

・どこかから猫の鳴き声がします。
（不知道從哪裡傳來了貓咪的叫聲。）

・台所で大きい音がした。誰かが皿を割ったようです。
（廚房傳來了很大的聲響。似乎是有人把盤子打破了。）

・これ、すごく変な味がする。
（這個，嚐起來有很奇怪的味道。）

・いい匂いがしますね。隣の人がケーキを焼いているようです。
（好香啊。似乎是隔壁的人在烤蛋糕。）

📄 隨堂測驗：

01. どこかで子犬の鳴き声（　　）します。
　　1. が　2. を　3. から　4. で

02. 夜になると、誰もいないはずの教室から、女の泣き声が（　　）。
　　1. なる　2. する　3. くる　4. いく

解 01 (1)、02 (2)

150. 〜なら

接続：名詞＋なら

翻訳：…的話，那麼…。

説明：第 135 項文法，我們學習到條件形「〜ば」的用法，若前接名詞ナ形容詞或名詞，則條件形要使用「〜なら」。此文法要學習的「〜なら」並非條件形，而是用於表談論的「主題」。用於「說話者將他人所談論到的、或者詢問的事物（名詞）挑出來作為主題，進而提供情報或意見」。前方僅可接續名詞。

・A：山本先生はいらっしゃいますか。

（A：山本老師在嗎？）

　B：山本先生なら、もう帰りましたよ。

（B：山本老師已經回去了喔。）

・A：どこか美味しいレストラン、知らない？

（A：你知道哪裡有好吃的餐廳嗎？）

　B：フランス料理なら、駅前の「ロブション」という店がお薦めです。

（B：如果是法式料理的話，我推薦車站前那間叫做「侯布雄」的店。）

・A：時計を買おうと思っているのですが。

（A：我想要買手錶。）

　B：時計なら、普通の時計じゃなくて、スマホと連携できる
　　　スマートウォッチがいいよ。

（B：如果要買手錶的話，不要買普通的，買那種可以連接智慧型手機的智能手錶
　　　比較好喔。）

・A：あの監督の新しい映画、観たいな。

（A：我想去看那個導演的新電影。）

　B：新宿の映画館なら、今コロナで休館中だよ。

（B：新宿的電影院，現在因為武漢肺炎休館當中喔。）

01. A：温泉に行きたいんですが。　B：温泉（　　）、箱根がいいですよ。
　　1.と　2.ば　3.たら　4.なら

02. 時計（　　）スイス製がいいです。
　　1.のに　2.ので　3.なら　4.でも

解 01.（4）　02.（3）

151. ～ちゃ／じゃ

接続：動詞て形＋ちゃ／じゃ

説明：本項文法「～ちゃ／じゃ」，為「～ては／では」的「縮約形」。所謂的「縮約形」，就是指我們講話時，因說話速度很快，導致於其中幾個音脫落的現象。經常出現於口語的會話中，尤其是聽力考試更常出現這樣的表現。

① 「～ては」 → 「～ちゃ」

・この部屋に　入っては　いけません。

→この部屋に　入っちゃ　いけません。

（不可以進去這間房間。）

・もう、そろそろ　行かなくては。

→もう、そろそろ　行かなくちゃ。

（我差不多該走了。）

② 「～では」 → 「～じゃ」

・あれは　毒です。飲んでは　いけません。

→あれは　毒です。飲んじゃ　いけません。

（那個是毒藥，不可以喝。）

・私は　学生では　ありません。

→私は　学生じゃ　ありません。

（我不是學生。）

📄 **隨堂測驗：**

01. そんなことを（　　）いけないよ。
　　1. しちゃ　2. しじゃ　3. してちゃ　4.. してじゃ

02. 私は中国人（　　）、台湾人です。
　　1. ちゃなくて　2. じゃなくて　3. ちゃないで　4. じゃないで

30 單元小測驗

1. 裕作、ペコが外へ（　　）よ、出してあげて。
   1　出たい　　　　　　2　出たがる　　　　3　出たがっている　　4　出た

2. （本屋で）あ、これ、前から（　　）漫画だ。買っちゃおう。
   1　読みたかった　　　　　　　　　2　読みたがった
   3　読みたがっている　　　　　　　4　読みたがる

3. その荷物の（　　）は、だいたい何キロか知っていますか。
   1　重そう　　　　　2　重さ　　　　3　重い　　　　　4　重たい

4. 教室から誰かが泣いている声（　　）します。
   1　なら　　　　　2　を　　　　　3　が　　　　　4　と

5. 先生：翔平君を見なかった？　学生：翔平君（　　）、さっき教室にいましたよ。
   1　と　　　　　2　ば　　　　　3　たら　　　　4　なら

6. それ、（　　）だめ！涼平君のために作ったんだから。
   1　食べちゃ　　　　2　食べじゃ　　　3　食べてちゃ　　　4　食べてじゃ

7. あれは、作ったん（　　）、買ったんです。
   1　じゃないで　　　2　ちゃないで　　3　じゃなくて　　　4　ちゃなくて

8. ああ、暑い。早く涼しく（　　）ね。
   1　なりたいです　　　　　　　　　2　なるのが欲しいです
   3　なりたがります　　　　　　　　4　なるといいです

9. A：何か飲む？　B：はい、私は（　　）。
   1　ビールを欲しがっています　　　　2　ビールが飲みたいです
   3　ビールが飲みたがっています　　　4　ビールでしょう

10. この本をしっかり（　　）N4 は必ず合格できますよ。
    1　読むなら　　　　2　読めば　　　　3　読みたがれば　　　4　読んじゃ

單元小測驗解答

01 單元
①3 ②2 ③4 ④1 ⑤3
⑥2 ⑦1 ⑧4 ⑨1 ⑩3

02 單元
①1 ②1 ③3 ④2 ⑤1
⑥4 ⑦2 ⑧2 ⑨3 ⑩1

03 單元
①4 ②3 ③2 ④3 ⑤4
⑥3 ⑦1 ⑧3 ⑨1 ⑩2

04 單元
①1 ②2 ③3 ④1 ⑤3
⑥1 ⑦2 ⑧4 ⑨2 ⑩3

05 單元
①2 ②3 ③2 ④4 ⑤2
⑥2 ⑦1 ⑧2 ⑨2 ⑩2

06 單元
①3 ②2 ③2 ④1 ⑤3
⑥2 ⑦1 ⑧3 ⑨4 ⑩1

07 單元
①2 ②2 ③3 ④1 ⑤1
⑥2 ⑦4 ⑧4 ⑨1 ⑩2

08 單元
①4 ②1 ③3 ④1 ⑤3
⑥3 ⑦2 ⑧2 ⑨2 ⑩1

09 單元
①3 ②2 ③4 ④3 ⑤1
⑥1 ⑦2 ⑧1 ⑨3 ⑩3

10 單元
①1 ②2 ③3 ④3 ⑤1
⑥3 ⑦1 ⑧2 ⑨1 ⑩4

11 單元
①3 ②2 ③4 ④1 ⑤3
⑥1 ⑦2 ⑧3 ⑨1 ⑩2

12 單元
①2 ②3 ③2 ④1 ⑤3
⑥4 ⑦1 ⑧2 ⑨2 ⑩1

單元小測驗解答

13 單元

① 4　② 4　③ 1　④ 2　⑤ 3
⑥ 2　⑦ 2　⑧ 3　⑨ 1　⑩ 3

14 單元

① 2　② 4　③ 1　④ 3　⑤ 4
⑥ 1　⑦ 2　⑧ 3　⑨ 4　⑩ 2

15 單元

① 3　② 2　③ 1　④ 2　⑤ 2
⑥ 1　⑦ 3　⑧ 3　⑨ 2　⑩ 4

16 單元

① 2　② 1　③ 4　④ 3　⑤ 1
⑥ 3　⑦ 4　⑧ 2　⑨ 1　⑩ 2

17 單元

① 3　② 2　③ 3　④ 1　⑤ 4
⑥ 3　⑦ 1　⑧ 2　⑨ 2　⑩ 4

18 單元

① 3　② 2　③ 4　④ 3　⑤ 1
⑥ 4　⑦ 2　⑧ 1　⑨ 4　⑩ 1

19 單元

① 1　② 2　③ 2　④ 3　⑤ 2
⑥ 4　⑦ 3　⑧ 1　⑨ 1　⑩ 2

20 單元

① 3　② 1　③ 2　④ 1　⑤ 3
⑥ 2　⑦ 3　⑧ 4　⑨ 2　⑩ 1

21 單元

① 3(4231)　② 3(4132)
③ 1(2413)　④ 1(4312)
⑤ 4(2341)　⑥ 4(3412)
⑦ 1(4132)　⑧ 4(2413)
⑨ 2(3214)　⑩ 1(2143)

22 單元

① 3　② 2　③ 1　④ 2　⑤ 2
⑥ 4　⑦ 1(3412)
⑧ 2(4231)　⑨ 4(3241)
⑩ 1(3142)

23 單元

① 1　② 2　③ 3　④ 1　⑤ 4
⑥ 2　⑦ 1 (2413)
⑧ 3(2314)　⑨ 1 (3214)
⑩ 2(4231)

24 單元

① 1　② 2　③ 2　④ 1　⑤ 2
⑥ 1　⑦ 1　⑧ 2　⑨ 1　⑩ 4

單元小測驗解答

25 單元

① 2 ② 1 ③ 2 ④ 1 ⑤ 3
⑥ 2 ⑦ 3 (1432)
⑧ 2(3241) ⑨ 3 (2431)
⑩ 2(3241)

26 單元

① 2 ② 1 ③ 4 ④ 3 ⑤ 2
⑥ 2 ⑦ 3 (2431)
⑧ 4(2431) ⑨ 2 (3421)
⑩ 3(4132)

27 單元

① 3 ② 1 ③ 2 ④ 4 ⑤ 2
⑥ 1 ⑦ 3 ⑧ 2 ⑨ 2 ⑩ 1

28 單元

① 1(2413) ② 2(1324)
③ 3(4312) ④ 1(3124)
⑤ 4(3241) ⑥ 1(3214)
⑦ 4(3412) ⑧ 2(3214)
⑨ 3(4132) ⑩ 4(3412)

29 單元

① 4 ② 1 ③ 2 ④ 3 ⑤ 3
⑥ 3 ⑦ 1 ⑧ 2 ⑨ 2 ⑩ 3

30 單元

① 3 ② 1 ③ 2 ④ 3 ⑤ 4
⑥ 1 ⑦ 3 ⑧ 4 ⑨ 2 ⑩ 2

索引

N4 系列 - 文法

ぶんぽう

穩紮穩打！新日本語能力試驗 N4 文法 （修訂版）

編　　　　著	目白 JFL 教育研究会
代　　　　表	TiN
封 面 設 計	陳郁屏
排 版 設 計	想閱文化有限公司
總 編 輯	田嶋 惠里花
校 稿 協 力	謝宗勳、楊奇瑋
發 行 人	陳郁屏
出　　　　版	想閱文化有限公司
發　　　　行	想閱文化有限公司
	屏東市 900 復興路 1 號 3 樓
	電話：(08)732 9090
	Email：cravingread@gmail.com
總 經 銷	大和書報圖書股份有限公司
	新北市 242 新莊區五工五路 2 號
	電話：(02)8990 2588
	傳真：(02)2299 7900
修 訂 一 版	2023 年 12 月 三刷
定　　　　價	540 元
I　S　B　N	978-626-95661-1-2

國家圖書館出版品預行編目 (CIP) 資料

穩紮穩打！新日本語能力試驗 N4 文法 = Japanese-language proficiency test/ 目白 JFL 教育研究会編著 . -- 修訂一版 . -- 屏東市：想閱文化有限公司，2022.05
　面；　公分 . -- (N4 系列 . 文法)
ISBN 978-626-95661-1-2(平裝)
1.CST: 日語 2.CST: 語法 3.CST: 能力測驗

803.189　　　　　　　　　111005258